Frederick Forsyth

Der Rächer

Thriller

Aus dem Englischen
von Reiner Pfleiderer

 PENGUIN VERLAG

Die amerikanische Originalausgabe erschien 2003 unter dem Titel
»Avenger« bei Bantam Press.

MIX
Papier | Fördert
gute Waldnutzung
FSC® C014496

Penguin Random House Verlagsgruppe FSC® N001967

3. Auflage
Copyright © 2003 by Frederick Forsyth
Copyright © der deutschsprachigen Ausgabe 2003 by C. Bertelsmann
in der Penguin Random House Verlagsgruppe GmbH,
Neumarkter Straße 28, 81673 München
produktsicherheit@penguinrandomhouse.de
(Vorstehende Angaben sind zugleich
Pflichtinformationen nach GPSR.)

Umschlag: www.buerosued.de
Umschlagmotiv: www.buerosued.de
Satz: Uhl + Massopust, Aalen
Druck und Bindung: GGP Media GmbH, Pößneck
Printed in Germany
ISBN 978-3-328-10739-2
www.penguin-verlag.de

Den Tunnelratten.
Jungs, ihr habt etwas getan, wozu ich mich
niemals überwinden könnte.

Prolog

Der Mord

Siebenmal hatten sie den jungen Amerikaner in die flüssigen Exkremente der Jauchegrube gedrückt, dann erlahmte seine Gegenwehr, und er starb da unten, jede Körperöffnung mit unsäglichem Schmutz gefüllt.

Als sie fertig waren, legten die Männer die Stangen beiseite, setzten sich ins Gras, lachten und rauchten. Dann brachten sie den anderen Flüchtlingshelfer und die noch übrigen fünf Waisenkinder um, nahmen den Geländewagen der Hilfsorganisation und fuhren zurück über die Berge.

Man schrieb den 15. Mai 1995.

ERSTER TEIL

1

Der Bauarbeiter

Der einsame Läufer nahm die Steigung in Angriff und kämpfte einmal mehr gegen seinen Feind, den Schmerz. Es war zugleich Tortur und Therapie. Deswegen lief er.

Nach Meinung derer, die es wissen müssen, ist keine sportliche Disziplin so brutal und gnadenlos wie das Triathlon. Der Zehnkämpfer muss mehr Techniken beherrschen und braucht etwa beim Kugelstoßen mehr reine Körperkraft, aber was die schiere Ausdauer und die Fähigkeit angeht, Schmerzen auszuhalten und zu besiegen, gibt es nur wenige Wettbewerbe wie das Triathlon.

Der Mann, der bei Sonnenaufgang durch New Jersey lief, war wie an jedem Trainingstag lange vor dem Morgengrauen aufgestanden. Er fuhr mit seinem Pick-up zu dem entlegenen See, lud unterwegs sein Rennrad ab und kettete es sicherheitshalber an einen Baum. Zwei Minuten nach fünf stellte er die Stoppuhr an seinem Handgelenk, stülpte den Ärmel seines Neopren-Schwimmanzugs darüber und watete ins eisige Wasser.

Er trainierte das olympische Triathlon. Fünfzehnhundert Meter Schwimmen, dann raus aus dem Wasser, rasch ausziehen bis auf Radlerhose und Trikot und rauf auf das Rennrad. Danach vierzig Kilometer geduckt über dem Lenker, die gesamte Distanz im Sprinttempo. Vor langer Zeit schon hatte er die fünfzehnhundert Meter von einem Ende des Sees zum anderen abgemessen und sich genau die Stelle am anderen Ufer eingeprägt, wo sein Rad stand. Er hatte auf den um diese Zeit immer leeren Landstraßen seine Vierzig-Kilometer-Strecke abgesteckt und wusste, an welchem Baum er vom Rad steigen und mit dem Laufen beginnen musste. Die Strecke war zehn Kilometer lang, und das Gatter einer Farm kennzeichnete den Beginn der letzten beiden Kilometer. An diesem Morgen hatte er das Tor gerade passiert. Diese beiden Kilometer führten bergauf, der letzte Härtetest, der sich gnadenlos in die Länge zog.

Es tut deshalb so weh, weil ganz unterschiedliche Muskeln beansprucht werden. Normalerweise braucht ein Radfahrer oder Marathonläufer nicht die kräftige Brust, die muskulösen Schultern und Arme eines Schwimmers. Sie sind bloß zusätzlicher Ballast, den er mitschleppen muss.

Beim Radfahrer kommt die Kraft aus den Beinen und Hüften, dem Läufer helfen die Sehnen, seinen Rhythmus zu halten. Jede Disziplin hat ihren eigenen, gleich bleibenden Rhythmus. Der Triathlet muss alle drei beherrschen, dann kann er versuchen, an die Leistungen der Spezialisten heranzukommen.

Für einen Zweiundfünfzigjährigen ist dies mörderisch. Einundfünfzigjährige sollten durch die Genfer Konvention davor geschützt werden. Der Läufer war im Januar einundfünfzig geworden. Er riskierte einen Blick auf die Uhr. Seine Miene verfinsterte sich. Nicht gut. Mehrere Minuten über seiner Bestzeit. Er kämpfte noch verbissener gegen den Feind.

Olympiateilnehmer peilen zwei Stunden und zwanzig Minuten an, der Läufer in New Jersey hatte die Zweieinhalbstundenmarke bereits einmal unterboten. Beinahe ebenso lange war er nun schon unterwegs, und er hatte noch zwei Kilometer zu laufen.

Hinter einer Kurve des Highway 30 kamen die ersten Häuser seines Wohnorts in Sicht. Die Straße führt mitten durch die alte, aus vorrevolutionärer Zeit stammende Ortschaft Pennington, unweit der Interstate-Autobahn 959, die, von New York kommend, den Bundesstaat durchquert und weiter nach Delaware, Pennsylvania und Washington führt. Innerhalb der Ortschaft heißt der Highway Main Street.

Pennington ist eine ganz gewöhnliche Kleinstadt, so sauber und ordentlich, hübsch und freundlich wie die vielen tausend anderen, die das verkannte und unterschätzte Herz der USA ausmachen. Nur eine größere Kreuzung im Zentrum, wo sich die West Delaware Avenue und die Main Street schneiden, mehrere gut besuchte Kirchen der drei Glaubensgemeinschaften, eine Filiale der First National Bank, eine Hand voll Geschäfte und, abseits des Verkehrs, verstreute Häuser in Seitenalleen.

Der Läufer steuerte auf die Kreuzung zu, noch ein halber Kilometer. Es war noch zu früh für eine Tasse Kaffee im Café Cup of Joe oder ein Frühstück in Vito's Pizza, doch selbst wenn sie geöffnet gewesen wären, hätte er nicht Halt gemacht.

Südlich der Kreuzung kam er an dem aus der Bürgerkriegszeit stammenden Schindelhaus vorbei, neben dessen Tür das Firmenschild Calvin Dexter, Rechtsanwalt, hing. Es war sein Büro, sein Firmenschild und seine Kanzlei, in der er arbeitete, wenn er sich nicht gerade wieder freinahm und wegfuhr, um seiner zweiten Beschäftigung nachzugehen. Klienten und Nachbarn akzeptierten, dass er hin und wieder zum Angeln fuhr, nicht ahnend, dass er in New York City unter einem anderen Namen eine kleine Wohnung gemietet hatte.

Mit schmerzenden Beinen quälte er sich über die letzten fünfhundert Meter bis zur Abzweigung in den Chesapeake Drive am Südende der Stadt. Dort wohnte er, und an der Ecke endete sein sich selbst auferlegtes Martyrium. Er verlangsamte seine Schritte, blieb stehen, ließ den Kopf hängen und sog, an einen Baum gelehnt, Sauerstoff in seine Lungen. Zwei Stunden und sechsunddreißig Minuten. Weit von seiner Bestzeit entfernt. Wahrscheinlich gab es im Umkreis von hundert Meilen niemanden, der mit einundfünfzig noch an diese Zeit herankam, aber das bedeutete ihm nichts. Auch wenn er es den Nachbarn, die ihn anfeuerten und belächelten, niemals würde erklären können: Ihm kam es nur darauf an, mit dem einen Schmerz den anderen zu bekämpfen, den immer währenden Schmerz, den, der niemals verging, den Schmerz über den Verlust eines Kindes, den Verlust einer Liebe, den Verlust von allem.

Der Läufer bog in seine Straße ein und legte die letzten zweihundert Meter im Schritttempo zurück. Vor sich sah er den Zeitungsjungen einen dicken Packen auf seine Veranda werfen. Der Junge winkte im Vorbeiradeln, und Cal Dexter winkte zurück.

Später würde er sich auf seinen Motorroller schwingen und seinen Pick-up holen, mit dem Roller hinten auf der Ladefläche wieder nach Hause fahren und unterwegs das Rennrad auflesen. Vorher brauchte er eine Dusche, ein paar Energieriegel und frisch gepressten Orangensaft.

Auf der Veranda angekommen, hob er den Packen Zeitungen auf, öffnete ihn und sah ihn durch. Wie erwartet, enthielt er das Lokalblatt, eine Zeitung aus Washington, die Sonntagsausgabe der *New York Times* sowie eine Zeitschrift.

Calvin Dexter, der drahtige, rotblonde, freundlich lächelnde Anwalt aus Pennington, New Jersey, war nicht auf der Sonnenseite des Lebens geboren worden.

Er wurde in einem kakerlaken- und rattenverseuchten Slum in Newark gezeugt und kam im Januar 1950 als Sohn eines Bauarbeiters und einer Kellnerin vom örtlichen Diner zur Welt. Die Moral der Zeit zwang seine Eltern zu heiraten, als ein Stelldichein in einem Tanzlokal und ein paar Gläser zu viel dazu führten, dass seine Mutter mit ihm schwanger wurde. Am Anfang wusste er nichts davon, denn Kinder wissen nie, wie und durch wen sie hierher gekommen sind. Sie müssen es herausfinden, und das kann sehr schmerzlich sein.

Sein Vater war für seine Verhältnisse kein schlechter Mensch. Nach Pearl Harbor hatte er sich freiwillig zum Militär gemeldet, war aber als qualifizierter Bauarbeiter an der Heimatfront im Raum New Jersey dringender gebraucht worden, wo im Zuge der Kriegsanstrengungen Tausende von neuen Fabriken, Werften und Verwaltungsgebäuden entstanden.

Er war ein harter Bursche und flink mit den Fäusten, in vielen Arbeiterjobs die einzige Chance, sich Recht zu verschaffen. Dennoch versuchte er, auf dem Pfad der Tugend zu bleiben, lieferte die Lohntüte ungeöffnet zu Hause ab und hielt seinen Sohn dazu an, das Sternenbanner, die Verfassung und Joe di Maggio zu lieben.

Doch nach dem Ende des Koreakriegs schwanden die Jobs. Nur die Industriekrise blieb, und die Gewerkschaften waren fest in Mafiahand.

Calvin war fünf, als seine Mutter die Familie verließ. Er war zu jung, um die Gründe dafür zu verstehen. Er wusste nicht, dass seine Eltern eine lieblose Ehe geführt hatten, und ertrug ihr Streiten mit dem stoischen Gleichmut von Kindern, die nichts anderes kannten. Er wusste nichts von dem Handelsvertreter, der ihr das Blaue vom Himmel und schönere Kleider versprochen hatte. Ihm wurde nur gesagt, dass sie »fortgegangen« sei.

Er nahm es einfach hin, dass sein Vater nun jeden Abend zu Hause saß, statt nach der Arbeit ein paar Bierchen zu trinken, ihn versorgte und deprimiert in den Fernseher stierte. Erst im Teenageralter sollte er erfahren, dass seine Mutter zurückkommen wollte, weil der Vertreter sie sitzen gelassen hatte, von seinem verbitterten Vater aber eine schroffe Abfuhr bekam.

Er war sieben, als sein Vater in der näheren Umgebung keine Jobs mehr fand und auf die Idee kam, ihre schäbige Wohnung in Newark aufzugeben und sich einen gebrauchten Wohnwagen zuzulegen. Darin verbrachte er zehn Jahre seiner Jugend.

Vater und Sohn zogen von Baustelle zu Baustelle, und der verwahrloste Junge besuchte die Schulen am Ort, die bereit waren, ihn aufzunehmen. Es war die Zeit Elvis Presleys, Del Shannons, Roy Orbisons und der Beatles, die aus einem Land kamen, von dem Cal noch nie gehört hatte. Es war die Zeit Kennedys, des Kalten Kriegs und Vietnams.

Jobs ergaben sich und wurden erledigt. Sie zogen durch die Städte East Orange, Union und Elizabeth im Norden, dann weiter zu Baustellen bei New Brunswick und Trenton. Eine Zeit lang, als Dexter senior Vorarbeiter bei einem kleinen Bauprojekt war, lebten sie in den Pine Barrens. Danach ging es in den Süden nach Atlantic City. Zwischen seinem achten und sechzehnten Lebensjahr besuchte Cal neun Schulen. Was er dort lernte, passte auf eine Briefmarke.

Dafür sammelte er anderweitig Erfahrungen und lernte, sich auf der Straße durchzuboxen. Wie seine mittlerweile verstorbene Mutter wurde er nicht größer als einen Meter zweiundsiebzig, doch in seinem schmächtigen Körper steckte eine unglaubliche Kraft und in seinen Fäusten ein mörderischer Punch. Einmal trat er in einer Schaubude gegen einen Kirmesboxer an, schlug ihn k.o. und kassierte zwanzig Dollar Preisgeld.

Ein nach billiger Pomade riechender Mann sprach seinen Vater an und schlug vor, der Junge solle in seine Sporthalle kommen und Boxer werden. Doch sie zogen weiter in eine neue Stadt, zu einem neuen Job.

Für einen Urlaub fehlte das Geld, und so begleitete der Junge den Vater in den Ferien einfach auf die Baustelle. Er kochte Kaffee, erledigte Botengänge und übernahm Gelegenheitsarbeiten. Bei einem dieser Botengänge geriet er an einen Mann mit grüner Schirmmütze, der ihm einen Ferienjob anbot. Er sollte bei verschiedenen Adressen in Atlantic City Umschläge abliefern und mit keinem Menschen darüber reden. So kam es, dass er in den Sommerferien 1965 für einen Buchmacher den Laufburschen spielte.

Cal Dexter mochte auf der untersten Stufe der sozialen Leiter stehen, aber er war ein aufgeweckter Junge und hatte Augen im Kopf. Ohne Eintrittskarte schlich er sich ins Kino am Ort und bestaunte die Glitzerwelt Hollywoods, die weiten Hügellandschaften des Wilden Westens, den Glamour und Pomp der Leinwandmusicals und die schrägen Gags in den Komödien mit Dean Martin und Jerry Lewis.

Er sah in den Fernsehspots schicke Wohnungen mit Edelstahlküchen, lächelnde Familien und Eltern, die sich zu lieben

schienen. Er sah die glänzenden Luxuslimousinen und Sportwagen auf den Plakatwänden über dem Highway.

Er hatte nichts gegen die Arbeiter auf dem Bau. Sie waren
harte, ruppige Burschen, behandelten ihn jedoch freundlich,
jedenfalls die meisten. Auf der Baustelle trug er einen Helm, und
alle gingen davon aus, dass er nach der Schulzeit in die Fuß-
stapfen seines Vaters treten und Bauarbeiter werden würde.
Doch ihm schwebte etwas anderes vor. Ganz gleich, so schwor
er sich, was für ein Leben er führen würde, Hauptsache weit weg
vom Krach eines Presslufthammers und dem beißenden Staub
einer Betonmischmaschine.

Dann begriff er, dass er für dieses bessere Leben mit einem
komfortablen Einkommen nichts vorweisen konnte. Er spielte
mit dem Gedanken, zum Film zu gehen, glaubte jedoch, dass alle
Kinostars groß gewachsene Männer seien, nicht ahnend, dass
die meisten eher kleiner als er waren. Das dämmerte ihm erst,
als eine Bardame zu ihm sagte, er habe Ähnlichkeit mit James
Dean. Doch die Bauarbeiter brüllten vor Lachen, und so schlug
er sich die Idee aus dem Kopf.

Der Sport konnte einen Jungen von der Straße holen und zu
Ruhm und Reichtum führen, aber bei seinen kurzen schulischen
Gastspielen bekam er nie die Gelegenheit, sich einen Platz in
einer Schulmannschaft zu erobern.

Alles, wofür man eine ordentliche Schulbildung oder gar
Zeugnisse brauchte, konnte er vergessen. Somit blieben nur
andere unqualifizierte Jobs wie Kellner, Hotelpage, Tankwart
oder Lieferwagenfahrer. Die Liste war endlos, aber die meisten
boten so wenig Aussichten, dass er gleich auf dem Bau bleiben
konnte. Die Arbeit dort war zwar hart und gefährlich, wurde
deshalb aber besser bezahlt als die meisten anderen.

Blieb noch die kriminelle Laufbahn. Wer in den Hafenvierteln
oder Bauarbeitercamps von New Jersey aufwuchs, dem konnte
nicht verborgen bleiben, dass man ein Luxusleben mit schönen
Wohnungen, schnellen Autos und leichten Mädchen führen

konnte, wenn man sich mit dem organisierten Verbrechen einließ und mit den Gangs die Straßen unsicher machte. Angeblich landete nur selten einer im Gefängnis. Er war kein Italoamerikaner, deshalb blieb ihm der Weg in die Mafiaelite verbaut. Aber es gab auch Weiße von angelsächsisch-protestantischer Herkunft, die durchaus etwas erreicht hatten.

Mit siebzehn verließ er die Schule und fing am nächsten Tag auf der Baustelle seines Vaters an, einem staatlichen Wohnungsbauprojekt bei Princeton. Einen Monat später erkrankte der Raupenführer, einen Ersatzmann gab es nicht. Es war ein Facharbeiterjob. Cal sah sich das Führerhaus von innen an. Kein Problem.

»Das könnte ich hinkriegen«, sagte er. Der Vorarbeiter hatte Bedenken. So etwas war streng verboten. Wenn jemand von der Bauaufsicht aufkreuzte, war er seinen Job los. Andrerseits konnte der Bautrupp erst wieder arbeiten, wenn jemand die Erdberge bewegte.

»Da drin sind wahnsinnig viele Hebel.«

»Vertrauen Sie mir«, sagte der Junge.

Sie brauchten zwanzig Minuten, um herauszufinden, wofür welcher Hebel war. Er begann, Dreck zu bewegen. Dafür gab es eine Zulage, aber es war noch immer kein Beruf.

Im Januar 1968 wurde er achtzehn, und der Vietcong startete die Tet-Offensive. Er saß in einer Bar in Princeton vor dem Fernseher. Auf die Nachrichten folgten Reklamespots und dann ein Werbefilm der Army. Wer sich gut machte, so die Botschaft, bekam eine Ausbildung. Am nächsten Tag ging er ins Büro der US-Army in Princeton und verkündete: »Ich möchte Soldat werden.«

Zur damaligen Zeit wurde jeder Amerikaner, sofern er nicht außergewöhnliche Umstände geltend machen konnte oder das Land verließ, nach Vollendung des achtzehnten Lebensjahrs zum Wehrdienst eingezogen. Dem zu entgehen war der Wunsch der meisten Teenager und vieler Eltern. Der Stabsfeldwebel hinter dem Schreibtisch streckte die Hand aus, um seinen Einberufungsbefehl entgegenzunehmen.

»Ich habe keinen«, sagte Cal Dexter. »Ich möchte mich freiwillig melden.« Das ließ aufhorchen.

Der Feldwebel schob ihm ein Formular hin.

»Na wunderbar, mein Junge. Eine weise Entscheidung. Darf ich Ihnen als alter Haudegen einen Rat geben?«

»Klar.«

»Verpflichten Sie sich für drei Jahre und nicht nur für zwei. Das verspricht bessere Standorte, bessere Berufschancen.« Er beugte sich vor wie einer, der ein Staatsgeheimnis ausplaudert. »Bei drei Jahren kommen Sie eventuell sogar um Vietnam herum.«

»Aber ich möchte nach Vietnam«, erwiderte der Junge in der speckigen Jeans.

Das gab dem Sergeant zu denken. »Aha«, sagte er gedehnt und hätte hinzufügen können: Die Geschmäcker sind verschieden. Doch er sagte nur: »Heben Sie die rechte Hand...«

Dreiunddreißig Jahre später drückte der ehemalige Bauarbeiter vier Orangen in der Saftpresse aus, rubbelte sich mit dem Handtuch das nasse Haar trocken und ging mit dem Saft und den Zeitungen ins Wohnzimmer.

Als erstes nahm er sich die Zeitschrift vor. *Vintage Airplane* hat keine große Auflage und war in Pennington nur über Postversand zu beziehen. Das Magazin wendet sich an Liebhaber alter Flugzeuge aus dem Zweiten Weltkrieg und anderer Epochen. Dexter blätterte bis zum Kleinanzeigenteil und studierte die Kaufgesuche. Er hielt inne, stellte das Glas ab und las die Annonce noch einmal. Sie lautete:

»AVENGER gesucht. Seriöses Angebot. Keine Preisgrenze. Bitte um Anruf.«

Da draußen gab es keine Torpedobomber vom Typ Grumman Avenger, auch »Rächer« genannt, aus dem Pazifikkrieg zu kaufen. Die standen in Museen.

Jemand hatte den Kontaktcode benutzt. Eine Telefonnummer stand dabei. Mit Sicherheit eine Handynummer.

Man schrieb den 13. Mai 2001.

2

Das Opfer

Ricky Colenso hatte es nicht verdient, mit zwanzig Jahren in einer Jauchegrube in Bosnien zu sterben. Er hätte nicht so enden müssen. Er war dazu ausersehen, einen College-Abschluss zu machen und sein Leben in den Staaten zu verbringen, ein Leben in Freiheit mit Frau und Kindern, einer passablen Zukunftsperspektive und dem Streben nach Glück. Doch daraus wurde nichts, weil er zu gutmütig war.

Im Jahr 1970 erhielt der junge und brillante Mathematiker Adrian Colenso eine Berufung an die Georgetown University vor den Toren Washingtons. Mit seinen fünfundzwanzig Jahren war er bemerkenswert jung für eine Professur in Mathematik.

Drei Jahre später hielt er im kanadischen Toronto ein Sommerseminar. Zu den Teilnehmern gehörte eine junge Frau namens Annie Edmond, die von seinen Ausführungen zwar nur wenig verstand, aber fantastisch aussah. Sie verliebte sich in ihn und arrangierte über Freunde ein *blind date*.

Adrian Colenso hatte nie von ihrem Vater gehört, was sie gleichermaßen verwunderte wie erfreute. Sie war bereits von einem halben Dutzend Mitgiftjägern bedrängt worden. Auf der Fahrt zurück ins Hotel stellte sie fest, dass er nicht nur brillant im Quantenrechnen war, sondern auch ziemlich gut küssen konnte.

Eine Woche später flog er nach Washington zurück. Miss Edmond war eine junge Lady, der niemand widerstehen konnte. Sie kündigte ihren Job, besorgte sich einen angenehmen Posten beim kanadischen Konsulat, mietete ein Apartment gleich neben der Wisconsin Avenue und reiste mit zehn Koffern an. Zwei Monate später heirateten sie. Die fürstliche Hochzeit wurde in Windsor, Ontario, gefeiert, die Flitterwochen verbrachte das Paar in Caneel Bay auf den US-amerikanischen Jungferninseln.

Als Hochzeitsgeschenk kaufte der Brautvater dem Paar ein großes Landhaus an der Foxhall Road neben der Nebraska Avenue in einer der ländlichsten und mithin gefragtesten Gegenden von Georgetown. Zu dem Anwesen gehörte ein großes bewaldetes Grundstück mit Swimmingpool und Tennisplatz. Das Taschengeld der Braut deckte die Instandhaltungskosten, das Gehalt des Bräutigams reichte gerade für den Rest. Die Frischvermählten gründeten eine Familie.

Ihr Sohn Richard Eric Steven wurde im April 1975 geboren und bekam bald den Spitznamen Ricky.

Wie Millionen andere junge Amerikaner wuchs er in einem behüteten und liebevollen Elternhaus auf, tat die Dinge, die alle Jungs tun, verbrachte die Ferien in Sommerlagern, entdeckte und erforschte die aufregende Welt der Mädchen und Sportwagen, sorgte sich um Noten und anstehende Prüfungen.

Er war nicht so begabt wie sein Vater, aber auch nicht dumm. Vom Vater hatte er das verschmitzte Lächeln, von der Mutter das gute Aussehen. Er war allseits beliebt. Wenn ihn jemand um Hilfe bat, tat er stets, was er konnte. Nur hätte er niemals nach Bosnien gehen dürfen.

1994 schloss er die High School ab und wurde für den Herbst in Harvard angenommen. Im Winter zuvor hatte er im Fernsehen Berichte über die brutalen ethnischen Säuberungen, das daraus resultierende Flüchtlingselend und die Hilfsprogramme in einem fernen Land namens Bosnien gesehen und den Entschluss gefasst, sich irgendwie nützlich zu machen.

Seine Mutter flehte ihn an, in den Staaten zu bleiben. Es gebe doch auch karitative Einrichtungen im Land, wenn er unbedingt sein soziales Gewissen beruhigen und Menschen helfen wolle. Doch die Fernsehbilder von niedergebrannten Dörfern, weinenden Waisenkindern und die Verzweiflung der Vertriebenen hatten ihn tief erschüttert. Es musste unbedingt Bosnien sein.

Sein Vater fand durch ein paar Telefonate heraus, dass das Flüchtlingshochkommissariat der Vereinten Nationen als führende Organisation in New York ein Büro unterhielt. Ricky bettelte um die Erlaubnis, wenigstens im Sommer mitzuhelfen, und fuhr nach New York, um sich nach den Aufnahmebedingungen zu erkundigen.

Nach dem Zerfall Jugoslawiens und drei Jahren Bürgerkrieg war die Republik Bosnien-Herzegowina im Frühjahr 1995 verwüstet. Das UNHCR tat mit vierhundert »Internationalen« und mehreren tausend im Land angeworbenen Mitarbeitern alles, was in seiner Macht stand. Der Koordinator vor Ort war ein ehemaliger britischer Soldat, der vollbärtige und energische Larry Hollingworth. Ricky kannte ihn aus dem Fernsehen.

Im New Yorker Büro war man freundlich, aber nicht besonders begeistert. Es trafen säckeweise Bewerbungen von Hilfswilligen ein, und täglich sprachen Dutzende persönlich vor. Ricky war bei den Vereinten Nationen gelandet. Alles ging seinen bürokratischen Gang. Sechs Monate Bearbeitungszeit und unzählige Formulare. Da er im Herbst in Harvard antreten musste, war eine Ablehnung wahrscheinlich.

Zu Beginn der Mittagspause fuhr der junge Mann ernüchtert mit dem Fahrstuhl wieder nach unten, als ihn ein Beamter mittleren Alters freundlich anlächelte.

»Wenn Sie wirklich helfen wollen«, sagte er, »müssen Sie ins Außenbüro Zagreb gehen. Dort werden die Leute direkt eingestellt. An Ort und Stelle sieht man alles nicht so eng.«

Auch Kroatien hatte einst zu Jugoslawien gehört, aber seine Abspaltung erzwungen und war jetzt ein unabhängiger Staat, in dessen sicherer Hauptstadt Zagreb viele Organisationen ihre Zentrale eingerichtet hatten. Eine davon war das UNHCR.

Ricky telefonierte mit seinen Eltern und flog, nachdem sie widerstrebend eingewilligt hatten, von New York über Wien nach Zagreb. Doch die Reaktion war die gleiche. Wieder musste er Formulare ausfüllen, und wirklich gefragt waren nur langfristige Engagements. Ferienhelfer bürdeten der Organisation eine große Verantwortung auf und leisteten herzlich wenig.

»Vielleicht sollten Sie es bei einer der NGOs versuchen«, schlug der Regionalleiter vor. »Die sitzen in dem Café gleich um die Ecke.«

Das UNHCR mochte die wichtigste Organisation sein, aber sie war bei weitem nicht die einzige. Katastrophenhilfe ist ein regelrechter Wirtschaftszweig und für viele ein Beruf. Neben den Vereinten Nationen und einzelstaatlichen Einrichtungen gibt es außerdem die Nichtregierungsorganisationen. In Bosnien waren über dreihundert von ihnen vertreten.

Kaum ein Dutzend sind der Öffentlichkeit ein Begriff: Save the Children (Großbritannien), Feed the Children (USA), Age Concern, War on Want, Ärzte ohne Grenzen – sie alle waren da. Einige waren religiös, andere weltlich ausgerichtet, und viele von den kleineren hatte man erst unter dem Eindruck der Fernsehbilder vom Bosnienkrieg, die im Westen ausgestrahlt wurden, gegründet. Die unterste Ebene bildeten einzelne Lastwagen, mit denen zwei kräftige junge Männer, die in ihrer Stammkneipe spontan Geld gesammelt hatten, Hilfsgüter quer durch Europa transportierten. Das letzte Etappenziel auf dem Weg nach Bosnien war entweder Zagreb oder die Adriastadt Split.

Ricky fand das Lokal, bestellte einen Kaffee und einen Sliwowitz gegen den kalten Märzwind draußen und sah sich nach jemandem um, den er ansprechen konnte. Zwei Stunden später trat ein bärtiger Mann mit der kräftigen Statur eines Fernfahrers ein. Er trug einen kurzen karierten Mantel und bestellte in einem Akzent, den Ricky in North oder South Carolina ansiedelte, Kaffee und Cognac. Er ging zu ihm, stellte sich vor und landete prompt einen Glückstreffer.

John Slack beförderte und verteilte Hilfsgüter im Auftrag einer kleinen amerikanischen Einrichtung namens Loaves 'n'

Fishes, einer unlängst gegründeten Tochter der gemeinnützigen Organisation Salvation Road, die ein gewisser Reverend Billy Jones in diese sündhafte Welt gesetzt hatte, seines Zeichens Fernsehprediger und Seelenretter (bei angemessener Spende) aus dem schönen Charleston in South Carolina. Slack lauschte Ricky wie jemand, der das alles schon einmal gehört hatte.

»Kannst du einen Lkw fahren, Junge?«

»Ja.« Das entsprach zwar nicht ganz der Wahrheit, aber in seinen Augen waren ein großer Offroader und ein Kleinlaster so ziemlich das Gleiche.

»Kannst du eine Karte lesen?«

»Klar.«

»Und du willst ein dickes Gehalt?«

»Nein. Ich bekomme Taschengeld von meinem Großvater.« John Slack zwinkerte.

»Du willst also nichts? Nur helfen?«

»Ja.«

»Okay, du bist dabei. Unser Laden ist klein. Ich geh los und kaufe Lebensmittel, Kleider, Decken und so, hauptsächlich in Österreich. Ich bringe alles mit dem Lastwagen nach Zagreb, mach den Tank voll, und dann geht es weiter nach Bosnien. Wir sitzen in Travnik. Dort gibt es Tausende von Flüchtlingen.«

»Toll«, sagte Ricky. »Ich komme auch selbst für meinen Unterhalt auf.«

Slack kippte den Rest seines doppelten Cognacs hinunter.

»Dann mal los, Junge«, sagte er.

Der Laster war ein Zehntonner-Hanomag, und noch vor der Grenze hatte Ricky den Dreh raus. Sie wechselten sich am Steuer ab und brauchten zehn Stunden bis Travnik. Es war Mitternacht, als sie auf das Gelände von Loaves 'n' Fishes am Rand der Stadt rollten. Slack warf ihm ein paar Decken zu.

»Schlaf im Führerhaus«, sagte er. »Morgen Früh suchen wir dir eine Bleibe.«

Das Hilfsaufgebot von Loaves 'n' Fishes war in der Tat bescheiden. Es bestand aus einem zweiten Lastwagen, mit dem ein wortkarger Schwede gerade gen Norden aufbrach, um weitere Hilfsgüter zu holen, einem kleinen, gemeinsam mit anderen genutzten Gelände, das ein Maschendrahtzaun vor Dieben schützte, einem winzigen Büro in einem Bauwagen, einem als Lagerhaus bezeichneten Schuppen für Nahrungsmittel, die bereits abgeladen, aber noch nicht verteilt waren, und drei bosnischen Helfern aus dem Ort. Dazu kamen zwei nagelneue schwarze Toyota-Landcruiser für die Verteilung kleiner Posten von Hilfsgütern. Slack zeigte ihm das Gelände, und am Nachmittag fand Ricky in der Stadt bei einer bosnischen Witwe ein Zimmer. Für die Fahrt zur Arbeit kaufte er sich von seinem Geld, das er in einer Gürteltasche aufbewahrte, ein klappriges Fahrrad. John Slack bemerkte den Gürtel.

»Macht es dir was aus, mir zu sagen, wie viel du da drin hast?«

»Tausend Dollar«, antwortete Ricky. »Nur für Notfälle.«

»Scheiße. Wedel bloß nicht damit herum, sonst gibt's Ärger. Damit kann man sich hier zur Ruhe setzen.«

Ricky versprach, vorsichtig zu sein. Ein Postamt, so stellte er bald fest, gab es nicht, da es ja keinen bosnischen Staat und somit auch keine bosnische Post gab und die des alten Jugoslawien zusammengebrochen war. Von John Slack erfuhr er, dass jeder Mitarbeiter, der nach Kroatien oder Österreich fuhr, für die anderen Briefe und Postkarten beförderte. Ricky beschrieb rasch eine Karte aus dem Stapel, den er am Wiener Flughafen gekauft und in seinen Rucksack gesteckt hatte. Der Schwede nahm sie mit nach Norden, und Mrs. Colenso erhielt sie eine Woche später.

Travnik war einst eine blühende, von Serben, Kroaten und bosnischen Muslimen bewohnte Marktstadt gewesen, wie noch an den Gotteshäusern zu erkennen war. Es gab eine katholische Kirche für die mittlerweile geflüchteten Kroaten, eine orthodoxe für die gleichfalls geflüchteten Serben und ein Dutzend Moscheen für die muslimische Mehrheit, die so genannten Bosniaken.

Mit Beginn des Bürgerkriegs brach die Gemeinschaft der drei ethnischen Gruppen, die lange friedlich zusammengelebt hatten, auseinander. Die Berichte über die Pogrome im ganzen Land zerstörten das gegenseitige Vertrauen.

Die Serben flohen nach Norden über den Berg Vlasić, der Travnik überragt, und zogen sich nach Banja Luka jenseits des Lasvatals zurück.

Von den ebenfalls vertriebenen Kroaten suchten die meisten im fünfzehn Kilometer entfernten Vitez Zuflucht. So entstanden drei ethnische Hochburgen, und in jede strömten Flüchtlinge der jeweiligen Bevölkerungsgruppe.

Die internationalen Medien lasteten alle Pogrome den Serben an, obwohl durchaus auch Serben abgeschlachtet wurden, wenn sie isoliert und in der Minderheit waren. Der Grund dafür war, dass die Serben in der Armee des alten Jugoslawien die beherrschende Rolle gespielt hatten. Als der Staat auseinander brach, sicherten sie sich neunzig Prozent der schweren Waffen, was ihnen eine erdrückende Überlegenheit verlieh.

Die Kroaten, die auch nicht zimperlich waren, wenn es galt, in ihrer Mitte lebende nichtkroatische Minderheiten zu massakrieren, hatten durch den deutschen Bundeskanzler Kohl zu einem unverantwortlich frühen Zeitpunkt ihre staatliche Anerkennung erhalten und konnten sich danach auf dem Weltmarkt Waffen besorgen.

Die Bosniaken hingegen waren weitgehend unbewaffnet und blieben es auf Anraten der europäischen Politiker auch. Demzufolge hatten sie am meisten unter den brutalen Übergriffen zu leiden. Im späten Frühjahr 1995 sollten es die Amerikaner sein, die das untätige Zusehen satt hatten und ihre militärische Stärke dazu nutzten, den Serben eine blutige Nase zu schlagen und alle Konfliktparteien in Dayton, Ohio, an den Verhandlungstisch zu zwingen. Das Abkommen von Dayton sollte im folgenden November in die Tat umgesetzt werden. Doch das hatte Ricky Colenso nicht mehr erlebt.

Zu der Zeit, als Ricky nach Travnik kam, konnte man noch überall die Einschläge der vielen Granaten sehen, die von serbischen Stellungen in den Bergen auf den Ort abgefeuert worden waren. Die meisten Häuser schützten ihre Bewohner durch an die Außenwände gelehnte Bretter. Ein Treffer verwandelte sie in Kleinholz, aber das Haus selbst blieb unversehrt. Fensterscheiben fehlten meist und waren durch Plastikplanen ersetzt worden. Die bunt bemalte Hauptmoschee war wie durch ein Wunder verschont geblieben. In den beiden größten Gebäuden der Stadt, dem Gymnasium und der einstmals berühmten Musikschule, drängten sich die Flüchtlinge.

Jene, deren Zahl die ursprüngliche Einwohnerschaft um ein Dreifaches überstieg, waren von den Feldern und Äckern des Umlandes praktisch abgeschnitten und daher auf Nahrungsmittelhilfe angewiesen. Deswegen war es so wichtig, dass Loaves 'n' Fishes und ein Dutzend anderer kleinerer NGOs sich der Stadt annahmen.

Die beiden Landcruiser konnten bis zu fünf Zentner Hilfsgüter laden und in abgelegene Dörfer und Weiler karren, in denen die Not noch größer war als in Travnik selbst. Mit Freuden erklärte sich Ricky bereit, Säcke mit Lebensmitteln zu schleppen und mit dem Geländewagen in die Berge im Süden zu fahren.

Vier Monate nachdem er in Georgetown vor dem Fernseher gesessen und die Bilder menschlichen Elends gesehen hatte, war er glücklich, das zu tun, was er tun wollte. Er war gerührt über die Dankbarkeit der knorrigen Bauern und ihrer Kinder, die große Augen machten, wenn er Säcke mit Weizen, Mais, Milchpulver und Suppenkonzentrat in ein von der Außenwelt abgeschnittenes Dorf brachte, in dem es seit einer Woche nichts Essbares mehr gegeben hatte.

Irgendwie hatte er das Gefühl, sich auf diese Weise für all die Wohltaten erkenntlich zu zeigen, die ihm ein gütiger Gott dadurch erwiesen hatte, dass er ihn als Amerikaner hatte auf die Welt kommen lassen.

Er konnte weder ein Wort Serbokroatisch, noch verstand er den bosnischen Dialekt. Er hatte keine Ahnung, wie die Gegend geografisch beschaffen war, wohin die Bergstraßen führten, wo es sicher war und wo es gefährlich werden konnte.

John Slack stellte ihm einen der bosnischen Helfer zur Seite, einen jungen Mann namens Fadil Sulejman, der passables Schulenglisch sprach und sich als Führer, Dolmetscher und Beifahrer nützlich machte.

Den ganzen April hindurch und in der ersten Maihälfte schickte er seinen Eltern jede Woche einen Brief oder eine Postkarte, und je nachdem, wer gerade in den Norden fuhr, um Nachschub zu holen, trafen sie mit mehr oder weniger großer Verspätung und mit einem kroatischen oder österreichischen Stempel versehen in Georgetown ein.

In der zweiten Maiwoche war Ricky plötzlich allein und für das gesamte Lager verantwortlich. Lars, der Schwede, war auf der Fahrt nach Zagreb kurz hinter der kroatischen Grenze auf einer einsamen Bergstraße mit schwerem Motorschaden liegen geblieben, und John Slack hatte sich sofort mit einem Landcruiser auf den Weg gemacht, um den Laster wieder flottzubekommen.

Fadil Sulejman bat Ricky um einen Gefallen.

Wie Tausende in Travnik hatte Fadil auf der Flucht vor dem Krieg sein Zuhause verlassen müssen. Seine Familie, so erzählte er, habe auf einem Bauernhof in einem Hochtal an den Hängen der Vlasić-Bergkette gelebt. Er müsse unbedingt wissen, ob von dem Hof etwas übrig sei. War er niedergebrannt worden oder verschont geblieben? Stand er noch? Bei Kriegsausbruch habe sein Vater den Familienschmuck und andere Wertgegenstände in einer Scheune vergraben. Befanden sie sich noch da? Kurzum, er wollte zum ersten Mal seit drei Jahren sein Elternhaus aufsuchen.

Ricky gab ihm bereitwillig frei, aber das war nicht der sprin-

gende Punkt. Da der Frühjahrsregen die unbefestigten Bergstraßen aufgeweicht hatte, war die Fahrt nur mit einem Geländewagen zu schaffen. Deshalb wollte sich Fadil den Landcruiser
ausleihen.

Ricky war hin und her gerissen. Er wollte helfen und war
auch bereit, das Benzin zu bezahlen. Aber war es in den Bergen
sicher? Vor nicht allzu langer Zeit hatten dort oben noch Serben
patrouilliert und mit ihrer Artillerie das im Tal liegende Travnik
beschossen.

Das sei ein Jahr her, entgegnete Fadil und ließ nicht locker. Die
Südhänge, wo sein Elternhaus stehe, seien inzwischen ziemlich
sicher. Ricky zögerte und fragte sich, wie es wohl war, wenn man
sein Zuhause verlor. Schließlich ließ er sich durch Fadils instän-
dige Bitten erweichen und willigte ein. Unter einer Bedingung:
Er wolle mitfahren.

Die Frühlingssonne schien, und die Fahrt verlief ohne Probleme. Sie fuhren aus der Stadt hinaus und auf der Hauptstraße
fünfzehn Kilometer in Richtung Donji Vakuf, dann bogen sie
rechts ab.

Die Straße kroch den Berg hinauf, verengte sich zu einem
Waldweg und führte weiter bergan, gesäumt von Buchen,
Eschen und Eichen in ihrem neuen Frühlingskleid. Ricky fühlte
sich an den Shenandoah erinnert, an dem er einmal mit einer
Schülergruppe gezeltet hatte. In den Kurven gerieten sie ins
Schleudern, und er musste zugeben, dass sie es ohne Allrad-
antrieb nicht geschafft hätten.

Die Eichen wichen Nadelbäumen, und in fünfzehnhundert
Metern Höhe gelangten sie in das Hochtal, das von der Straße
weit unten nicht zu sehen war. Mitten im Tal stand das Bauernhaus. Das heißt, nur den Schornstein gab es noch, der Rest war
niedergebrannt und dem Erdboden gleichgemacht worden. Dahinter ragten alte Viehkoppeln und mehrere windschiefe Scheunen empor, die das Feuer verschont hatte. Ricky blickte Fadil an
und sagte:

»Das tut mir sehr Leid.«

Sie stiegen neben dem verkohlten Haufen aus. Ricky wartete, während Fadil durch die feuchte Asche stapfte und hier und dort gegen einen Gegenstand trat, der von dem Haus, in dem er seine Kindheit verbracht hatte, noch übrig geblieben war. Ricky folgte ihm, als er an den Koppeln und der bis zum Rand mit einer widerlichen Brühe und Regenwasser gefüllten Jauchegrube vorbei zu den Scheunen ging, in denen sein Vater den Familienschatz vergraben hatte, um ihn vor Plünderern zu schützen. In diesem Augenblick hörten sie ein Rascheln und Wimmern.

Die beiden Männer entdeckten sie unter einer nassen und stinkenden Abdeckplane. Es waren sechs, dicht aneinander gekauert, verängstigt, zwischen vier und zehn Jahre alt. Vier kleine Jungen und zwei Mädchen, von denen die Ältere offenbar die Mutter ersetzte und die Gruppe führte. Beim Anblick der beiden Männer, die sie entgeistert ansahen, erstarrten sie vor Schreck. Fadil redete sanft auf sie ein. Nach einer Weile antwortete das Mädchen.

»Sie kommen aus Gorcia, einem kleinen Weiler, ungefähr sechs Kilometer von hier am Berg entlang. Das bedeutet ›kleiner Hügel‹. Ich kenne ihn von früher.«

»Was ist passiert?«

Fadil sprach weiter in der lokalen Mundart. Das Mädchen antwortete, dann brach es in Tränen aus.

»Männer kamen, Serben, Milizionäre.«

»Wann?«

»Letzte Nacht.«

»Was ist passiert?«

Fadil seufzte.

»Es war ein sehr kleiner Weiler. Vier Familien, zwanzig Erwachsene, etwa zwölf Kinder. Alle tot, alle ermordet. Ihre Eltern schrien, sie sollten weglaufen, als die ersten Schüsse fielen. Sie entkamen in der Dunkelheit.«

»Waisen? Alle?«

31

»Alle.«

»Großer Gott, was für ein Land«, sagte der Amerikaner. »Wir müssen sie zum Wagen bringen, runter ins Tal.«

Sie führten die Kinder, von denen jedes das nächstältere an der Hand hielt, sodass sie eine Kette bildeten, aus der Scheune in die strahlende Frühlingssonne. Vögel zwitscherten. Es war ein schönes Tal.

Am Waldrand erblickten sie die Männer – zehn, und dazu zwei russische GAZ-Jeeps mit militärischem Tarnanstrich. Die Männer trugen Tarnanzüge und waren schwer bewaffnet.

Drei Wochen später, als Annie Colenso in den Briefkasten schaute und wieder keine Karte darin fand, wählte sie eine Nummer in Windsor, Ontario. Beim zweiten Klingeln wurde abgehoben. Sie erkannte die Stimme der Privatsekretärin ihres Vaters.

»Hi, Jean. Hier spricht Annie. Ist mein Vater da?«

»Gewiss, Mrs. Colenso. Ich verbinde Sie sofort.«

3

Der Magnat

Die Baracke der Flight-Crew A war mit zehn jungen Piloten belegt, die der B-Crew nebenan mit weiteren acht. Draußen im hellgrünen Gras des Flugfelds kauerten zwei oder drei Hurricanes, leicht zu erkennen an der buckelartigen Ausbuchtung hinter der Pilotenkanzel. Sie waren nicht neu, und Stoffflicken verrieten, dass sie in den zurückliegenden vierzehn Tagen bei den Gefechten über Frankreich Schrammen davongetragen hatten.

Die Stimmung in den Baracken hätte in keinem schärferen Kontrast zu dem strahlenden Sommerwetter an diesem 25. Juni 1940 auf dem Flugplatz Coltishall im englischen Norfolk stehen können. Die Moral der Männer von Squadron 242 der Royal Air Force, auch unter dem Namen »Kanadische Jagdstaffel« bekannt, war auf dem Tiefpunkt angelangt – und das mit gutem Grund.

Die 242 war beinahe von Anfang an, seit an der Westfront der erste Schuss gefallen war, im Einsatz. Sie hatte in der verlorenen Schlacht um Frankreich gekämpft und den Rückzug von der Ostgrenze des Landes bis zur Kanalküste mitgemacht. Während Hitlers vorrückende Blitzkriegsmaschine die französische Armee mühelos beiseite fegte, mussten die Piloten, die sie aufzuhalten versuchten, ein ums andere Mal feststellen, dass man ihre Stützpunkte evakuiert und weiter nach hinten verlegt hatte, während sie in der Luft waren, und dann selbst zusehen, wo sie Verpflegung, Quartiere, Ersatzteile und Sprit auftrieben. Wer jemals einer sich zurückziehenden Armee angehört hat, weiß, dass »chaotisch« das alles beherrschende Adjektiv ist.

Wieder in England, hatten sie von der anderen Kanalseite aus die zweite Schlacht geschlagen, diesmal über den Stränden von Dünkirchen, während unter ihnen die britische Armee zu retten versuchte, was noch zu retten war, und in wilder Flucht mit allem, was schwamm, zurück nach England paddelte, dessen verlockende weiße Klippen jenseits der ruhigen See zu sehen waren.

Zu dem Zeitpunkt, als der letzte Tommy von diesen unsäglichen Stränden evakuiert war und die letzten Verteidiger für fünf Jahre in deutsche Gefangenschaft wanderten, waren die Kanadier erschöpft. Sie hatten tüchtig Prügel bezogen: neun Gefallene, drei Verwundete und drei nach ihrem Abschuss in Gefangenschaft geratene Männer.

Drei Wochen später saßen sie in Coltishall noch immer am Boden fest, ohne Ersatzteile und Werkzeug, denn alles war in Frankreich zurückgelassen worden. Ihr Staffelführer, Commander »Papa« Gobiel, war schon seit Wochen krank und sollte nicht wieder auf seinen Posten zurückkehren. Doch die Briten hatten ihnen einen neuen Commander versprochen. Er wurde jeden Augenblick erwartet.

Ein kleiner Sportwagen mit offenem Verdeck war zwischen den Hangars aufgetaucht und parkte neben den beiden Holzbaracken. Ein Mann kletterte mit sichtlicher Mühe heraus. Niemand trat ins Freie, um ihn zu begrüßen, und er stapfte linkisch in die Baracke A. Nach ein paar Minuten kam er wieder heraus und steuerte auf die Baracke B zu. Die kanadischen Piloten beobachteten ihn durchs Fenster, wunderten sich über seinen breitbeinigen Seemannsgang.

Die Tür schwang auf, und er erschien in der Öffnung. Seine Schulterklappen wiesen ihn als Staffelführer aus. Niemand stand auf.

»Wer hat hier das Kommando?«, fragte er ärgerlich.

Ein bulliger Kanadier stemmte sich in die Höhe, ein paar Schritte neben ihm rekelte sich Steve Edmond auf seinem Stuhl und musterte den Neuankömmling durch blauen Dunst.

»Ich vermutlich«, antwortete Stan Turner. Obwohl der Krieg noch jung war, hatte er bereits zwei bestätigte Abschüsse auf seinem Konto. Er sollte es auf insgesamt vierzehn und zu einer ganzen Reihe Orden bringen.

Der britische Offizier mit den zornigen blauen Augen machte auf den Hacken kehrt und stakste zu einer der geparkten Hurricanes. Die Kanadier traten neugierig aus den Baracken.

»Ich glaub's nicht«, raunte Johnny Latta Steve Edmond zu. »Scheiße, die Arschlöcher haben uns einen Commander geschickt, der keine Beine mehr hat.«

Er hatte Recht. Der Neue stelzte auf zwei Prothesen durch die Gegend. Er hievte sich in die Pilotenkanzel der Hurricane, warf den Merlin-Motor von Rolls-Royce an, drehte in den Wind und hob ab. Eine halbe Stunde lang vollführte er mit dem Jagdflugzeug jedes bekannte akrobatische Manöver und noch ein paar unbekannte dazu.

Er war deshalb so gut, weil er schon vor dem Krieg, und lange bevor er durch einen Unfall beide Beine verloren hatte, ein Fliegerass gewesen war, auch und gerade weil er keine Beine mehr hatte. Wenn ein Jagdflieger eine enge Kurve fliegt oder die Maschine nach einem Sturzflug wieder hochzieht – und beide Manöver sind im Luftkampf lebenswichtig –, ist sein Körper enormen Fliehkräften ausgesetzt. Das Blut schießt vom Oberkörper nach unten, was eine Ohnmacht zur Folge haben kann. Da dieser Pilot keine Beine hatte, blieb das Blut notgedrungen im Oberkörper und somit näher am Gehirn. Seine Leute sollten erfahren, dass er engere Kurven fliegen konnte als jeder andere. Schließlich landete er die Hurricane, kletterte heraus und ging auf die sprachlosen Kanadier zu.

»Mein Name ist Douglas Bader«, sagte er, »und wir werden verflucht noch mal das beste Geschwader der gesamten Air Force.«

Er hielt Wort. Auch wenn der Kampf um Frankreich verloren und es bei Dünkirchen verdammt eng geworden war, stand die

Entscheidungsschlacht erst noch bevor. Göring, der Oberbefehlshaber der deutschen Luftwaffe, hatte Hitler die Luftherr-
schaft versprochen, die Voraussetzung war für eine erfolgreiche
Invasion in England. Um diese Lufthoheit ging es beim Kampf
um England. Als sie endete, konnten die Kanadier von der
Squadron 242, die stets von ihrem beinamputierten Commander in den Kampf geführt worden war, das beste Abschuss-Ver-
lust-Verhältnis vorweisen.

Im Spätherbst hatte die deutsche Luftwaffe genug und zog
sich nach Frankreich zurück. Hitler ließ seine Wut an Göring
aus und richtete sein Augenmerk auf den Osten, auf Russland.

In den drei Schlachten um Frankreich, Dünkirchen und England, die sich nur über sechs Monate des Jahres 1940 erstreck-
ten, hatte das kanadische Geschwader achtundachtzig bestätigte Abschüsse erzielt, davon allein siebenundsechzig im Kampf
um England. Doch sie hatten dabei siebzehn Piloten verloren,
und alle bis auf drei waren Kanadier gewesen.

Fünfundfünfzig Jahre später stand Steve Edmond von seinem
Schreibtisch auf und trat, wie schon so oft in den Jahren zuvor,
zu dem Foto an der Wand. Nicht alle seiner Fliegerkameraden
waren darauf zu sehen. Einige waren bereits gefallen, andere
erst später dazugekommen. Aber es zeigte die siebzehn Kanadier
in Duxford an einem heißen und wolkenlosen Tag im späten August, als die Schlacht ihren Höhepunkt erreicht hatte.

Fast alle waren inzwischen tot, die meisten im Krieg gefallen.
Übermütig, fröhlich und optimistisch blickten ihm die Gesichter der neunzehn- bis zweiundzwanzigjährigen Männer entgegen, die an der Schwelle zu einem Leben standen, das die meisten nie kennen lernen sollten.

Er sah genauer hin. Benzie, der direkt neben ihm geflogen
war, abgeschossen und gefallen über der Themsemündung am
7. September, zwei Wochen nachdem das Foto aufgenommen
worden war. Solanders, der Junge aus Neufundland, einen Tag
später.

Johnny Latta und Willie McKnight, die nebeneinander standen, starben im Januar 1941 bei einem gemeinsamen Einsatz irgendwo über der Biskaya.

»Du warst von uns allen der Beste, Willie«, murmelte der alte Mann. McKnight war ein Ass und der unbestrittene Star, ein »Naturtalent«. Neun bestätigte Abschüsse in den ersten siebzehn Tagen, einundzwanzig Siege im Luftkampf, als er zehn Monate nach seinem ersten Einsatz einundzwanzig Jahre jung starb.

Steve Edmond hatte überlebt, war ziemlich alt und steinreich geworden und mit Sicherheit der größte Bergbaumagnat in Ontario. Doch in all den Jahren hatte das Foto ihn stets begleitet: als er allein mit einer Keilhaue in einer Hütte hauste, seine erste Dollarmillion machte und ihn das Magazin *Forbes* zum Milliardär kürte.

Er hatte es aufgehängt, um sich an die schreckliche Fragilität dessen zu erinnern, was wir »Leben« nennen. Rückblickend fragte er sich oft, wie er überlebt hatte. Er lag nach seinem ersten Abschuss noch im Lazarett, als die Squadron 242 im Dezember 1941 in den Fernen Osten verlegt wurde. Nach seiner Genesung wurde er in eine Ausbildungseinheit versetzt.

Doch er wollte wieder Kampfeinsätze fliegen, und verärgert bombardierte er seine Vorgesetzten so lange mit Gesuchen, bis sie seinem Wunsch entsprachen – gerade noch rechtzeitig vor der Landung in der Normandie, bei der er das neue Kampfflugzeug Typhoon flog, einen gefürchteten, ebenso schnellen wie kampfstarken Panzerknacker.

Das zweite Mal wurde er bei Remagen abgeschossen, als die Amerikaner über den Rhein setzten. Seine Maschine gehörte zu einem Dutzend britischer Typhoons, die den Vormarsch deckten. Nach einem Volltreffer in den Motor blieben ihm nur wenige Sekunden, um Höhe zu gewinnen, die Kanzelhaube zu öffnen und aus der Maschine zu springen, ehe sie explodierte.

Die Absprunghöhe war gering, die Landung hart. Er brach sich beide Beine. Benommen vor Schmerzen, lag er im Schnee und nahm nur undeutlich die Stahlhelme wahr, die sich rasch auf ihn zubewegten. Wesentlich deutlicher jedoch wurde ihm bewusst, dass die Deutschen gegen die Typhoons eine besondere Abneigung hegten und die Leute, die er weggepustet hatte, einer Panzerdivision der SS angehörten, die für ihre Toleranz nicht gerade bekannt war.

Eine vermummte Gestalt blieb vor ihm stehen, blickte auf ihn herab und sagte: »Wen haben wir denn da?« Ein Seufzer der Erleichterung entfuhr ihm. Wenige von Adolfs Besten sprachen Englisch mit einem breiten Mississippi-Akzent.

Die Amerikaner brachten ihn, benommen von Morphium, zurück über den Rhein und ließen ihn nach England ausfliegen. Als seine Beine wieder leidlich in Ordnung waren, wurde sein Bett dringender für Neuzugänge von der Front gebraucht. Und so schickte man ihn zur Erholung an die Südküste, wo er bis zu seiner Rückkehr nach Kanada erste Gehversuche unternahm.

Er genoss die Zeit in Dilbury Manor, einem verschachtelten, geschichtsträchtigen Gemäuer aus der Tudorzeit mit Rasenflächen, so grün wie ein Billardtischbezug, und einigen hübschen Krankenschwestern. In jenem Frühjahr wurde er fünfundzwanzig und bekleidete den Rang eines Geschwaderkommandeurs.

Jeweils zwei Offiziere teilten sich einen Raum, doch sein Zimmergenosse traf erst eine Woche später ein. Er war etwa im gleichen Alter, Amerikaner ohne Uniform, und gleichen bei einem Feuergefecht in Norditalien am linken Arm und an der linken Schulter verwundet worden. Das bedeutete eine verdeckte Operation hinter den feindlichen Linien. Spezialeinheit.

»Hi«, grüßte der Neuankömmling, »Peter Lucas. Spielen Sie Schach?«

Steve Edmond stammte aus den Bergarbeitercamps in Ontario und hatte sich, um der Arbeitslosigkeit im Bergbau zu entgehen, 1938 zur Royal Canadian Air Force gemeldet. Die Welt hatte damals keine Verwendung für kanadisches Nickel. Später sollte dieses Metall Bestandteil jedes Flugzeugmotors werden, der ihn und seine Maschinen in der Luft hielt. Lucas stammte aus der Oberschicht Neuenglands, der Wohlstand war ihm in die Wiege gelegt worden.

Die beiden jungen Männer saßen, den Schachtisch zwischen sich, auf dem Rasen, als eine Radiostimme aus dem Fenster des Speisesaals drang und im blasierten Akzent der BBC-Nachrichtensprecher jener Tage die Meldung verlas, dass Generaloberst Jodl in Reims die bedingungslose Kapitulation unterzeichnet habe. Man schrieb den 7. Mai 1945.

Der Krieg in Europa war vorbei. Der Amerikaner und der Kanadier gedachten all der Freunde, die nicht heimkehren würden, und jeder sollte sich später daran erinnern, dass er an diesem Tag das letzte Mal in der Öffentlichkeit geweint hatte.

Eine Woche später schieden sie voneinander und kehrten in ihr jeweiliges Land zurück. Doch in dem Genesungsheim an der englischen Küste hatten sie eine Freundschaft fürs Leben geschlossen.

Es war ein anderes Kanada, in das Steve Edmond heimkehrte, und er ein anderer Mann, ein hoch dekorierter Kriegsheld, der eine boomende Wirtschaft vorfand. Er stammte aus dem Sudbury-Becken, und dorthin kehrte er auch zurück. Sein Vater war Bergarbeiter gewesen wie davor schon sein Großvater. Seit 1885 bauten die Kanadier um Sudbury Kupfer und Nickel ab, und die Edmonds waren fast immer dabei gewesen.

Steve Edmond bekam von der Air Force eine hübsche Stange Geld und verwendete sie dazu, als Erster seiner Familie aufs College zu gehen. Er schrieb sich, keineswegs überraschend, für das Fach Bergbautechnik ein und belegte zusätzlich Hüttenkunde. 1948 schloss er in beiden Fächern als einer der Besten seines Jahrgangs ab und wurde von der INCO, der International Nickel Company und wichtigsten Arbeitgeberin im Becken, mit Handkuss genommen.

Die 1902 gegründete INCO hatte maßgeblich dazu beigetragen, aus Kanada den größten Nickelproduzenten der Welt zu machen. Und das Herz des Unternehmens lag in der riesigen Lagerstätte bei Sudbury in Ontario. Steve Edmond begann als Managementtrainee.

Er wäre wohl Minenmanager geblieben und hätte weiter in einem komfortablen, aber firmeneigenen Holzhaus in einem Vorort von Sudbury gelebt, hätte ihm sein rastloser Geist nicht unentwegt eingeflüstert, dass es noch einen »besseren Weg« geben müsse.

Auf dem College hatte er gelernt, dass das wichtige Nickelerz Pentlandit nicht nur Nickel, sondern auch andere Elemente enthielt wie Platin, Palladium, Iridium, Ruthenium, Rhodium, Tellur, Selen, Kobalt, Silber und Gold. Er begann, sich mit den Seltenerdmetallen, ihrer Anwendung und möglichen Vermarktung zu beschäftigen. Kein anderer machte sich diese Mühe, denn ihre Gewinnung war wegen ihrer geringen Konzentration zu unrentabel, sodass sie auf den Abraumhalden landeten. Nur sehr wenige wussten, was Seltenerdmetalle waren.

Fast alle großen Vermögen sind einer bahnbrechenden Idee und dem Mut zu verdanken, sie in die Tat umzusetzen. Auch harte Arbeit und Glück sind nicht von Nachteil. Steve Edmonds bahnbrechende Idee bestand darin, ins Labor zurückzukehren, während die anderen jungen Bergbaumanager den spärlichen Ertrag ihrer Arbeit einfach vertranken. Die Lösung, die er präsentierte, war ein Verfahren namens »saure Drucklaugung«.

Im Wesentlichen ging es darum, die sehr geringen Bestandteile an seltenen Metallen aus der Schlacke herauszulösen und aufzubereiten.

Wäre er damit zur INCO gegangen, hätte man ihm auf die Schulter geklopft und allenfalls noch ein opulentes Abendessen spendiert. Stattdessen kündigte er, löste eine Eisenbahnkarte dritter Klasse nach Toronto und suchte dort das Patentamt auf. Er war dreißig und auf dem Weg nach oben.

Natürlich musste er einen Kredit aufnehmen, wenn auch keinen sehr großen, denn das, was er im Sinn hatte, kostete nicht viel. Wenn das Nickelerz Pentlandit völlig oder zumindest so weit abgebaut war, dass eine weitere Förderung unwirtschaftlich erschien, hinterließen die Bergbaugesellschaften riesige Abraumhalden. Diese Erzabfälle bestanden aus Schutt, den keiner wollte – keiner außer Steve Edmond. Er kaufte ihn für ein Butterbrot, gründete die Edmond Metals, kurz »Ems« genannt und an der Torontoer Börse schlicht als »Emmys« bekannt, und der Kurs schoss nach oben. Er verkaufte nie, widerstand allen Überredungsversuchen und ließ sich auf keines der riskanten Geschäfte ein, die ihm Banken und Finanzberater vorschlugen. Auf diese Weise vermied er jeden Medienrummel, blieb von platzenden Spekulationsblasen und Börsenkrächen verschont. Mit vierzig war er Multimillionär, und 1985, mit fünfundsechzig, umgab ihn die Aura des Milliardärs.

Er prahlte nie damit, vergaß nie seine Wurzeln, spendete viel für wohltätige Zwecke, mied die Politik, blieb leutselig und galt als guter Familienvater.

Im Lauf der Jahre gab es tatsächlich ein paar Narren, die von seinem freundlichen Auftreten auf den ganzen Mann schlossen und versuchten, ihn zu betrügen, zu belügen oder zu bestehlen. Sie mussten, häufig zu spät aus ihrer Sicht, erkennen, dass Steve Edmond so hart war wie der Stahl in jedem Flugzeugmotor, hinter dem er gesessen hatte.

Er heiratete nur einmal, und zwar 1949, kurz vor seiner großen Entdeckung. Er und Fay waren ein Liebespaar, und sie blieben es, bis sie 1994 an amyotrophischer Lateralsklerose starb. Sie hatten ein Kind, die 1950 geborene Tochter Annie.

Steve Edmond vergötterte sie auch im Alter noch, hielt große Stücke auf Professor Adrian Colenso, den Mathematiker der Georgetown University, den sie mit zweiundzwanzig geheiratet hatte, und liebte seinen einzigen Enkel Ricky über alles, der sich, damals zwanzig Jahre alt, irgendwo in Europa herumtrieb, ehe er das Studium aufnehmen wollte.

Die meiste Zeit war Steve Edmond ein zufriedener Mann, und er hatte allen Grund dazu. Doch es gab auch Tage, an denen er unruhig und reizbar war. Dann durchschritt er sein Penthousebüro hoch über der Stadt Windsor in Ontario und blickte wieder in die jungen Gesichter auf dem Foto. Gesichter aus einer anderen Welt, einer anderen Zeit.

Das Telefon klingelte. Er kehrte zum Schreibtisch zurück.

»Ja, Jean?«

»Mrs. Colenso ruft aus Virginia an.«

»Schön. Stellen Sie durch.« Er lehnte sich in seinem gepolsterten Drehstuhl zurück, während er verbunden wurde. »Hi, mein Schatz. Wie geht es dir?«

Sein Lächeln erstarb, während er zuhörte. Er lehnte sich vor und stützte sich auf den Tisch.

»Was meinst du mit ›vermisst‹? ... Hast du versucht, ihn anzurufen? ... Bosnien? Keine Verbindung ... Annie, du weißt doch, dass die jungen Leute heutzutage nicht schreiben ... Vielleicht hat die Post da drüben geschlampt ... Ja. Ich weiß, er hat es hoch und heilig versprochen ... In Ordnung, überlass die Sache mir. Für wen arbeitet er?«

Er nahm einen Kugelschreiber und schrieb auf, was sie diktierte.

»Loaves 'n' Fishes. Ist das der Name? Ist das eine Hilfsorganisation? Nahrungshilfe für Flüchtlinge. Schön, dann wird sie registriert sein. Sie muss registriert sein. Überlass alles mir, Liebes. Ja, sowie ich etwas in Erfahrung gebracht habe.«

Er legte den Hörer auf, überlegte einen Augenblick und rief seinen Generaldirektor an.

»Haben Sie unter Ihren Jungs einen, der im Internet recherchieren kann?«, fragte er.

Der Direktor war verdutzt. »Selbstverständlich. Dutzende.«

»Ich brauche den Namen und die Privatnummer des Leiters einer Hilfsorganisation namens Loaves 'n' Fishes. Nein, mehr nicht. Und bitte beeilen Sie sich.«

Er hatte beides nach zehn Minuten. Eine Stunde später beendete er ein langes Telefonat mit einem von diesen Fernsehpredigern, der in einem Glitzerbau in Charleston, South Carolina, seine Bürozentrale hatte, einem von der Sorte, die er verachtete, weil sie Leichtgläubigen riesige Spenden abschwatzten und ihnen dafür das Seelenheil versprachen.

Loaves 'n' Fishes war der karitative Arm des Erlösers mit Schmalztolle und sammelte Spenden für die bedauernswerten Flüchtlinge in Bosnien, die zu der Zeit unter einem grausamen Bürgerkrieg litten. Wie viel von den Spendendollars an die armen Teufel floss und wie viel in den Wagenpark des Reverends, das konnte man nur vermuten. Doch wenn Ricky Colenso als Freiwilliger für Loaves 'n' Fishes in Bosnien gearbeitet habe, so erfuhr er von der Stimme aus Charleston, dann in ihrem Verteilungszentrum in einer Stadt namens Travnik.

»Jean, erinnern Sie sich an den Mann in Toronto, dem vor ein paar Jahren bei einem Einbruch in sein Landhaus ein paar wertvolle alte Gemälde gestohlen wurden? Es stand in der Zeitung. Später tauchten sie wieder auf. Jemand im Klub sagte, er habe eine diskrete Agentur damit beauftragt, sie aufzuspüren und zurückzubringen. Ich brauche seinen Namen. Rufen Sie mich zurück.«

Der gesuchte Name war mit Sicherheit nicht im Internet zu finden, doch es gab andere Netze. Jean Searle, seit vielen Jahren seine Privatsekretärin, nutzte das Sekretärinnennetz, und eine ihrer Freundinnen saß im Vorzimmer des Polizeichefs.

»Rubinstein? Schön. Finden Sie Mr. Rubinstein, in Toronto oder sonst wo.«

Das dauerte eine halbe Stunde. Der Kunstsammler weilte gerade in Amsterdam, um sich zum wiederholten Mal im Rijksmuseum Rembrandts »Nachtwache« anzusehen. Wegen der sechs Stunden Zeitunterschied wurde er beim Abendessen gestört. Er war dennoch hilfsbereit.

»Jean«, sagte Steve Edmond nach dem Telefonat, »rufen Sie

den Flughafen an. Sie sollen die Grumman startklar machen. Sofort. Ich möchte nach London fliegen. Nein, das in England. Sowie es hell wird.«

Man schrieb den 10. Juni 1995.

4

Der Soldat

Kaum hatte Cal Dexter seinen Fahneneid geleistet, war er auch schon auf dem Weg ins Grundausbildungslager. Er brauchte nicht weit zu fahren, Fort Dix liegt in New Jersey.

Im Frühjahr 1968 rückten Zehntausende junger Amerikaner ein, fünfundneunzig Prozent davon widerwillig als Wehrpflichtige. Den Ausbildern war das völlig schnuppe. Ihre Aufgabe bestand darin, aus dieser Masse von kahl geschorenen jungen Männern so etwas wie Soldaten zu machen, ehe sie, nur drei Monate später, an einen anderen Standort versetzt wurden.

Woher sie kamen, wer ihre Väter waren und welche Ausbildung sie genossen hatten, interessierte sie herzlich wenig. Das Ausbildungslager war der größte Gleichmacher nach dem Tod. Der würde später kommen. Jedenfalls für einige.

Dexter war von Natur rebellisch, aber auch cleverer als die meisten. Das Essen war bescheiden, aber immer noch besser als das, das er auf vielen Baustellen bekommen hatte, und so aß er mit Appetit.

Im Gegensatz zu den Jungs aus begütertem Haus hatte er keine Probleme mit dem Schlafsaal, den offenen Toiletten oder dem Befehl, seine Montur und den kleinen Spint pieksauber zu halten. Am meisten kam ihm jetzt zugute, dass ihm nie jemand hinterhergeräumt hatte, und so erwartete er auch nichts dergleichen im Lager. Andere, die es gewohnt waren, bedient zu werden, brachten viele Stunden damit zu, unter den Blicken eines missgestimmten Unteroffiziers um den Exerzierplatz zu joggen oder Liegestütze zu machen.

Gleichwohl sah Dexter in den meisten Vorschriften und Ritualen keinen Sinn, doch er war klug genug, seine Meinung für sich zu behalten. Ebenso wenig konnte er verstehen, wieso Unteroffiziere immer Recht hatten und er immer Unrecht.

Es zahlte sich sehr schnell aus, dass er sich auf drei Jahre verpflichtet hatte. Die Corporals und Sergeants, die in einem Grundausbildungslager gleich nach dem lieben Gott kamen, kannten seinen Status und drückten bei ihm ein Auge zu. Reiche Muttersöhnchen hatten es am schwersten.

Nach zwei Wochen musste er zu seinem ersten Beurteilungsgespräch vor einem dieser nahezu unsichtbaren Wesen erscheinen – einem Offizier, genauer gesagt einem Major. »Irgendwelche besonderen Qualifikationen?«, fragte der Major wohl zum tausendsten Mal.

»Ich bin Bulldozer gefahren, Sir«, antwortete Dexter.

Der Major studierte seine Akte und sah auf. »Wann war das?«

»Letztes Jahr, Sir. Nach der Schule und vor meiner Verpflichtung.«

»Ihren Papieren zufolge sind Sie erst achtzehn. Demnach waren Sie damals erst siebzehn.«

»Ja, Sir.«

»Das ist verboten.«

»Na, so was, Sir, das tut mir Leid. Ich hatte keine Ahnung.«

Er spürte, wie der Corporal, der stocksteif neben ihm saß, sich nur mühsam ein Grinsen verkniff. Doch das Problem des Majors war gelöst.

»Schätze, die Pioniere wären das Richtige für Sie, Soldat. Irgendwelche Einwände?«

»Nein, Sir.«

Sehr wenige scheiden mit Tränen von Fort Dix. Ein Ausbildungslager ist keine Sommerfrische. Aber die meisten verließen den Ort mit geradem Rücken, breiten Schultern und Bürstenschnitt, in der Uniform eines einfachen Soldaten, mit Seesack und einem Marschbefehl, in dem der nächste Standort eingetragen war. In Dexters Fall handelte es sich um das Fort Leonard Wood in Missouri, wo er eine weiterführende Ausbildung erhalten sollte.

Die bestand in einer Basisausbildung zum Pionier, und das hieß nicht nur Bulldozer fahren, sondern alles, was Räder oder Ketten hatte. Außerdem musste er Motoren reparieren und Fahrzeuge warten lernen und, sofern noch Zeit blieb, fünfzig andere Kurse besuchen. Nach weiteren drei Monaten erhielt er das Zeugnis, das seine Einsatzbefähigung bestätigte, und wurde nach Fort Knox in Kentucky versetzt.

Die meisten Menschen kennen Fort Knox nur als Goldlager der amerikanischen Zentralbank, das die Fantasie jedes tagträumenden Bankräubers beflügelt und Gegenstand zahlloser Filme und Bücher ist.

Fort Knox ist aber auch ein großer Militärstützpunkt und Heimat einer Panzerschule. Und auf einem Standort dieser Größe wird immer irgendwo gebaut, sind immer Gruben für Tanks auszuheben oder Gräben aufzufüllen. Cal Dexter diente in Fort Knox sechs Monate als Standortpionier, ehe man ihn auf die Kommandantur bestellte.

Er hatte unlängst seinen neunzehnten Geburtstag gefeiert und bekleidete den Rang eines Gefreiten. Der Offizier blickte grimmig wie jemand, der eine Todesnachricht zu überbringen hat, und Cal befürchtete schon, seinem Vater sei etwas zugestoßen.

»Sie gehen nach Vietnam«, sagte der Major.

»Großartig«, erwiderte der Gefreite. Der Major, der den Rest seines Soldatenlebens glücklich in seinem anonymen Einfamilienhaus auf dem Stützpunkt in Kentucky verbringen würde, blinzelte.

»Tja, dann ist ja alles in bester Ordnung.«

Vierzehn Tage später packte Cal Dexter seinen Seesack, nahm Abschied von den Kameraden, mit denen er sich angefreundet hatte, und stieg in den Bus, der ein Dutzend Versetzte abholen sollte.

Eine Woche später marschierte er die Rampe einer C5 Galaxy hinunter und trat in die drückende Schwüle des Flughafens Saigon, militärischer Sektor.

Auf der Fahrt vom Flugfeld saß er vorn neben dem Busfahrer. »Und was machst du so?«, fragte der Corporal, als er mit dem Bus zwischen den Hangars kurvte.

»Bulldozer fahren«, antwortete Dexter.

»Na, dann drückst du dich auch nur in der Etappe herum wie alle anderen hier.«

Dexter erhielt eine erste Ahnung von den in Vietnam herrschenden Statusunterschieden. Neun Zehntel der GIs bekamen nie einen Vietcong zu Gesicht, feuerten nie einen Schuss ab und hörten nur selten einen fallen. Die fünfzigtausend Toten, deren Namen an der Gedenkmauer neben dem Reflecting Pool in Washington verewigt sind, gehörten bis auf wenige Ausnahmen zu dem anderen Zehntel. Obwohl eine zweite Armee aus vietnamesischen Köchen, Wäschern und Handlangern zur Verfügung stand, waren neun GIs in der Etappe erforderlich, damit einer im Dschungel versuchen konnte, den Krieg zu gewinnen.

»Wohin kommst du?«

»Erstes Pionierbataillon, Big Red One.«

Der Fahrer quiekste wie ein verschreckter Flughund. »Sorry«, sagte er. »Ich war wohl etwas voreilig. Das bedeutet Lai Khe. Am Rand des Eisernen Dreiecks. Ich möchte nicht mit dir tauschen, Kamerad.«

»Ist es da schlimm?«

»Dantes Inferno, Kumpel.«

Dexter kannte keinen Dante und vermutete, dass er einer anderen Einheit angehörte. Er zuckte die Schultern.

Es gab zwar eine Straße von Saigon nach Lai Khe, die Nationalstraße 13. Sie führte über Phu Cuong am Ostrand des Dreiecks hinauf nach Ben Cat und von dort noch fünfzehn Meilen weiter. Doch es war ratsam, sie nur mit einer gepanzerten Eskorte zu benutzen, und auch dann nur bei Nacht. Die Gegend

48

war dicht bewaldet und Schauplatz häufiger Vietcongüberfälle. Aus diesem Grund brachte ein Hubschrauber Cal Dexter in das riesige, befestigte Lager, das die Erste Infanteriedivision, die Big Red One, beherbergte.

Wieder schulterte er den Seesack und fragte sich zur Kommandantur des Ersten Pionierbataillons durch.

Auf dem Weg dorthin kam er am Fuhrpark vorbei, und was er dort sah, verschlug ihm den Atem. Er sprach einen vorbeikommenden GI an und fragte: »Was zum Teufel ist das?«

»Eine Schweineschnauze«, antwortete der Soldat lakonisch. »Zur Bodensäuberung.«

Zusammen mit der 25. Infanteriedivision aus Hawaii, der »Tropic Lightning«, bemühte sich die Big Red One, ein Gebiet unter Kontrolle zu bringen, das nach allem, was man hörte, zu den gefährlichsten auf der gesamten Halbinsel gehörte: das Eiserne Dreieck. Die dichte Vegetation war so undurchdringlich für die Invasoren und bot der Guerilla so viele Verstecke, dass die einzige Möglichkeit, eine Art Chancengleichheit herzustellen, darin bestand, den Dschungel platt zu walzen.

Zu diesem Zweck hatte man zwei eindrucksvolle Maschinen entwickelt. Die erste war der Panzerdozer, ein mittelgroßer M-48-Panzer, der vorn mit einem Bulldozerschild versehen war. Während der Panzer mit gesenktem Schild seine Planierarbeit verrichtete, schützte der Geschützturm die Besatzung in seinem Bauch. Aber viel größer war der Rome Plow, die so genannte Schweineschnauze. Ein sechzig Tonnen schweres Kettenfahrzeug vom Typ D7E, ausgestattet mit einem speziell geschmiedeten, gekrümmten Schild, dessen vorspringende untere Kante aus gehärtetem Stahl Bäume von einem Meter Durchmesser knicken konnte.

Der Fahrer thronte hoch oben in seiner Kabine. Ein »Kopfnussgitter« schützte ihn vor herabfallenden Ästen und eine gepanzerte Kabine vor den Kugeln von Heckenschützen und angreifenden Guerillas.

Das »Rome« im Namen bezog sich nicht auf die Hauptstadt Italiens, sondern auf Rome in Georgia, wo das Monstrum gebaut wurde. Der Zweck des Rome Plow bestand darin, jedes Stück Land, dem es seine ungeteilte Aufmerksamkeit widmete, als Zufluchtsort für den Vietcong ein für alle Mal unbrauchbar zu machen.

Dexter ging in die Kommandantur des Bataillons, salutierte und stellte sich vor. »Guten Morgen, Sir. Gefreiter Calvin Dexter meldet sich zum Dienst, Sir. Ich bin der neue Fahrer der Schweineschnauze, Sir.«

Der Leutnant hinter dem Schreibtisch seufzte müde. Seine einjährige Dienstzeit neigte sich dem Ende zu. Eine Verlängerung hatte er kategorisch abgelehnt. Er verabscheute dieses Land, den unsichtbaren, aber todbringenden Vietcong, die schwüle Hitze, die Moskitos und den Umstand, dass er wieder einmal an einem juckenden Frieselausschlag am Hintern und an den Geschlechtsteilen litt. Das Letzte, was er bei Temperaturen bis vierzig Grad gebrauchen konnte, war ein Witzbold.

Doch Cal Dexter war ein hartnäckiger junger Mann. Er gab keine Ruhe und bohrte so lange, bis er zwei Wochen nach seinem Dienstantritt seinen Rome Plow bekam. Bei der ersten Fahrt gab ihm ein erfahrener Fahrer Tipps. Er hörte zu, kletterte in die Kabine hinauf und fuhr ihn bei einer Operation mit Infanterieunterstützung, die den ganzen Tag dauerte.

Er bediente die hoch aufragende Maschine auf seine Weise, anders und besser.

Immer häufiger sah ihm dabei ein Leutnant zu, der, ebenfalls Pionier, offenbar keine Pflichten hatte. Ein junger Mann, der wenig sprach, aber umso mehr beobachtete.

»Ein zäher Bursche«, sagte sich der Offizier nach einer Woche. »Von sich überzeugt, ein Einzelgänger, und er hat Talent. Mal sehen, ob er schnell kneift.«

Der groß gewachsene MG-Schütze hatte keinen Grund, den viel kleineren Pflugführer zu schikanieren. Er tat es trotzdem.

Als er den Gefreiten aus New Jersey zum dritten Mal piesackte, setzte es Schläge. Allerdings nicht in der Öffentlichkeit. Das war gegen die Vorschriften. Hinter der Kantine war ein freier Platz. Sie vereinbarten, die Sache dort auszutragen, mit bloßen Fäusten und nach Einbruch der Dunkelheit.

Sie trafen sich im Licht von Scheinwerfern, umringt von hundert Kameraden, die Wetten abschlossen, die meisten gegen den kleineren Mann. Sie erwarteten eine Neuauflage des Boxkampfs zwischen George Kennedy und Paul Newman in *Der Unbeugsame*. Sie irrten.

Niemand sprach von den Queensberry-Regeln, und so ging der kleinere Mann direkt auf den MG-Schützen zu, tauchte unter seinem ersten harten Schwinger durch und trat ihm fest gegen die Kniescheibe. Der Bulldozerfahrer umkreiste seinen einbeinigen Kontrahenten, verpasste ihm zwei Nierenschläge und rammte ihm das Knie in die Weichteile.

Als der Kopf des großen Manns auf seine Höhe kam, schmetterte er ihm den Knöchel des rechten Mittelfingers gegen die linke Schläfe – und bei dem MG-Schützen gingen die Lichter aus.

»Du kämpfst nicht fair«, protestierte der Verwahrer der Wetteinsätze, als Dexter ihm die Hand hinstreckte, um seinen Gewinn zu kassieren.

»Nein, aber ich verliere auch nicht«, erwiderte er. Außerhalb des Lichtkreises nickte der Offizier den beiden MPs zu, die er mitgebracht hatte. Sie griffen ein und nahmen die Verhaftung vor. Später bekam der humpelnde MG-Schütze die versprochenen zwanzig Dollar.

Dreißig Tage Bau war die Strafe, und sie fiel deshalb so hart aus, weil er den Namen seines Kontrahenten nicht preisgab. Er schlief ausgezeichnet auf der harten Pritsche in der Zelle und tat es noch, als jemand mit einem Löffel aus Metall an den Gitterstäben schrappte. Der Morgen dämmerte bereits.

»Aufstehen, Soldat!«, rief eine Stimme. Dexter erwachte, glitt von der Pritsche und stand stramm. Der Mann hatte einen silbernen Leutnantsbalken am Kragen. »Dreißig Tage in dem Loch können ganz schön langweilig werden«, sagte der Offizier.

»Ich werd's überleben, Sir«, erwiderte der erneut zum einfachen Soldaten degradierte Exgefreite.

»Sie könnten auch sofort rausspazieren.«

»Und wo ist der Haken, Sir?«

»Sie vergessen das dämliche große Spielzeug und kommen zu meinem Haufen. Dann wird sich zeigen, ob Sie wirklich so hart sind, wie Sie glauben.«

»Was ist das für ein Haufen, Sir?«

»Man nennt mich Rat Six. Gehen wir?«

Der Offizier holte den Gefangenen mit einer Unterschrift heraus, und gemeinsam begaben sie sich zum Frühstück in die kleinste und exklusivste Kantine der gesamten Ersten Division. Unbefugte hatten keinen Zutritt, und zu der Zeit gab es nur vierzehn Mitglieder. Dexter war das fünfzehnte, doch schon eine Woche später, als wieder zwei fielen, schrumpfte die Zahl auf dreizehn.

An der Tür zu der »Hütte«, wie sie ihren kleinen Klub nannten, hing ein seltsames Emblem. Es zeigte ein aufrecht sitzendes Nagetier mit gefletschten Zähnen, phallischer Zunge, eine Pistole in der einen und eine Schnapsflasche in der anderen Hand. Dexter war den Tunnelratten beigetreten.

Seit sechs Jahren machten die Tunnelratten mit ständig wechselndem Personal den schmutzigsten, gefährlichsten und mit Abstand schaurigsten Job im Vietnamkrieg, doch ihr Tun war so geheim und ihre Zahl so gering, dass sie den meisten Leuten, selbst Amerikanern, bis heute nur ein vager oder überhaupt kein Begriff sind.

Wahrscheinlich gab es in all den Jahren nicht mehr als dreihundertfünfzig. Eine kleine Einheit bei den Pionieren der Big Red One und eine entsprechende Einheit von der 25. Division, der »Tropic Lightning«. Einhundert von ihnen kamen nie wieder nach Hause. Weitere hundert wurden, schreiend und mit den Nerven am Ende, aus der Gefechtszone geschleppt, kämpften nicht mehr und machten stattdessen eine Traumatherapie. Der Rest kehrte in die Staaten zurück, von Natur aus verschlossene, wortkarge Einzelgänger, die selten darüber sprachen, was sie getan hatten.

Zu Hause in den Vereinigten Staaten, wo man normalerweise keine Hemmungen hat, seine Kriegshelden zu feiern, verlieh man ihnen keine Orden und stellte nicht einmal eine Gedenktafel für sie auf. Sie kamen von nirgendwo, taten, was sie taten, weil es getan werden musste, und verschwanden wieder in der Versenkung. Ihre Geschichte begann, weil sich ein Sergeant am Hintern piekte.

Die Amerikaner waren keineswegs die ersten Eindringlinge in Vietnam, nur die letzten. Vor ihnen waren die Franzosen gewesen und hatten aus den drei Provinzen Tongkin (Norden), Annam (Mitte) und Cochinchina (Süden) nebst Laos und Kambodscha ein Kolonialreich errichtet.

Die japanischen Invasoren verdrängten die Franzosen 1942, und nach Japans Niederlage 1945 glaubten die Vietnamesen, sich nun endlich ohne Fremdherrschaft vereinigen zu können. Doch die Franzosen hatten andere Pläne und kehrten zurück. Der führende Unabhängigkeitskämpfer war der Kommunist Ho Chi Minh. Er gründete die Widerstandsarmee Vietminh, deren Angehörige in den Dschungel zurückkehrten und den Kampf fortsetzten. So lange, wie es eben dauerte.

Eine Hochburg des Widerstands war das dicht bewaldete und landwirtschaftlich genutzte Gebiet nordwestlich von Saigon, das bis zur kambodschanischen Grenze reichte. Die Franzosen widmeten ihm besondere Aufmerksamkeit (wie später auch die Amerikaner) und führten eine Strafexpedition nach der anderen durch. Die ansässigen Bauern suchten ihr Heil nicht in der Flucht, sondern buddelten.

Sie besaßen keine Maschinen, nur ihre ameisenartige Fähigkeit zu harter Arbeit, ihre Geduld, ihre Ortskenntnis und ihre List. Und sie hatten Hacken, Schaufeln und aus Palmblättern geflochtene Körbe. Wie viele Millionen Tonnen Erde sie bewegten, wird man nie erfahren. Aber graben und Erde wegbringen, das taten sie. Nach der Niederlage und dem Abzug der Franzosen 1954 bestand das gesamte Dreieck aus einem Labyrinth von Stollen und Tunneln. Und niemand wusste davon.

Die Amerikaner kamen und stützten ein Regime, das für den Vietminh nur die Marionette einer weiteren Kolonialmacht darstellte. Sie kehrten in den Dschungel zurück, nahmen den Guerillakrieg wieder auf und begannen auch wieder zu buddeln. Bis 1964 hatten sie ein dreihundert Kilometer langes System aus Tunneln, Bunkern, Verbindungsstollen und Verstecken angelegt, alles unter der Erde.

Die Komplexität des Tunnelsystems war atemberaubend, als die Amerikaner endlich dahinterkamen, was da unten vor sich ging. Die Schachteingänge waren so gut getarnt, dass man sie auch aus nächster Nähe am Dschungelboden nicht erkennen konnte. Darunter lagen bis zu fünf Etagen, die unterste in sechzehn Metern Tiefe, alle durch schmale, gewundene Gänge miteinander verbunden, durch die nur ein Vietnamese oder ein kleiner drahtiger Weißer kriechen konnte.

Zwischen den Etagen gab es Falltüren, die mal nach oben, mal nach unten führten. Auch sie waren getarnt und sahen wie die nackte Wand eines Tunnelendes aus. Es gab Vorratslager, Versammlungshöhlen, Schlaf- und Essräume, Reparaturwerkstätten und sogar Lazarette. 1966 konnte sich eine komplette Kampfbrigade dort unten verstecken, doch bis zur Tet-Offensive war das nicht nötig.

Angreifer wurden dazu verleitet einzudringen. Entdeckten sie einen senkrechten Schacht, wartete an dessen Ende möglicherweise eine heimtückische Falle. In die Tunnel zu feuern war sinnlos, denn sie änderten nach wenigen Metern die Richtung, sodass die Wand zum Kugelfang wurde.

Sprengen war nutzlos, denn in dem stockfinsteren, unterirdischen Labyrinth gab es Dutzende von alternativen Gängen, die nur ein Ortskundiger kannte. Auch der Einsatz von Gas war unsinnig, denn sie bauten mit dem Knie eines Toilettenabflussrohrs vergleichbare Wasserverschlüsse ein.

Das Netz unter dem Dschungel reichte von den Vorstädten Saigons bis kurz vor die kambodschanische Grenze. Es gab noch verschiedene andere Netze, doch keines war wie das Tunnelsystem von Cu Chi, so benannt nach der nächstgelegenen Stadt.

Nach dem Monsun war der Lateritboden weich, ließ sich leicht abkratzen und in Körben wegtragen. In der Trockenzeit wurde er hart wie Beton.

Nach Kennedys Tod trafen die Amerikaner in beachtlicher Zahl ein, dann ab dem Frühjahr 1964 nicht mehr nur als Militärberater, sondern auch als Kämpfer. Sie waren zahlenmäßig überlegen, verfügten über die besseren Waffen, das bessere Gerät, die höhere Feuerkraft – und trafen nichts. Sie trafen nichts, weil sie nichts fanden, nur dann und wann, wenn sie Glück hatten, die Leiche eines Vietcong. Doch sie erlitten Verluste, und die Zahl der Gefallenen stieg.

Zunächst lag der Gedanke nahe, dass die Vietcong-Kämpfer tagsüber Bauern waren, sich zwischen den Millionen von Pyjamaträgern versteckten und nachts auf Guerilla umsattelten. Woher also am Tag die hohen Verluste, wenn niemand da war, auf den man schießen konnte? Im Januar 1966 beschloss die Big Red One, im Eisernen Dreieck ein für alle Mal aufzuräumen. Sie startete die Operation »Crimp«.

Die Soldaten begannen an einem Ende, schwärmten fächerförmig aus und rückten vor. Sie hatten genug Munition, um ganz Indochina zu entvölkern, erreichten das andere Ende und hatten niemanden entdeckt. Hinter der vorrückenden Linie begannen Scharfschützen zu feuern, und die GIs verloren fünf Mann. Wer auch immer geschossen hatte, er besaß nur alte sowjetische Repetiergewehre, aber Herzschuss blieb Herzschuss.

Die GIs machten kehrt und durchkämmten das Gebiet ein zweites Mal. Doch sie trafen auf keinen Feind. Dafür erlitten sie weitere Verluste, stets durch Schüsse in den Rücken. Sie entdeckten ein paar Schützenlöcher und Luftschutzbunker. Leer, niemand versteckte sich hier. Dann erneut Schüsse aus dem Hinterhalt, aber keine flüchtenden schwarzen Gestalten, auf die man zielen konnte.

Am vierten Tag hatte Sergeant Stewart Green die Nase ebenso gestrichen voll wie seine Kameraden und setzte sich hin, um zu verschnaufen. Nach zwei Sekunden stand er wieder auf und hielt sich den Hintern. Feuerameisen, Skorpione, Schlangen, in Vietnam gab es alles. Er war überzeugt, dass ihn etwas gebissen oder gestochen hatte. Doch es war nur ein Nagelkopf. Der Nagel steckte in einem Rahmen, und der Rahmen war die getarnte Tür zu einem Schacht, der senkrecht in die Dunkelheit hinabführte. Die US-Army hatte entdeckt, wohin die Heckenschützen verschwanden. Seit zwei Jahren marschierte man über ihren Köpfen herum.

Es gab keine Möglichkeit, den Vietcong, der da unten lebte und sich in der Dunkelheit versteckte, per Fernsteuerung zu bekämpfen. Die Gesellschaft, die drei Jahre später zwei Männer auf einen Mondspaziergang ins All schicken sollte, hatte keine technische Antwort auf das Tunnelsystem von Cu Chi. Es gab nur eine Möglichkeit, den unsichtbaren Feind zu bekämpfen.

Jemand musste sich bis auf die dünne Baumwollhose ausziehen und, nur mit Pistole, Messer und Taschenlampe bewaffnet, hinunter in dieses stockfinstere, stinkende, stickige, unerforschte, kartografisch nicht erfasste, mit Fallen gespickte, tödliche und klaustrophobisch enge Labyrinth aus schmalen Stollen, um den wartenden Vietcong im eigenen Versteck zu töten.

Ein paar Männer fanden sich, ein spezieller Typ Mann. Große, stämmige Kerle waren nicht zu gebrauchen. Die fünfundneunzig Prozent mit Platzangst waren nicht zu gebrauchen. Maulhelden, Selbstdarsteller und Angeber waren nicht zu gebrauchen. Diejenigen, die es taten, waren ruhige, zurückhaltende Typen, unauffällig und selbstbeherrscht, häufig Außenseiter in ihrer eigenen Einheit. Sie benötigten eiserne Nerven, mussten abgebrüht, ja kaltblütig sein und nahezu immun gegen Panik, den eigentlichen Feind unter Tage.

Die Armeebürokratie, die sich sonst nie scheut, zehn Wörter zu verwenden, wo zwei genügen, nannte sie »Tunnelerkundungspersonal«. Sie selbst nannten sich »Tunnelratten«.

Zu der Zeit, als Cal Dexter nach Vietnam kam, gab es die Einheit seit drei Jahren, und sie war die einzige, deren Verwundetenquote bei hundert Prozent lag.

Der Offizier, der sie im Augenblick befehligte, war unter dem Namen Rat Six bekannt. Auch alle anderen hatten eine Nummer. Einmal zusammen, blieben sie unter sich, und jedermann betrachtete sie mit einer Art Ehrfurcht, vergleichbar dem Unbehagen, das Menschen in Gegenwart eines zum Tode Verurteilten empfinden.

Rat Six hatte einen guten Riecher bewiesen. Der zähe kleine Bursche von den Baustellen in New Jersey mit den flinken Fäusten und Füßen, den Augen eines Paul Newman und den Nerven aus Stahl war ein Naturtalent.

Er nahm ihn mit in die Tunnel von Cu Chi, und schon nach einer Stunde erkannte er, dass der Neue der bessere Kämpfer war. Dort unten, wo es keinen Dienstgrad und keinen »Sir« gab, wurden sie Partner, und fast zwei Jahre lang kämpften und töteten sie in der Dunkelheit, bis Henry Kissinger sich mit Le Duc Tho an einen Tisch setzte und den amerikanischen Abzug aus Vietnam aushandelte. Danach hatte es keinen Sinn mehr.

Innerhalb der Big Red One wurde das Paar zu einer Legende, über die man nur im Flüsterton sprach. Der Offizier war »der Dachs« und der frisch beförderte Sergeant »der Maulwurf«.

5

Die Tunnelratte

In der Armee können sechs Jahre Altersunterschied zwischen zwei jungen Männern fast eine Generation ausmachen. Der Ältere stellt eine Art Vaterfigur dar. So war es auch zwischen dem Dachs und dem Maulwurf. Mit seinen fünfundzwanzig Jahren war der Offizier sechs Jahre älter. Zudem kam er aus ganz anderen sozialen Verhältnissen und hatte eine weitaus bessere Ausbildung genossen.

Seine Eltern waren Akademiker. Nach der High School hatte er ein Jahr lang Europa bereist und sich das antike Rom und Griechenland, das historische Italien, Deutschland, Frankreich und Großbritannien angesehen.

Er war vier Jahre aufs College gegangen und hatte Bauingenieurwesen und Maschinenbau studiert, ehe er einberufen wurde. Auch er hatte sich für drei Jahre verpflichtet und war sofort auf die Offiziersschule in Fort Belvoir im Bundesstaat Washington gekommen.

Fort Belvoir brachte damals jeden Monat einhundert Nachwuchsoffiziere hervor. Neun Monate nach seiner Verpflichtung ging der Dachs als Leutnant ab und wurde zum Oberleutnant befördert, als man ihn zum Ersten Pionierbataillon der Big Red One nach Vietnam versetzte. Auch er war für die Tunnelratten angeworben worden und aufgrund seines Dienstgrads wenig später zur Rat Six aufgestiegen, als sein Vorgänger Vietnam verließ. Er hatte noch neun Monate der geforderten einjährigen Dienstzeit in diesem Land abzuleisten, zwei Monate weniger als Dexter.

Doch schon in den ersten vier Wochen, als sie in die Tunnel hinabstiegen, tauschten die beiden Männer die Rollen. Der Dachs beugte sich dem Urteil des Maulwurfs, weil er erkannte, dass der junge Mann, nach Jahren auf den Straßen und Baustellen von New Jersey, eine Art sechsten Sinn für die Gefahren besaß, die lautlos hinter der nächsten Ecke lauerten, und einen besonderen Riecher für Fallen, der mehr wert war als jeder College-Abschluss, denn er konnte ihnen das Leben retten.

Bevor die beiden Männer nach Vietnam kamen, hatte das amerikanische Oberkommando begriffen, dass der Versuch, das Tunnelsystem zu sprengen, reine Zeitverschwendung war. Der getrocknete Laterit war zu hart, das Labyrinth zu weit verzweigt. Bei den ständigen Richtungswechseln der Gänge reichte die Sprengkraft nur bis zur nächsten Ecke und somit nicht weit genug.

Man versuchte, die Tunnel zu fluten, doch das Wasser sickerte einfach durch die Etagen. Wegen der Wasserverschlüsse schlug auch der Einsatz von Gas fehl. Folglich blieb nur eine Möglichkeit, den Feind zu bekämpfen: Man musste hinabsteigen und versuchen, die Befehlsstände des Vietcong in der gesamten Kriegszone C aufzuspüren.

Dieses Netz vermutete man irgendwo da unten, zwischen der Südspitze des Eisernen Dreiecks am Zusammenfluss der Flüsse Saigon und Thi Tinh und den Boi-Loi-Wäldern an der kambodschanischen Grenze. Diese Befehlsstände zu finden, die Führungskader auszuschalten und die gewaltige Informationsmenge in die Hände zu bekommen, die da unten verborgen sein musste – das war das Ziel, dessen Erreichen von unschätzbarem Wert gewesen wäre.

Tatsächlich befand sich die Kommandozentrale unter den Ho-Bo-Wäldern im Landesinneren am Saigonfluss und wurde nie gefunden. Doch jedes Mal, wenn die Panzerdozer oder die Rome Plows einen Tunneleingang freilegten, stiegen die Ratten in die Hölle hinab und setzten die Suche fort.

Die Eingänge waren immer vertikal, und darin lag bereits die erste Gefahr. Stieg man mit den Füßen voran hinunter, bot man die untere Körperhälfte schutzlos jedem Vietcong dar, der möglicherweise in einem Seitenstollen lauerte. Mit Freuden rammte er dem baumelnden GI einen angespitzten Bambusspeer in den Unterleib oder Bauch und verschwand dann rückwärts in die Dunkelheit. Wurde der Verwundete endlich nach oben gezogen, wobei der Schaft des Speers an den Wänden entlangschrappte und die vergiftete Spitze die Eingeweide aufschlitzte, hatte er nur noch minimale Überlebenschancen.

Kletterte man mit dem Kopf voran nach unten, riskierte man, den Speer, das Bajonett oder eine aus nächster Nähe abgefeuerte Kugel in den Hals zu bekommen.

Das Sicherste war also, langsam hinabzusteigen, sich die letzten anderthalb Meter fallen zu lassen und bei der geringsten Bewegung in den Tunnel zu feuern. Doch der Boden des Schachts konnte aus Zweigen und Blättern bestehen, unter denen sich eine Fallgrube mit Punjistäben verbarg. Das waren fest verankerte Bambusspeere, ebenfalls mit vergifteten Spitzen, die durch die Sohle jedes Kampfstiefels drangen, den Fuß durchbohrten und am Rist wieder austraten. Da sie mit Widerhaken versehen waren, ließen sie sich nur schwer herausziehen. Auch das überlebten nur wenige.

War man einmal im Tunnel und kroch vorwärts, konnte die Gefahr hinter der nächsten Biegung in Gestalt eines wartenden Vietcong lauern, doch wahrscheinlicher war, dass man auf eine Falle stieß, von denen es unterschiedliche gab. Sie waren raffiniert und mussten unschädlich gemacht werden, bevor man weiterkriechen konnte.

Auch ohne Zutun des Vietcong gab es Schrecken genug. Die Langzungenfledermaus und die schwarzbärtige Glattnase, ein Grabflatterer, waren Höhlenbewohner und schliefen tagsüber in den Tunneln, wenn sie nicht gestört wurden. Das taten auch die Riesenkrabbenspinnen, von denen die Wände derart wimmelten, dass sie zu vibrieren schienen. Noch zahlreicher waren die Feuerameisen.

Keines dieser Tiere war lebensgefährlich. Diese Ehre gebührte allein der Chinesischen Baumviper, deren Biss innerhalb von dreißig Minuten zum Tod führt. Die Falle bestand in der Regel aus einem Bambusrohr, das in der Decke eingelassen war und kaum mehr als zwei Zentimeter nach unten herausragte.

Die Schlange steckte mit dem Kopf nach unten in dem Rohr und war schlecht gelaunt, denn ein Kapokstöpsel am unteren Ende hinderte sie an der Flucht. Durch den Stöpsel war ein Stück Angelschnur gefädelt, das durch ein Loch in einem Pflock an der einen Wand gezogen und von dort zu einem Pflock auf der anderen Tunnelseite gespannt war. Wenn ein kriechender GI an die Schnur stieß, rupfte sie den Stöpsel aus dem Bambusrohr über ihm, und die Schlange landete in seinem Genick.

Zudem gab es Ratten, richtige Ratten. In den Tunneln hatten sie ihr Schlaraffenland gefunden und vermehrten sich mit rasender Geschwindigkeit. So wie die GIs niemals einen Toten, geschweige denn einen Verwundeten in den Tunneln zurückließen, so ungern ließ der Vietcong einen Gefallenen über Tage zurück, denn wenn die Amerikaner ihn fanden, wurde er ihrem geliebten »body count« zugeschlagen. Ein toter Vietcong wurde unter die Erde geschafft, in Hockstellung in der Wand bestattet und dann mit einer Schicht feuchtem Lehm bedeckt.

Doch eine Lehmschicht vermag Ratten nicht aufzuhalten. Sie hatten eine unerschöpfliche Nahrungsquelle entdeckt und wurden so groß wie Katzen. Aber der Vietcong hauste wochen-, mitunter sogar monatelang ununterbrochen dort unten und zwang die Amerikaner, in sein Reich hinabzusteigen, ihn zu suchen und zu bekämpfen.

Diejenigen, die das taten und überlebten, gewöhnten sich an den Gestank und an die abscheulichen Kreaturen. Es war immer heiß, stickig, eng und stockdunkel. Und es stank. Die Vietcong-Kämpfer mussten ihre Notdurft in einen Tonkrug verrichten, den sie, wenn er voll war, im Boden vergruben und mit einem Lehmdeckel verschlossen. Doch auch den scharrten die Ratten auf.

Die GIs kamen aus einem Land, das besser gerüstet war als jedes andere auf der Welt, doch wer Tunnelratte wurde, musste auf jegliche Technik verzichten und wieder zu den Ursprüngen zurückkehren. Ein Kampfmesser, eine Handfeuerwaffe, eine Taschenlampe, ein Ersatzmagazin und zwei Ersatzbatterien, mehr taugte nicht für da unten.

Gelegentlich kam eine Handgranate zum Einsatz, doch das war gefährlich und kostete manchen Werfer das Leben. In der räumlichen Enge konnte der Knall die Trommelfelle zum Platzen bringen, aber noch schlimmer war, dass bei der Explosion der gesamte Sauerstoff im Stollen verbraucht wurde und man erstickte, ehe von außen Atemluft nachströmte.

Wer seine Pistole oder Taschenlampe benutzte, verriet seine Position oder sein Kommen, und man wusste nie, wer lautlos vor einem in der Finsternis kauerte. In dieser Hinsicht war der Vietcong immer im Vorteil. Er brauchte sich nur still zu verhalten und darauf zu warten, dass der Feind auf ihn zukroch.

Am nervenaufreibendsten für die Tunnelratte war das Passieren einer Falltür, die von einer Etage zur anderen führte, gewöhnlich nach unten. Dabei gab es die meisten Toten.

Oft endete ein Tunnel in einer Sackgasse. Aber hatte er wirklich keinen Ausgang? Wenn nicht, wozu war er dann überhaupt angelegt worden? Wenn der GI im Dunkeln oben nichts als eine Lehmwand, rechts und links keinen Seitengang ertastete, musste er die Taschenlampe anknipsen. Gewöhnlich entdeckte er dann eine geschickt getarnte und leicht zu übersehende Klappe in Wand, Decke oder Boden. Wollte man den Einsatz nicht abbrechen, musste man sie öffnen.

Aber was erwartete einen hinter der Tür? Falls der GI den Kopf durchstreckte und drüben ein Feind lauerte, war es um ihn geschehen. Der andere schnitt ihm die Kehle durch oder legte ihm eine dünne Drahtschlinge um den Hals und zog zu. Ließ er sich mit den Füßen voran hinab, bekam er vielleicht einen Speer in den Bauch. Dann starb er einen qualvollen Tod, den Oberkörper in einer Etage, den verletzten Unterleib in der nächsten darunter.

Dexter hatte sich von den Waffenmeistern spezielle Handgranaten anfertigen lassen, die nicht größer waren als Mandarinen. Sie enthielten eine kleinere Sprengladung als die Standardausführung, dafür aber mehr Kugeln. Zweimal in den ersten sechs Monaten hob er eine Falltür an, warf eine solche Granate mit Dreisekundenzünder hinein und klappte die Tür wieder zu. Als er sie ein zweites Mal öffnete und mit der Taschenlampe hinaufkroch, war der benachbarte Raum ein Massengrab voller zerfetzter Körper.

Wasserverschlüsse schützten die Anlagen vor Gasangriffen, doch die kriechenden Tunnelratten stießen des Öfteren auf einen Pfuhl mit einer übel riechenden Brühe.

Das bedeutete, dass der Tunnel auf der anderen Seite des Wassers weiterging, und es gab nur eine Möglichkeit, dorthin zu gelangen: Man musste sich auf den Rücken drehen, mit dem Kopf voran eintauchen und sich mit den Händen an der Decke entlanghangeln in der Hoffnung, wieder aufzutauchen, bevor einem die Luft ausging. Sonst ertrank man in fünfzehn Metern Tiefe in der Finsternis, mit dem Kopf nach unten. Das Überleben hing vom Partner ab.

Bevor der Vordermann ins Wasser tauchte, band er sich eine Leine um die Füße und reichte sie seinem Partner nach hinten. Wenn er nicht innerhalb von neunzig Sekunden nach dem Untertauchen mit einem kräftigen Ruck Entwarnung gab und signalisierte, dass er drüben Luft vorgefunden hatte, musste ihn sein Kamerad unverzüglich herausziehen, weil er sonst krepierte.

Von Zeit zu Zeit wurden die Tunnelratten für all die Strapazen, Qualen und Ängste belohnt und stießen auf eine Hauptader. Dies war in der Regel eine Höhle, die, manchmal erst kurz zuvor in aller Eile geräumt, offensichtlich als Befehlsstand gedient hatte. Dann wurden kistenweise Unterlagen, Dokumente, Karten und andere Souvenirs in die Etappe zu den Experten vom militärischen Geheimdienst G2 geschafft.

Zweimal entdeckten der Dachs und der Maulwurf eine solche Schatzhöhle. Die vorgesetzten Offiziere, unsicher, wie sie mit diesen sonderbaren jungen Männern umgehen sollten, verteilten Orden und lobende Worte. Doch die PR-Leute, die normalerweise ganz versessen darauf waren, der Welt von Kriegserfolgen zu berichten, wurden zum Stillschweigen vergattert. Keiner erwähnte die Tunnelratten mit einem Wort. Einmal wurde eine Besichtigung der Anlage organisiert, doch der »Gast« von der Abteilung für Öffentlichkeitsarbeit bekam, nachdem er fünf Meter tief in einen »sicheren« Schacht eingestiegen war, einen hysterischen Anfall. Danach herrschte Ruhe.

Wie für alle anderen GIs in Vietnam gab es auch für die Ratten längere Kampfpausen. Die einen verschliefen diese Stunden oder schrieben Briefe, träumten vom Ende ihrer Dienstzeit und der Heimkehr. Andere verkürzten sich die Zeit mit Trinken, spielten Karten oder würfelten. Viele rauchten, und nicht immer nur Marlboros. Einige wurden süchtig, andere lasen.

Zu Letzteren gehörte Cal Dexter. Bei den Gesprächen mit seinem Offizierspartner hatte er begriffen, wie kümmerlich seine Schulbildung war, und fing noch einmal bei null an. Geschichte faszinierte ihn besonders. Der Bibliothekar des Stützpunkts war hocherfreut und beeindruckt. Er erstellte eine lange Liste von Büchern, die man gelesen haben musste, und beschaffte sie aus Saigon.

Dexter ackerte sich durch das antike Griechenland und das Alte Rom, erfuhr von Alexander dem Großen, der geweint hatte, als er mit einunddreißig die damals bekannte Welt besiegt hatte und es keine weitere mehr gab, die er erobern konnte.

Er erfuhr vom Aufstieg und Niedergang Roms, vom finsteren

Mittelalter in Europa, der Renaissance und der Aufklärung, dem Zeitalter der Eleganz und dem der Vernunft. Besonders faszinierten ihn die Gründungsjahre der amerikanischen Kolonien, die Revolution und die Frage, wie sein Land nur neunzig Jahre vor seiner Geburt zum Schauplatz eines blutigen Bürgerkriegs hatte werden können.

Wenn der Monsun oder Befehle ihn für längere Zeit an den Stützpunkt fesselten, tat er noch etwas anderes. Mithilfe des älteren Vietnamesen, der ihre »Hütte« ausfegte und putzte, lernte er so lange dessen Sprache, bis er sie verstand und sich auch selbst verständlich machen konnte.

Neun Monate nach Beginn seines ersten Vietnamjahrs geschahen zwei Dinge. Er wurde zum ersten Mal verwundet, und der Dachs beendete seine zwölfmonatige Dienstzeit.

Die Kugel stammte aus dem Gewehr eines Vietcong, der in einem Tunnel lauerte, als Dexter in den Einstiegschacht kletterte. Um einen solchen Gegner zu verwirren, hatte er eine Methode entwickelt. Er warf eine Granate in den Schacht, dann kletterte er schnell hinunter. Sprengte die Granate den Schachtboden nicht weg, war keine Fallgrube darunter verborgen. Falls doch, konnte er noch rechtzeitig einhalten, ehe die Speere ihn aufspießten.

Zudem sollte die Granate jeden etwaigen Vietcong zerfetzen, der unsichtbar dort unten wartete. Bei dieser Gelegenheit war der Vietcong da, doch er kauerte tief im Innern des Gangs, mit einer Kalaschnikow AK47 bewaffnet. Er überlebte die Explosion, wurde aber verletzt und feuerte einen Schuss auf die schnell herunterkommende Tunnelratte ab. Dexter warf sich flach auf den Boden und erwiderte das Feuer mit drei Schüssen aus seiner Pistole. Der Vietcong ging zu Boden und kroch weg, wurde später aber tot aufgefunden. Dexter hatte es am linken Oberarm erwischt, eine Fleischwunde, die gut verheilte, ihn aber einen Monat lang von Ausflügen in die Unterwelt abhielt. Der Dachs hatte ein ernsteres Problem.

Soldaten werden es bestätigen, Polizisten werden es bestätigen: Es geht nichts über einen Partner, auf den unbedingter Verlass ist. Seit Beginn ihrer Zusammenarbeit wollten der Dachs und der Maulwurf eigentlich nicht mehr mit anderen in die Tunnel einsteigen. Dexter hatte miterlebt, wie innerhalb von neun Monaten vier Ratten dort unten gestorben waren. In einem Fall war der Überlebende schreiend und heulend wieder nach oben gekommen. Der Mann würde nie wieder in einen Tunnel steigen, auch nicht nach wochenlanger psychiatrischer Behandlung.

Doch die Leiche des anderen, der es nicht mehr geschafft hatte, lag noch unten. Der Dachs und der Maulwurf seilten sich ab, fanden und bargen den Toten, damit er in die Heimat überführt und ein christliches Begräbnis erhalten konnte. Man hatte ihm die Kehle durchgeschnitten. Sein Sarg blieb zu.

Von den ursprünglich dreizehn Mann hatten vier weitere nach Ablauf ihrer Vietnamjahrs aufgehört. Diesen acht Abgängen standen sechs Neuzugänge gegenüber, sodass die Einheit jetzt aus elf Mann bestand.

»Ich möchte mit keinem anderen da runtergehen«, sagte Dexter zu seinem Partner, als der ihn im Lazarett besuchte.

»Ich auch nicht«, sagte der Dachs. Sie trafen eine Absprache. Wenn der Dachs ein zweites Jahr dranhängte, wollte der Maulwurf in drei Monaten das Gleiche tun. Gesagt, getan. Beide verpflichteten sich für ein zweites Jahr und kehrten in die Tunnel zurück. Der Divisionskommandeur, dem seine eigene Dankbarkeit peinlich war, überreichte zwei weitere Orden.

In den Tunneln galten bestimmte Verhaltensregeln, die nie verletzt wurden. Eine lautete: Geh niemals allein. Wegen seiner ungewöhnlich feinen Antennen für Gefahr kroch der Maulwurf meist voraus, und der Dachs folgte mehrere Meter hinter ihm. Eine andere Regel war: Verschieße niemals alle sechs Schuss auf einmal, denn dann weiß der Vietcong, dass du keine Munition mehr hast und ein leichtes Ziel bist. Im Mai 1970, zwei Monate nach Beginn seines zweiten Jahrs, verstieß Cal Dexter beinahe gegen beide Regeln und konnte heilfroh sein, dass er mit dem Leben davonkam.

Das Duo war in einen neu entdeckten Schacht in den Ho-Bo-Wäldern eingestiegen. Der Maulwurf kroch voraus und drang dreihundert Meter tief in einen Tunnel ein, der viermal die Richtung änderte. Er hatte zwei Fallen ertastet und entschärft. Doch ihm entging, dass der Dachs eine unliebsame Begegnung mit zwei Grabfledermäusen hatte, die er auf den Tod nicht ausstehen konnte. Sie hatten sich in seinem Haar verfangen, und vor Schreck war er wie gelähmt und brachte kein Wort heraus.

Während der Maulwurf allein weiterrobbte, glaubte er hinter der nächsten Ecke einen schwachen Lichtschein zu erkennen. Er war so schwach, dass er dachte, seine Augen spielten ihm einen Streich. Er glitt lautlos bis zur Ecke und verharrte dort, die Pistole in der rechten Hand. Auch das Glimmen bewegte sich nicht und blieb unmittelbar hinter der Ecke. So wartete er zehn Minuten, ohne zu ahnen, dass sein Partner weit zurückgeblieben war. Dann beschloss er, das Patt aufzuheben. Ruckartig schob er den Oberkörper um die Ecke.

Drei Meter vor ihm kauerte ein Vietcong auf allen vieren, zwischen ihnen die Lichtquelle, eine flache Lampe mit Kokosöl, in dem ein dünner Docht schwamm. Der Vietcong, dem offensichtlich befohlen worden war, die Fallen zu kontrollieren, hatte sie am Boden vor sich her geschoben. Die beiden Feinde zuckten beim Anblick des anderen zusammen, und mit einer halben Sekunde Verspätung reagierten sie.

Mit den Fingerrücken schleuderte der Vietnamese dem Amerikaner die flache Schüssel mit dem heißen Öl direkt ins Gesicht. Sofort erlosch das Licht. Dexter riss die linke Hand hoch, um seine Augen zu schützen, und spürte, wie das heiße Öl gegen seinen Handrücken spritzte. Mit der Rechten feuerte er dreimal, dann hörte er hektisches Rutschen den Gang hinunter. Die Versuchung war groß, die restlichen drei Schuss abzufeuern, doch er wusste nicht, wie viele sich noch im Gang befanden.

Was der Dachs auch nicht wusste: Sie krochen auf den Höhlenkomplex zu, der das Vietcong-Oberkommando für die gesamte Kriegszone beherbergte und den fünfzig zu allem entschlossene Kämpfer bewachten.

Zu Hause in den Staaten gab es zu der Zeit eine kleine, geheime Einheit namens Limited War Laboratory. Den ganzen Vietnamkrieg über brüteten die dort beschäftigten Wissenschaftler großartige Ideen aus, um den Ratten zu helfen, auch wenn keiner von ihnen jemals einen Tunnel von innen gesehen hatte. Sie schickten ihre Erfindungen nach Vietnam, und die Ratten, die tatsächlich in die Tunnel stiegen, testeten sie, fanden sie äußerst unpraktisch und schickten sie wieder zurück.

Im Sommer 1970 wartete das Limited War Laboratory mit einer neuartigen Handfeuerwaffe für den Nahkampf auf engstem Raum auf – und landete endlich einen Treffer. Es handelte sich um einen modifizierten Magnum-Revolver Kaliber .44 mit verkürztem, handlicherem Drei-Zoll-Lauf und Spezialmunition.

Das sehr schwere Geschoss dieses 44er bestand aus vier Teilen. Sie wurden durch die Patronenhülse zusammengehalten, doch sowie sie den Lauf verließen, flogen sie auseinander und bildeten vier Projektile. Die Tunnelratten kamen zu dem Ergebnis, dass die Waffe für den Nahkampf bestens geeignet sei und in den Tunneln wahrscheinlich eine vernichtende Wirkung habe: Denn wenn man zwei Schüsse abgab, flogen nicht nur zwei, sondern acht Projektile durch den Stollen, und das erhöhte die Chance, den Vietcong zu treffen, und zwar beträchtlich.

Nur fünfundsiebzig Revolver dieser Art wurden hergestellt. Die Tunnelratten benutzten sie sechs Monate lang, bevor man diesen Waffentyp wieder einzog. Jemand hatte festgestellt, dass ihr Einsatz wahrscheinlich einen Verstoß gegen die Genfer Konvention darstellte. Die vierundsiebzig noch auffindbaren Revolver von Smith & Wesson wurden in die Staaten zurückgeschickt und verschwanden auf Nimmerwiedersehen.

Die Tunnelratten hatten ein kurzes und einfaches Gebet:

»Wenn mich eine Kugel erwischen soll, na gut. Wenn ich einen Messerstich abkriegen soll, Pech gehabt. Aber bitte, lieber Gott, lass nicht zu, dass ich da unten lebendig begraben werde.«

Im Sommer 1970 wurde der Dachs lebendig begraben.

Die beiden GIs hätten nicht dort unten sein oder die in Guam gestarteten B-52-Bomber nicht aus zehntausend Metern Höhe Bomben abwerfen dürfen. Irgendjemand hatte die Bomber angefordert, aber vergessen, den Tunnelratten Bescheid zu geben.

So etwas kommt vor. Nicht sehr oft, aber niemand, der beim Militär war, wird bestreiten, dass gelegentlich Mist gebaut wird, der eigene Leute das Leben kostet.

Man verfolgte eine neue Strategie, die darauf abzielte, die Tunnelanlagen durch massive Bombardements aus der Luft zum Einsturz zu bringen. Diese Strategie hatte teilweise auch psychologische Gründe.

Zu Hause in den Staaten hatte sich die Stimmung gewandelt, und die Mehrheit war gegen den Krieg in Vietnam. Mittlerweile begleiteten Eltern ihre Kinder zu den Antikriegsdemonstrationen.

Im Kriegsgebiet selbst hatte man die dreißig Monate zuvor stattgefundene Tet-Offensive noch nicht vergessen. Die Moral sank auf den Nullpunkt. Noch blieb es im Oberkommando unausgesprochen, doch allmählich machte sich die Überzeugung breit, dass dieser Krieg nicht zu gewinnen sei. Noch drei weitere Jahre sollte es dauern, ehe der letzte GI in das letzte Flugzeug Richtung Heimat stieg, doch im Sommer 1970 beschloss man, das Tunnelsystem in den »Feuer-frei-Zonen« mit Bomben zu zerstören. Das Eiserne Dreieck fiel in eine solche Zone.

Da die 25. Infanteriedivision dort stationiert war, hatten die Bomber die Order, im Umkreis von drei Kilometern um die nächste US-Einheit keine Bomben abzuwerfen. Doch an jenem Tag vergaß das Oberkommando den Dachs und den Maulwurf, die einer anderen Division angehörten.

Sie krochen zwei Etagen tief durch eine Anlage bei Ben Suc,

als sie mehr spürten als hörten, wie über ihnen die erste Bombe einschlug. Dann eine zweite, während die Erde um sie herum bebte. Sie vergaßen den Vietcong und krochen in Panik zurück zu dem Schacht, der in die Etage darüber führte.

Der Maulwurf schaffte es und war nur noch zehn Meter vom rettenden Schacht entfernt, der ins Freie führte, als hinter ihm die Decke einstürzte. »Dachs!«, brüllte er, aber erhielt keine Antwort. Er wusste, dass sich zwanzig Meter weiter eine Stelle befand, wo der Gang sich verbreiterte, denn sie waren beim Abstieg an ihr vorbeigekommen. Schweißgebadet robbte er zu der Nische, drehte sich um und kroch zurück.

Er stieß mit den Fingern an den Dreckhaufen. Er spürte eine Hand, dann eine zweite, sonst nichts, nur herabgefallene Erde. Er begann zu graben, warf die Erde hinter sich, verstopfte damit aber den Gang.

Er brauchte fünf Minuten, um den Kopf seines Partners freizulegen, fünf weitere für seinen Oberkörper. Das Bombardement hatte inzwischen aufgehört, doch herabfallende Trümmer verstopften oben die Luftlöcher. Der Sauerstoff wurde knapp.

»Sieh zu, dass du hier rauskommst«, zischte der Dachs im Dunkeln. »Hol Verstärkung. Ich werd schon durchhalten.«

Dexter wühlte weiter mit den Händen in der Erde. Er würde über eine Stunde brauchen, um Hilfe zu holen, und der Dachs nach der Hälfte der Zeit erstickt sein. Er knipste seine Taschenlampe an und drückte sie seinem Partner in die Hand.

»Halte sie. Richte sie nach hinten über deine Schulter.«

Im gelben Lichtschein konnte er den Erdhaufen sehen, der die Beine das Dachses bedeckte. Er brauchte eine weitere halbe Stunde, ihn abzutragen. Dann robbte er zurück, quetschte sich an der Erde vorbei, die er beim Graben hinter sich geworfen hatte. Seine Lungen pumpten, alles um ihn drehte sich. Sein Partner war halb ohnmächtig. Dann kroch er um die letzte Ecke und spürte den Luftstrom.

Im Januar 1971 endete die zweite Dienstzeit des Dachses.

Eine Verlängerung auf drei Jahre war verboten, aber er hatte ohnehin genug. Am Abend bevor er in die Staaten zurückkehrte, holte der Maulwurf die Erlaubnis ein, seinen Partner nach Saigon zu begleiten, damit er sich von ihm verabschieden konnte. Sie fuhren mit einem gepanzerten Konvoi in die Hauptstadt. Dexter vertraute darauf, dass er am nächsten Tag mit einem Hubschrauber würde zurückfliegen können.

Die beiden jungen Männer gingen fein essen und zogen anschließend durch die Bars. Sie mieden die Prostituierten, sprachen aber kräftig dem Alkohol zu. Gegen zwei Uhr morgens landeten sie irgendwo in Cholon, dem Saigoner Chinesenviertel auf der anderen Flussseite.

Eine Tätowierstube hatte noch geöffnet und bot ihre Dienste an, vorzugsweise gegen Dollars. Der Inhaber, der Chinese, trug sich in weiser Voraussicht mit Auswanderungsgedanken.

Bevor die beiden Amerikaner ihn verließen und mit der Fähre wieder über den Fluss setzten, hatten sie sich ein Tattoo am linken Unterarm machen lassen. Es stellte eine Ratte dar, nicht die aggressive, die an der Tür der »Hütte« in Lai Khe prangte, sondern eine kesse, die dem Betrachter den Rücken zukehrte, ihm über die Schulter zuzwinkerte und mit heruntergelassener Hose den nackten Hintern präsentierte. Sie kicherten noch, als sie wieder nüchtern wurden.

Der Dachs flog am nächsten Morgen zurück in die Staaten. Der Maulwurf folgte ihm zehn Wochen später, Mitte März. Am 7. April hörten die Tunnelratten offiziell auf zu existieren.

Dies war der Tag, an dem Cal Dexter, obwohl ihn mehrere hohe Offiziere umzustimmen versuchten, aus der Army ausschied und ins Zivilleben zurückkehrte.

6

Der Spürhund

Nur sehr wenige militärische Einheiten dürften geheimer sein als der britische Special Air Service, doch wenn es eine gibt, gegen die der verschwiegene SAS wie die Jerry Springer Show wirkt, dann das Det.

Die 14th Independent Intelligence Company, auch »das Detachment« oder kurz »Det« genannt, ist eine Einheit der Army, die ihren Nachwuchs überall rekrutiert und im Unterschied zum SAS, der ein reiner Männerverein ist, auch einen hohen Anteil an weiblichen Soldaten aufweist.

Obwohl das Det, wenn nötig, auch mit tödlicher Effizienz kämpfen kann, besteht seine Hauptaufgabe darin, Dunkelmänner aufzuspüren, zu überwachen und zu belauschen. Es bleibt stets unsichtbar, und die Abhörgeräte, die es anbringt, sind so modern, dass sie selten entdeckt werden.

Eine erfolgreiche Det-Operation würde etwa darin bestehen, einem Terroristen zu einem konspirativen Haus zu folgen, bei Nacht dort einzubrechen, eine Wanze zu platzieren und die Verschwörer tage- oder wochenlang rund um die Uhr zu belauschen. Irgendwann mussten sie ja über ihre nächste Operation sprechen.

Ein Tipp, und der etwas geräuschvollere SAS konnte einen hübschen kleinen Hinterhalt legen und, sowie der erste Terrorist eine Waffe abfeuerte, alle auslöschen. Legal. In Notwehr.

Schauplatz der meisten Det-Operationen bis 1995 war Nordirland, wo man der IRA dank verdeckt gesammelter Informationen einige ihrer empfindlichsten Schlappen beibrachte. Es war das Det, das auf die Idee kam, in ein Bestattungsinstitut einzubrechen, in dem ein Terrorist, gleich ob Republikaner oder Unionist, aufgebahrt war, und eine Wanze in der Sargwand zu verstecken.

Terroristenpaten wussten, dass sie überwacht wurden, und trafen sich daher nur selten, um über Pläne zu sprechen. Doch bei einer Beerdigung kamen sie zusammen, beugten sich über den Sarg und hielten eine Besprechung ab, sodass die mit Fernrohren ausgerüsteten Beobachter auf dem Hang oberhalb des Friedhofs nicht von ihren Lippen lesen konnten. Das Ohr im Sarg schnappte eine Menge auf. Diese Methode funktionierte jahrelang.

In den folgenden Jahren spürte das Det bosnische Massenmörder auf und ermöglichte so den SAS-Einsatzkommandos, sie dingfest zu machen und dem Kriegsverbrechertribunal in Den Haag zu überstellen.

Die Firma, deren Namen Steve Edmond von Mr. Rubinstein erfahren hatte, jenem Kunstsammler aus Toronto, der auf mysteriöse Weise seine Gemälde wiederbekommen hatte, hieß Hazard Management und war eine sehr diskrete Agentur mit Sitz im Londoner Stadtteil Victoria.

Hazard Management hatte sich auf drei Geschäftsfelder spezialisiert und beschäftigte zahlreiche ehemalige Angehörige der Spezialkräfte. Die wichtigste Dienstleistung war der Vermögensschutz, bei dem es, wie der Name schon sagt, um den Schutz besonders wertvoller Objekte von reichen Besitzern ging, die auch weiterhin in deren Besitz bleiben wollten. Sie wurde nur zeitlich begrenzt bei besonderen Anlässen und nicht auf dauerhafter Basis angeboten.

An zweiter Stelle rangierte der Personenschutz. Auch hier war der zeitliche Rahmen begrenzt, allerdings betrieb das Unternehmen in Wiltshire eine kleine Schule, an der ein reicher Kunde gegen eine stattliche Gebühr eigene Leibwächter ausbilden lassen konnte.

Die kleinste Abteilung von Hazard Management war unter dem Kürzel A&W für das Aufspüren und Wiederbeschaffen bekannt. Genau das hatte Mr. Rubinstein gebraucht: jemanden, der seine verschwundenen Meisterwerke aufstöberte und ihre Rückgabe aushandelte.

Zwei Tage nach dem Anruf seiner verzweifelten Tochter traf sich Steve Edmond mit dem Geschäftsführer von Hazard Management und trug ihm sein Anliegen vor.

»Finden Sie meinen Enkel«, sagte er. »Kosten spielen keine Rolle.«

Der frühere Direktor der Spezialkräfte strahlte. Auch pensionierte Soldaten brauchen Geld für die Ausbildung ihrer Kinder. Der Mann, den er daraufhin in seinem Landhaus anrief und für den nächsten Tag zu sich bestellte, war Phil Gracey, ehemals Captain im Fallschirmjägerregiment und zehn Jahre lang in den Diensten des Det. Innerhalb der Firma nannte man ihn einfach den »Spürhund«.

Gracey traf sich mit dem Kanadier und stellte ihm sehr detaillierte Fragen. Für den Fall, dass der Junge noch am Leben war, wollte er möglichst viel über seine Gewohnheiten, Neigungen, Vorlieben und auch Laster wissen. Er ließ sich zwei Fotos von Ricky Colenso und die private Handynummer des Großvaters geben. Dann nickte er und ging.

Die beiden nächsten Tage hing der Spürhund fast ununterbrochen am Telefon. Er dachte nicht daran, sich von der Stelle zu rühren, solange er nicht genau wusste, wohin die Reise ging, warum er wen suchen musste und wie. Stundenlang las er Berichte über den bosnischen Bürgerkrieg, die Hilfsprogramme und die im Land stationierten nichtbosnischen Truppen. Was Letztere anging, hatte er Glück.

Die Vereinten Nationen hatten eine Friedenstruppe geschaffen. Es war der übliche Wahnsinn: Man schickte Soldaten, um den Frieden zu sichern, wo es gar keinen Frieden zu sichern gab, dann verbot man ihnen, den Frieden wiederherzustellen, und befahl ihnen stattdessen, das Gemetzel zu beobachten, ohne selbst einzugreifen. Die Truppe, in der die Briten ein großes Kontingent stellten, hieß UNPROFOR. Sie war in Vitez stationiert, nur fünfzehn Kilometer von Travnik entfernt.

Das Regiment, das im Juni 1995 dort Dienst tat, befand sich noch nicht lange vor Ort, denn das Vorgängerregiment war erst zwei Monate zuvor abgezogen worden. Der Spürhund machte den Oberst, der dieses befehligt hatte, bei einem Lehrgang in Pirbright ausfindig. Er gab ihm viele wertvolle Auskünfte. Am dritten Tag nach seinem Gespräch mit dem kanadischen Großvater flog der Spürhund auf den Balkan, allerdings nicht direkt nach Bosnien, denn das war unmöglich, sondern in den Ferienort Split an der kroatischen Adria. Er reiste als freischaffender Journalist, eine nützliche Tarnung, da niemand das Gegenteil beweisen konnte. Allerdings hatte er auch den Brief einer größeren Londoner Sonntagszeitung im Gepäck, in dem er um eine Artikelserie über die Effektivität der Hilfsmaßnahmen gebeten wurde. Nur für den Fall.

In Split, das als wichtigster Ausgangspunkt für Reisen nach Zentralbosnien einen unerwarteten Aufschwung erlebte, besorgte er sich innerhalb von vierundzwanzig Stunden einen gebrauchten, aber robusten Geländewagen und eine Pistole. Nur für den Fall. Die Fahrt über die Berge nach Travnik war lang und beschwerlich, doch er vertraute darauf, dass seine Informationen stimmten und in dem Gebiet nicht mehr gekämpft wurde. Und so war es auch.

Der bosnische Bürgerkrieg stellte einen seltsamen Konflikt dar. Es kam nie zu einem offenen Kampf, und es gab selten Fronten im herkömmlichen Sinn. Nur einen Flickenteppich von monoethnischen Gemeinden, deren Bewohner in Angst und Schrecken lebten, und Hunderte von niedergebrannten, ethnisch »gesäuberten« Dörfern und Weilern, zwischen denen Soldaten umherstreiften, die meist einer der »nationalen« Armeen angehörten, aber auch Banden von Söldnern, Freischärlern und psychopathischen Milizionären, die sich Patrioten schimpften. Das waren die Schlimmsten.

In Travnik bekam der Spürhund den ersten Dämpfer. John Slack war nicht mehr da. Ein freundlicher Mensch von Age Concern glaubte zu wissen, dass der Amerikaner zu Feed the Children, einer viel größeren NGO, gewechselt sei und jetzt in Zagreb arbeite. Der Spürhund nächtigte im Schlafsack hinten in seinem Geländewagen und machte sich am nächsten Tag auf die ebenfalls anstrengende Fahrt gen Norden in die kroatische Hauptstadt Zagreb. Er fand John Slack im Lagerhaus von Feed the Children, doch er war ihm keine große Hilfe.

»Ich habe keine Ahnung, was passiert oder wo er hingefahren ist und warum«, beteuerte er. »Hören Sie, das Programm von Loaves 'n' Fishes ist letzten Monat eingestellt worden, und er hat dazugehört. Er ist mit einem meiner beiden nagelneuen Landcruiser verschwunden, also mit meinem halben Fahrzeugpark. Außerdem hat er einen meiner drei bosnischen Helfer mitgenommen. In Charleston war man nicht gerade begeistert. Jetzt, wo der Friede in Sicht ist, wollten die nicht von vorn anfangen. Ich habe ihnen gesagt, dass es hier noch eine Menge zu tun gibt, trotzdem haben sie mir den Laden dichtgemacht. Ich kann von Glück sagen, dass ich hier einen Job gefunden habe.«

»Und was ist mit dem Bosnier?«

»Fadil? Der hat bestimmt nichts damit zu tun. Ein netter Bursche. Hat oft um seine verschollenen Angehörigen getrauert. Wenn er jemanden gehasst hat, dann die Serben, nicht die Amerikaner.«

»Irgendeine Spur von dem Geldgürtel?«

»Also das war wirklich eine Dummheit. Ich hab ihn gewarnt. So viel Geld kann man doch nicht mit sich herumschleppen, und zurücklassen geht auch nicht. Aber ich glaube nicht, dass Fadil ihn deswegen umgebracht hätte.«

»Wo waren Sie eigentlich, John?«

»Das ist es ja gerade. Wenn ich da gewesen wäre, wäre das

Ganze nicht passiert. Ich hätte ihnen verboten, irgendwohin zu fahren. Ich war auf einer Bergstraße in Südkroatien und habe einen Lastwagen mit schwerem Motorschaden in die nächste Stadt abschleppen lassen. Dieser Blödmann von Schwede. Können Sie sich vorstellen, dass jemand einen Lastwagen fährt und nicht merkt, dass der Motor kein Öl mehr hat?«

»Was haben Sie herausgefunden?

»Als ich wieder hier war? Na ja, er ist raus zum Gelände, hat aufgesperrt, sich einen Landcruiser geschnappt und ist weggefahren. Ibrahim, einer von den anderen Bosniern, hat die beiden gesehen, aber sie haben nicht miteinander gesprochen. Das war vier Tage vor meiner Rückkehr. Ich habe versucht, ihn über sein Handy zu erreichen, aber er ist nicht rangegangen. Ich war stocksauer. Ich dachte, die gönnen sich ein paar schöne Tage. Anfangs war ich nur wütend, aber dann hab ich mir Sorgen gemacht.«

»Haben Sie eine Ahnung, wo sie hingefahren sind?«

»Eben nicht. Ibrahim sagt, sie sind nach Norden. Also direkt ins Zentrum von Travnik. Von dort führen Straßen in alle Richtungen. Niemand in der Stadt erinnert sich an was.«

»Haben Sie eine Theorie, John?«

»Schon. Ich schätze, er hat einen Anruf gekriegt, oder Fadil, was mir plausibler erscheint, und der hat dann mit Ricky gesprochen. Er war ein herzensguter Junge. Wenn man aus irgendeinem Dorf im Hinterland angerufen und einen medizinischen Notfall gemeldet hat, ist er sofort losgefahren, um zu helfen. Und ohne eine Nachricht zu hinterlassen.

Kennen Sie das Land, Chef? Sind Sie da mal gewesen? Berge, Täler und Flüsse. Ich könnte mir vorstellen, dass sie verunglückt und in einen Abgrund gestürzt sind. Im Herbst, wenn das Laub von den Bäumen fällt, wird man wahrscheinlich in irgendeiner Schlucht zwischen den Felsen das Autowrack entdecken. Hören Sie, ich muss los. Und viel Glück! Er war ein netter Junge.«

Der Spürhund fuhr nach Travnik zurück, mietete sich ein

kleines Zimmer nebst Büro und engagierte Ibrahim, der froh über einen Job als Führer und Dolmetscher war.

Er hatte ein Satellitentelefon mit mehreren Ersatzbatterien und ein Verschlüsselungsgerät mitgebracht, um seine Gespräche vor Lauschern zu schützen. Er benutzte es nur, um mit der Zentrale in London Kontakt zu halten. Dort hatte man ganz andere Möglichkeiten.

Seines Erachtens gab es mehrere Theorien, die von dumm über denkbar bis wahrscheinlich reichten. Die dümmste war, dass Ricky Colenso beschlossen hatte, den Landcruiser zu stehlen, Richtung Süden nach Belgrad zu fahren, ihn dort zu verkaufen, alle Zelte hinter sich abzubrechen und ein Hippieleben zu führen. Er verwarf diese Theorie. Das passte einfach nicht zu Ricky Colenso, und warum sollte er einen Landcruiser stehlen, wenn sein Opa die ganze Fabrik kaufen konnte?

Die nächste war, dass Fadil Sulejman den jungen Amerikaner zu einer Spritztour überredet und dann ermordet hatte, um den Geldgürtel und den Wagen zu stehlen. Denkbar. Aber als Bosniake ohne Pass würde Fadil nicht weit kommen. Kroatien oder Serbien waren für ihn Feindesland, und ein zum Verkauf angebotener neuer Landcruiser würde auffallen.

Drittens, sie waren an eine oder mehrere unbekannte Personen geraten und aus demselben Grund umgebracht worden. Zu den Mordbanden, die hier die Gegend unsicher machten, zählten auch einige Mudschaheddin-Gruppen, muslimische Fanatiker aus dem Nahen und Mittleren Osten, die nach Bosnien gekommen waren, um ihren verfolgten Glaubensbrüdern »beizustehen«. Es war bekannt, dass sie bereits zwei europäische Söldner ermordet hatten, obwohl die eigentlich auf derselben Seite standen, ferner den Mitarbeiter einer Hilfsorganisation und einen muslimischen Tankstellenbesitzer, der sich geweigert hatte, Benzin zu spenden.

Doch am wahrscheinlichsten erschien ihm John Slacks Theorie. Zusammen mit Ibrahim suchte der Spürhund in den folgenden Tagen kilometerweit jede Straße ab, die von Travnik ins Hinterland führte. Während der Bosnier im Schritttempo hinter ihm her fuhr, durchkämmte der Spürhund die Straßenränder über jedem infrage kommenden Steilhang.

Was er anpackte, machte er gründlich. Langsam, geduldig und keine Stelle auslassend, suchte er nach Reifenspuren, zerbröckelten Rändern, Schleuderspuren, umgeknickten Pflanzen, platt gefahrenem Gras. Dreimal ließ er sich an einem Seil, das sie an dem Lada befestigten, in eine Schlucht hinab, in der möglicherweise ein Landcruiserwrack im Dickicht lag. Nichts.

Er setzte sich an den Straßenrand und suchte mit einem Feldstecher die Täler unter sich nach einem Glitzern von Metall oder Glas ab. Nichts. Nach zehn anstrengenden Tagen kam er zu dem Schluss, dass Slack Unrecht hatte. Wenn ein Geländewagen dieser Größe von der Straße abkam und in die Tiefe stürzte, hinterließ er Spuren, die, so unauffällig sie auch sein mochten, auch nach vierzig Tagen noch zu erkennen waren. Und er hätte diese Spuren mit Sicherheit gefunden. Doch in keinem der Täler um Travnik lag ein verunglücktes Auto.

Er setzte eine hohe Belohnung auf sachdienliche Hinweise aus. Die Neuigkeit machte unter den Flüchtlingen die Runde, und ein paar Optimisten meldeten sich. Doch alles, was er erfuhr, war, dass der Wagen am fraglichen Tag durch die Stadt gefahren war. Wohin, wusste niemand. Und auch nicht, in welche Richtung.

Nach zwei Wochen brach er die Aktion ab und fuhr nach Vitez, wo das Hauptquartier des kurz zuvor eingetroffenen Kontingents der britischen Armee lag.

Er bezog Quartier in einer Schule, die in eine Art Pension für Journalisten, hauptsächlich britische, umfunktioniert worden war. Sie lag in einer Straße, die im Volksmund TV-Allee hieß, neben dem Militärgelände, bot aber genügend Sicherheit, falls es brenzlig wurde.

Da er wusste, was Soldaten im Allgemeinen von der Presse

hielten, verzichtete er darauf, sich als »freischaffenden Journalist« auszugeben, und bat den kommandierenden Oberst in seiner Eigenschaft als ehemaliger Angehöriger der Spezialkräfte um eine Unterredung.

Der Oberst hatte einen Bruder bei den Fallschirmjägern. Gleicher Werdegang, gleiche Interessen. Kein Problem. Was könne er für ihn tun?

Ja, er habe von dem vermissten jungen Amerikaner gehört. Böse Sache. Seine Patrouillen hätten sich umgesehen, aber nichts gefunden. Er horchte auf, als der Spürhund eine noble Spende für den Unterstützungsfonds der Armee in Aussicht stellte. Eine Suchaktion wurde organisiert, die Artillerie stellte ein leichtes Flugzeug bereit. Der Spürhund begleitete den Piloten. Über eine Stunde lang flogen sie über Berge und Schluchten. Nicht die geringste Spur.

»Ich glaube, Sie müssen bei Ihren Nachforschungen von einem Verbrechen ausgehen«, meinte der Oberst beim Abendessen.

»Mudschaheddin?«

»Möglich. Das sind brutale Spinner, verstehen Sie? Die bringen jeden um, der ihnen über den Weg läuft, nur weil er kein Muslim oder nicht fundamentalistisch genug ist. Am 15. Mai, sagten Sie? Da waren wir erst zwei Wochen hier. Haben noch die Lage sondiert. Aber laut Akten war hier in der Gegend nichts los. Sie könnten es mal mit den ECMM-Lageberichten versuchen. Nicht sehr ergiebig, aber ein Stapel liegt in meinem Büro. Der 15. Mai müsste dabei sein.«

Die European Community Monitoring Mission war der Versuch der Europäischen Union, sich in ein Unternehmen einzumischen, auf das sie keinerlei Einfluss hatte. Bosnien war UN-Angelegenheit, bis die verärgerten USA die Sache in die Hand nahmen und das Problem lösten. Doch Brüssel wollte nicht außen vor bleiben, und so wurde ein Beobachterteam zusammengestellt. Eben jene ECMM. Der Spürhund sah den Stapel Berichte am nächsten Tag durch.

Bei den EU-Beobachtern handelte es sich in der Regel um Offiziere aus Mitgliedstaaten, die von ihren Verteidigungsministerien mangels sinnvollerer Verwendung ausgeliehen worden waren. Sie wurden auf ganz Bosnien verteilt, bekamen ein Büro, eine Wohnung, einen Wagen sowie Taschengeld. Manche Lageberichte lasen sich eher wie ein soziales Tagebuch. Der Spürhund konzentrierte sich auf die Einträge vom 15. Mai und die der folgenden drei Tage. Einer vom 16. Mai aus Banja Luka stach ihm ins Auge.

Banja Luka war eine ausgesprochene Serben-Hochburg nördlich von Travnik, hinter der Vlasić-Bergkette gelegen. Der ECMM-Offizier, ein dänischer Major namens Lasse Bjerregaard, schrieb, dass er am Abend zuvor, also am 15. Mai, in der Bar des Hotels Bosna etwas getrunken habe und dabei Zeuge eines heftigen Streits zwischen zwei Serben in Tarnanzügen geworden sei. Einer sei offensichtlich auf den anderen wütend gewesen und habe ihn laut in der Landessprache beschimpft. Er habe dem jüngeren Mann mehrmals ins Gesicht geschlagen, doch der Beleidigte habe sich nicht gewehrt, was eindeutig darauf hinweise, dass der andere sein Vorgesetzter gewesen sei.

Hinterher erkundigte sich der Major bei dem Barkeeper, der im Gegensatz zu ihm selbst nur stockend Englisch sprach, nach dem Grund für den Streit. Doch der Mann zuckte nur die Schultern und ließ ihn rüde stehen, was sonst nicht seine Art war. Am nächsten Morgen waren die Uniformierten fort, und der Major sah sie nie wieder.

Obwohl der Spürhund sich nicht das Geringste davon versprach, rief er im ECMM-Büro in Banja Luka an. Auch dort hatte das Personal gewechselt, ein Grieche meldete sich. Ja, der Däne sei vorige Woche nach Hause zurückgekehrt. Der Spürhund telefonierte mit London und bat die Zentrale, im dänischen Verteidigungsministerium nachzufragen. Drei Stunden später rief London zurück. Zum Glück war »Bjerregaard« kein häufiger Name. Bei »Jensen« hätte es Probleme gegeben. Der

Major weilte im Urlaub und hatte eine Telefonnummer in Odense hinterlassen.

Der Spürhund erreichte ihn am Abend, als er gerade vom Strand zurückkam, wo er mit seiner Familie den heißen Sommertag verbracht hatte. Er war sehr hilfsbereit. Ja, er erinnere sich noch recht gut an den Abend des 15. Mai. Schließlich gebe es für einen Dänen in Banja Luka herzlich wenig zu tun. Es sei ein sehr abgeschiedener und langweiliger Posten gewesen.

Wie jeden Abend war er gegen neunzehn Uhr dreißig in die Bar gegangen, um vor dem Essen noch ein Bier zu trinken. Etwa eine halbe Stunde später betrat eine kleine Gruppe von Serben in Tarnanzügen die Bar. Vermutlich keine Angehörigen der jugoslawischen Armee, denn sie trugen keine Einheitsabzeichen auf den Schultern.

Sie waren sehr großspurig und schmissen eine Lokalrunde, Sliwowitz mit Bier zum Nachspülen, eine tödliche Kombination. Nach einer Weile wollte der Major in den Speisesaal umziehen, weil das Gegröle unerträglich wurde, als noch ein Serbe die Bar betrat. Er war anscheinend der Anführer, denn der Rest verstummte.

Er sagte etwas auf Serbisch zu ihnen. Offenbar hatte er ihnen befohlen mitzukommen, denn die Männer kippten ihr Bier hinunter und steckten ihre Zigaretten und Feuerzeuge ein. Dann machte einer von ihnen Anstalten zu zahlen.

Der Anführer geriet in Rage und brüllte den Untergebenen an. Die Übrigen schwiegen betroffen, ebenso die anderen Gäste. Und der Barkeeper. Die Schimpfkanonade ging weiter, begleitet von zwei Ohrfeigen. Noch immer kein Protest. Schließlich stürmte der Anführer hinaus, die anderen folgten ihm kleinlaut. Keiner erbot sich, die Zeche zu bezahlen.

Der Major stand mit dem Barkeeper auf gutem Fuß, da er seit Wochen sein Bier bei ihm trank, und bat ihn um eine Erklärung. Der Mann war erbleicht. Vor Empörung über die unschöne Szene in seiner Bar, dachte der Däne zuerst, doch er schien eher

Angst zu haben. Als er ihn fragte, um was es bei dem Streit gegangen sei, zuckte er die Schultern, ging ans andere Ende der mittlerweile leeren Bar und sah demonstrativ weg.

»Hat der Anführer auch einen von den anderen angebrüllt?«, fragte der Spürhund.

»Nein, nur den einen, der bezahlen wollte«, antwortete die Stimme aus Dänemark.

»Wieso nur ihn, Major? Sie führen in Ihrem Bericht keinen möglichen Grund an.«

»Ach, habe ich das nicht erwähnt? Verzeihen Sie. Ich glaube, weil der Mann mit einem Hundertdollarschein bezahlen wollte.«

7

Der Freiwillige

Der Spürhund packte seine Sachen und fuhr von Travnik aus nach Norden. Er wechselte von muslimischem in serbisches Gebiet. Doch über dem Lada wehte ein britischer Union Jack, mit dem er Heckenschützen abzuschrecken hoffte. Und für den Fall, dass er angehalten wurde, verließ er sich auf seinen Pass, den Brief, der belegte, dass er nur über Hilfsprogramme schrieb, und die amerikanischen Zigaretten, die er im Kasernenladen in Vitez gekauft hatte und großzügig zu verteilen gedachte.

Wenn alle Stricke rissen, hatte er immer noch die Pistole, die geladen neben ihm lag und mit der er umzugehen verstand.

Zweimal wurde er angehalten, zuerst von einer Patrouille der bosnischen Miliz, als er das muslimisch kontrollierte Gebiet verließ, dann von einer Patrouille der jugoslawischen Armee südlich von Banja Luka. Beide Male erfüllten seine Erklärungen, Dokumente und Präsente ihren Zweck. Fünf Stunden später erreichte er Banja Luka.

Das Hotel Bosna war sicherlich keine Konkurrenz für das Ritz, dafür aber das einzige in der Stadt. Er checkte ein. Es gab noch viele freie Zimmer. Außer einem französischen Fernsehteam war er hier, soweit er feststellen konnte, der einzige Ausländer. Noch am selben Abend ging er um sieben in die Bar. Es waren nur drei Gäste da, alle Serben, die an Tischen saßen, und der Barkeeper. Er schwang sich auf einen der Barhocker.

»Hallo, Sie müssen Dusko sein.«

Er war offen, freundlich, charmant. Der Barkeeper drückte die ihm dargebotene Hand.

»Sie waren schon mal hier?«

»Nein, es ist das erste Mal. Nette Bar. Angenehm.«

»Woher Sie kennen meinen Namen?«

»Ein Freund von mir war bis vor kurzem hier stationiert. Ein Däne. Lasse Bjerregaard. Er hat mich gebeten, Sie von ihm zu grüßen, wenn ich hier vorbeikomme.«

Der Barkeeper war sichtlich erleichtert. Hier drohte keine Gefahr.

»Sie sind Däne?«

»Nein, Brite.«

»Armee?«

»Gott bewahre, nein! Journalist. Ich schreibe eine Artikelserie über Hilfsorganisationen. Trinken Sie ein Glas mit mir?«

Dusko schenkte sich von seinem besten Cognac ein.

»Ich auch möchte Journalist werden. Irgendwann. Reisen. Die Welt sehen.«

»Warum nicht? Sammeln Sie bei der Lokalzeitung Erfahrung, und dann gehen Sie in die Großstadt. So habe ich es jedenfalls gemacht.«

Der Barkeeper zuckte resigniert die Schultern.

»Hier? In Banja Luka? Gibt keine Zeitung.«

»Dann versuchen Sie es in Sarajevo. Oder meinetwegen auch in Belgrad. Sie sind doch Serbe. Sie können hier weg. Der Krieg dauert nicht ewig.«

»Fortgehen kostet Geld. Kein Job, kein Geld. Kein Geld, keine Reisen, kein Job.«

»Ach ja, das liebe Geld. Immer hat man zu wenig. Oder auch nicht.«

Der Engländer zückte ein Bündel Banknoten, lauter Hundertdollarscheine, und blätterte sie auf den Tresen.

»Ich bin altmodisch«, sagte er. »Ich finde, die Menschen sollten einander helfen. Das macht das Leben leichter, angenehmer. Wollen Sie mir helfen, Dusko?«

Der Barkeeper starrte die Dollarnoten an, die nur wenige

Zentimeter von seinen Fingern entfernt lagen. Er konnte seinen Blick nicht davon losreißen und senkte die Stimme zu einem Flüstern.

»Was wollen Sie? Was tun Sie hier? Sie sind kein Reporter.«

»Nun ja, in gewisser Weise schon. Ich stelle Fragen. Aber ich bin ein reicher Fragensteller. Wären sie gern so reich wie ich, Dusko?«

»Was wollen Sie?«, wiederholte der Barkeeper. Sein Blick wanderte nervös zu den anderen Gästen, die zu ihnen herübersahen.

»Sie haben schon einmal einen Hundertdollarschein gesehen. Vergangenen Mai. Ich glaube, am fünfzehnten, oder? Ein junger Soldat wollte damit die Zeche bezahlen und bekam deshalb mit jemandem Krach. Mein Freund Lasse war hier. Er hat es mir erzählt. Sagen Sie mir, was genau passiert ist und wieso.«

»Nicht hier, nicht jetzt«, zischte der Serbe erschrocken. Einer der Gäste war vom Tisch aufgestanden und trat an den Tresen. Ein fachmännisch geworfener Putzlappen begrub das Geld unter sich.

»Bar schließt um zehn. Sie dann kommen wieder.«

Um halb elf, als die Bar geschlossen war, saßen die beiden Männer im Halbdunkel einer Nische und redeten.

»Sie waren nicht von jugoslawischer Armee«, sagte der Barkeeper. »Keine Soldaten. Milizionäre. Schlechte Menschen. Sie bleiben drei Tage. Beste Zimmer. Bestes Essen, viel trinken. Sie gehen, aber nicht zahlen.«

»Einer wollte bezahlen.«

»Stimmt. Nur einer. Er war ein guter Junge. Nicht wie die anderen. Ich weiß nicht, warum er war bei ihnen. Er hatte Bildung. Die anderen waren Gangster... Abschaum.«

»Haben Sie nicht dagegen protestiert, dass sie für die drei Tage nicht bezahlt haben?«

»Protestiert? Protestiert? Was ich soll sagen? Diese Tiere haben Waffen. Sie töten, sogar serbische Brüder. Sie sind Mörder.«

»Und wer war der Kerl, der den netten Jungen geohrfeigt hat, als er bezahlen wollte?«

»Weiß nicht. Er war Chef, Anführer. Aber kein Name. Sie ihn nennen nur ›Chef‹.«

»Diese Milizionäre haben alle Namen, Dusko. Arkan und seine Tiger. Frankies Jungs. Sie lieben es, berühmt zu sein. Sie prahlen mit ihren Namen.«

»Dieser nicht. Ich schwöre.«

Der Spürhund wusste, dass er log. Wer auch immer dieser Killer war, der Gedanke an ihn trieb seinen serbischen Brüdern den Angstschweiß auf die Stirn.

»Und der nette Junge, hatte der einen Namen?«

»Ich habe nicht gehört.«

»Wir reden über eine Menge Geld, Dusko. Sie sehen ihn nie wieder, Sie sehen mich nie wieder, und Sie bekommen so viel, dass Sie nach dem Krieg in Sarajevo neu anfangen können. Den Namen des Jungen.«

»Er hat an dem Tag bezahlt, wann er ist abgereist. Vielleicht er hat sich geschämt für die anderen. Er ist zurückgekommen und hat mit Scheck bezahlt.«

»Ist er geplatzt? Kam er zurück? Haben Sie ihn noch?«

»Nein, ist eingelöst worden. Jugoslawische Dinar. Aus Belgrad. Die ganze Summe.«

»Also kein Scheck?«

»Er muss in der Bank in Belgrad sein. Irgendwo, aber wahrscheinlich schon vernichtet. Aber ich habe die Nummer von Ausweis aufgeschrieben, falls er ist nicht gedeckt.«

»Wo? Wo haben Sie die Nummer aufgeschrieben?«

»Auf die Rückseite von Bestellblock. Mit Kugelschreiber.«

Der Spürhund sah sich den Block an. Er hatte infolge umfangreicher Getränkebestellungen nur noch zwei Blätter. Ein Tag noch, und er wäre weggeworfen worden. Auf die Rückwand aus Pappe waren mit Kugelschreiber sieben Ziffern und zwei Großbuchstaben gekritzelt. Acht Wochen alt, noch lesbar.

Der Spürhund ließ tausend von Mr. Edmonds Dollars springen und reiste ab. Er nahm den kürzesten Weg, fuhr in Richtung Norden nach Kroatien und stieg in Zagreb in ein Flugzeug.

Das alte, aus sechs Teilrepubliken und zwei autonomen Provinzen bestehende Jugoslawien war in den vorausgegangenen fünf Jahren in einem blutigen, chaotischen und brutalen Krieg auseinander gebrochen. Die Republik Slowenien im Norden hatte sich als Erste abgespalten, glücklicherweise ohne Blutvergießen, und im Süden hatte sich Mazedonien für unabhängig erklärt. Doch die dazwischen liegenden Landesteile Kroatien, Bosnien-Herzegowina, Kosovo, Montenegro und Serbien versuchte der serbische Diktator Slobodan Milošević mit allen Mitteln zusammenzuhalten und schreckte dabei vor keiner Brutalität zurück. Auch der spätere Verlust Kroatiens vermochte seinen Machthunger und seine Kriegslust nicht zu zügeln.

Das Belgrad, in dem der Spürhund 1995 eintraf, war bislang noch verschont geblieben. Die späteren Zerstörungen waren eine Folge des Kosovo-Krieges, der erst noch kommen sollte.

Von seinem Londoner Büro wusste er, dass es in Belgrad eine private Detektei gab, die von einem ehemaligen hohen Polizeibeamten geleitet wurde, dessen Dienste London schon einmal in Anspruch genommen hatte. Sie trug den nicht übermäßig originellen Namen Chandler und war leicht zu finden.

»Ich bin auf der Suche nach einem jungen Mann«, erklärte der Spürhund dem Detektiv Dragan Stojić. »Ich weiß nicht, wie er heißt, ich habe nur seine Ausweisnummer.«

Stojić grunzte.

»Was hat er verbrochen?«

»Nichts, soweit ich weiß. Er hat etwas gesehen. Vielleicht. Vielleicht auch nicht.«

»Ist das alles? Sie wollen nur den Namen?«

»Außerdem würde ich gern mit ihm sprechen. Ich habe keinen Wagen und kann kein Serbokroatisch. Vielleicht spricht er Englisch. Vielleicht auch nicht.«

Stojić grunzte abermals. Das war offenbar seine Spezialität. Anscheinend hatte er alle Philip-Marlowe-Romane gelesen und jeden Film gesehen. Er versuchte sich als Robert Mitchum in *Tote schlafen besser,* doch mit seinen ein Meter sechzig und seiner Glatze wollte ihm das nicht recht gelingen.

»Meine Geschäftsbedingungen …«, begann er.

Der Spürhund schob noch einen Hundertdollarschein über den Tisch. »Ich brauche Ihre ungeteilte Aufmerksamkeit.«

Stojić war entzückt. Seine Antwort hätte direkt aus *Lebwohl, mein Liebling* stammen können.

»Die haben Sie.«

Ehre, wem Ehre gebührt, der untersetzte Exinspektor verschwendete keine Zeit. Sein Ruß speiender Wagen der Marke Jugo rollte mit dem Spürhund auf dem Beifahrersitz quer durch die Stadt in den Bezirk Konjarnik, wo an der Ecke der Ljermontova-Straße das Belgrader Polizeipräsidium thront. Das Gelände war und ist ein hässlicher gelb-brauner Kasten, der wie eine eckige Hornisse aussieht.

»Sie warten besser hier«, sagte Stojić. Er blieb eine halbe Stunde fort und feierte offenbar ein frohes Wiedersehen mit einem alten Kollegen, denn als er wiederkam, roch sein Atem pflaumig nach Sliwowitz. Doch er brachte einen Zettel mit.

»Der Ausweis gehört einem gewissen Milan Rajak. Alter vierundzwanzig. Als Jurastudent eingeschrieben. Vater erfolgreicher Rechtsanwalt, Familie aus der gehobenen Mittelschicht. Sind Sie sicher, dass das der richtige Mann ist?«

»Wenn er keinen Doppelgänger hat, waren er und sein Ausweis samt Foto vor zwei Monaten in Banja Luka.«

»Was um alles in der Welt hätte er dort tun sollen?«

»Er trug eine Uniform und hielt sich in einer Bar auf.«

Stojić vergegenwärtigte sich noch einmal die Akte, die er lesen, nicht aber hatte kopieren dürfen.

»Er hat seinen Wehrdienst abgeleistet. Das müssen alle jungen Jugoslawen zwischen achtzehn und einundzwanzig.«

»Bei einer Kampftruppe?«

»Nein, bei den Fernmeldern. Als Funker.«

»Dann ist er nie im Gefecht gewesen. Vielleicht wollte er das nachholen, oder er hat sich einer Gruppe angeschlossen, die nach Bosnien ging, um für die serbische Sache zu kämpfen. Ein irregeleiteter Freiwilliger? Wäre das denkbar?«

Stojić zuckte mit den Schultern.

»Möglich. Aber diese Milizionäre sind Abschaum. Warum sollte sich ein Jurastudent mit solchen Leuten einlassen?«

»Abenteuerurlaub?«, fragte der Spürhund.

»Aber welche Gruppe? Sollen wir ihn fragen?«

Stojić zog den Zettel zu Rate.

»Eine Adresse in Senjak, keine halbe Stunde von hier.«

»Dann lassen Sie uns hinfahren.«

Sie fanden die Anschrift mühelos: eine gediegene Mittel-standsvilla in der Istarska-Straße. Jahrelange Pflichterfüllung unter Marschall Tito und dann unter Slobodan Milošević hatten Rajak senior offensichtlich nicht geschadet. Eine blasse und nervös wirkende Frau in den Vierzigern, die jedoch älter aussah, öffnete die Tür.

Es wurden ein paar Worte auf Serbokroatisch gewechselt.

»Milans Mutter«, erklärte Stojić. »Ja, er ist da. Was Sie wollen, fragt sie.«

»Mit ihm reden. Ein Interview. Für die britische Presse.«

Sichtlich verwirrt ließ Frau Rajak sie eintreten und rief nach ihrem Sohn. Sie führte sie ins Wohnzimmer. Schritte kamen die Treppe herunter, ein junger Mann erschien in der Diele. Er tuschelte mit seiner Mutter und trat ein. Er wirkte verwundert, besorgt, beinahe ängstlich. Der Spürhund schenkte ihm sein freundlichstes Lächeln und drückte ihm die Hand. Die Tür stand noch einen Spalt offen. Frau Rajak sprach aufgeregt ins Telefon. Stojić warf dem Engländer einen warnenden Blick zu, als wollte er sagen: »Was Sie auch vorhaben, machen Sie's kurz. Die Artillerie rückt an.«

Der Engländer zückte den Bestellblock aus der Bar im Norden. Auf den beiden verbliebenen Blättern stand oben der Name Hotel Bosna. Er schlug die beiden Blätter um und zeigte Milan Rajak die sieben Ziffern und die beiden Initialen.

»Es war sehr anständig von Ihnen, die Zeche zu bezahlen, Milan. Der Barmann wusste es zu schätzen. Bedauerlicherweise ist der Scheck geplatzt.«

»Nein, das kann nicht sein. Er war…«

Er hielt inne und wurde weiß wie ein Laken.

»Niemand wirft Ihnen etwas vor, Milan. Sagen Sie mir nur eins. Was haben Sie in Banja Luka gemacht?«

»Jemanden besucht.«

»Freunde?«

»Ja.«

»Im Tarnanzug? Milan, das ist ein Kriegsgebiet. Was ist an jenem Tag vor zwei Monaten passiert?«

»Ich weiß nicht, was Sie meinen. Mama…« Er fiel ins Serbokroatische, sodass der Spürhund nichts mehr verstand. Er blickte mit hochgezogenen Brauen zu Stojić.

»Papi ist im Anmarsch«, raunte der Detektiv.

»Sie waren mit zehn Männern zusammen, alle in Uniform und bewaffnet. Was waren das für Leute?«

Milan lief der Schweiß übers Gesicht. Er sah aus, als würde er gleich in Tränen ausbrechen. Der Spürhund vermutete, dass der junge Mann ein ernstes Nervenleiden hatte.

»Sind Sie Engländer? Aber Sie sind kein Journalist. Was wollen Sie hier? Warum verfolgen Sie mich? Ich weiß nichts.«

Reifen quietschten vor dem Haus, Schritte hasteten die Stufen zur Haustür herauf. Frau Rajak riss die Tür auf, und ihr Mann stürmte herein. Er wirkte nervös und aufgebracht. Eine Generation älter als sein Sohn, sprach er kein Englisch. Dafür brüllte er etwas auf Serbokroatisch.

»Er will wissen, was Sie in seinem Haus verloren haben«, übersetzte Stojić, »und warum Sie seinen Sohn belästigen.«

»Ich belästige niemanden«, erwiderte der Spürhund ruhig. »Ich stelle nur Fragen. Was hat dieser junge Mann vor acht Wochen in Banja Luka getan, und wer waren die Männer, mit denen er zusammen war?«

Stojić übersetzte. Rajak senior brüllte.

»Er sagt«, erklärte Stojić, »dass sein Sohn nichts wisse und nicht dort gewesen sei. Er habe sich den ganzen Sommer hier aufgehalten, und wenn Sie nicht sofort das Haus verlassen, ruft er die Polizei. Ich persönlich finde, wir sollten jetzt gehen. Der Mann hat Einfluss.«

»Okay«, lenkte der Spürhund ein. »Eine letzte Frage.«

Auf seine Bitte hin hatte sich der ehemalige Direktor der Spezialkräfte, der mittlerweile die Firma Hazard Management leitete, zu einem sehr diskreten Lunch mit einem Kontaktmann vom Secret Intelligence Service getroffen. Der Leiter der Balkan-Abteilung war so behilflich gewesen, wie man es ihm gestattete.

»Waren diese Männer Zorans Wölfe? War der Mann, der Sie geohrfeigt hat, Zoran Zilić selbst?«

Stojić brauchte nicht mehr als die Hälfte zu übersetzen. Milan verstand alles auf Englisch. Die Reaktion erfolgte in zwei Schritten. Einen Moment herrschte verblüfftes, eisiges Schweigen. Und was dann folgte, glich einer explodierenden Granate.

Frau Rajak stieß einen Schrei aus und stürzte aus dem Zimmer. Ihr Sohn sank in einen Sessel, schlug die Hände vors Gesicht und begann zu zittern. Der Vater wurde zuerst blass, dann rot, deutete zur Tür und brüllte nur ein Wort, das, wie Gracey vermutete, »Raus!« bedeutete. Stojić steuerte zur Tür. Der Spürhund folgte ihm.

Als er an dem zitternden Jungen vorbeikam, steckte er ihm unauffällig eine Karte in die Brusttasche seines Jacketts.

»Falls Sie es sich anders überlegen«, raunte er ihm zu. »Rufen Sie mich an. Oder schreiben Sie mir. Ich werde kommen.«

Auf der Fahrt zum Flughafen herrschte beklommenes Schweigen im Wagen. Dragan Stojić war davon überzeugt, dass er jeden Cent seiner eintausend Dollar verdient hatte. Vor der internationalen Abflughalle angekommen, sagte er übers Autodach hinweg zu dem abreisenden Engländer:

»Sollten Sie jemals wieder nach Belgrad kommen, mein Freund, rate ich Ihnen, diesen Namen nicht zu erwähnen. Nicht einmal im Spaß. Im Spaß schon gar nicht. Was sich heute ereignet hat, ist niemals passiert.«

Achtundvierzig Stunden später hatte der Spürhund seinen Bericht zu Papier gebracht und zusammen mit seiner Spesenabrechnung an Steve Edmond geschickt. Im letzten Absatz schrieb er:

»Zu meinem Bedauern muss ich Ihnen mitteilen, dass die Ereignisse, die zum Tod Ihres Enkels führten, die genauen Umstände seines Todes und der Verbleib des Leichnams voraussichtlich niemals geklärt werden. Und ich würde nur falsche Hoffnungen wecken, wollte ich der Meinung Ausdruck verleihen, es bestehe eine Chance, dass Ihr Enkel noch am Leben sei. Zum augenblicklichen Zeitpunkt und in absehbarer Zukunft kann das Ergebnis nur lauten, dass der Vermisste einem mutmaßlichen Verbrechen zum Opfer gefallen ist.

Ich glaube nicht, dass er und sein bosnischer Begleiter mit dem Wagen von der Straße abgekommen und in eine Schlucht gestürzt sind. Jede infrage kommende Straße habe ich persönlich abgesucht. Ebenso wenig glaube ich, dass der Bosnier ihn ermordet hat, um sich in den Besitz des Wagens und/oder des Geldgürtels zu bringen.

Ich bin vielmehr der Ansicht, dass sie sich unwissentlich in Gefahr begeben haben und von einem oder mehreren Unbekannten ermordet worden sind. Es besteht die Wahrscheinlichkeit, dass es sich bei diesen Unbekannten um eine Bande krimineller serbischer Milizionäre handelt, die sich in dem betreffenden Gebiet aufgehalten haben soll. Aber ohne Beweise, Identifizierung, ein Geständnis oder gerichtliche Zeugenaussagen kann keine Anklage erhoben werden.

Ich bedaure zutiefst, dass ich Ihnen diese Mitteilung machen muss, glaube aber, dass sie mit an Sicherheit grenzender Wahrscheinlichkeit der Wahrheit entspricht.

Ihr ergebenster

Philip Gracey.«

Man schrieb den 22. Juli 1995.

8

Der Anwalt

Den Hauptgrund für sein Ausscheiden aus der Army behielt Calvin Dexter für sich, denn er wollte sich nicht zum Gespött der Kameraden machen. Er hatte nämlich beschlossen, aufs College zu gehen und Rechtsanwalt zu werden.

Was die Finanzierung betraf, so hatte er in seiner Vietnamzeit mehrere tausend Dollar gespart und konnte zusätzlich eine Ausbildungsbeihilfe nach dem GI-Gesetz beantragen.

Ein solcher Antrag ist nur an wenige Bedingungen geknüpft. Jeder amerikanische Soldat hat die Möglichkeit, ihn nach seinem Ausscheiden aus der Armee zu stellen, sofern er nicht unehrenhaft entlassen wurde, und erhält für die Dauer des Studiums Geld vom Staat. Er kann dieses Geld nach Belieben verwenden, solange das College bestätigt, dass er Vollzeitstudent ist.

Ein College in der Provinz wäre billiger gewesen, doch Dexter wollte eine Universität mit einer eigenen juristischen Fakultät; denn falls er jemals als Anwalt praktizieren sollte, hatte er in einem größeren Bundesstaat wie New York bessere Aussichten als in New Jersey. Nachdem er fünfzig Broschüren durchgeblättert hatte, bewarb er sich an der Fordham University in New York City.

Er reichte die Bewerbungsunterlagen im späten Frühjahr ein, zusammen mit dem wichtigen Entlassungsschein, dem DD214, den jeder ausscheidende Soldat erhält. Er erwischte eine günstige Zeit.

Obwohl der Vietnamkrieg bereits scharf kritisiert wurde –

und nirgendwo schärfer als an den Hochschulen –, galten GIs im Frühjahr 1971 nicht als Täter, sondern als Opfer.

Nach dem chaotischen und unwürdigen Abzug von 1973, den manche auch als überstürzte Flucht bezeichneten, schlug die Stimmung um. Auch wenn Richard Nixon und Henry Kissinger sich bemühten, die Dinge zu beschönigen, und beinahe alle den Rückzug aus diesem Krieg, der nicht zu gewinnen war, begrüßten, wurde das Ende doch als Niederlage empfunden.

Wenn es etwas gibt, womit der Durchschnittsamerikaner nicht allzu oft in Verbindung gebracht werden will, dann ist es eine Niederlage. Allein die Vorstellung ist unamerikanisch, selbst für einen liberalen Linken. Die GIs, die nach 1971 in ihre Heimat zurückkehrten, erwarteten, dass man sie willkommen heißen würde. Schließlich hatten sie ihr Bestes gegeben, hatten gelitten und gute Kameraden verloren. Doch sie stießen auf eine Mauer aus Gleichgültigkeit, ja Feindseligkeit. Die Linke interessierte sich mehr für My Lai.

Dexters Unterlagen wurden in jenem Sommer zusammen mit den anderen Bewerbungen geprüft, woraufhin er einen Platz für ein vierjähriges Studium in politischer Geschichte erhielt. In der Kategorie »Lebenserfahrung« schlugen seine drei Jahre bei der Big Red One positiv zu Buche. Vierundzwanzig Monate später wäre das allerdings nicht mehr der Fall gewesen.

Der junge Veteran mietete eine billige Einzimmerwohnung in der Bronx, unweit des Campus, denn zur damaligen Zeit war die Universität Fordham noch in einem nüchternen roten Backsteinkomplex in diesem Stadtbezirk untergebracht. Wenn er zu Fuß ging oder öffentliche Verkehrsmittel benutzte, so rechnete er sich aus, wenn er genügsam lebte und in den Sommerferien auf dem Bau arbeitete, konnte er bis zum Examen über die Runden kommen. Zu den Baustellen, auf denen er in den nächsten drei Jahren arbeitete, gehörte auch das neue Weltwunder, das langsam wachsende World Trade Center.

Das Jahr 1974 war von zwei Ereignissen geprägt, die sein

Leben verändern sollten. Er lernte Angela Marozzi kennen, eine schöne, temperamentvolle und lebenslustige Italoamerikanerin, die in einem Blumenladen in der Bathgate Street arbeitete, und verliebte sich in sie. Sie heirateten noch im Sommer, warfen ihr Geld zusammen und zogen in eine größere Wohnung.

Im Herbst, ein Jahr vor dem Examen, bewarb er sich an der juristischen Fakultät, die zwar zur Universität Fordham gehörte, aber eine eigene Verwaltung und eigene Räumlichkeiten auf der anderen Flussseite in Manhattan besaß. Dort angenommen zu werden gestaltete sich weitaus schwieriger, denn die Zahl der Studienplätze war begrenzt und die Nachfrage groß.

Ein zweites Studium an der Rechtsfakultät nach seinem Abschluss 1975 bedeutete drei weitere Jahre bis zum Juraexamen und anschließend das Bar Exam, die Prüfung für die Zulassung als Rechtsanwalt im Bundesstaat New York.

Es gab kein persönliches Bewerbungsgespräch, er musste beim Zulassungsausschuss lediglich einen Berg Unterlagen zur Begutachtung und Bewertung einreichen. Dazu gehörten neben seinen miserablen Schulzeugnissen auch neuere Leistungsnachweise aus dem Studium der politischen Geschichte und Beurteilungen seiner derzeitigen Dozenten, die exzellent waren. Irgendwo in dem Stapel steckte auch sein alter DD214.

Er kam in die engere Wahl. Der sechsköpfige Ausschuss trat zu einer letzten Sitzung zusammen. Den Vorsitz führte der siebenundsiebzigjährige emeritierte Professor Howard Kell, ein heller Kopf und unbestrittene Autorität im Gremium.

Irgendwann ging es um die Frage, welchem von zwei Bewerbern der letzte verfügbare Studienplatz zugeteilt werden sollte. Dexter war einer der beiden. Nach einer hitzigen Diskussion erhob sich Professor Kell von seinem Stuhl am Kopfende des Tisches und trat ans Fenster. Er starrte in den blauen Sommerhimmel.

»Schwierige Sache, was, Howard? Wer ist Ihr Favorit?«

Der alte Mann tippte auf ein Blatt Papier in seiner Hand und hielt es dem älteren Dozenten hin. Der las die Liste der Auszeichnungen und pfiff leise.

»Er war noch keine einundzwanzig, als er die bekommen hat.«

»Was zum Teufel hat er getan?«

»Sich das Recht erworben, dass man ihm an dieser Fakultät eine Chance gibt, das hat er getan«, antwortete der Professor.

Die beiden Männer kehrten an den Tisch zurück und stimmten ab. Das Votum wäre drei zu drei ausgefallen, doch in einem solchen Fall zählte die Stimme des Vorsitzenden doppelt. Er legte seine Gründe dar. Die anderen lasen den DD214.

»Er könnte gewalttätig sein«, gab der politisch korrekte Dekan zu bedenken.

»Das will ich doch hoffen«, erwiderte Professor Kell.

»Der Gedanke wäre mir unerträglich, dass wir so etwas heutzutage für nichts vergeben.«

Cal Dexter erhielt den Bescheid zwei Tage später. Er und Angela lagen im Bett. Er streichelte ihren gerundeten Bauch und träumte laut davon, eines Tages ein wohlhabender Anwalt zu werden und in Westchester oder White Plains ein schönes Haus zu besitzen.

Ihre Tochter Amanda Jane wurde im Frühjahr 1975 geboren, doch es gab Komplikationen. Die Ärzte taten ihr Bestes, kamen aber zu einem einhelligen Urteil. Dem Paar stehe es selbstverständlich frei, noch ein Kind zu adoptieren, aber weitere Schwangerschaften seien ausgeschlossen. Der Priester der Marozzis tröstete Angela. Es sei Gottes Wille, sie müsse sich damit abfinden.

Cal Dexter legte in diesem Sommer als einer der fünf Besten seines Jahrgangs die Abschlussprüfung ab und trat im Herbst sein dreijähriges Jurastudium an. Es war hart, aber die Marozzis unterstützten die junge Familie. Mama passte auf Amanda Jane auf, damit Angela als Kellnerin arbeiten konnte. Cal wollte unbedingt Vollzeitstudent bleiben und nicht auf Abendkurse ausweichen, wodurch sich das Jurastudium um zwölf Monate verlängert hätte.

Die ersten beiden Jahre arbeitete er den ganzen Sommer über schwer, doch im dritten ergatterte er eine Stelle als Anwaltsgehilfe in der hoch angesehenen Kanzlei Honeyman Fleischers in Manhattan.

Fordham hatte seit jeher ein aktives Netzwerk von Ehemaligen, und drei Hauptteilhaber von Honeyman Fleischers hatten an dieser Universität studiert. Ein Dozent vermittelte Dexter den Ferienjob in der Kanzlei.

In diesem Sommer, 1978, starb sein Vater. Seit seiner Rückkehr aus Vietnam hatte er kaum noch Kontakt zu ihm gehabt, denn der konnte nicht verstehen, warum er nicht auf den Bau zurückkehren und für den Rest seines Lebens Bauarbeiter bleiben wollte.

Einmal freilich hatte er sich den Wagen seines Schwiegervaters ausgeliehen, um Dexter senior Frau und Kind vorzustellen. Das Ende kam dann ganz plötzlich. Ein schwerer Herzanfall streckte ihn auf der Baustelle nieder. Der Sohn ging allein auf die bescheidene Beerdigung. Er hatte gehofft, der Vater würde noch seine Abschlussfeier erleben und stolz auf ihn sein. Doch es kam anders.

Noch im selben Sommer legte er das Examen ab. Bis zu seiner Prüfung und Zulassung als Anwalt arbeitete er ganztags, wenn auch für wenig Geld, bei Honeyman Fleischers. Es war seine erste feste Anstellung seit seinem Abschied von der Armee sieben Jahre zuvor.

Honeyman Fleischers legte großen Wert auf seinen makellosen Ruf als Liberaler, mied Republikaner und unterhielt, als sichtbarer Ausdruck seines sozialen Gewissens, eine Abteilung, die Armen und Bedürftigen unentgeltlich Rechtsbeistand leistete.

Gleichwohl sahen die Seniorpartner keinen Grund, des Guten zu viel zu tun, und besetzten die Abteilung mit schlecht bezahlten Neulingen. Im Herbst 1978 rangierte Cal Dexter in der Hackordnung der Kanzlei ganz unten.

Dexter beklagte sich nicht. Er brauchte Geld, und die Stelle gefiel ihm, denn als Anwalt der Habenichtse konnte er weitaus mehr Erfahrungen sammeln als in einem eng begrenzten Spezialgebiet. Er bearbeitete Fälle von Kleinkriminalität, grober Fahrlässigkeit und eine Vielfalt anderer Rechtsstreitigkeiten, über die schließlich vor Gericht verhandelt wurde.

Im folgenden Winter streckte eine Sekretärin den Kopf in sein Bürokabuff und wedelte mit einer Akte.

»Was haben Sie da?«, fragte er.

»Einen Einspruch gegen einen Abschiebungsbescheid«, antwortete sie. »Roger sagt, er habe dafür keine Zeit.«

Der Leiter der kleinen Abteilung pickte sich die Rosinen heraus, sofern es überhaupt welche gab. Einwanderungsfälle waren mit Sicherheit keine.

Dexter seufzte und vertiefte sich in die neue Akte. Die mündliche Verhandlung war für den nächsten Tag anberaumt.

Man schrieb den 20. November 1978.

9

Der Flüchtling

In jenen Jahren gab es in New York eine karitative Einrichtung namens Refugee Watch. Die Mitglieder selbst verstanden sich als »sozial engagierte Bürger«. »Weltverbesserer« war eine weniger schmeichelhafte Bezeichnung.

Die Gruppe hatte es sich zur Aufgabe gemacht, jenes menschliche Strandgut zu betreuen, das an die Küsten der USA gespült worden war und nun den Wunsch verspürte, die Inschrift am Fuß der Freiheitsstatue wörtlich zu nehmen und zu bleiben.

Meist waren es verzweifelte, mittellose Menschen, Flüchtlinge aus allen Weltgegenden, die in der Regel kaum Englisch sprachen und im Kampf ums Überleben ihre letzten Ersparnisse aufgebraucht hatten.

Ihr direkter Gegner, die gefürchtete Einwanderungs- und Einbürgerungsbehörde INS, verfuhr offenbar nach dem Grundsatz, dass neunundneunzig Komma neun Prozent aller Asylbewerber Betrüger und Schwindler seien, die man in ihre Herkunftsländer zurückschicken, also abschieben müsse.

Die Akte, die im frühen Winter 1978 auf Cal Dexters Schreibtisch landete, betraf ein aus Kambodscha geflüchtetes Ehepaar, Mr. und Mrs. Hom Moung.

In einer langatmigen, aus dem Französischen, der bevorzugten Sprache der französisch erzogenen Kambodschaner, übersetzten Erklärung schilderte Mr. Moung, der anscheinend für sie beide sprach, ihre Geschichte.

Seit 1975 herrschte in Kambodscha, wie in den USA wohl bekannt war und durch den Film *Schreiendes Land* später noch bekannter werden sollte, ein Despot und Völkermörder namens Pol Pot mit seiner Armee, den Roten Khmer.

Pol Pot verfolgte das irrsinnige Ziel, sein Land in eine Art Steinzeitkommunismus zu führen. Zur Verwirklichung dieses Traums gehörte die Liquidierung aller Städter und Intellektueller, die er mit einem krankhaften Hass jagte.

Moung behauptete, er sei Rektor an einem Gymnasium in der Hauptstadt Phnom Penh gewesen und seine Frau examinierte Krankenschwester in einer Privatklinik. Damit gehörten beide zu der Gruppe, die auf der Abschussliste der Roten Khmer stand.

Als ihre Lage unerträglich wurde, tauchten sie unter und zogen von Versteck zu Versteck bei Freunden und Kollegen, bis auch der Letzte verhaftet und verschleppt worden war.

Moung beteuerte, es sei ihm unmöglich gewesen, die vietnamesische oder thailändische Grenze zu erreichen, da es auf dem Land von Roten Khmer und Spitzeln gewimmelt habe und er sich nicht als Bauer habe ausgeben können. Doch sei es ihm gelungen, einen Lastwagenfahrer zu bestechen, der sie aus Phnom Penh herausgeschmuggelt und in die Hafenstadt Kompong Son gebracht habe. Mit seinen letzten Ersparnissen habe er den Kapitän eines südkoreanischen Frachters dazu »überredet«, sie aus der Hölle, die seine Heimat geworden war, herauszuholen.

Er habe den Zielhafen der *Inchon Star* nicht gekannt, und er habe ihn auch nicht interessiert. Wie sich herausstellte, beförderte der Frachter eine Ladung Teakholz nach New York. Nach der Ankunft habe er nicht versucht, illegal einzureisen, sondern sich umgehend bei den Behörden gemeldet und eine Aufenthaltserlaubnis beantragt.

Am Abend vor der Verhandlung saß Dexter über den Küchentisch gebeugt, während seine Frau und seine Tochter nebenan schliefen. Diese Verhandlung war sein erster Berufungstermin überhaupt, und er wollte für die Flüchtlinge sein Bestes geben.

Nach Moungs Erklärung nahm er sich den Bescheid der Einwanderungsbehörde vor. Er war ziemlich harsch.

Herr über Wohl und Wehe in jeder US-Großstadt ist der Distriktleiter; seine Dienststelle ist die erste Hürde. Der Sachbearbeiter hatte den Asylantrag mit der befremdlichen Begründung abgelehnt, die Moungs hätten sich an die Botschaft oder das Konsulat der Vereinigten Staaten vor Ort wenden und, gemäß der amerikanischen Tradition, warten müssen, bis sie an der Reihe waren.

Hier sah Dexter kein allzu großes Problem, denn die US-Beamten waren bereits Jahre vor dem Ansturm der Roten Khmer aus der kambodschanischen Hauptstadt geflüchtet.

Durch die Ablehnung in erster Instanz waren die Moungs in die Abschiebungsmühle geraten. Dies hatte Refugee Watch auf den Plan gerufen.

Nach der Verfahrensordnung konnte ein Paar, dem die Dienststelle des Distriktleiters nach der ersten Anhörung die Einreise verweigert hatte, Einspruch bei einem Verwaltungsgericht erheben, wo ein Asylrichter über den Fall entschied.

Wie Dexter feststellte, hatte die Einwanderungsbehörde für ihre Ablehnung noch einen zweiten Grund angeführt: Die Moungs seien den Nachweis schuldig geblieben, vor einer Verfolgung aufgrund ihrer Rasse, Nationalität, Religion, politischen Meinung und/oder Zugehörigkeit zu einer sozialen Gruppe geflohen zu sein. Doch er meinte glaubhaft machen zu können, dass Moung als glühender Antikommunist – und er gedachte ihm ans Herz zu legen, unverzüglich einer zu werden – und als Schulleiter zumindest die beiden letzten der fünf Kriterien erfüllte.

Seine Aufgabe bei der Verhandlung am nächsten Tag würde darin bestehen, beim Richter eine Aussetzung der Abschiebung nach Artikel 243 (h) des Gesetzes über Einwanderung und Staatsbürgerschaft zu beantragen.

Ganz unten auf einer Seite hatte ein Mitglied von Refugee

Watch in winziger Druckschrift vermerkt, dass der zuständige Asylrichter ein gewisser Norman Ross sei.

Dexter fand sich über eine Stunde vor Verhandlungsbeginn im Gebäude der Einwanderungsbehörde an der Federal Plaza Nr. 26 ein, um mit seinen Mandanten zu sprechen. Er selbst war schon kein groß gewachsener Mann, aber die Moungs waren von noch kleinerer Statur, und Mrs. Moung wirkte wie eine zierliche Puppe. Die Brillengläser, durch die sie in die Welt blickte, sahen so dick aus, als wären sie aus dem Boden von Schnapsgläsern geschliffen worden. Laut Akte waren die beiden vierundvierzig respektive fünfundvierzig Jahre alt.

Mr. Moung wirkte ruhig und gefasst. Da Cal Dexter kein Französisch sprach, hatte Refugee Watch eine Dolmetscherin geschickt.

Dexter nutzte die Stunde, um die ursprüngliche Erklärung durchzugehen, doch es gab nichts hinzuzufügen oder wegzulassen.

Die Verhandlung fand nicht in einem herkömmlichen Gerichtssaal statt, sondern in einem geräumigen Büro, das man zusätzlich bestuhlt hatte. Fünf Minuten vor Sitzungsbeginn wurden sie hineingeführt.

Wie erwartet, trug der Vertreter des Distriktleiters die gleichen Argumente vor, mit denen der Asylantrag nach der ersten Anhörung abgelehnt worden war. Richter Ross lauschte hinter seinem Tisch den Argumenten, die er bereits aus der vor ihm liegenden Akte kannte, hob eine Augenbraue und musterte den Neuling, den Honeyman Fleischers geschickt hatte.

Cal Dexter hörte, wie hinter ihm Moung seiner Frau zuraunte: »Wir können nur hoffen, dass der junge Mann Erfolg hat, sonst schicken sie uns zurück in den Tod.« Aber er hatte sich seiner Muttersprache bedient.

Dexter zerpflückte das erste Argument der Gegenseite: Seit Beginn der Massenmorde hätten die Vereinigten Staaten in Phnom Penh keine diplomatische oder konsularische Vertretung mehr unterhalten. Die nächste habe sich im thailändischen Bangkok befunden und sei für die Moungs unerreichbar gewesen. Er bemerkte, wie sich der Mund des Richters zu einem leichten Grinsen verzog, als der Vertreter der Einwanderungsbehörde rot anlief.

Vor allem aber musste er nachweisen, dass in Anbetracht des mörderischen Fanatismus der Roten Khmer jedem bekannten Antikommunisten wie seinem Mandanten Verhaftung, Folter und Hinrichtung drohten und dieser allein schon aufgrund seiner Position als Rektor eines Gymnasiums ein sicherer Todeskandidat war.

In der Nacht hatte er gelesen, dass Norman Ross nicht immer Ross geheißen hatte. Sein Vater war um die Jahrhundertwende unter dem Namen Samuel Rosen aus einem Schtetl im heutigen Polen eingewandert, weil er vor den Pogromen des Zaren und seiner damaligen Schergen, der Kosaken, flüchten musste.

»Sir, es ist sehr bequem, Menschen abzuweisen, die mittellos zu uns kommen und nichts weiter wollen als eine Lebenschance. Es ist sehr bequem, Nein zu sagen und seiner Wege zu gehen. Es kostet uns nichts zu verfügen, dass für diese beiden Asiaten kein Platz bei uns ist und dass sie dorthin zurückkehren sollen, wo Verhaftung, Folter und Tod auf sie warten.

Aber ich frage Sie: Angenommen, unsere Väter hätten so gehandelt, und ihre Väter vor ihnen. Wie viele hätten nach der Rückkehr auf den blutgetränkten Boden ihrer Heimat gesagt: Ich ging in das Land der Freiheit, ich bat um eine Lebenschance, aber sie schlossen ihre Türen und schickten mich zurück in den Tod. Wie viele, Mr. Ross? Eine Million? Eher zehn. Ich bitte Sie – nicht als Jurist und nicht um der geschickten Rhetorik eines Anwalts willen, sondern im Namen dessen, was Shakespeare die Tugend der Barmherzigkeit nannte – zu entscheiden, dass in unserem großen Land Platz ist für einen Mann und eine Frau, die alles bis auf das Leben verloren haben und nur um eine Chance bitten.«

Norman Ross sah ihn minutenlang forschend an. Dann klopfte er mit seinem Kugelschreiber auf den Tisch wie ein Auktionator mit dem Hammer und entschied:

»Abschiebung ausgesetzt. Nächster Fall.«

Die Dame von Refugee Watch teilte den Moungs aufgeregt auf Französisch mit, was geschehen war. Ihre Organisation konnte ab sofort den Fall übernehmen. Ein reiner Verwaltungsakt. Juristische Winkelzüge waren nicht mehr vonnöten. Die Moungs durften unter dem Schutz der Regierung in den Vereinigten Staaten bleiben und auf eine Arbeitserlaubnis, Asyl und, zu gegebener Zeit, auf eine Einbürgerung hoffen.

Dexter lächelte die Dame an und sagte, dass sie jetzt gehen könne. Dann wandte er sich an Moung: »Lassen Sie uns in die Cafeteria im Untergeschoss gehen, dann können Sie mir erklären, wer Sie wirklich sind und was Sie hier tun.«

Er hatte in Moungs Muttersprache gesprochen. Vietnamesisch.

An einem Ecktisch im Café nahm Dexter die kambodschanischen Reisepässe und Ausweise in Augenschein.

»Einige der besten Experten im Westen haben sie geprüft und für echt befunden. Woher haben Sie die?«

Der Flüchtling warf einen Blick auf seine kleine Frau.

»Sie hat sie gemacht. Sie ist eine Nghi.«

In Vietnam gab es einen Clan namens Nghi, aus dem seit Jahrhunderten die Mehrzahl der Gelehrten in der Region Hué kam. Sie besaßen große Kunstfertigkeit in der Kalligrafie, die von Generation zu Generation weitergegeben wurde. Sie fertigten Dokumente für die Höfe ihrer Kaiser.

In neuerer Zeit und insbesondere nach dem Beginn des Kriegs gegen die Franzosen 1945 wurden die Nghi dank ihrer unendlichen Geduld, ihrer Liebe zum Detail und ihrer erstaunlichen Fertigkeiten als Zeichner die besten Fälscher der Welt.

Die kleine Frau mit der Schnapsglasbrille hatte sich die Augen verdorben, weil sie den ganzen Vietnamkrieg über in einer

Werkstatt unter der Erde gehockt und Pässe und Ausweise angefertigt hatte, die so perfekt waren, dass Vietcong-Agenten sich in jeder südvietnamesischen Stadt frei und ungehindert bewegen konnten, ohne geschnappt zu werden.

Cal Dexter gab die Pässe zurück.

»Ich habe Sie oben schon gefragt: Wer sind Sie wirklich, und warum sind Sie hier?«

Die Frau begann leise zu weinen, und ihr Mann fasste nach ihrer Hand.

»Mein Name ist Nguyen Van Tran«, antwortete er. »Ich bin hier, weil ich drei Jahre nach meiner Internierung aus einem vietnamesischen Konzentrationslager geflüchtet bin. Zumindest dieser Teil stimmt.«

»Aber warum geben Sie sich als Kambodschaner aus? Amerika hat viele Südvietnamesen aufgenommen, die im Krieg an unserer Seite gekämpft haben.«

»Weil ich Major beim Vietcong war.«

Dexter nickte bedächtig.

»Das könnte ein Problem werden«, räumte er ein. »Erzählen Sie. Alles.«

»Ich wurde 1930 tief im Süden geboren, nahe der kambodschanischen Grenze. Deshalb kann ich ein paar Brocken Khmer. Meine Familie hatte nichts für den Kommunismus übrig, aber mein Vater war ein engagierter Nationalist. Er wollte unser Land von der französischen Kolonialherrschaft befreien. In diesem Geist hat er mich erzogen.«

»Das kann ich verstehen. Aber warum wurden Sie dann Kommunist?«

»Hier liegt das Problem. Deshalb war ich ja im Lager. Ich war nie einer. Ich habe nur so getan.«

»Weiter.«

»Ich wurde vor dem Zweiten Weltkrieg in französischen Schulen erzogen, doch schon als Junge brannte ich darauf, mich dem Unabhängigkeitskampf anzuschließen. 1942 kamen die

Japaner und verdrängten die Franzosen, obwohl Vichy-Frank-reich theoretisch auf ihrer Seite stand. Also kämpften wir gegen die Japaner.

Die Kommunisten unter Ho Chi Minh spielten in diesem Kampf eine führende Rolle. Sie waren tüchtiger, besser ausgebildet und rücksichtsloser als die Nationalisten. Viele wechselten die Seite, mein Vater jedoch nicht. Als die Japaner 1945 geschlagen abzogen, war Ho Chi Minh ein Nationalheld. Ich war fünfzehn, kämpfte aber schon mit. Dann kamen die Franzosen zurück.

Neun weitere Kriegsjahre folgten. Ho Chi Minhs kommunistische Widerstandsbewegung Vietminh schluckte einfach alle anderen Bewegungen. Wer sich widersetzte, wurde liquidiert. Auch diesen Krieg habe ich mitgemacht. Ich war eine der menschlichen Ameisen, die Geschützteile in die Berge um Dien Bien Phu schleppten, wo die Franzosen 1954 vernichtend geschlagen wurden. Dann kam die Genfer Indochinakonferenz und eine neue Katastrophe. Die Teilung meines Landes in den Nord- und in den Südteil.«

»Haben Sie wieder zur Waffe gegriffen?«

»Nicht sofort. Für kurze Zeit herrschte Frieden. Wir warteten die Wahlen ab, die nach den Genfer Vereinbarungen abgehalten werden sollten. Als sie ausgesetzt wurden, weil die im Süden herrschende Diem-Familie wusste, dass sie unterliegen würde, griffen wir wieder zu den Waffen. Wir mussten uns zwischen den widerwärtigen korrupten Diems im Süden und Ho Chi Minh sowie General Giap im Norden entscheiden. Ich hatte unter Giap gekämpft. Ich verehrte ihn als Kriegshelden. Ich entschied mich für die Kommunisten.«

»Waren Sie damals noch ledig?«

»Nein, ich war mit meiner ersten Frau verheiratet und hatte drei Kinder.«

»Sind sie noch dort?«

»Nein, alle tot.«

»Wie sind sie gestorben?«

»Durch B-52-Bomber.«

»Weiter.«

»Dann kamen die ersten Amerikaner. Unter Kennedy. Angeblich als Berater. Aber für uns war das Diem-Regime nur eine Marionettenregierung wie die anderen, die uns die Japaner und Franzosen aufgezwungen hatten. Wieder wurde das halbe Land von Ausländern besetzt. Ich kehrte in den Dschungel zurück und kämpfte.«

»Wann?«

»1963.«

»Noch mal zehn Jahre?«

»Ja. Am Ende war ich zweiundvierzig und hatte mein halbes Leben wie ein Tier vegetiert. Hatte gehungert, unter Krankheiten gelitten und in ständiger Todesangst gelebt.«

»Aber nach 1972 müssen Sie doch triumphiert haben«, bemerkte Dexter. Der Vietnamese schüttelte den Kopf.

»Sie haben ja keine Ahnung, was nach Ho Chi Minhs Tod 1968 passiert ist. Partei und Staat fielen in unterschiedliche Hände. Viele von uns kämpften noch für ein Land, von dem wir uns mehr Toleranz erhofften. Ho Chi Minhs Nachfolger hatten anderes im Sinn. Ein Patriot nach dem anderen wurde verhaftet und hingerichtet. Die starken Männer waren Le Doan und Le Duc Tho. Sie hatten nicht die Charakterstärke Hos, der humane Methoden tolerieren konnte. Sie mussten vernichten, um zu herrschen. Die Geheimpolizei wurde übermächtig. Erinnern Sie sich an die Tet-Offensive?«

»Nur zu gut.«

»Ihr Amerikaner scheint zu glauben, sie sei ein Sieg für uns gewesen. Das ist ein Irrtum. Sie wurde in Hanoi geplant und fälschlicherweise General Giap zugeschrieben, aber der hatte unter Le Doan in Wahrheit nichts zu melden. Sie wurde dem Vietcong aufgezwungen und befohlen. Sie hat uns kaputtgemacht. Und das war auch ihr Zweck. Fünfzehntausend unserer besten Kader starben bei Himmelfahrtskommandos. Unter ihnen befanden sich sämtliche fähigen Führungspersönlichkeiten aus dem Süden. Als es sie nicht mehr gab, herrschte Hanoi unumschränkt. Nach der Tet-Offensive übernahm die nordvietnamesische Armee die Kontrolle, gerade rechtzeitig vor dem Sieg. Ich war einer der letzten überlebenden Nationalisten aus dem Süden. Ich wollte ein freies und wiedervereinigtes Land, ja, aber auch kulturelle Freizügigkeit, einen Privatsektor, Bauern mit Landbesitz. Das erwies sich als Fehler.«

»Was ist passiert?«

»Nun ja, nach der endgültigen Eroberung des Südens 1975 begannen die eigentlichen Pogrome. Gegen die Chinesen. Zwei Millionen wurden ihres gesamten Besitzes beraubt und entweder zu Sklavenarbeit gezwungen oder aus dem Land gejagt. Die Boat people. Ich war dagegen und sagte das auch. Dann wurden Lager für vietnamesische Dissidenten eingerichtet. Heute schmachten zweihunderttausend in solchen Lagern, hauptsächlich Menschen aus dem Süden. Ende 1975 holte mich die Geheimpolizei ab, die Bao Ve Cong An. Ich hatte einen Protestbrief zu viel geschrieben und mich darin beklagt, dass alles, wofür ich gekämpft hätte, verraten werde. Das gefiel ihnen nicht.«

»Wie viel haben Sie gekriegt?«

»Drei Jahre ›Umerziehung‹, das übliche Strafmaß. Danach drei Jahre lang tägliche Meldepflicht. Ich kam in ein Lager in der Provinz Hatay, etwa sechzig Kilometer von Hanoi entfernt. Sie schicken einen immer weit weg von zu Hause, das hält von Fluchtversuchen ab.«

»Sie sind trotzdem geflohen?«

»Mithilfe meiner Frau. Sie ist tatsächlich Krankenschwester, nicht nur Fälscherin. Und ich war in den wenigen Jahren, in denen Frieden herrschte, wirklich Schulleiter. Wir lernten uns im Lager kennen. Sie arbeitete im Krankenrevier. Ich bekam Abszesse an beiden Beinen. Wir kamen ins Gespräch. Wir verliebten uns. Man stelle sich vor, in unserem Alter! Sie schmuggelte mich hinaus. Sie hatte etwas Goldschmuck versteckt, der nicht konfisziert worden war. Damit haben wir das Ticket für den Frachter bezahlt. So, jetzt wissen Sie alles.«

»Und das soll ich Ihnen nun glauben?«, fragte Dexter.

»Sie sprechen unsere Sprache. Waren Sie dort?«

»Ja.«

»Haben Sie gekämpft?«

»Ja.«

»Dann sage ich Ihnen von Soldat zu Soldat: Man muss wissen, wann man verloren hat. Sie sehen einen Mann vor sich, der auf der ganzen Linie verloren hat. Gehen wir?«

»Wohin denn?«

»Zu den Leuten von der Einwanderungsbehörde natürlich. Sie müssen uns anzeigen.«

Cal Dexter leerte seine Kaffeetasse aus und erhob sich. Major Nguyen Van Tran wollte ebenfalls aufstehen, doch Dexter drückte ihn auf den Stuhl zurück.

»Zwei Dinge noch, Major. Der Krieg ist vorbei. Das alles ist in einer anderen Zeit und in einer anderen Welt passiert. Versuchen Sie, den Rest Ihres Lebens zu genießen.«

Der Vietnamese stand wie unter Schock. Er nickte stumm. Dexter wandte sich zum Gehen. Nach ein paar Schritten drehte er sich noch einmal um.

»Ach ja, noch was. Die Schale mit heißem Nussöl, die Sie nach mir geworfen haben, hat wirklich wehgetan.«

Man schrieb den 22. November 1978.

10

Der Computerfreak

1985 hatte Cal Dexter bei Honeyman Fleischers gekündigt, allerdings nicht um eine Stelle anzunehmen, die es ihm ermöglichte, sich das hübsche Haus in Westchester zu kaufen. Er wechselte ins Büro des Pflichtverteidigers und wurde das, was man in New York einen Armenanwalt nennt. Damit war kein Staat und schon gar kein Vermögen zu machen, aber der Job erfüllte ihn mit einer Befriedigung, die er, wie er wusste, im Aktien- oder Steuerrecht nie hätte finden können.

Angela hatte seine Entscheidung positiver aufgenommen als erwartet. Im Grunde war es ihr egal. Die Marozzis hingen wie Kletten aneinander und waren waschechte Bronx-Leute. Amanda Jane ging auf eine Schule, die ihr gefiel, und hatte viele Freundinnen. Ein lukrativerer und angesehenerer Job sowie ein Umzug in eine bessere Gegend waren nicht gefragt.

An seinem neuen Arbeitsplatz musste er unzählige Überstunden leisten und Menschen verteidigen, die durch ein Loch im Netz des amerikanischen Traums gefallen waren, sich also keinen Rechtsbeistand leisten konnten.

Für Cal Dexter war der Arme und Ungebildete nicht zwangsläufig auch schuldig. Er freute sich jedes Mal wie ein Schneekönig, wenn ein verwirrter und dankbarer Mandant, der zu Unrecht eines Verbrechens beschuldigt worden war, als freier Mann den Gerichtssaal verließ, egal, was er sonst auf dem Kerbholz haben mochte. Es war eine heiße Sommernacht im Jahr 1988, als er Washington Lee kennen lernte.

Allein auf der Insel Manhattan werden jährlich über hundertzehntausend Kriminalfälle bearbeitet, die Zivilprozesse nicht mitgerechnet. Der Justizapparat ist permanent überlastet und steht immer kurz vor dem Kollaps, doch irgendwie scheint er zu überleben. In jenen Jahren war das nur möglich, weil in dem großen Granitbau in der Central Street Nr. 100 vierundzwanzig Stunden am Tag wie am Fließband verhandelt wurde.

Wie ein gutes Varieté war das Kriminalgerichtsgebäude »rund um die Uhr geöffnet.« Es wäre wohl übertrieben zu behaupten, dass sich hier »das richtige Leben abspielte«, doch mit Sicherheit gaben sich an diesem Ort die unteren Schichten der Manhattaner Gesellschaft ein Stelldichein.

In jener Nacht im Juli 1988 hatte Dexter Bereitschaftsdienst und konnte jederzeit von einem übereifrigen Richter einem Mandaten zugewiesen werden. Es war zwei Uhr morgens, und er wollte sich gerade fortstehlen, als ihn eine Stimme in den Gerichtssaal AR2A rief. Er seufzte. Mit Richter Hasselblad legte man sich besser nicht an.

Er trat an die Richterbank, wo bereits der stellvertretende Bezirksstaatsanwalt stand, eine Akte in der Hand.

»Sie sind müde, Mr. Dexter.«

»Das sind wir wohl alle, Euer Ehren.«

»Zweifelsohne, aber wir haben hier noch einen Fall. Ich möchte, dass Sie ihn übernehmen. Nicht morgen, jetzt. Hier ist die Akte. Der junge Mann ist offenbar in ernsten Schwierigkeiten.«

»Ihr Wunsch ist mir Befehl, Herr Richter.«

Hasselblads Gesicht verzog sich zu einem breiten Grinsen.

»Das hört man gern.«

Dexter nahm dem Staatsanwalt die Akte ab, und sie verließen gemeinsam den Gerichtssaal. Auf dem Aktendeckel stand: Das Volk des Staates New York gegen Washington Lee.

»Wo ist er?«

»Gleich hier in der Verwahrungszelle«, antwortete der Staatsanwalt.

Wie er bereits dem Verbrecherfoto, das ihm aus der Akte entgegenblickte, entnommen hatte, handelte es sich bei seinem Mandanten um einen mageren Burschen mit jenem Ausdruck mutloser Verwirrung, den alle Ungebildeten hatten, die irgendwo auf der Welt in die Fänge der Justiz gerieten, halb zerkaut und wieder ausgespuckt wurden. Er wirkte eher verstört als gerissen.

Der Angeklagte war achtzehn Jahre alt, wohnhaft im tristen Bezirk Bedford Stuyvesant, einem Stadtteil von Brooklyn, der praktisch ein Schwarzenghetto ist. Das allein schon weckte Dexters Interesse. Warum wurde er in Manhattan angeklagt? Er vermutete, dass der Junge über den Fluss gekommen und ein Auto gestohlen oder den Besitzer einer dicken Brieftasche überfallen und ausgeraubt hatte.

Mitnichten. Die Anklage lautete auf Bankbetrug. Hatte er einen Scheck gefälscht, eine gestohlene Kreditkarte benutzen wollen oder es mit dem alten Trick versucht, Geld von einem Scheinkonto abzuheben? Nein.

Die Anklage blieb merkwürdig vage. In dürren Worten erhob der Bezirksstaatsanwalt Anklage wegen Betrugs in Höhe von mehr als zehntausend Dollar. Das Opfer war die East River Bank, die ihren Sitz mitten in Manhattan hatte, was erklärte, weshalb auf der Insel und nicht in Brooklyn ermittelt wurde. Das Sicherheitspersonal der Bank hatte den Betrug entdeckt, und die Bank wünschte, dass die Sache, den Grundsätzen des Unternehmens entsprechend, mit aller Entschiedenheit verfolgt wurde.

Dexter lächelte aufmunternd, stellte sich vor, setzte sich und bot eine Zigarette an. Er selbst rauchte nicht, aber neunundneunzig Prozent seiner Mandanten zogen begeistert an den Glimmstängeln. Washington Lee schüttelte den Kopf.

»Das schadet der Gesundheit, Mann.«

Am liebsten hätte Dexter entgegnet, dass sieben Jahre Knast der Gesundheit auch nicht gerade zuträglich seien, doch er verkniff sich die Bemerkung. Lee war, wie er feststellte, nicht nur unansehnlich, sondern nachgerade hässlich. Wie hatte er einer Bank so viel Geld abgeschwatzt? So wie er aussah, ein zappeliges Häuflein Elend, hätte man ihn in der mit italienischem Marmor ausgelegten Vorhalle der renommierten East River Bank kaum geduldet.

Calvin Dexter brauchte mehr Zeit, als ihm jetzt zur Verfügung stand, um der Akte die nötige Aufmerksamkeit zu widmen. Zunächst galt es, die Formalitäten der Anklageerhebung hinter sich zu bringen und zu klären, ob auch nur im Entferntesten die Möglichkeit einer Freilassung gegen Kaution bestand. Er bezweifelte dies.

Eine Stunde später trafen sich Dexter und der Staatsanwalt wieder im Gerichtssaal. Washington Lee, der nun völlig verdattert aussah, wurde ordnungsgemäß unter Anklage gestellt.

»Können wir fortfahren?«, fragte Richter Hasselblad.

»Mit Erlaubnis des Gerichts möchte ich eine Vertagung beantragen«, antwortete Dexter.

»Treten Sie nach vorn«, befahl Hasselblad. Als die beiden Parteien vor der Richterbank standen, fragte er: »Wo drückt der Schuh, Mr. Dexter?«

»Der Fall ist komplizierter, als es zunächst den Anschein hatte, Euer Ehren. Hier geht es nicht um Radkappenklau. Laut Anklage soll ein angesehenes Geldinstitut um über zehntausend Dollar betrogen worden sein. Ich brauche mehr Zeit, um mich in die Akte einzuarbeiten.«

Der Richter blickte zum Staatsanwalt, der mit einem Achselzucken sein Einverständnis signalisierte.

»Aber heute noch«, sagte der Richter.

»Ich möchte eine Kaution beantragen«, sagte Dexter.

»Einspruch, Euer Ehren«, warf der Staatsanwalt ein.

»Ich setze die Kaution auf zehntausend Dollar fest«, entschied Richter Hasselblad, »die in der Anklage erwähnte Schadenssumme.«

Der Betrag war viel zu hoch, das wussten alle. Washington Lee besaß nicht mal zehn Dollar, und kein Bürge würde davon etwas wissen wollen. Das hieß, zurück in die Zelle. Beim Hinausgehen bat Dexter den Staatsanwalt um einen Gefallen.

»Seien Sie kein Spielverderber, und bringen Sie ihn in die Tombs, nicht auf die Insel.«

»Klar, kein Problem. Und Sie sehen zu, dass Sie eine Mütze Schlaf bekommen.«

Mit Tombs waren die beiden Untersuchungsgefängnisse der Manhattaner Justiz gemeint. Sie befanden sich keineswegs unter der Erde, wie der Name vielleicht vermuten lässt, sondern in einem Hochhaus neben den Gerichtsgebäuden und waren für die Verteidiger weitaus bequemer zu erreichen als die Gefängnisinsel Riker's Island, die weiter nördlich im East River lag. Der Staatsanwalt hatte Dexter zwar geraten, etwas Schlaf nachzuholen, doch der Fall ging vor. Wenn er sich am nächsten Morgen mit Washington Lee beraten wollte, musste er sich noch kundig machen.

Dem geübten Auge erzählte der Stapel Papiere die Geschichte von Washington Lees Entlarvung und Verhaftung. Der Betrug war intern aufgedeckt worden, und die Spur hatte zu Lee geführt. Der Sicherheitschef der Bank, ein ehemaliger Kripobeamter der New Yorker Polizei namens Dan Mitkowski, hatte veranlasst, dass ehemalige Kollegen nach Brooklyn fuhren, um Washington Lee festzunehmen.

Zunächst hatte man ihn in ein Polizeirevier in der Stadtmitte gebracht und dort eingesperrt, doch als immer mehr Gesetzesbrecher die Zellen mit ihrer Anwesenheit beehrten, hatte man ihn zusammen mit den anderen ins Kriminalgerichtsgebäude verlegt und auf die ewig gleiche, aus Fleischwurst- und Käsesandwiches bestehende Kost gesetzt.

Dann begannen die Mühlen der Justiz unbarmherzig zu mahlen. Das Strafregister wies eine kurze Liste kleinerer Delikte auf: Radkappenklau, Automateneinbruch, Ladendiebstahl. Nach Erledigung der Formalitäten konnte Washington Lee zur Anklage vernommen werden. In diesem Stadium ließ Richter Hasselblad den jungen Mann vorführen.

Auf den ersten Blick wirkte er wie der geborene Versager und Habenichts, der seine Laufbahn mit Schulschwänzen und Kleindiebstählen begann und später als regelmäßiger Gast des Staates New York irgendwo flussaufwärts gesiebte Luft atmete. Wie um alles in der Welt hatte er der East River Bank, die in Bedford-Stuyvesant nicht einmal eine Filiale unterhielt, zehntausend Dollar abluchsen können? Die Akte blieb die Antwort schuldig. Nur eine knapp gehaltene Anklage und eine erboste Bank, die Rache forderte. Schwerer Diebstahl dritten Grades. Sieben Jahre Haft.

Dexter schlief drei Stunden, verabschiedete sich von Amanda Jane, als sie zur Schule ging, gab Angela einen Kuss und kehrte in die Center Street zurück. In einem Vernehmungsraum in den Tombs gelang es ihm, dem schwarzen Jungen seine Geschichte zu entlocken.

In der Schule hatte er auf der ganzen Linie versagt. Seine Zeugnisse waren eine Katastrophe. Sein Lebensweg schien vorgezeichnet. Verwahrlosung, Verbrechen und Gefängnis. Doch dann hatte ein Lehrer, der klüger oder auch nur netter als die anderen gewesen war, dem Nichtsnutz erlaubt, seinen Computer von Hewlett and Packard zu benutzen. (Hier las Dexter gewissermaßen zwischen den Zeilen des Berichts.)

Das war so, als gebe man dem jungen Yehudi Menuhin die Chance, eine Geige in die Hand zu nehmen. Er betrachtete erstaunt die Tastatur, den Bildschirm, und begann dann Musik zu machen. Der Lehrer, offensichtlich ein Computerfreak, denn damals stellten PCs noch die Ausnahme dar, nicht die Regel, war fasziniert. Fünf Jahre war das jetzt her.

Washington Lee fing an zu lernen. Und er begann zu sparen. Wenn er Automaten knackte und ausräumte, gab er das Geld nicht für Zigaretten, Alkohol, Drogen oder Klamotten aus. Er

sparte, bis er sich beim Räumungsverkauf einer in Konkurs ge-
gangenen Firma einen billigen Computer erstehen konnte.

»Und wie haben Sie die East River Bank betrogen?«

»Ich bin in ihren Zentralrechner eingedrungen«, antwortete
der Junge.

Im ersten Moment dachte Cal Dexter, Lee habe dazu ein
Stemmeisen benutzt, und bat seinen Mandanten um eine Erklärung. Zum ersten Mal kam Leben in den Jungen. Er redete über
die einzige Sache, von der er etwas verstand.

»Mann, haben Sie eine Ahnung, wie schwach manche Sicherheitssysteme sind, mit denen die ihre Datenbanken schützen?«

Dexter gestand, dass er sich darüber noch nie Gedanken gemacht hatte. Wie die meisten Laien wusste er, dass Informatiker
für Computersysteme so genannte Firewalls entwickelten, die
hochsensible Daten vor unerlaubtem Zugriff schützen sollen.
Wie sie das machten, geschweige denn, wie man sie austrickste,
davon hatte er keinen blassen Schimmer. Er kitzelte die Geschichte förmlich aus Washington Lee heraus.

Die East River Bank hatte jedes Detail über jeden Kontoin-
haber in einer riesigen Datenbank gespeichert. Da die meisten
Kunden ihre finanziellen Verhältnisse als sehr private Angele-
genheit betrachteten, mussten Bankangestellte ein kompliziertes
System von Passwörtern eingeben, ehe sie auf diese Daten zu-
greifen konnten. War die Eingabe nicht absolut korrekt, leuch-
tete auf dem Bildschirm die Meldung »Zugriff verweigert« auf.
Beim dritten Fehlversuch, eine Datei zu öffnen, blinkte in der
Hauptgeschäftsstelle ein Warnsignal.

Washington Lee hatte die Codes geknackt, ohne den Alarm
auszulösen, und den Großrechner im Keller der Bank in Manhattan dazu gebracht, seine Befehle auszuführen. Kurzum, er
hatte einen *Coitus non-interruptus* mit einem sehr teuren Stück
Technologie vollzogen.

Seine Befehle waren einfach. Er beauftragte den Computer, jedes Spar- und Depositenkonto von Kunden der Bank sowie die monatlichen Zinsgutschriften zu identifizieren. Dann gab er den Befehl ein, von jeder Zinsgutschrift einen Vierteldollar abzuziehen und auf sein eigenes Konto zu überweisen.

Da er kein Konto besaß, eröffnete er eines bei der örtlichen Chase Manhattan. Hätte er gewusst, wie man das Geld auf die Bahamas transferiert, wäre man ihm wahrscheinlich nie auf die Schliche gekommen.

Es ist eine ziemlich aufwendige Rechnerei, die fälligen Zinsen eines Depositenkontos zu ermitteln, denn sie hängen von der jeweiligen Zinsrate im fraglichen Zeitraum ab, und die schwankt. Sie bis auf einen Vierteldollar genau auszurechnen, erfordert Zeit. Die meisten Kunden haben diese Zeit nicht. Sie überlassen diese Arbeit der Bank und vertrauen darauf, dass sie keine Fehler macht.

Nicht so Mr. Tolstoy. Trotz seiner achtzig Jahre war er geistig noch voll auf der Höhe und führte in seiner kleinen Wohnung in der West 108th Street einen immer währenden Kampf gegen die Langeweile. Er hatte sein Leben lang als Aktuar bei einer großen Versicherung gearbeitet und war dabei zu der Ansicht gelangt, dass jeder Dollar und jeder Cent zählten, wenn sie sich nur oft genug vermehrten. Also setzte er alles daran, die Bank bei einem möglichen Fehler zu ertappen, was ihm eines Tages auch gelang.

Er stellte fest, dass seine Zinsen für den Monat April um einen Vierteldollar zu niedrig ausfielen. Er prüfte die Zahlen für März. Das Gleiche. Er ging zwei weitere Monate zurück. Dann beschwerte er sich.

Der Filialleiter hätte ihm den fehlenden Dollar überwiesen, aber Vorschrift war Vorschrift. Er leitete die Beschwerde weiter. Die Zentrale dachte, es handle sich um eine einmalige Panne, überprüfte aber stichprobenartig ein halbes Dutzend anderer Konten. Mit dem gleichen Ergebnis. Daraufhin wurden die Informatiker eingeschaltet.

Sie stellten fest, dass der Hauptrechner das Gleiche mit allen Konten der Bank gemacht hatte, und das seit zwanzig Monaten. Sie fragten ihn nach dem Grund.

»Weil ihr es mir aufgetragen habt«, antwortete der Computer.

»Nein, das haben wir nicht«, widersprachen die Fachleute.

»Doch, irgendjemand hat es getan«, beharrte der Computer.

Darauf schalteten sie Dan Witkowski ein. Er brauchte nicht sehr lange. Alle fraglichen Kleinbeträge flossen auf ein Konto bei der Chase Manhattan drüben in Brooklyn. Der Name des Kontoinhabers: Washington Lee.

»Und wie viel hat Ihnen das eingebracht?«, fragte Dexter.

»Eine knappe Million.«

Der Anwalt kaute auf seinem Kugelschreiber. Kein Wunder, dass die Anklage so vage blieb. »Mehr als zehntausend Dollar«, in der Tat. Die Höhe der gestohlenen Summe sagte alles.

Mr. Lou Ackerman ließ sich sein Frühstück schmecken. Nach seinem Dafürhalten war es die schönste Mahlzeit des Tages. Keine Hetzerei wie beim Lunch, keine Völlerei wie bei abendlichen Banketten. Er genoss den eiskalten Saft, die knusprigen Getreideflocken, die lockeren, gut verquirlten Rühreier, das Aroma des frisch aufgebrühten Blue-Mountain-Kaffees. Ein Frühstück auf seinem Balkon über dem Central Park West an einem kühlen Sommermorgen, ehe es richtig heiß wurde, war eine wahre Wonne. Und er fand es empörend, von Calvin Dexter dabei gestört zu werden.

Als sein philippinischer Diener die Visitenkarte auf den Balkon brachte, streifte er das Wort »Rechtsanwalt« mit einem Blick, runzelte die Stirn und fragte sich, wer der Besucher wohl sein mochte. Der Name kam ihm bekannt vor. Er wollte dem Diener gerade sagen, er solle den Mann bitten, ihn am späten Vormittag in der Bank aufzusuchen, als eine Stimme hinter dem Filipino ertönte.

»Ich weiß, es ist ungehörig, Mr. Ackerman, und ich entschuldige mich dafür. Aber wenn Sie zehn Minuten erübrigen könnten: Ich schätze, Sie werden froh sein, dass ich jedes Aufsehen vermieden und Sie nicht in Ihrem Büro aufgesucht habe.«

Er zuckte mit den Schultern und deutete auf einen Stuhl gegenüber am Tisch.

»Sagen Sie Mrs. Ackerman, dass ich eine Besprechung am Frühstückstisch habe«, trug er dem Filipino auf, und an Dexter gewandt: »Fassen Sie sich kurz, Mr. Dexter.«

»Das werde ich. Sie drängen auf die strafrechtliche Verfolgung meines Mandanten, Mr. Washington Lee, der annähernd eine Million Dollar von den Konten Ihrer Kunden abgeschöpft haben soll. Ich glaube, Sie wären gut beraten, wenn Sie die Anzeige zurückziehen würden.«

Der Generaldirektor der East River Bank hätte sich in den Hintern beißen können. Da war man ein bisschen freundlich, und was war der Dank dafür? Ein Rechtsverdreher verdarb einem das Frühstück.

»Das können Sie vergessen, Mr. Dexter. Gespräch beendet. Kommt überhaupt nicht infrage. Der Junge wandert in den Knast. Wir müssen ein Exempel statuieren. Unternehmenspolitik. Guten Tag.«

»Schade. Wie er es gemacht hat, war nämlich faszinierend. Er ist in Ihren Zentralrechner eingedrungen. Er hat spielend alle Ihre Firewalls und Sicherheitssysteme überwunden. Das hätte niemand für möglich gehalten.«

»Ihre Zeit ist um, Mr. Dexter.«

»Noch eine Sekunde. Sie haben etwa eine Million Kunden mit Konten und Depots. Die glauben, ihr Geld sei bei Ihnen sicher. Noch in dieser Woche wird ein magerer schwarzer Junge aus dem Getto vor Gericht stehen und behaupten, dass, wenn er es geschafft hat, jeder blutige Anfänger nach ein paar Stunden Herumprobieren am Computer das Konto eines Ihrer Kunden leer räumen könnte. Wie, glauben Sie, würde das Ihren Kunden gefallen?«

Ackerman setzte die Kaffeetasse ab und ließ seinen Blick über den Park schweifen.

»Das ist nicht wahr, weshalb sollten sie es also glauben?«

»Weil die Pressebänke voll besetzt sein werden und Fernsehen und Rundfunk draußen warten. Ich schätze, dass ein Viertel Ihrer Kunden beschließen könnte, die Bank zu wechseln.«

»Wir werden bekannt geben, dass wir ein völlig neues Sicherheitssystem installieren. Das Beste, das es auf dem Markt gibt.«

»Aber das hatten Sie angeblich doch schon getan. Und ein junger Schulversager aus Bedford-Stuyvesant hat es geknackt. Sie hatten noch mal Glück, denn Sie bekommen die ganze Million zurück. Aber nehmen wir an, es passiert wieder, und an einem einzigen, unheilvollen Wochenende verschwinden zig Millionen Dollar auf die Caymaninseln. Die Bank müsste dafür aufkommen. Wie würde Ihrem Verwaltungsrat eine solche Demütigung gefallen?«

Lou Ackerman dachte an seinen Verwaltungsrat. Zu den institutionellen Anlegern gehörten Leute wie Pearson-Lehman und Morgan Stanley. Solche Leute nahmen keine Demütigung hin. Sie konnten einen Mann um seinen Job bringen.

»Ist es so schlimm?«

»Ich fürchte, ja.«

»Na schön. Ich rufe bei der Staatsanwaltschaft an, um ihr mitzuteilen, dass uns an einem Verfahren nicht länger gelegen ist, da wir unser Geld restlos zurückbekommen haben. Allerdings kann die Staatsanwaltschaft dann immer noch einen Prozess anstrengen, wenn sie will.«

»Dann müssen Sie eben sehr überzeugend wirken, Mr. Ackerman. Sie brauchen nur zu sagen: ›Betrug? Was für ein Betrug?‹ Schweigen ist das Gebot der Stunde, finden Sie nicht auch?«

Er stand auf und wandte sich zum Gehen. Ackerman war ein guter Verlierer.

»Wir können immer einen guten Anwalt gebrauchen, Mr. Dexter.«

»Ich habe eine bessere Idee. Stellen Sie Washington Lee ein. Fünfzigtausend Dollar Jahresgehalt wären doch wohl angemessen.«

Ackerman fuhr in die Höhe, brauner Blue Mountain spritzte auf das Tischtuch.

»Warum um alles in der Welt sollte ich diesen Typ einstellen?«

»Weil er am Computer der Beste ist. Er hat es bewiesen. Er ist durch ein Sicherheitssystem geschlüpft, das Sie ein Heidengeld gekostet hat, und das mit einer Sardinenbüchse für fünfzig Dollar. Er ist in der Lage, Ihnen ein bombensicheres System zu installieren, mit dem Sie Werbung machen könnten. Die sicherste Datenbank westlich des Atlantiks. Auch für Sie wäre das die beste Lösung, er sitzt mit im Boot und pinkelt nach draußen.«

Vierundzwanzig Stunden später wurde Washington Lee auf freien Fuß gesetzt. Er wusste nicht, wie ihm geschah. Da ging es ihm ganz ähnlich wie dem stellvertretenden Bezirksstaatsanwalt. Doch die Bank litt unter plötzlicher Amnesie, und seine Behörde war wie üblich im Rückstand. Wozu die Sache weiterverfolgen?

Die Bank schickte eine Stretchlimousine zu den Tombs, um ihren neuen Mitarbeiter abzuholen. Er war noch nie in einem solchen Wagen gefahren und saß im Fond, als sein Anwalt den Kopf durchs Fenster streckte.

»Mann, wie haben Sie das bloß hingekriegt? Vielleicht kann ich mich eines Tages revanchieren.«

»Okay, Washington, eines Tages vielleicht.«

Man schrieb den 20. Juli 1988.

11

Der Mörder

Unter Marschall Tito hatte Jugoslawien eine sehr niedrige Kriminalitätsrate. Die Belästigung eines Touristen war undenkbar, Frauen konnten gefahrlos durch die Straßen gehen, und Schutzgelderpressung gab es nicht.

Das war insofern eigenartig, als der aus sechs Teilrepubliken und zwei autonomen Provinzen bestehende, 1918 von den westlichen Alliierten zusammengeschusterte Staat seit jeher einige der ruchlosesten und gewalttätigsten Kriminellen Europas hervorgebracht hatte.

Der Grund bestand darin, dass die jugoslawische Regierung nach 1948 mit der heimischen Unterwelt einen Pakt geschlossen hatte. Der Handel war ganz simpel: Ihr könnt tun, was ihr wollt, und wir drücken beide Augen zu, solange ihr es im Ausland tut. Belgrad exportierte das Verbrechen einfach.

Die bevorzugten Ziele der jugoslawischen Gangsterbosse lagen in Italien, Österreich, Deutschland und Schweden – aus einem einfachen Grund. Mitte der Sechzigerjahre gehörten viele Jugoslawen der ersten Welle von Gastarbeitern an, die aus dem Mittelmeerraum in die reicheren Länder im Norden schwappte. Sie wurden angeworben, um die schmutzige Arbeit zu erledigen, für die sich die Wohlstandsbürger mittlerweile zu fein waren.

Jede größere ethnische Wanderbewegung bringt auch ihre Kriminellen mit. Die italienische Mafia kam mit den italienischen Immigranten nach New York, die türkischen Kriminellen folgten den Gastarbeitern nach Europa. Das Gleiche galt für die Jugoslawen, nur gab es hier eine klare Absprache.

Belgrad schlug zwei Fliegen mit einer Klappe. Woche für Woche schickten die vielen tausend jugoslawischen Gastarbeiter harte Währung in die Heimat, und der stete Devisenfluss täuschte darüber hinweg, dass der kommunistische Staat in einer permanenten Wirtschaftsmisere steckte.

Solange Tito sich Moskau verweigerte, sahen die USA und die Nato sein sonstiges Treiben relativ gelassen. Tatsächlich zählte er in der Zeit des Kalten Kriegs zu den Führern der blockfreien Staaten. Die herrliche Adriaküste Dalmatiens wurde ein Mekka für Touristen, die noch mehr Devisen ins Land brachten, und alles war eitel Sonnenschein.

Im Innern ging Titos Regime brutal gegen Dissidenten und Oppositionelle vor, sorgte aber für Ruhe und Ordnung. Der Pakt mit den Gangstern wurde weniger von der Zivilpolizei geschlossen und überwacht als vielmehr vom Staatssicherheitsdienst DB.

Dieser diktierte auch die Bedingungen. Gangster, die im Ausland lebende Landsleute ausnahmen, durften straffrei zurückkehren und sich in der Heimat von ihren Geschäften erholen, was sie auch taten. Sie bauten sich Ferienhäuser an der Küste und prunkvolle Villen in der Hauptstadt, spendeten in die Pensionskassen der DB-Chefs, und von Zeit zu Zeit wurde von ihnen verlangt, dass sie einen »nassen Job« erledigten, ohne dass eine Rechnung gestellt wurde und sich die Spur zurückverfolgen ließ. Die Federführung bei diesem für beide Seiten vorteilhaften Arrangement hatte der langjährige Sicherheitsdienstchef Stane Dolanc, ein fettleibiger und Furcht erregender Slowene.

Innerhalb Jugoslawiens gab es wohl in kleinem Umfang Prostitution, die von der örtlichen Polizei kontrolliert wurde, und ein gewisses Maß an einträglichem Schmuggel, der gleichfalls den Pensionsfonds der Staatsdiener zugute kam. Gewalt aber war, sofern nicht vom Staat ausgeübt, verboten. Junge Rabauken konnten es zum Anführer rivalisierender Straßenbanden bringen, Autos stehlen (sofern sie nicht den Touristen gehörten) und sich prügeln. Doch wer es wirklich zu etwas bringen wollte, dem blieb nur das Ausland.

Wer sich in diesem Punkt uneinsichtig zeigte, konnte sich in einem entlegenen Straflager wiederfinden und dort versauern. Marschall Tito war kein Narr, aber er lebte nicht ewig. Als er 1980 starb, zerfiel sein Staat.

Im Belgrader Arbeiterviertel Zemun bekam ein Automechaniker namens Zilić 1956 einen Sohn und nannte ihn Zoran. Schon in jungen Jahren entpuppte sich Zoran als boshafter und äußerst gewalttätiger Charakter. Und als er zehn war, schauderten seine Lehrer bei der bloßen Nennung seines Namens.

Doch er besaß eine Eigenschaft, die ihn später von anderen Belgrader Gangstern wie Zeljko Raznatović, alias Arkan, unterscheiden sollte. Er war intelligent.

Mit vierzehn wurde der notorische Schulschwänzer Anführer einer Jugendbande, die sich die Zeit damit vertrieb, Autos zu klauen, sich zu prügeln, zu trinken und den Mädchen aus dem Viertel nachzustellen. Bei einer Straßenschlacht zwischen zwei Banden wurden drei Mitglieder der gegnerischen Seite mit Fahrradketten so brutal zusammengeschlagen, dass sie tagelang in Lebensgefahr schwebten. Für den örtlichen Polizeichef war das Maß jetzt voll.

Zwei kräftige Kerle schnappten sich Zilić, schleppten ihn in einen Keller und verdroschen ihn mit Gummischläuchen, bis er nicht mehr stehen konnte. Es war nicht bös gemeint, die Polizei befand es nur für nötig, ihn daran zu erinnern, ihren Worten mehr Beachtung zu schenken.

Anschließend gab der Polizeichef dem Jugendlichen einen guten Rat. Man schrieb das Jahr 1972. Der Junge war sechzehn, und eine Woche später verließ er das Land. Er hatte eine Einladung, auf die er nun zurückkam. Er schloss sich in Deutschland der Bande Ljuba Zemunacs an – der Nachname war angenommen und vom Namen des Stadtteils abgeleitet, in dem er geboren war. Auch er stammte aus Zemun.

Zemunac war ein skrupelloser Gangster, der später in der Eingangshalle eines deutschen Gerichtsgebäudes erschossen werden sollte. Zoran Zilić blieb zehn Jahre bei ihm und errang die Bewunderung des älteren Mannes als sadistischster Geldeintreiber, den er jemals beschäftigt hatte. Bei Schutzgelderpressung ist Einschüchterung das A und O. Zilić verstand sich darauf und genoss jede Sekunde.

1982 machte sich Zilić selbstständig und gründete mit sechsundzwanzig eine eigene Bande. Revierkämpfe mit seinem alten Boss blieben aus, weil Zemunac wenig später das Zeitliche segnete. Zilić führte seine Gang in Deutschland und Österreich fünf Jahre lang und beherrschte längst Deutsch und Englisch. Doch in der Heimat blieb nichts, wie es war.

Es gab keinen gleichwertigen Ersatz für Marschall Tito, den Helden aus dem Partisanenkrieg gegen Deutschland, der mit der schieren Kraft seiner Persönlichkeit das künstliche Staatsgebilde Jugoslawien so lange zusammengehalten hatte.

Die Achtzigerjahre standen im Zeichen einer Reihe von Koalitionsregierungen, die kamen und gingen, doch der Geist der Abspaltung und Unabhängigkeit wehte durch die Republiken Slowenien und Kroatien im Norden und Mazedonien im Süden.

1987 tat sich Zilić auf Gedeih und Verderb mit einem miesen kleinen Hinterbänkler der ehemaligen kommunistischen Partei zusammen, den andere übersehen oder unterschätzt hatten. Er legte zwei Eigenschaften an den Tag, die er schätzte: rücksichtsloses Machtstreben und die nötige Gerissenheit und Verschlagenheit, um Rivalen in Sicherheit zu wiegen, bis es zu spät war. Er hatte den Mann der Zukunft entdeckt. 1987 bot er Slobodan Milošević an, sich um seine Gegner zu »kümmern«. Er erhielt keine abschlägige Antwort und keine Anzeige.

1989 hatte Milošević begriffen, dass der Kommunismus ein Auslaufmodell war. Das Pferd, auf das man nun setzen musste, war der extreme serbische Nationalismus, der dem Land jedoch nur Unglück brachte. Zilić diente ihm fast bis zum Schluss.

Jugoslawien brach auseinander, und Milošević trat als Retter der nationalen Einheit auf, ließ allerdings unerwähnt, dass er seine Ziele durch einen Völkermord zu erreichen gedachte, der unter dem Namen »ethnische Säuberungen« bekannt werden sollte. Seine Popularität in der Teilrepublik Serbien beruhte auf dem Glauben, dass er Serben vor der Verfolgung durch andere Volksgruppen schützen werde.

Dazu mussten sie allerdings erst einmal verfolgt werden. Und wenn die Kroaten oder Bosniaken etwas schwer von Begriff waren, so musste man ihnen eben auf die Sprünge helfen. Normalerweise genügte ein kleines örtliches Massaker, um die Mehrheit der Einwohnerschaft gegen die serbische Minderheit aufzubringen. Dann konnte Milošević die Armee schicken, um die Serben zu retten. Zu »patriotischen« Milizionären mutierte Gangster agierten für ihn als *agents provocateurs*.

Hatte der jugoslawische Staat bis 1989 seine Verbrecher ins Ausland geschickt und sie sich vom Leib gehalten, so ging Milošević mit ihnen jetzt eine »echte« Partnerschaft im Inland ein.

Wie so viele mittelmäßige Menschen, die an die Macht gelangen, war auch Milošević vom Geld fasziniert. Allein die Höhe der Summen, um die es ging, wirkte auf ihn wie die Flöte des Schlangenbeschwörers auf eine Kobra. Ihn lockte nicht der Luxus, den man sich mit Geld kaufen konnte. Er lebte bis zuletzt bescheiden. Ihn faszinierte am Geld, dass es eine andere Form der Macht darstellte. Bis zu seinem Sturz hatten er und seine Komplizen nach Schätzungen der jugoslawischen Nachfolgeregierung rund zwanzig Milliarden Dollar unterschlagen und auf Auslandskonten verschoben.

Andere waren nicht so genügsam. Darunter seine grässliche Frau und seine ebenso fürchterlichen Kinder, Tochter und Sohn.

Zu jenen »echten« Partnern gehörte auch Zoran Zilić. Er wurde Miloševićs Mann fürs Grobe, ein käuflicher Killer. Bezahlt wurde unter dem Diktator allerdings nie mit Bargeld, sondern mit einer Art Lizenz für besonders einträgliche Geschäfte, verbunden mit der Zusicherung völliger Straffreiheit. Die Kumpane des Despoten durften rauben, foltern, vergewaltigen und morden, und die reguläre Polizei konnte nicht das Geringste dagegen unternehmen. Während er ein kriminelles System der Veruntreuung von Staatsgeldern errichtete, posierte er als Patriot, und die Serben und westeuropäischen Politiker fielen jahrelang darauf herein.

Trotz aller Brutalität und blutigen Massaker gelang es ihm nicht, den jugoslawischen Bundesstaat zu retten oder seinen Traum von einem Großserbien zu verwirklichen. Zunächst spaltete sich Slowenien ab, dann Kroatien und Mazedonien. Mit der Unterzeichnung des Dayton-Abkommens im November 1995 fiel Bosnien weg, und im Juli 1999 hatte er nicht nur das Kosovo endgültig verloren, sondern auch die teilweise Zerstörung von Serbien durch Natobomben provoziert.

Wie Arkan gründete auch Zilić eine kleine Einheit von Freischärlern. Es gab andere, wie etwa die finsteren und brutalen Frankies Boys, die Gruppe des Franko Stamatović, der erstaunlicherweise nicht einmal Serbe, sondern ein abtrünniger Kroate aus Istrien war. Im Unterschied zu dem großspurigen Schwadroneur Arkan, der in der Lobby des Belgrader Holiday Inn erschossen wurde, hielt sich Zilić mit seiner Gruppe im Hintergrund und mied jedes öffentliche Aufsehen. Doch im Verlauf des Bosnienkriegs führte er seine Leute dreimal nach Norden und zog plündernd und mordend durch das geschundene Land, bis die Amerikaner dem Treiben ein Ende machten.

Der dritte Auftritt fiel in den April 1995. Während Arkan einige hundert Freischärler um sich gerottet hatte, die er »Arkans Tiger« nannte, begnügte sich Zilić mit einer kleinen Gruppe und gab ihr den vergleichsweise bescheidenen Namen »Zorans Wölfe«. Beim dritten Einsatz verfügte er nicht einmal über ein Dutzend Mann, alles kampferprobte Schlägertypen bis auf einen. Zilić fehlte ein Funker, und von einem Kollegen erfuhr er, dass ein Freund seines jüngeren Bruders, ein Jurastudent, Funker in der Armee gewesen sei.

Über diesen Bruder nahm man Kontakt zu ihm auf, und der junge Mann erklärte sich bereit, auf seine Osterferien zu verzichten und sich den Wölfen anzuschließen.

Zilić wollte wissen, was für ein Typ er sei. Ob er Kampferfahrung habe. Nein, er habe seinen Militärdienst nur bei den Fernmeldern abgeleistet, weshalb er nun zu einem »richtigen« Einsatz bereit sei.

»Wenn er noch nie unter Beschuss war, hat er bestimmt auch noch keinen umgelegt«, sagte Zilić. »Dann kann er bei dem Einsatz ja eine Menge dazulernen.«

Wegen technischer Probleme mit ihren russischen Jeeps brachen die Wölfe erst mit Verspätung in der ersten Maiwoche Richtung Norden auf. Sie kamen durch Pale, den einstigen Wintersportort und die jetzige Hauptstadt der selbst ernannten Republik Serbska, der dritten in Bosnien, die mittlerweile »gesäubert« und ausschließlich serbisch war. Sie machten einen Bogen um Sarajevo, den einst so stolzen Austragungsort der Olympischen Winterspiele, der nun in Trümmern lag, stießen ins eigentliche Bosnien vor und machten die Serbenhochburg Banja Luka zu ihrer Operationsbasis.

Von dort aus durchstreifte Zilić das Umland, mied die gefährlichen Mudschaheddin und hielt nach muslimischen Gemeinden Ausschau, die ohne bewaffneten Schutz waren.

Am 14. Mai entdeckten sie in der Vlasić-Bergkette einen Weiler, nahmen ihn mit einem Handstreich ein und massakrierten die Bewohner, verbrachten die Nacht in den Wäldern und kehrten am Abend des 15. wieder nach Banja Luka zurück.

Der Neue verließ sie am nächsten Tag und schrie, dass er wieder an die Universität zurückwolle. Zilić ließ ihn ziehen, aber nicht ohne ihn vorher zu warnen, dass er ihm höchstpersönlich mit einem zerbrochenen Weinglas den Schwanz abschneiden und ihm beides in umgekehrter Reihenfolge in den Hals stopfen werde, falls er nicht den Mund halte. Er hatte den Jungen von Anfang an nicht gemocht, er war dumm und zimperlich.

Das Abkommen von Dayton beendete die Jagd in Bosnien, doch dann wurde im Kosovo die Saison eröffnet, und 1998 operierte Zilić auch dort, angeblich, um die Kosovo-Befreiungsarmee (UCK) zu zerschlagen, doch in Wahrheit konzentrierte er sich auf ländliche Gemeinden und wirklich lohnende Kriegsbeute.

Bei all dem verlor er niemals den eigentlichen Zweck seines Pakts mit Slobodan Milošević aus den Augen. Die Gefälligkeiten, die er dem Despoten erwies, hatten sich überaus bezahlt gemacht. Er besaß einen Freibrief für seine kriminellen Geschäfte. Er tat, was jeder erfolgreiche Mafioso an den Gesetzen vorbei tut, doch er tat es mit dem Segen des Präsidenten.

Die wichtigsten Pfründen, die ihm Gewinnspannen von mehreren hundert Prozent sicherten, bestanden aus illegalem Handel mit Zigaretten und Parfüm, Cognac, Whisky und allen erdenklichen Luxuswaren. Er teilte sie sich mit Raznatovic, dem einzigen Gangster vergleichbaren Formats, und wenigen anderen. Obwohl er sich mit Schmiergeldern die notwendige Protektion von Polizei und Politik erkaufen musste, war er Mitte der Neunzigerjahre Millionär.

Dann stieg er in die Prostitution und den Handel mit Drogen und Waffen ein. Da er fließend Deutsch und Englisch konnte, machte er in der internationalen Unterwelt eine bessere Figur als seine Kollegen, die nur eine Sprache beherrschten.

Der Handel mit Drogen und Waffen war besonders einträglich. Sein Dollarvermögen wuchs auf einen achtstelligen Betrag an. Selbst die amerikanische Drogenbehörde, die CIA, der militärische Nachrichtendienst DIA (Waffenhandel) und das FBI legten Akten über ihn an.

Die Gefolgschaft Miloševics, durch Unterschlagung reich geworden, korrupt, mächtig, protzig, luxusverliebt und von Speichelleckern umgeben, wurde bequem und selbstzufrieden. Sie glaubte, die Party würde ewig so weitergehen. Nicht so Zilić.

Er mied die einschlägigen Banken, deren Dienste die meisten

Gefolgsleute in Anspruch nahmen, um ihr Vermögen zu horten oder außer Landes zu schaffen. Fast jeden Dollar, den er verdiente, verschob er über Banken, die im serbischen Staat niemand kannte. Und er achtete auf erste verdächtige Risse im Putz. Früher oder später, so folgerte er scharfsinnig, würden selbst die windelweichen Politiker und Diplomaten Großbritanniens und der Europäischen Union Milošević durchschauen und mit der Faust auf den Tisch hauen. Den Anlass lieferte das Kosovo.

Die landwirtschaftlich geprägte Provinz bildete zusammen mit Montenegro die letzten serbischen Pfründen innerhalb des Bundesstaates Jugoslawien. In ihr lebten hundertachtzigtausend muslimische Kosovaren, die von den albanischen Nachbarn kaum zu unterscheiden waren, sowie zweihunderttausend Serben.

Milošević hatte die Kosovaren zehn Jahre lang gezielt drangsaliert, ehe die vormals dahinsiechende Kosovo-Befreiungsarmee wieder zum Leben erwachte. Er verfolgte die gleiche Strategie wie immer. Rücksichtslos verfolgen, warten, bis es vor Ort zu Ausschreitungen kommt, die »Terroristen« an den Pranger stellen und dann in großer Zahl einrücken, um die Serben zu retten und die »Ordnung« wiederherzustellen. Dann verkündete die Nato, sie werde diesmal nicht tatenlos zusehen. Milošević glaubte ihr nicht. Ein Fehler. Diesmal meinte sie es ernst.

Im Frühjahr 1999 begannen die ethnischen Säuberungen. Hauptakteur waren die Besatzungstruppen der Dritten Armee, unterstützt wurden sie von der Sicherheitspolizei und den Milizen: Arkans Tigern, Frankies Boys und Zorans Wölfen. Erwartungsgemäß flohen über hunderttausend Kosovaren über die Grenzen nach Albanien und Mazedonien. Wie beabsichtigt. Der Westen sollte sie alle als Flüchtlinge aufnehmen. Doch das tat er nicht. Er eröffnete den Luftkrieg gegen Serbien.

Belgrad trotzte den Bomben siebenundachtzig Tage lang. Anfangs schimpften die Serben noch über die Nato. Dann schimpften sie hinter vorgehaltener Hand, der verrückte Milošević habe sie ins Verderben geführt. Es ist immer wieder lehrreich zu beobachten, wie die Kriegsbegeisterung erlahmt, wenn die ersten Dächer einstürzen. Zilić vernahm das heimliche Murren.

Am 3. Juni 1999 stimmte Milošević dem internationalen Friedensplan zu. So lautete die offizielle Sprachregelung. Zilić sah darin eine bedingungslose Kapitulation. Für ihn wurde es Zeit zu verschwinden.

Die Kämpfe endeten. Die Dritte Armee, der die in großer Höhe operierenden Nato-Bomber kaum Verluste beigebracht hatten, rückte mit ihrem gesamten Kriegsgerät aus dem Kosovo ab. Die Nato-Verbündeten besetzten die Provinz. Die zurückgebliebenen Serben flohen nach Serbien und brachten ihren Zorn mit. Dieser Zorn, der zunächst der Nato gegolten hatte, richtete sich nun, da man die Schäden im eigenen Land sah, gegen Milošević.

Zilić brachte die letzten Reste seines Vermögens in Sicherheit und bereitete seine Flucht vor. Im Herbst 1999 wurden die Proteste gegen Milošević immer lauter.

In einem Gespräch unter vier Augen beschwor Zilić den Diktator im November 1999, die Zeichen der Zeit zu erkennen, selbst einen Staatsstreich durchzuführen, solange die Armee noch hinter ihm stand, und alle weiteren demokratischen Spiegelfechtereien zu beenden oder die Oppositionsparteien auszuschalten. Aber Milošević lebte damals in einer eigenen Welt, in der seine Popularität ungebrochen war.

Zilić schied von ihm, einmal mehr verwundert über das Phänomen, dass Männer, die einst die höchste Regierungsgewalt innegehabt hatten, völlig zusammenbrachen, wenn ihnen die Macht entglitt. Mut, Willensstärke, Wahrnehmungsvermögen, Tatkraft, selbst die Fähigkeit, den Tatsachen ins Auge zu sehen – alles war wie weggeblasen. Im Dezember übte Milošević die Macht nicht mehr aus, er klammerte sich an sie. Zilić schloss seine Vorbereitungen ab.

Sein Vermögen belief sich auf nicht weniger als fünfhundert Millionen Dollar, und er kannte einen Zufluchtsort, an dem er sicher sein würde. Arkan war tot, hingerichtet, weil er sich mit Milošević überworfen hatte. Karadžić und Mladić, die Drahtzieher der ethnischen Säuberungen in Bosnien und des Massakers von Srebrenitsa, waren in die Republik Srbska geflüchtet und wurden dort wie Tiere gejagt. Andere waren bereits festgenommen und dem neuen Kriegsverbrechertribunal in Den Haag überstellt worden. Milošević glich einem schwankenden Rohr im Wind.

Am 27. Juli 2000 legte er die kommenden Präsidentenwahlen offiziell auf den 24. September. Trotz massiver Manipulationen verlor er, weigerte sich aber, das Ergebnis anzuerkennen. Das Volk stürmte das Parlament und setzte seinen Nachfolger ein. Als einer ihrer ersten Maßnahmen ordnete die neue Regierung eine Untersuchung der Milošević-Ära an. Man ermittelte wegen der Morde, spürte den verschwundenen zwanzig Milliarden Dollar nach.

Der gestürzte Diktator verkroch sich in seiner Villa im Nobelvorort Dedinje. Am 1. April 2001 hatte Präsident Koštunica genug. Endlich erfolgte die Verhaftung.

Doch Zoran Zilić hatte seine Zelte längst abgebrochen. Im Januar 2000 war er einfach verschwunden. Ohne Abschied und ohne Gepäck. Wie einer, der ein neues Leben beginnen will, in einer anderen Welt, in der er den alten Krempel nicht mehr braucht.

Er nahm nichts und niemanden mit, nur seinen ihm treu ergebenen Leibwächter, einen bulligen Riesen namens Kulac. Innerhalb einer Woche hatte er sich in seinem neuen Versteck, das seit über einem Jahr auf ihn wartete, häuslich eingerichtet.

Niemand in den Geheimdiensten schenkte seinem Weggang Beachtung, bis auf einen. Ein stiller, verschwiegener Mann in Amerika nahm den neuen Aufenthaltsort des Gangsters mit großem Interesse zur Kenntnis.

12

Der Mönch

Es war der Traum, immer wieder der Traum. Er kam nicht von ihm los, und der Traum ließ ihn nicht los. Nacht für Nacht erwachte er schreiend, schweißgebadet, und seine Mutter stürzte herein, nahm ihn in die Arme und versuchte, ihn zu trösten.

Er war seinen Eltern ein Rätsel und bereitet ihnen Sorgen, denn er konnte oder wollte nicht über seinen Albtraum sprechen. Doch seine Mutter war überzeugt davon, dass er vor seiner Rückkehr aus Bosnien niemals solche Träume gehabt habe.

Er träumte immer dasselbe. Von dem Gesicht in der schlammigen Brühe, einer blassen Scheibe zwischen Klumpen von menschlichen und tierischen Exkrementen. Es flehte um Gnade, schrie um sein Leben. Im Gegensatz zu Zilić verstand er kein Englisch, doch Wörter wie *No, no, please, don't* waren ziemlich international.

Die Männer mit den Stangen lachten nur und stießen wieder zu. Und das Gesicht tauchte immer wieder auf, bis Zilić dem Jungen seine Stange in den offenen Mund rammte und ihn unter die Oberfläche drückte, bis er irgendwo da unten tot liegen blieb. In diesem Augenblick erwachte er, schrie und weinte, bis seine Mutter die Arme um ihn schlang, flüsterte, dass alles gut und er zu Hause in seinem Zimmer in Senjak sei.

Doch er konnte nicht sagen, was er getan, wobei er mitgemacht hatte, als er glaubte, seine patriotische Pflicht gegenüber Serbien zu erfüllen.

Sein Vater zeigte weniger Verständnis, meinte, er sei ein hart

135

arbeitender Mann und brauche seinen Schlaf. Im Herbst 1995 hatte Milan Rajak seine erste Sitzung bei einer Psychotherapeutin.

Zweimal in der Woche ging er zu ihr in das grau verputzte, fünfstöckige psychiatrische Krankenhaus in der Palmoticeva-Straße, dem besten in Belgrad. Doch auch die Fachleute im Laza Lazarević konnten ihm nicht helfen, denn er wagte es nicht zu beichten.

Sühne verschaffe Erleichterung, erklärte man ihm, aber nur wer sich ausspreche, könne sich von einem inneren Konflikt befreien. Milošević war noch an der Macht, doch mehr Angst machten ihm die zornigen Augen, mit denen ihn Zoran Zilić an jenem Morgen in Banja Luka angeblickt hatte, als er ihm sagte, dass er aussteigen und nach Belgrad zurückkehren wolle. Noch beängstigender war seine Drohung, ihn zu verstümmeln und zu töten, falls er jemals den Mund aufmachte.

Sein Vater war überzeugter Atheist, unter dem kommunistischen Regime Titos aufgewachsen und sein Leben lang ein treuer Diener der Partei. Seine Mutter hingegen hatte ihren serbisch-orthodoxen Glauben bewahrt. All die Jahre war sie, von Ehemann und Sohn belächelt, jeden Morgen in die Kirche gegangen. Ende 1995 begann Milan, sie zu begleiten.

Der Ritus und die Litanei, die Gesänge und der Weihrauchgeruch spendeten ihm einen gewissen Trost. In der Kirche neben dem Fußballplatz, nur drei Straßenzüge von ihrem Haus entfernt, schien das Grauen nachzulassen.

1996 fiel er durch das Juraexamen, und sein Vater tobte zwei Tage lang empört und verzweifelt durchs Haus. War schon der Bescheid aus der Hochschule nicht nach seinem Geschmack, so verschlug ihm das, was sein Sohn ihm eröffnete, den Atem.

»Ich möchte kein Anwalt werden, Vater, sondern Geistlicher.«

Es dauerte einige Zeit, aber Rajak senior beruhigte sich und versuchte, sich mit dem Sinneswandel seines Sohnes abzufinden. Wenigstens war das Priesteramt so etwas wie ein Beruf. Nicht sehr einträglich, aber durchaus respektabel. Ein Vater konnte immer noch erhobenen Hauptes sagen: »Wissen Sie, mein Sohn ist ein Mann der Kirche.«

Um Geistlicher zu werden, so stellte er fest, musste man jahrelang studieren und ein Priesterseminar besuchen, doch sein Sohn hatte anderes im Sinn. Er wollte ein abgeschiedenes Leben führen, Mönch werden und allem Materiellen zugunsten eines einfachen Lebens entsagen, und das sofort.

Fünfzehn Kilometer südlich von Belgrad fand er, was er suchte: das kleine Kloster vom heiligen Stephan im Weiler Slanci. Dort lebten nicht mehr als ein Dutzend Mönche unter der Führung eines Abtes oder Igumen. Sie arbeiteten auf den Feldern oder in den Ställen ihres Bauernhofs, lebten von den Früchten ihrer Arbeit, nahmen Spenden von Touristen und Pilgern entgegen, meditierten und beteten. Doch es gab eine Warteliste für Bewerber, und Ausnahmen wurden nicht gemacht.

Bei dem Gespräch mit dem Igumen Vasilije kam Rajak senior der Zufall zu Hilfe. Erstaunt musterte er den Abt. Trotz des schwarzen, grau gesprenkelten Vollbarts erkannte er in ihm denselben Goran Tomić wieder, mit dem er vor vierzig Jahren zusammen die Schulbank gedrückt hatte. Der Abt willigte ein, seinen Sohn zu empfangen und mit ihm über eine mögliche Laufbahn in der Kirche zu sprechen.

Der scharfsinnige Abt erriet, dass der Sohn seines ehemaligen Schulkameraden ein junger Mann war, der sein inneres Gleichgewicht verloren hatte und in der Welt da draußen keinen Frieden fand. Da war er nicht der Erste. Er wies darauf hin, dass im Augenblick kein Platz für einen Novizen frei sei, dass von Zeit zu Zeit aber Männer aus der Stadt bei den Mönchen lebten, um Einkehr zu halten.

Im Sommer 1996, als der Bosnienkrieg zu Ende war, kam Milan Rajak zu ausgedehnten Exerzitien nach Slanci, zog Tomaten und Gurken, meditierte und betete. Er träumte nicht mehr so oft.

Nach einem Monat forderte Igumen Vasilije ihn freundlich auf, die Beichte abzulegen, und er tat es im Schein einer Kerze neben dem Altar. Unter den Augen des Mannes aus Nazareth erzählte er dem Abt mit flüsternder Stimme, was er getan hatte.

Der Igumen bekreuzigte sich inbrünstig und betete für die arme Seele des Jungen in der Jauchegrube und für den Reumütigen neben ihm. Er forderte Milan eindringlich auf, zu den Behörden zu gehen und die Verantwortlichen anzuzeigen.

Doch Miloševićs Macht war ungebrochen und Milans Angst vor Zoran Zilić unvermindert groß. Die »Behörden« würden keinen Finger rühren, um ihn zur Rechenschaft zu ziehen. Und sollte der Mörder seine Drohung wahr machen und sich rächen, würde kein Hahn danach krähen. Also schwieg er weiter.

Die Schmerzen begannen im Winter 2000. Er spürte, dass sie bei jeder Bewegung stärker wurden. Nach zwei Monaten fragte er seinen Vater um Rat, doch der vermutete einen vorübergehenden Infekt. Gleichwohl vereinbarte er für seinen Sohn einen Termin im Belgrader Allgemeinkrankenhaus, dem Klinicki Centar.

Belgrad war seit jeher stolz darauf, dass seine Kliniken höchsten europäischen Ansprüchen genügten, und das Allgemeinkrankenhaus gehörte zu den besten. Fachärzte für Proktologie, Urologie und Onkologie führten an Milan Rajak eine Reihe von Untersuchungen durch. Der Professor der dritten Fachrichtung war es schließlich, der ihn zu sich bestellte.

»Wie ich höre, wollen Sie Mönch werden?«, fragte er.

»Ja.«

»Dann glauben Sie an Gott?«

»Ja.«

»Manchmal wünschte ich, ich könnte das auch. Leider kann ich es nicht. Aber Ihr Glaube wird nun auf eine harte Probe gestellt. Ich habe keine gute Nachricht für Sie.«

»Sprechen Sie, bitte.«

»Sie haben kolorektalen Krebs, wie wir es nennen.«

»Ist er operabel?«

»Bedaure, nein.«

»Ist er heilbar? Mit Chemotherapie?«

»Zu spät. Tut mir Leid, aufrichtig Leid.«

Der junge Mann starrte aus dem Fenster. Er war soeben zum Tod verurteilt worden.

»Wie viel Zeit bleibt mir noch, Professor?«

»Die Frage wird immer gestellt, und sie ist nie zu beantworten. Schonung, Pflege, eine spezielle Diät und etwas Bestrahlung vorausgesetzt ... ein Jahr. Vielleicht weniger, vielleicht mehr. Aber nicht viel.«

Das war im März 2001. Milan Rajak kehrte nach Slanci zurück und erzählte alles dem Abt. Der ältere Mann weinte um den Jungen, der inzwischen wie ein Sohn für ihn geworden war.

Am 1. April verhaftete die Belgrader Polizei Slobodan Milošević. Zoran Zilić war fort. Milans Vater hatte seine guten Beziehungen zur Polizei genutzt und in Erfahrung gebracht, dass der erfolgreichste und mächtigste Kriminelle Jugoslawiens ein Jahr zuvor einfach verschwunden war und jetzt irgendwo im Ausland lebte, Aufenthaltsort unbekannt. Sein Einfluss hatte sich mit ihm verflüchtigt.

Am 2. April 2001 suchte Milan Rajak aus seinen Papieren eine alte Visitenkarte heraus. Er nahm ein Blatt Papier und schrieb auf Englisch einen Brief an eine Londoner Adresse. Das Wichtigste stand gleich im ersten Satz.

»Ich habe meine Meinung geändert. Ich bin bereit auszusagen.«

Der Spürhund erhielt den Brief drei Tage später. Innerhalb von vierundzwanzig Stunden und nach einem kurzen Telefonat mit Steven Edmond in Windsor, Ontario, kehrte er nach Belgrad zurück.

Die Aussage wurde im Beisein eines vereidigten Übersetzers sowie eines Notars in englischer Sprache aufgenommen, unterzeichnet und beglaubigt:

»Damals, 1995, glaubten junge Serben noch das, was man ihnen sagte, und ich bildete keine Ausnahme. Heute mag offenkundig sein, welche schrecklichen Dinge in Kroatien und Bosnien und später im Kosovo geschahen, uns aber wurde gesagt, die Opfer seien in diesen ehemaligen Landesteilen von der Außenwelt abgeschnittene serbische Gemeinden – und ich glaubte dies. Ich wäre nie auf den Gedanken gekommen, dass unser Militär Massenmorde an alten Menschen, Frauen und Kindern verübte. So etwas taten nur Kroaten und Bosniaken, hieß es. Serbische Soldaten hätten nur die Aufgabe, serbische Minderheiten zu schützen und zu retten.

Als mir im April 1995 ein Jura-Kommilitone erzählte, dass sein Bruder und einige andere nach Bosnien gehen wollten, um die Serben dort zu beschützen, und noch einen Funker brauchten, hegte ich nicht den geringsten Verdacht.

Ich hatte meinen Militärdienst als Funker abgeleistet, aber weit weg von allen Kampfhandlungen. Ich willigte ein, meine Osterferien zu opfern und meinen serbischen Landsleuten in Bosnien zu helfen.

Als ich zu den zwölf anderen stieß, stellte ich fest, dass sie zu der ganz rauen Sorte gehörten, führte das aber darauf zurück, dass sie abgebrühte Kampfsoldaten waren, und machte mir Vorwürfe, weil ich selbst so verwöhnt und verweichlicht war.

In der Kolonne der vier Geländewagen fuhren zwölf Männer mit, darunter auch der Anführer, der in letzter Minute zu uns gestoßen war. Erst da erfuhr ich, dass er Zoran Zilić war. Ich kannte ihn vom Hörensagen. Er war gefürchtet, aber auch geheimnisumwittert. Wir fuhren zwei Tage lang nach Norden durch die Republik Srbska und nach Mittelbosnien. Als wir in Banja Luka, das unser Stützpunkt wurde, eintrafen, quartierten wir uns im Hotel Bosna ein, wo wir auch aßen und tranken.

Von Banja Luka aus unternahmen wir drei Patrouillen nach Norden, Osten und Westen, fanden aber weder Feinde noch bedrohte serbische Dörfer. Am 14. Mai fuhren wir nach Süden in die Vlasić-Bergkette. Wir wussten, dass hinter den Bergen die Ortschaften Travnik und Vitez lagen. Beide waren für uns Serben feindliches Gebiet.

Wir fuhren am späten Nachmittag einen Waldweg entlang, als vor uns plötzlich zwei kleine Mädchen auftauchten. Zilić stieg aus und redete mit ihnen. Er lächelte. Ich fand, er war richtig nett zu ihnen. Eine sagte ihm, dass sie Laila heiße. Ich begriff nichts. Es war ein muslimischer Name. Sie hatte ihr eigenes Todesurteil gesprochen und ihr Dorf zum Untergang verurteilt.

Zilić ließ die Mädchen in den Führungsjeep einsteigen, und sie führten uns zu dem Weiler, in dem sie wohnten. Er lag in einem von Wäldern umgebenen Tal. Nicht groß, nur ungefähr zwanzig Erwachsene und ein Dutzend Kinder lebten in sieben Häusern, umgeben von ein paar Scheunen und Koppeln. Als ich den Halbmond auf der kleinen Moschee sah, begriff ich, dass sie Muslime waren, doch sie stellten nicht die geringste Bedrohung dar.

Die anderen sprangen aus den Jeeps und umzingelten den Ort. Ich wurde auch nicht stutzig, als sie die Häuser durchsuchten. Ich hatte von muslimischen Fanatikern gehört, Mudschaheddin aus dem Nahen Osten, dem Iran und Saudi-Arabien, die plündernd durch Bosnien zogen und jeden Serben auf der Stelle töteten. Vielleicht, so dachte ich, hielten sich hier welche versteckt.

Als die Durchsuchung beendet war, kehrte Zilić zum Führungsfahrzeug zurück und stellte sich an das Maschinengewehr, das auf einen Drehzapfen hinter den Vordersitzen montiert war. Er brüllte seinen Männern zu, dass sie sich verteilen sollten, und eröffnete das Feuer auf die Bauern, die zusammengedrängt in einer Koppel standen.

Alles ging so schnell, dass ich gar nicht begriff, was geschah. Die Bauern hüpften und tanzten, als die schweren Geschosse sie trafen. Die anderen Soldaten feuerten mit ihren Maschinenpistolen. Ein paar Bauern versuchten, ihre Kinder zu retten, und bedeckten sie mit ihrem Körper. Mehrere kleinere Kinder konnten entwischen, rannten zwischen den Erwachsenen durch und verschwanden unter den Bäumen, ehe die Kugeln sie trafen. Später erfuhr ich, dass sechs Kinder entkommen waren.

Ich fühlte mich sterbenselend. Die Luft stank nach Blut und Eingeweiden – in Hollywood-Filmen riecht man das nie. Ich hatte noch nie Menschen sterben sehen, und diese hier waren nicht einmal Soldaten oder Partisanen. Alles, was die anderen gefunden hatten, war eine alte Schrotflinte, möglicherweise, um Kaninchen oder Krähen zu schießen.

Hinterher waren die meisten Schützen enttäuscht. Sie hatten weder Alkohol noch irgendwelche Wertsachen gefunden. Und so steckten sie die Häuser und Scheunen in Brand und ließen sie brennend zurück.

Wir übernachteten im Wald. Die Männer hatten eigenen Sliwowitz dabei, und die meisten betranken sich. Ich versuchte zu trinken, konnte aber nichts bei mir behalten. Als ich im Schlafsack lag, begriff ich, dass ich einen furchtbaren Fehler begangen hatte. Meine Begleiter waren keine Patrioten, sondern Kriminelle, die aus Vergnügen töteten.

Am nächsten Morgen fuhren wir eine Reihe von Bergwegen ab, meist an der Felswand entlang in Richtung des Passes, der über die Berge nach Banja Luka führte. Dabei entdeckten wir das Bauernhaus. Es stand allein in einem kleinen Tal mitten im Wald. Ich sah, wie Zilić im ersten Jeep vom Sitz aufstand und mit der Hand das Zeichen zum Anhalten gab. Er winkte uns, die Motoren abzustellen. Die Fahrer gehorchten, Stille trat ein. Dann vernahmen wir Stimmen.

Ganz leise stiegen wir aus, bewaffneten uns und krochen bis zum Rand der Lichtung. In etwa hundert Metern Entfernung führten zwei erwachsene Männer sechs Kinder aus einer Scheune. Die Männer waren unbewaffnet und trugen keine Uniform. Hinter ihnen ragten die Reste eines abgebrannten Bauernhauses empor, und daneben stand ein neuer schwarzer Toyota

Landcruiser mit der Aufschrift ›Loaves 'n' Fishes an der Tür. Die beiden drehten sich um und starrten uns an. Das Älteste der Kinder, ein etwa zehnjähriges Mädchen, begann zu weinen. Ich erkannte sie an ihrem Kopftuch. Es war Laila.

Zilić schritt mit erhobener Waffe auf die Gruppe zu, aber keiner der beiden Männer machte Anstalten zu kämpfen. Wir Übrigen schwärmten aus und bildeten einen Halbkreis um die Gefangenen. Der größere der beiden Männer sagte etwas, und ich erkannte, dass er Amerikaner war. Ebenso Zilić. Von den anderen verstand keiner ein Wort Englisch. Der Amerikaner fragte: » *Who are you, guys?* «

Zilić antwortete nicht. Er schlenderte zu dem nagelneuen Landcruiser und nahm ihn in Augenschein. In diesem Augenblick versuchte Laila wegzurennen. Einer der Männer wollte sie festhalten, bekam sie aber nicht zu fassen. Zilić wandte sich von dem Wagen ab, zog seine Pistole, zielte, feuerte und schoss ihr den Hinterkopf weg. Er war sehr stolz auf seine Treffsicherheit mit der Pistole.

Der Amerikaner stand drei Meter von Zilić entfernt. Mit zwei Sätzen war er bei ihm, holte mit aller Kraft aus und schlug ihm die Faust ins Gesicht. Sofern er überhaupt eine Chance gehabt hatte, mit dem Leben davonzukommen, so war sie jetzt verspielt. Zilić war völlig überrumpelt worden, denn kein Mensch in ganz Jugoslawien hätte so etwas gewagt.

Zilić ging zu Boden und blutete aus der Lippe. Zwei Sekunden lang waren alle fassungslos. Dann fielen sechs seiner Leute über den Amerikaner her und traktierten ihn mit Stiefeln, Fäusten und Gewehrkolben. Sie schlugen ihn zu einem blutigen Brei. Ich glaube, sie hätten ihm den Rest gegeben, wenn Zilić nicht dazwischengegangen wäre. Er war wieder auf den Beinen und tupfte sich das Blut vom Mund. Er befahl ihnen aufzuhören.

Der Amerikaner lebte noch. Sein Hemd war zerrissen, der Oberkörper blutig von den Tritten, das Gesicht übel zugerichtet

143

und angeschwollen. Unter dem offenen Hemd war der breite Geldgürtel an seiner Hüfte zu sehen. Zilić deutete mit einer Hand darauf, und einer seiner Männer riss ihn ab. Er enthielt Hundertdollarscheine, ungefähr zehn, wie sich herausstellte. Zilić musterte den Mann, der es gewagt hatte, gegen ihn die Hand zu erheben.

»Du liebe Zeit«, sagte er, »so viel Blut! Du brauchst ein kühles Bad, mein Freund, das wird dir gut tun.« Er wandte sich an seine Männer. Sein vermeintliches Mitgefühl mit dem Amerikaner verwirrte sie. Aber Zilić hatte auf der Lichtung noch etwas anderes entdeckt. Die Jauchegrube war randvoll, mit tierischen, aber auch mit menschlichen Exkrementen. Im Lauf der Jahre hatte sich das Gemisch verfestigt, doch nach den jüngsten Regenfällen war es wieder flüssig geworden. Auf Zilićs Befehl wurde der Amerikaner hineingeworfen.

Der Kälteschock muss ihn wieder zu sich gebracht haben. Er fand Grund unter den Füßen und rappelte sich auf. In der Nähe befand sich eine Viehkoppel. Der Holzzaun war alt und zerfallen, aber ein paar lange Stangen waren noch ganz. Die Männer holten sich welche und drückten den Amerikaner damit in die schlammige Brühe.

Immer wenn sein Gesicht wieder aus dem Dreck auftauchte, schrie er um Gnade. Er flehte um sein Leben. Beim sechsten oder siebten Mal ergriff Zilić eine Stange, rammte ihm die Spitze in den offenen Mund und schlug ihm die Zähne ein. Dann drückte er ihn so lange nach unten, bis der junge Mann tot war.

Ich verzog mich unter die Bäume und erbrach das Wurstbrot, das ich zum Frühstück gegessen hatte. Am liebsten hätte ich sie alle umgebracht, aber es waren zu viele, und ich hatte zu große Angst. Während ich würgte, hörte ich mehrere Salven. Sie hatten die übrigen fünf Kinder und den bosnischen Begleiter des Amerikaners erschossen. Alle Leichen wurden in die Grube geworfen. Langsam verschwanden sie unter der Oberfläche. Einer der Männer stellte fest, dass der Schriftzug »Loaves 'n' Fishes«

an den Türen des Landcruisers nur aus Haftfolie bestand, die sich ziemlich leicht abziehen ließ.

Als wir abfuhren, deutete nichts darauf hin, was hier geschehen war, nur die hellroten Spritzer im Gras, das Blut der Kinder, und ein paar glänzende Patronenhülsen aus Messing waren zu sehen. Noch am selben Abend teilte Zoran Zilić das Geld auf. Er gab jedem Mann hundert Dollar. Ich lehnte sie ab, doch er bestand darauf, dass ich wenigstens einen Schein nahm, damit ich ›einer von den Jungs‹ blieb.

Am Abend in der Bar versuchte ich, den Schein loszuwerden, aber er bemerkte es und geriet darüber in Wut. Tags darauf sagte ich zu ihm, dass ich nach Belgrad zurückkehren würde. Er drohte mir, mich zu finden, zu verstümmeln und dann zu töten, wenn ich auch nur ein Wort darüber verlor, was ich gesehen hatte.

Mir ist schon seit langem bewusst, dass ich kein tapferer Mann bin, und aus Angst vor ihm habe ich all die Jahre geschwiegen, auch als im Sommer 1995 der Engländer kam und Fragen stellte. Doch jetzt habe ich meinen Frieden gefunden und bin bereit, vor jedem Gericht in Holland oder Amerika auszusagen, solange mir Gott, der Allmächtige, die Kraft gibt, am Leben zu bleiben.

In seinem Namen schwöre ich, dass alles, was ich ausgesagt habe, die Wahrheit und nichts als die Wahrheit ist.

Belgrad-Senjak, den 7. April 2001.

Gezeichnet

Milan Rajak.«

Noch am selben Abend schickte der Spürhund eine ausführliche Nachricht an Steve Edmond in Windsor, Ontario, und die Anweisungen, die zurückkamen, waren eindeutig:

»Scheuen Sie keine Mittel und Wege, tun Sie, was getan werden muss. Finden Sie meinen Enkel oder was von ihm übrig ist, und bringen Sie ihn heim nach Georgetown, USA.«

13

Die Grube

Seit der Unterzeichnung des Abkommens von Dayton im November 1995 herrschte Frieden in Bosnien, doch nach mehr als fünf Jahren waren die Wunden des Krieges noch längst nicht verheilt und seine Spuren überall sichtbar.

Die Teilrepublik war niemals reich gewesen. Sie besaß weder eine Küste wie Dalmatien, die Touristen lockte, noch nennenswerte Bodenschätze und lebte hauptsächlich von der Landwirtschaft, die zwischen den Bergen und Wäldern mit einfacher Technik betrieben wurde.

Es würde Jahre dauern, bis sich das Land von den wirtschaftlichen Schäden erholt hatte, doch weitaus schlimmer waren die sozialen Folgen. Kaum jemand konnte sich vorstellen, dass Serben, Kroaten und Bosniaken sich jemals wieder dazu bereit finden würden, Seite an Seite zusammenzuleben, nicht einmal in bewaffneten und wehrhaften Ortschaften, die kilometerweit auseinander lagen.

Die Vertreter der internationalen Organisationen schwangen die üblichen Reden, sprachen von Wiedervereinigung und der Wiederherstellung gegenseitigen Vertrauens und rechtfertigten damit den von vornherein zum Scheitern verurteilten Versuch, den Scherbenhaufen zu kitten, statt der Notwendigkeit einer Teilung ins Auge zu sehen.

Die Aufgabe, die zerrüttete Republik zu regieren, fiel dem Hohen Beauftragten der Vereinten Nationen zu, einer Art Statthalter mit nahezu unumschränkten Vollmachten, dem die Soldaten der UNPROFOR zur Seite standen. Von all den undankbaren Pflichten, die jenen zufielen, die keine Zeit hatten, sich auf der politischen Bühne zu profilieren, aber tatsächlich etwas bewirkten, hatte die ICMP, die Internationale Kommission für vermisste Personen, die undankbarste.

Der Brite Gordon Bacon, ein ehemaliger Polizist, leitete sie ohne viel Aufhebens und mit eindrucksvoller Effizienz. Die ICMP hatte mehrere Aufgaben zu bewältigen. Zum einen musste sie die vielen tausend Verwandten der »Vermissten« befragen und ihre Aussagen aufnehmen, zum anderen Hunderte von Massengräbern aufspüren und die Opfer der vielen kleineren Massaker nach 1992 exhumieren. Ihre dritte Aufgabe bestand darin, die Aussagen mit Funden abzugleichen, Schädel und Knochen wieder zusammenzufügen und den Verwandten zu übergeben, damit sie die sterblichen Überreste ihrem Glauben entsprechend bestatten konnten.

Ohne DNA-Analyse wäre eine Identifizierung völlig unmöglich gewesen. Dank der neuen Technologie konnte man die Identität des Toten zweifelsfrei nachweisen, in dem man einen Knochenteil mit einer Blutprobe des Verwandten verglich. Im Jahr 2000 befand sich das am schnellsten und effizientesten arbeitende DNA-Labor nicht etwa in der Hauptstadt eines wohlhabenden westlichen Staates, sondern in Sarajevo, wo es Gordon Bacon mit bescheidenen Mitteln eingerichtet hatte und betrieb. Um sich mit ihm zu treffen, fuhr der Spürhund zwei Tage nach Milan Rajaks Geständnis in die bosnische Großstadt.

Er brauchte den Serben nicht mitzubringen. Laut Rajak hatte Fadil Sulejman, der bosnische Mitarbeiter von Loaves 'n' Fishes, seinen Mördern vor seinem Tod gesagt, dass das Gehöft seiner Familie gehört habe. Gordon Bacon las Rajaks Aussage mit Interesse, doch sie war für ihn nichts Neues.

Er hatte schon hunderte gelesen, nur stammten sie immer von den wenigen Überlebenden und nie von einem der Täter selbst. Und noch nie war ein Amerikaner unter den Opfern gewesen. Er begriff, dass der rätselhafte Fall Colenso, den er aus den Akten kannte, nun endlich geklärt werden konnte. Er setzte sich mit dem ICMP-Bevollmächtigten für die Region Travnik in Verbindung und bat ihn, Mr. Gracey nach Kräften zu unterstützen, wenn er ihn aufsuchte. Der Spürhund übernachtete im spartanisch eingerichteten Zimmer seines Landsmanns und fuhr am Morgen wieder in den Norden zurück.

Es ist nur eine kurze, zweistündige Fahrt nach Travnik, und gegen Mittag war er dort. Er hatte mit Steve Edmond gesprochen, und eine Blutprobe des Großvaters war aus Ontario unterwegs.

Am 11. April verließ das Exhumierungsteam Travnik und fuhr mit einem ortskundigen einheimischen Führer in die Berge. Bei Befragungen in der Moschee war man rasch auf zwei Männer gestoßen, die Fadil Sulejman gut gekannt hatten. Einer der beiden wusste von dem Bauernhof im Hochtal. Er saß jetzt im vorausfahrenden Geländewagen.

Zur Ausrüstung des Teams gehörten Schutzkleidung, Atemmasken, Schaufeln, weiche Bürsten, Siebe und Plastiksäcke, allesamt unverzichtbar für ihr grausiges Geschäft.

Das Tal war etwas verwildert, sonst aber wohl noch genauso, wie es vor sechs Jahren ausgesehen hatte. Niemand war gekommen und hatte Besitzansprüche angemeldet. Die Familie Sulejman war allem Anschein nach erloschen.

Die Jauchegrube war schnell gefunden. Im Frühjahr hatte es weniger geregnet als 1995, und so hatte sich der Grubeninhalt zu einer übel riechenden Masse verfestigt. Die Männer zogen hohe Wasserstiefel und Überjacken an, schienen aber gegen den Gestank immun zu sein.

Rajaks Aussage zufolge war die Grube am Tag des Mordes randvoll gewesen, und da Ricky Colenso mit den Füßen den Grund berührt hatte, musste sie etwa einen Meter achtzig tief sein. Wegen der geringen Regenfälle war der Spiegel um über einen halben Meter gesunken.

Nachdem etwa ein Meter feste Jauche abgetragen war, wies

der ICMP-Bevollmächtigte seine Leute an, die Schaufeln wegzulegen und mit Kellen weiterzugraben. Eine Stunde später kamen die ersten Knochen zum Vorschein, und nach einer weiteren Stunde Arbeit mit Schabern und Kamelhaarbürsten lag das Massengrab frei.

Am Boden der Grube waren keine Maden am Werk gewesen, denn die benötigten Sauerstoff. Ausschließlich Enzyme und Bakterien hatten die Zersetzung herbeigeführt.

Die Weichteile hatten sich vollständig aufgelöst, und als der erste Schädel auftauchte und mit einem feuchten Lappen abgewischt wurde, glänzte er sauber und weiß. Man fand Lederreste von den Stiefeln und Gürteln der beiden Männer, eine verzierte Gürtelschnalle, die zweifellos amerikanischer Herkunft war, ferner Jeansnieten und Knöpfe einer Jeansjacke.

Einer der Männer, der in der Grube kniete, reichte eine Uhr herauf. Nach siebzig Monaten war die Gravur auf der Rückseite noch gut zu lesen: »Für Ricky von Mom. Zum Schulabschluss. 1994.«

Die sechs Kinder waren tot hineingeworfen worden und übereinander oder dicht nebeneinander auf den Grund gesunken. Nach all den Jahren war nur noch ein Knochenhaufen übrig, doch die Größe der Skelette lieferte eindeutige Hinweise auf ihre Identität.

Auch Sulejman war bereits tot gewesen. Sein Skelett lag auf dem Rücken, mit ausgestreckten Armen und Beinen, so wie die Leiche untergegangen war. Sein Freund verharrte regungslos, starrte in die Grube und betete zu Allah. Er bestätigte, dass sein ehemaliger Schulkamerad ungefähr einen Meter siebzig gewesen sei.

Der achte Tote war über einen Meter achtzig. Er lag am Rand, als habe er im Sterben versucht, durch die Finsternis zur Seitenwand zu kriechen. Das Skelett lag auf der Seite, zusammengekrümmt in einer Fötushaltung. Uhr und Gürtelschnalle stammten aus diesem Knochenhaufen. Der Schädel wurde heraufgereicht. Die Zähne waren eingeschlagen, wie Rajak ausgesagt hatte.

Die Sonne ging unter, als die letzten Knochen geborgen und in Plastiksäcken verstaut wurden. Die beiden erwachsenen Männer kamen in getrennte Säcke, die Kinder gemeinsam in einen; die sechs kleinen Skelette konnten in der Leichenhalle der Stadt zusammengefügt werden.

Der Spürhund fuhr nach Vitez und übernachtete dort. Die britische Armee war seit langem fort, und so nahm er sich ein Zimmer in der Pension, in der er schon einmal abgestiegen war und die er kannte. Am Morgen kehrte er ins Büro der ICMP in Travnik zurück.

Von Sarajevo aus autorisierte Gordon Bacon den lokalen Bevollmächtigten, Ricky Colenos Überreste Major Gracey zu übergeben, damit er sie in die Hauptstadt überführen konnte.

Die Blutprobe aus Ontario war eingetroffen, und schon nach zwei Tagen lagen die Ergebnisse der DNA-Analysen vor. Der Leiter der ICMP in Sarajevo bestätigte, dass es sich bei dem Toten um Richard »Ricky« Colenso aus Georgetown, USA, handelte. Jetzt benötigte er nur noch eine schriftliche Vollmacht der nächsten Angehörigen, bevor er die sterblichen Überreste Philip Gracey aus Andover im britischen Hampshire anvertrauen konnte. Zwei Tage später traf sie ein.

In der Zwischenzeit hatte der Spürhund auf Anweisung aus Ontario im besten Bestattungsunternehmen von Sarajevo einen Sarg gekauft. Die Leichenbestatter beschwerten ihn mit Ballast und verteilten ihn so, dass man den Eindruck haben konnte, er enthalte nicht nur ein Skelett, sondern einen richtigen Leichnam.

Am 16. April landete die Grumman IV des kanadischen Bergbaumagnaten mit einer Übernahmevollmacht. Der Spürhund übergab dem Piloten den Sarg und die dicke Akte. Dann kehrte er ins grüne England zurück.

Steve Edmond wartete am Flughafen Washington Dulles, als

sein Firmenjet nach einem Tankstopp in Shannon am Abend des 16. landete. Ein geschmückter Leichenwagen brachte den Sarg in eine Leichenhalle, wo er zwei Tage blieb, bis die letzten Vorbereitungen für die Beerdigung getroffen waren.

Sie fand am 18. auf dem äußerst exklusiven Friedhof Oak Hill in der R Street in Northwest Georgetown statt und erfolgte im engsten Familienkreis nach römisch-katholischem Ritus. Annie Colenso, geborene Edmond, die Mutter des Jungen, weinte leise. Ihr Mann, Professor Colenso, hielt sie im Arm, tupfte sich die Augen und blickte von Zeit zu Zeit Hilfe suchend zu seinem Schwiegervater, als wisse er nicht, was er tun solle.

Der Einundachtzigjährige stand im schwarzen Anzug und wie eine Säule aus seinem Pentlandit-Erz auf der anderen Seite des Grabes und starrte hinab auf den Sarg seines Enkels. Den Bericht des Spürhunds hatte er Tochter und Schwiegersohn nicht gezeigt, geschweige denn die Aussage Milan Rajaks.

Sie wussten nur, dass sich nachträglich ein Zeuge gemeldet hatte, der den schwarzen Landcruiser in einem Tal gesehen zu haben glaubte, und man auf seinen Hinweis hin die beiden Leichen gefunden habe. Allerdings hatte er zugeben müssen, dass sie ermordet und verscharrt worden waren. Nur so ließ sich die Zeitspanne von sechs Jahren erklären.

Nach dem Ende der Zeremonie gingen die Trauergäste und ließen die Totengräber ihre Arbeit tun. Mrs. Colenso lief zu ihrem Vater, schlang die Arme um ihn und vergrub das Gesicht an seiner Brust. Er senkte den Blick und streichelte ihr sanft über den Kopf, so wie früher, wenn sie sich als kleines Mädchen vor etwas gefürchtet hatte.

»Daddy, wer immer meinem Baby das angetan hat, ich möchte, dass er gefasst wird. Er soll keinen schnellen und leichten Tod haben, sondern für den Rest seines Lebens jeden Morgen im Gefängnis aufwachen und wissen, dass er dort nie wieder herauskommt. Und er soll immer daran denken, dass alles so gekommen ist, weil er kaltblütig mein Kind ermordet hat.«

Der alte Mann hatte bereits einen Entschluss gefasst.

»Vielleicht«, knurrte er, »muss ich Himmel und Hölle in Bewegung setzen. Und wenn nötig, werde ich es auch tun.«

Er ließ sie gehen, nickte dem Professor zu und schritt zu seinem Wagen. Während der Chauffeur zum Tor an der R Street hinauffuhr, nahm er sein Telefon aus der Halterung und wählte eine Nummer. Irgendwo auf dem Capitol Hill hob eine Sekretärin ab.

»Verbinden Sie mich mit Senator Peter Lucas«, sagte er.

Der altgediente Senator aus New Hampshire strahlte, als er hörte, wer ihn zu sprechen wünschte. Freundschaften, die mitten im Krieg geschlossen wurden, hielten eine Stunde oder ein Leben lang. Es war über fünfzig Jahre her, dass Steve Edmond und Peter Lucas an einem Frühlingsmorgen auf einem englischen Rasen gesessen und um die jungen Männer aus ihren Ländern geweint hatten, die niemals heimkehren würden. Aber die Freundschaft hatte überdauert.

Beide wussten, dass der andere für ihn alles in seiner Macht Stehende tun würde, wenn er ihn darum bat. Der Kanadier schickte sich an, seinen Freund genau darum zu bitten.

Ein besonderer Zug an Franklin Delano Roosevelt war, dass er, obwohl überzeugter Demokrat, Talente nutzte, wo immer er sie fand. Kurz nach Pearl Harbor bestellte er einen konservativen Republikaner, den er zufällig bei einem Footballspiel kennen gelernt hatte, zu sich und bat ihn, das Office of Strategic Services aufzubauen.

Dieser Mann war General William »Wild Bill« Donovan, der Sohn irischer Einwanderer, der im Ersten Weltkrieg an der Westfront das 69. Kampfregiment befehligt und danach, als studierter Jurist, unter Herbert Hoover das Amt des stellvertretenden Justizministers bekleidet hatte, ehe er lange Jahre als Rechtsanwalt an der Wall Street arbeitete. Doch nicht seine Kompetenz als Jurist war gefragt, sondern seine schiere Angriffslust. Roosevelt brauchte einen Kämpfertyp wie ihn, um den ersten Auslandsgeheimdienst und die ersten Spezialkräfte der USA aufzubauen.

Ohne langes Zögern scharte der alte Haudegen eine Gruppe von brillanten jungen Männern mit guten Beziehungen als Helfer um sich. Zu ihnen zählten Arthur Schlesinger, David Bruce und Henry Hyde, die später alle ein hohes Amt innehaben sollten.

Zu der Zeit studierte der aus gutem Haus stammende und in Manhattan und Long Island aufgewachsene Peter Lucas noch in Princeton, doch am Tag des Überfalls auf Pearl Harbor beschloss er, ebenfalls in den Krieg zu ziehen. Aber sein Vater verbot es ihm.

Im Februar 1942 setzte sich der junge Mann über das väterliche Verbot hinweg und verließ das College, da ihm die Lust am Studieren vergangen war. Er sah sich nach einer Betätigung um, die ihm wirklich Spaß machte, liebäugelte mit dem Gedanken, Kampfpilot zu werden, und nahm sogar private Flugstunden, bis er feststellte, dass er das Fliegen nicht vertrug.

Im Juni 1942 wurde das OSS ins Leben gerufen. Peter Lucas bewarb sich sofort und wurde angenommen. Er sah sich schon des Nachts mit geschwärztem Gesicht weit hinter den deutschen Linien mit dem Fallschirm abspringen, doch stattdessen ging er auf viele Cocktailpartys. General Donovan wollte aus ihm einen erstklassigen und tüchtigen Adjutanten mit geschliffenen Manieren machen.

Aus nächster Nähe verfolgte er die Vorbereitungen für die Landungen auf Sizilien und in Salerno, an denen OSS-Agenten maßgeblich beteiligt waren, und bat darum, eingesetzt zu werden. Er wurde vertröstet und kam sich vor wie ein Junge, den man in einen Süßwarenladen mitnahm, aber unter einen Glassturz stellte. Er konnte alles sehen, aber nichts anfassen.

Schließlich ging er zum General und stellte ihm ein Ultimatum. »Entweder ich kämpfe unter Ihrem Befehl, oder ich quittiere den Dienst und melde mich zu den Luftlandetruppen.«

»Wild Bill« Donovan ließ sich von niemandem das Messer auf die Brust setzen, aber vielleicht erinnerte ihn der junge Mann daran, wie er selbst vor fünfundzwanzig Jahren gewesen war. »Tun Sie beides«, entgegnete er, »in umgekehrter Reihenfolge.«

Donovans Protektion öffnete ihm alle Türen. Peter Lucas streifte die verhasste Zivilkleidung ab und ging nach Fort Benning, wo er innerhalb von neunzig Tagen ein Wunder vollbrachte und nach einem Schnelldurchlauf zum Leutnant der Luftlandetruppen aufstieg.

Er verpasste die Landung in der Normandie, da er am D-Day noch auf die Fallschirmspringerschule ging. Nach bestandener Prüfung meldete er sich wieder bei General Donovan. »Sie haben es versprochen.«

Peter Lucas bekam seinen Einsatz. In einer kalten Herbstnacht sprang er mit geschwärztem Gesicht hinter den deutschen Linien in den Bergen Norditaliens ab. Dort stieß er auf italienische Partisanen, die an die kommunistische Sache glaubten, und auf britische Spezialkräfte, die, so locker, wie sie sich gaben, anscheinend an gar nichts glaubten.

Innerhalb von zwei Wochen begriff er, dass die »lockere« Tour nur Schau war. Die Jedburgh-Gruppe, der er sich anschloss, hatte einige der erfahrensten Killer des Krieges in ihren Reihen.

Er überlebte den strengen Winter 1944 in den Bergen und blieb bis kurz vor Kriegsende von jeder Verwundung verschont. Im März 1945 stieß er mit fünf Kameraden auf eine Gruppe von SS-Leuten, Nachzügler, die sie gar nicht mehr in der Gegend vermutet hatten und die anscheinend nicht ans Aufgeben dachten. Es kam zu einem Feuergefecht, und zwei Kugeln aus einer Schmeisser-Maschinenpistole trafen ihn am linken Arm und an der linken Schulter.

Sie waren meilenweit von der nächsten Ortschaft entfernt, besaßen keine Schmerzmittel und marschierten eine Woche lang unter Qualen, ehe sie auf eine vorgeschobene britische Einheit trafen. Er wurde notdürftig zusammengeflickt und mit Morphium voll gepumpt, anschließend mit einer Liberator nach London geflogen und in ein Lazarett gebracht, wo ihm eine bessere Behandlung zuteil wurde.

Als er wieder auf dem Damm war, schickte man ihn in ein Genesungsheim an der Küste von Sussex. Sein Zimmergenosse, ein kanadischer Kampfpilot, kurierte Brüche an beiden Beinen aus. Um sich die Zeit zu vertreiben, spielten sie Schach.

Nach seiner Heimkehr stand ihm die Welt offen. Er trat in die Firma seines Vaters an der Wall Street ein, übernahm sie schließlich, wurde ein Finanztycoon und kandidierte mit sechzig für ein politisches Amt. Im April 2001 absolvierte er seine vierte und letzte Amtsperiode als republikanischer Senator des Bundesstaates New Hampshire und hatte gerade die Wahl eines Republikaners zum Präsidenten erleben dürfen.

Als er hörte, wer in der Leitung war, wies er seine Sekretärin an, keine Anrufe mehr durchzustellen.

»Steve. Wie schön, wieder mal von dir zu hören. Wo bist du?«

»Hier in Washington. Peter, ich muss mit dir reden. Es ist wichtig.«

Der Senator spürte, in welcher Stimmung sein Freund war, und schlug einen ernsteren Ton an. »Aber natürlich. Worüber?«

»Beim Lunch. Kannst du das einrichten?«

»Ich sage alle Termine ab. Im Hay Adams. Frag nach meinem üblichen Ecktisch. Dort sind wir ungestört. Ein Uhr.«

Sie trafen sich, als der Senator den Vorraum betrat. Der Kanadier erwartete ihn dort.

»Du hast so ernst geklungen, Steve. Wo drückt der Schuh?«

»Ich komme von einer Beerdigung in Georgetown. Ich habe gerade meinen einzigen Enkel begraben.«

Der Senator starrte ihn ungläubig an. »Mein Gott, alter Freund, das tut mir schrecklich Leid. Ich kann's nicht fassen. War er krank? Oder hatte er einen Unfall?«

»Reden wir am Tisch weiter. Ich muss dir etwas vorlesen.«

Als sie Platz genommen hatten, beantwortete der Kanadier die Frage des Freundes. »Er wurde ermordet. Kaltblütig ermordet. Nicht hier, und nicht erst vor kurzem. Vor fünf Jahren. In Bosnien.«

Er erzählte von 1995, vom Wunsch des Jungen, den bosnischen Flüchtlingen zu helfen; von seiner Odyssee durch die Hauptstädte, die ihn schließlich nach Travnik geführt hatte; von dem Dolmetscher, mit dem er zum Gehöft von dessen Familie fuhr. Dann kam er auf Rajaks Geständnis zu sprechen.

Der Kellner brachte zwei trockene Martini. Der Senator bestellte Räucherlachs, Vollkornbrot und gekühlten Meursault. Edmond nahm das Gleiche.

Der Senator hatte es sich angewöhnt, schnell zu lesen, doch nach der Hälfte des Berichts pfiff er leise durch die Zähne und las langsamer.

Während der Senator noch in die letzten Seiten des Berichts vertieft war, blickte Steve Edmond sich um. Sein Freund hatte eine gute Wahl getroffen. Ein diskreter Tisch direkt hinter dem Flügel, abgeschieden in einer Nische am Fenster, durch das man eine Ecke des Weißen Hauses sehen konnte. Das Lafayette im Hotel Hay Adams war einmalig, und die Atmosphäre erinnerte mehr an ein Landgut des 18. Jahrhunderts als an ein Restaurant mitten in einer betriebsamen Hauptstadt.

Senator Lucas hob den Kopf.

»Ich weiß nicht, was ich sagen soll, Steve. Das ist wahrscheinlich das furchtbarste Dokument, das ich jemals gelesen habe. Was kann ich für dich tun?«

Ein Kellner räumte die Teller ab und brachte zwei Espresso und für jeden ein Glas alten Armagnac. Sie schwiegen, bis der junge Mann gegangen war.

Steve Edmond betrachtete ihrer beider Hände, die auf dem weißen Tischtuch lagen. Altmännerhände, von Adern durchzogen und voller Leberflecken. Hände, die ein Jagdflugzeug vom

Typ Hurricane in einen Verband von Dornier-Bombern gesteuert, die bei Bozen mit einem M-1-Karabiner in eine Taverne
voller SS-Männer gefeuert hatten; Hände, die gekämpft, Frauen
gestreichelt, Kinder gehalten, Schecks unterzeichnet, ein Vermögen erarbeitet, die Politik beeinflusst, die Welt verändert hatten. Früher.

Peter Lucas fing seinen Blick auf und ahnte, was in ihm vor-
ging. »Ja, wir sind alt geworden. Aber noch nicht tot. Was kann
ich für dich tun?«

»Vielleicht können wir eine letzte gute Tat vollbringen. Mein
Enkel war amerikanischer Staatsbürger. Die USA haben das
Recht, die Auslieferung dieses Unmenschen zu verlangen, egal,
wo er steckt. Damit er hier wegen Mordes vor Gericht gestellt
werden kann. Das bedeutet Justizministerium. Und Außenministerium. Sie müssen gemeinsam auf jede Regierung einwirken,
die diesem Schwein Unterschlupf gewährt. Kannst du das in die
Hand nehmen?«

»Mein Freund, wenn diese Washingtoner Regierung dir nicht
Gerechtigkeit verschaffen kann, dann kann es niemand.«

Er erhob das Glas.

»Auf eine letzte gute Tat«

Doch er irrte.

14

Der Vater

Es war nur ein Familienkrach, der eigentlich mit einem Versöhnungskuss hätte enden müssen. Doch er fand zwischen einer temperamentvollen Tochter mit italienischem Blut und einem starrköpfigen Vater statt.

Im Sommer 1991 wurde Amanda Jane Dexter sechzehn und sah hinreißend aus. Die neapolitanischen Gene der Marozzis hatten sie mit einer Figur ausgestattet, die sogar einem Bischof den Seelenfrieden rauben könnte. Und von Dexters blonden angelsächsischen Vorfahren hatte sie das Gesicht der jungen Bardot geerbt. Die Jungen aus der Gegend liefen ihr in Scharen hinterher, und ihr Vater musste sich damit abfinden. Aber diesen Emilio mochte er nicht.

Er hatte nichts gegen Latinos, aber Emilio besaß etwas Verschlagenes und Oberflächliches, ja Gemeines und Brutales, auch wenn er wie ein Filmstar aussah. Doch Amanda Jane war bis über beide Ohren in ihn verknallt.

Zu dem Streit kam es in den großen Sommerferien. Emilio wollte mit ihr ans Meer fahren. Er tischte eine hübsche Geschichte auf, erzählte, es seien noch andere junge Leute und auch erwachsene Aufsichtspersonen da. Er schwärmte von den Beachsportarten und der gesunden Atlantikluft. Das klang gut, normal und harmlos. Doch als Cal Dexter dem jungen Mann in die Augen sah, wich er seinem Blick aus. Sein Gefühl sagte ihm, dass da etwas nicht stimmte. Er verweigerte seine Erlaubnis.

Eine Woche später brannte Amanda Jane durch und hinterließ eine Nachricht. Sie sollten sich keine Sorgen machen, schrieb sie, es werde schon alles in Ordnung kommen, aber sie sei jetzt eine Frau und lasse sich nicht mehr wie ein Kind behandeln.

Sie kehre nie mehr zurück.

Die Schulferien gingen zu Ende, und sie tauchte noch immer nicht auf. Zu spät hörte die Mutter auf ihren Mann. Sie wussten nicht, wo die Strandparty stattgefunden hatte, auch nicht, wer dieser Emilio eigentlich war. Sie kannten weder seine Familie noch sein richtiges Zuhause. Die Adresse in der Bronx, die er ihnen genannt hatte, entpuppte sich als Pension. Sein Auto war in Virginia zugelassen, doch als Dexter in Richmond nachfragte, erfuhr er, dass der Wagen im Juli gekauft und bar bezahlt worden war. Selbst sein Nachname, Gonzalez, war ein Allerweltsname wie Smith.

Cal Dexter nutzte seine Kontakte und wandte sich Hilfe suchend an einen Sergeant von der Vermisstenstelle der New Yorker Polizei. Der Beamte war verständnisvoll, hatte aber wenig Hoffnung. »Mit sechzehn ist man heutzutage erwachsen, Mr. Dexter. Sie schlafen miteinander, fahren zusammen in Urlaub, gründen einen Hausstand ...«

Solange kein hinreichender Verdacht auf Nötigung, Freiheitsberaubung, gewaltsames Fernhalten vom Elternhaus, Drogenmissbrauch oder Ähnliches vorliege, könne die Polizei keine Fahndung einleiten.

Dexter musste zugeben, dass er nur eine einzige telefonische Nachricht erhalten hatte. Amanda Jane hatte bewusst zu einer Zeit angerufen, als er in der Arbeit, ihre Mutter außer Haus und nur der Anrufbeantworter eingeschaltet war.

Es gehe ihr gut, sie sei sehr glücklich, und sie sollten sich keine Sorgen machen. Sie lebe jetzt ihr eigenes Leben und genieße es. Sie lasse wieder von sich hören, wenn ihr danach sei.

Cal Dexter verfolgte den Anruf zurück. Sie hatte ein Handy benutzt, eines von der Sorte, die mit einer gekauften SIM-Karte funktionierten und deren Besitzer daher nicht zu ermitteln waren. Er spielte dem Sergeant das Band vor, doch der zuckte nur mit den Schultern. Wie alle Vermisstenstellen der Polizei in den Vereinigten Staaten war auch seine überlastet. Und hier lag kein Notfall vor.

Weihnachten kam, doch es war trostlos. Seit sechzehn Jahren das erste Fest im Haus der Dexters ohne ihr Kind.

Ein Jogger fand morgens die Leiche. Er hieß Hugh Lamport und leitete eine kleine IT-Beraterfirma. Er war ein unbescholtener Bürger, der sich fit zu halten versuchte und jeden Morgen, wenn irgend möglich, zwischen sechs Uhr dreißig und sieben Uhr drei Meilen lief, auch an einem so kalten und unfreundlichen Morgen wie dem 18. Februar 1992.

Er lief auf dem Grünstreifen der Indian River Road in seinem Wohnort Virginia Beach, weil Gras gelenkschonender war als Asphalt oder Beton. Doch als er an die Brücke kam, die über den kleinen Abzugskanal führte, musste er sich zwischen der Brücke und einem Sprung über den Graben entscheiden. Er sprang.

Im Sprung bemerkte er etwas Helles unter sich. Nach der Landung drehte er sich um und spähte in den Graben. Sie lag in der seltsam verrenkten Haltung von Toten da, halb im, halb aus dem Wasser.

Lamport sah sich verzweifelt um. Vierhundert Meter entfernt entdeckte er ein schwaches Licht zwischen den Bäumen. Noch ein Frühaufsteher, der sich gerade den Morgenkaffee aufbrühte. Nicht mehr joggend, sondern sprintend erreichte er die Tür des Hauses und hämmerte dagegen. Ein Mann spähte aus dem Fenster, lauschte seiner gebrüllten Erklärung und ließ ihn ein.

Die Leiterin des Nachtdienstes in der Telefonzentrale im Untergeschoss des Polizeipräsidiums von Virginia City an der Princess Anne Road nahm den Notruf entgegen. Sie forderte dringend einen Streifenwagen an. Es meldete sich der Wagen vom ersten Revier, der eine Meile von dem Graben entfernt

160

stand. Er erreichte in einer Minute die Stelle, an der ein Mann im Jogginganzug und ein anderer im Morgenmantel warteten.

Zwei Minuten später hatten die beiden Streifenbeamten die Mordkommission verständigt und die Spurensicherung angefordert. Der Hausbesitzer brachte Kaffee, den alle dankbar annahmen.

Dieser Teil von Ost-Virginia ist ein Ballungsraum, der aus den sechs Städten Norfolk, Portsmouth, Hampton (mit Newport News), James City, Chesapeake und Virginia Beach besteht und sich meilenweit an den beiden Ufern von James River und Hampton-Roads-Kanal hinzieht. Das Gebiet ist übersät von Stützpunkten der Kriegsmarine und Luftwaffe, denn von hier aus führen die Straßen hinaus zur Chesapeake Bay und von dort zum Atlantik.

Von den sechs Städten ist Virginia Beach mit einer Fläche von dreihundertzehn Quadratmeilen und vierhundertdreißigtausend der insgesamt eins Komma fünf Millionen Einwohner bei weitem die größte.

Sie besitzt vier Polizeireviere. Das zweite, dritte und vierte sind für die Gebiete mit der größten Wohndichte zuständig, das erste kümmert sich um den überwiegend ländlichen Bezirk. Dieser hat eine Fläche von hundertfünfundneunzig Quadratmeilen, grenzt an North Carolina und wird von der Indian River Road zweigeteilt.

Spurensicherung und Mordkommission trafen etwa dreißig Minuten später fast gleichzeitig ein. Der Gerichtsmediziner fünf Minuten danach. Der Tag brach an, und Nieselregen setzte ein.

Lamport wurde nach Hause gefahren und machte eine umfassende Aussage. Auch der andere Frühaufsteher gab seine Aussage zu Protokoll, konnte aber nur berichten, dass er während der Nacht weder etwas gehört noch gesehen hatte.

Der Gerichtsmediziner stellte den Tod des Opfers fest. Es handelte sich um eine junge Weiße, die mit ziemlicher Sicherheit nicht am Fundort zu Tode gekommen war. Er vermutete, dass man die Leiche mit dem Auto hergebracht und in den Graben geworfen hatte. Er wies die wartende Ambulanz an, die Tote ins staatliche Leichenschauhaus nach Norfolk zu bringen, eine Einrichtung, deren Dienste alle sechs Städte in Anspruch nahmen.

Die Detectives von der Mordkommission kamen zu dem Schluss, dass der IQ der Täter sich offenbar auf einem ähnlich niedrigen Niveau bewegte wie ihre Moral, denn sie hätten nur drei Meilen weiter fahren müssen, um in das Sumpfgebiet auf der Landzunge Back Bay zu gelangen. Dort wäre eine mit Ballast beschwerte Leiche für immer verschwunden. Doch sie hatten anscheinend die Geduld verloren und ihre schaurige Fracht an einer Stelle abgeladen, wo man sie rasch finden musste. Die Folge war eine Großfahndung.

In Norfolk wurde unterdessen eine Autopsie vorbereitet, die über Ursache, Zeitpunkt und, wenn möglich, Ort des Todes Aufschluss geben sollte. Außerdem bemühte man sich, die Tote zu identifizieren.

Die Leiche selbst lieferte keinen Hinweis auf ihre Identität. Knappe, aber keineswegs aufreizende Unterwäsche, ein ziemlich abgetragenes, hautenges Kleid. Kein Medaillon, kein Armband, kein Tattoo, keine Handtasche.

Das Gesicht wies Verletzungen und Prellungen auf, wie sie nach heftigen Schlägen auftraten. Bevor der Gerichtsmediziner an die Arbeit ging, wurde es, so gut es ging, in seinen alten Zustand versetzt, geschminkt und fotografiert. Das Foto ging an die Sittendezernate in allen sechs Städten, denn die Kleidung der Toten ließ vermuten, dass sie im »Nachtleben« tätig gewesen sein könnte.

Die anderen beiden Körpermerkmale, die man für eine Identifizierung benötigte, waren Fingerabdrücke und Blutgruppe. Danach ging der Pathologe ans Werk. Von den Fingerabdrücken versprach man sich am meisten.

Die sechs Städte meldeten diesbezüglich jedoch Fehlanzeige. Darauf wurden sie in die Hauptstadt Richmond geschickt, wo

Fingerabdrücke aus ganz Virginia gespeichert waren. Tage verstrichen. Dann traf der Befund ein. Negativ. Die nächsthöhere Ebene war das FBI. Die Bundespolizei ist für die gesamten USA zuständig und arbeitet mit dem internationalen Identifizierungssystem IAFIS, einer digitalen Fingerabdruckdatenbank.

Der Bericht des Pathologen verursachte selbst abgebrühten Beamten der Mordkommission Übelkeit. Das Mädchen war vermutlich nicht älter als achtzehn, eher jünger, und außergewöhnlich hübsch.

Die extreme Erweiterung von Vagina und After deutete darauf hin, dass sie wiederholt mit Instrumenten penetriert worden war, die weit größer waren als ein normales männliches Glied. Die Schläge, die ihren Tod herbeigeführt hatten, waren nicht die ersten gewesen. Sie musste schon zuvor misshandelt worden sein. Hinzu kam Heroinmissbrauch, wahrscheinlich bereits seit über sechs Monaten.

Sowohl die Norfolker Mordkommission als auch die Sitte tippten in ihren Berichten auf eine »Prostituierte«. Beiden war bekannt, dass Zwangsprostitution und Drogensucht häufig Hand in Hand gingen, da der Zuhälter die einzige Bezugsquelle für den Stoff war.

Mädchen, die in die Fänge einer solchen Bande geraten waren und zu fliehen versuchten, wurden hart bestraft. Solche »Lektionen« konnten etwa darin bestehen, dass man sie zur Vorführung gewalttätiger Perversitäten und sodomitischer Praktiken zwang. Es gab Menschen, die bereit waren, für so etwas zu bezahlen.

Nach der Autopsie wurde der Leichnam in den Kühlraum gebracht, und die Suche nach der Identität der Toten ging weiter. Noch war sie ein unbekanntes Mordopfer. Dann glaubte ein Beamter vom Sittendezernat in Portsmouth, in der Toten auf dem Foto eine Hure wiederzuerkennen, die unter dem Namen Lorraine gearbeitet hatte.

Nachforschungen ergaben, dass »Lorraine« seit Wochen

nicht mehr gesehen worden war. Davor hatte sie für eine berüchtigte Latino-Gang angeschafft, die, um Nachwuchs zu rekrutieren, gut aussehende Bandenmitglieder in die Städte im Norden schickte, wo sie Mädchen aufgabelten und mit Heiratsversprechen, Einladungen zu einem schönen Urlaub und anderen attraktiven Angeboten in den Süden lockten.

Die Sitte in Portsmouth ermittelte gegen die Bande, jedoch ohne Erfolg. Die Zuhälter bestritten, Lorraines richtigen Namen zu kennen. Sie sei schon als Professionelle hergekommen und aus eigenen Stücken wieder an die Westküste zurückgekehrt. Das Foto war einfach nicht deutlich genug, um das Gegenteil zu beweisen.

Dieser Nachweis gelang in Washington. Anhand der Fingerabdrücke hatte man die Tote zweifelsfrei identifiziert. Amanda Jane Dexter war bei dem Versuch, die Detektive eines Supermarkts zu überlisten und einen Artikel zu stehlen, erwischt worden. Die Überwachungskamera hatte sie überführt. Da fünf Mitschüler ihre Geschichte bestätigten, ließ das Jugendgericht es bei einer Verwarnung bewenden. Doch die New Yorker Polizei hatte sie erkennungsdienstlich registriert, ihre Fingerabdrücke nach Washington geschickt und in der Datenbank des IAFIS speichern lassen.

»Vielleicht«, knurrte Sergeant Austin vom Sittendezernat in Portsmouth, als er die Neuigkeit erfuhr, »bekomme ich jetzt endlich eine Chance, mir diese Schweine zu schnappen.«

Es war ein weiterer scheußlicher Wintermorgen, als das Telefon in der Bronx klingelte, aber vielleicht war er gerade recht, um einen Vater zu bitten, dreihundert Meilen zu fahren, um die Leiche seines einzigen Kindes zu identifizieren.

Cal Dexter saß auf der Bettkante. Lieber wäre er in den Tunneln von Cu Chi krepiert, als diesen Schmerz ertragen zu müssen. Schließlich sprach er mit Angela und hielt sie im Arm, während sie herzzerreißend schluchzte. Dann rief er seine Schwiegermutter an, die sofort herüberkam.

Da er nicht auf den nächsten Flug vom La Guardia zum Norfolk International warten wollte, nahm er den Wagen und fuhr los. Aus New York hinaus, über die Brücke nach Newark, durch das Land, das er aus der Zeit, als er von Baustelle zu Baustelle zog, noch gut kannte. Er ließ New Jersey hinter sich, fuhr quer durch Pennsylvania und Delaware, dann nach Süden, an Baltimore und Washington vorbei, bis er die hinterste Ecke Virginias erreichte.

Im Leichenschauhaus von Norfolk starrte er in das einst so schöne und geliebte Gesicht und nickte dem Detective von der Mordkommission wortlos zu. Bei einer Tasse Kaffee erfuhr er die wichtigsten Fakten. Sie sei von einer oder mehreren unbekannten Personen misshandelt worden und an schweren inneren Blutungen gestorben. Die Täter hätten die Leiche vermutlich im Kofferraum eines Wagens in den ländlichsten Teil des ersten Polizeibezirks von Virginia City transportiert und dort ausgeladen. Die Ermittlungen gingen gut voran. Aber Dexter wusste, dass das nur die halbe Wahrheit war.

Er machte eine ausführliche Aussage, erzählte von »Emilio«, doch die Detectives reagierten darauf nicht. Er bat um den Leichnam seiner Tochter. Die Polizei hatte keine Einwände, doch die Entscheidung lag beim Coroner. Und das dauerte. Formalitäten. Der Amtsweg. Er brachte sein Auto nach New York zurück, kam wieder und wartete. Schließlich begleitete er den Leichnam seiner Tochter im Leichenwagen nach Hause in die Bronx.

Der Sarg war geschlossen. Er wollte seiner Frau und den anderen Marozzis den Anblick ersparen. Die Beerdigung fand vor Ort statt. Amanda Jane wurde drei Tage vor ihrem siebzehnten Geburtstag begraben. Eine Woche später kehrte ihr Vater nach Virginia zurück.

Sergeant Austin saß in seinem Büro im Polizeipräsidium in der Crawford Street Nr. 711, als der Diensthabende anrief und ihm mitteilte, dass ein Mr. Dexter ihn zu sprechen wünsche. Der

Name sagte ihm nichts. Er brachte ihn nicht mit der toten Hure Lorraine in Verbindung, deren malträtiertes Gesicht er auf einem Foto erkannt zu haben glaubte.

Er fragte nach Mr. Dexters Anliegen und erfuhr, dass der Besucher eine Aussage zu den laufenden Ermittlungen machen wolle. Er wurde vorgelassen.

Portsmouth ist die älteste der sechs Städte. Lange vor der Revolution von den Briten gegründet, kauert sie heute am Südwestufer des Elizabeth River. Ihre gedrungenen Backsteinhäuser blicken über das Wasser auf die modernen, funkelnden Hochhäuser von Norfolk. Doch hierher kommen viele Militärangehörige, wenn sie sich abends vergnügen wollen. Sergeant Austins Sittendezernat diente nicht zur Dekoration.

Im Vergleich zu der muskulösen, massigen Gestalt des ehemaligen Football-Verteidigers und jetzigen Polizisten machte der Besucher äußerlich nicht viel her. Er blieb einfach vor dem Schreibtisch stehen und sagte: »Erinnern Sie sich an das Mädchen von vor vier Wochen? Eine Bande hat sie heroinsüchtig gemacht und zur Prostitution gezwungen, vergewaltigt und totgeprügelt. Ich bin ihr Vater.«

Beim Sergeant schrillten die Alarmglocken. Er war aufgestanden und hatte die Hand ausgestreckt. Jetzt zog er sie zurück. Aufgebrachte, rachsüchtige Bürger hatten sein vollstes Verständnis, aber mehr durften sie nicht erwarten. Sie waren jedem Polizisten, der seine Arbeit tat, ein Gräuel und konnten gefährlich werden.

»Das tut mir Leid, Sir. Ich kann Ihnen versichern, dass wir alles tun...«

»Keine Sorge, Sergeant. Ich möchte nur eine Auskunft. Dann lasse ich Sie in Ruhe.«

»Mr. Dexter, ich kann mir vorstellen, wie Ihnen zumute ist, aber ich bin nicht befugt...«

Der Besucher hatte die rechte Hand in die Jackentasche geschoben und zog etwas hervor. Hatte das Wachpersonal am Eingang geschlafen? Besaß der Mann eine Waffe? Seine eigene lag bedauerlicherweise drei Meter entfernt in einer Schublade.

»Was tun Sie denn da, Sir?«

»Ich lege nur etwas Blech auf Ihren Schreibtisch, Sergeant Austin.«

Auch Sergeant Austin hatte Militärdienst geleistet, war aber nie aus den Staaten herausgekommen.

Ungläubig starrte er auf zwei Silver Stars, drei Bronze Stars, die Verdienstmedaille der Army und vier Verwundetenabzeichen. So etwas hatte er noch nie gesehen.

»Vor langer Zeit und in einer anderen Welt habe ich mit meinem Blut das Recht erworben zu erfahren, wer mein Kind umgebracht hat. Sie schulden mir diesen Namen, Mr. Austin.«

Der Polizist trat ans Fenster und blickte nach Norfolk hinüber. Das war gegen die Vorschriften, gegen alle Vorschriften. Es konnte ihn den Job kosten.

»Madero. Benyamin ›Benny‹ Madero. Der Chef einer Latino-Gang im Milieu. Skrupellos und äußerst gewalttätig. Ich weiß, dass er es getan hat, aber ich habe nicht genug gegen ihn in der Hand.«

»Haben Sie vielen Dank«, sagte der Mann hinter ihm und sammelte sein Blech wieder ein.

»Falls Sie sich mit dem Gedanken tragen, ihm einen privaten Besuch abzustatten… Sie kommen zu spät. Er ist in seine Heimat Panama zurückgekehrt.«

Eine Hand stieß die Tür zu dem kleinen Laden für fernöstliche Kunst an der Ecke Madison Avenue und 22. Straße in Manhattan auf. Über dem Eingang bimmelte ein Glöckchen.

Der Blick des Besuchers wanderte über die Regale, die mit Kunstgegenständen aus Jade, Stein und Porzellan, Elfenbein und Keramik, mit Elefanten und Halbgöttern, Holztafeln, Wandbehängen, Pergamentrollen und unzähligen Buddhas voll gestopft waren. Aus dem Hintergrund des Ladens tauchte eine Gestalt auf.

»Ich muss jemand anderer werden«, sagte Calvin Dexter.

Es war vierzehn Jahre her, dass er dem einstigen Vietcong-Dschungelkämpfer und seiner Frau ein neues Leben geschenkt hatte. Der Vietnamese zögerte keine Sekunde und verneigte sich.

»Selbstverständlich«, entgegnete er. »Wenn Sie mir bitte folgen würden.«

Man schrieb den 15. März 1992.

15

Die Abrechnung

Kurz vor Tagesanbruch löste sich im Ferienort Golfito das schnelle Fischerboot *Chiquita* vom Pier und glitt durch die Hafeneinfahrt in Richtung offenes Meer.

Am Ruder stand der Eigner und Skipper Pedro Arias. Wenn er wegen seiner amerikanischen Charterkunden Bedenken gehabt haben sollte, so behielt er sie für sich.

Der Mann war am Vortag auf einem Motocross-Motorrad mit costa-ricanischer Nummer aufgetaucht. Er hatte die Maschine weiter oben am Panamerican Highway in Palmar Norte gekauft, wo er, aus San José kommend, nach einem Inlandflug landete. Sie war gebraucht, aber in einem tadellosen Zustand.

Der Mann war über den Pier geschlendert und hatte die verschiedenen Sportfischerboote, die hier vor Anker lagen, in Augenschein genommen, ehe er seine Wahl traf und ihn ansprach. Mit dem Rucksack über der Schulter sah der Mann, der sein Motorrad in der Nähe an einen Laternenpfahl gekettet hatte, wie ein in die Jahre gekommener Rucksacktourist aus. Nur passte das Bündel Dollarscheine, das er auf den Kabinentisch gelegt hatte, überhaupt nicht zu ihm. Mit so viel Geld konnte man eine Menge Fische fangen.

Aber der Mann wollte gar nicht fischen, weshalb die Angelruten in den Halterungen an der Kabinendecke blieben, als die *Chiquita* von der Landspitze Punta Voladera ablegte und auf den Golfo Dulce zusteuerte. Arias drehte ihren Bug genau nach Süden und nahm Kurs auf die eine Stunde entfernte Punta Banco.

Was der Gringo tatsächlich vorhatte, verrieten die beiden Plastikkanister mit Zusatzsprit, die achtern auf dem Angeldeck festgezurrt waren. Er wollte die costa-ricanischen Gewässer verlassen und um die Landzunge Punta Burica herum nach Panama.

Seine Erklärung, dass seine Familie in Panama City Ferien mache und er bei einer Überlandfahrt »das ländliche Panama kennen lernen« wolle, hielt in den Augen des Skippers einer genaueren Überprüfung ebenso wenig stand wie der Frühdunst der aufgehenden Sonne.

Doch wenn ein Gringo unter Umgehung gewisser Grenzformalitäten beabsichtigte, von einem einsamen Strand aus mit dem Motorrad nach Panama einzureisen, so drückte Señor Arias gern ein Auge zu, auch und gerade weil es das Nachbarland Panama betraf.

Zur Frühstückszeit lief die *Chiquita*, eine zehn Meter lange Bertram Moppie, mit zwölf Knoten durch eine ruhige See, passierte die Punta Banco und gelangte in die Dünung des Pazifiks. Arias änderte den Kurs um vierzig Grad backbord und schipperte an der Küste entlang in Richtung Isla Burica und nicht markierte Grenze, die zwei Stunden entfernt lagen.

Gegen zehn Uhr tauchte der Leuchtturm der Isla Burica wie ein Zeigefinger über dem Horizont auf. Eine halbe Stunde später bogen sie um die Ecke und steuerten zurück nach Nordosten.

Mit einer ausladenden Handbewegung deutete Pedro Arias auf das Land zu ihrer Linken, die Ostküste der Halbinsel Burica.

»Das alles gehört zu Panama«, erklärte er. Der Amerikaner nickte dankend und studierte die Karte. Er tippte mit dem Zeigefinger auf einen Punkt.

»*Por aqui.*«

In dem Küstenstrich, auf den er zeigte, gab es weder Städte noch Ferienorte, nur einsame leere Strände und ein paar Pfade, die landeinwärts in den Dschungel führten. Der Skipper nickte, änderte den Kurs und querte die Bucht von Charco Azul in einer schnurgeraden Linie. Vierzig Kilometer, eine Fahrt von gut zwei Stunden.

Gegen ein Uhr erreichten sie ihr Ziel. Die wenigen Fischerboote, denen sie in der weiten Bucht begegnet waren, hatten ihnen keine Beachtung geschenkt.

Auf Wunsch des Amerikaners fuhren sie in einem Abstand von hundert Metern an der Küste entlang. Kurz darauf entdeckten sie östlich von Chiriqui Viejo einen Sandstrand mit zwei Strohhütten. Einheimische Fischer benutzten solche Hütten zum Übernachten, folglich musste es dort einen Pfad geben, der ins Landesinnere führte, mit dem Auto nicht befahrbar, nicht einmal mit einem Offroader, wohl aber mit einem geländegängigen Motorrad.

Ächzend wuchteten sie die Maschine ins seichte Wasser. Und als auch der Rucksack auf dem Strand lag, trennten sie sich. Eine Hälfte in Golfito, die andere bei der Ankunft in Panama. Der Gringo bezahlte den Rest.

Ein merkwürdiger Kerl, dachte Arias, aber wenn man vier hungrige Mäuler zu stopfen hatte, waren seine Dollars so gut wie die von jedem anderen. Er setzte die *Chiquita* zurück und tuckerte auf die See hinaus. Eine Meile vor der Küste kippte er den Inhalt der beiden Kanister in den Tank und fuhr mit voller Kraft voraus Richtung Landzunge, dem Heimathafen entgegen.

Am Strand nahm Cal Dexter einen Schraubenzieher, montierte das costa-ricanische Nummernschild ab und schleuderte es weit hinaus ins Wasser. Dann zog er ein Nummerschild, wie es hierzulande für Motorräder üblich war, aus dem Rucksack und schraubte es an.

Seine Papiere waren perfekt. Dank Mrs. Nguyen besaß er einen amerikanischen Pass, der nicht auf den Namen Dexter lautete und scheinbar vor wenigen Tagen auf dem Flughafen Panama City mit einem Einreisestempel versehen worden war, und einen entsprechenden Führerschein.

Mit seinem holprigen Spanisch, das er sich in den New Yorker Gerichten und Untersuchungsgefängnissen angeeignet hatte, wo zwanzig Prozent seiner Mandanten Latinos waren, konnte er sich nicht als Panamaer ausgeben. Aber als amerikanischer Tourist durfte er ohne weiteres ins Hinterland fahren, um sich einen Ort zum Sportfischen auszusuchen.

Im Dezember 1989, also vor etwas mehr als zwei Jahren, hatten die USA Teile von Panama in Schutt und Asche gelegt und den Diktator Noriega gefangen genommen. Dexter ging davon aus, dass die Mehrheit der hiesigen Polizisten die Botschaft verstanden und im Gedächtnis behalten hatte.

Der schmale Trampelpfad, der vom Strand in den dichten Regenwald führte, verbreiterte sich zehn Meilen landeinwärts zu einem Weg und schließlich zu einer unbefestigten, von vereinzelten Höfen gesäumten Straße. Er wusste, dass er früher oder später auf den Panamerican Highway gelangen musste, der, eine technische Großtat, Alaska mit der Südspitze Patagoniens verbindet.

In David City tankte er, kehrte auf den Panamerican Highway zurück und machte sich auf die fünfhundert Kilometer lange Fahrt in die Hauptstadt. Es wurde dunkel. Er aß in einem Fernfahrerlokal, tankte abermals und fuhr weiter. Schließlich überquerte er die Mautbrücke nach Panama-Stadt, bezahlte in Pesos und erreichte bei Sonnenaufgang den Vorort Balboa. Dort suchte er sich eine Parkbank, kettete die Maschine an und schlief drei Stunden.

Den Nachmittag nutzte er für eine ausgiebige Erkundung. Mithilfe des Stadtplans, den er sich in New York besorgt hatte, verschaffte er sich einen Überblick über die Stadt und den berüchtigten Slum Chorillo, in dem Noriega und Madero, nur wenige Straßenzüge voneinander entfernt, aufgewachsen waren.

Aber erfolgreiches Pack bevorzugte das vornehme Leben, und nach seinen Informationen lagen Maderos Stammlokale, deren Mitinhaber er war, beide im exklusiven Paitilla, abseits der Altstadtslums auf der anderen Seite der Bucht.

Es war zwei Uhr morgens, als der Heimkehrer von der Bar-Diskothek Papagayo genug hatte und nach Hause wollte. Die unauffällige schwarze Tür mit dem diskreten Messingschild, Gitter und Guckloch schwang auf, und zwei Männer traten heraus, kräftig gebaute Leibwächter, die Gorillas des Gangsters.

Der eine stieg vom Gehweg aus in die Lincoln-Limousine und ließ den Motor an. Der andere suchte mit den Augen die Straße ab. Der Penner, der neben ihm auf der Bordsteinkante hockte, die Füße im Rinnstein, drehte sich um und entblößte grinsend seine faulig braunen Zahnstumpen. Fettige graue Locken fielen ihm auf die Schultern, ein stinkender Regenmantel umhüllte seinen Körper.

Langsam steckte er die rechte Hand in eine braune Papiertüte, die er vor der Brust hielt. Der Gorilla schob die Hand in seine linke Achselbeuge und straffte sich. Der Penner zog langsam die Hand aus der Tüte. Sie unklammerte eine Flasche mit billigem Rum. Er nahm einen kräftigen Schluck und hielt sie in der Spendierlaune des Volltrunkenen dem anderen hin.

Der Gorilla räusperte sich und spuckte auf die Fahrbahn, zog die leere Hand unter dem Jackett hervor, entspannte sich und sah weg. Bis auf den Säufer war die Straße leer, die Luft rein. Er klopfte an die schwarze Tür.

Emilio, der Mann, der Dexters Tochter den Kopf verdreht hatte, trat als Erster heraus, gefolgt von seinem Boss. Dexter wartete, bis die Tür zugefallen und das Schloss eingeschnappt war, dann stand er auf.

Als er die Hand das zweite Mal aus der Papiertüte zog, hielt sie einen Revolver der Marke Magnum Smith and Wesson, Kaliber .44, mit verkürztem Lauf.

Der Gorilla, der gespuckt hatte, erfuhr nie, was ihn traf. Das Geschoss zerfiel nach Verlassen des Laufs in vier Projektile, die aus drei Metern Entfernung in seinen Oberkörper drangen und eine Verwüstung anrichteten.

Der überaus attraktive Emilio öffnete den Mund zum Schrei,

als ihn der zweite Schuss gleichzeitig in Gesicht und Hals, eine Schulter und eine Lunge traf.

Der zweite Gorilla hatte sich halb aus dem Wagen gedreht, als er nach einer unerwarteten Begegnung mit vier wirbelnden, rotierenden Metallsplittern, die sich in die dem Schützen dargebotene Seite seines Körpers bohrten, vor seinen Schöpfer trat.

Benyamin Madero war zur schwarzen Tür zurückgeeilt und schrie um Einlass, als die Schüsse vier und fünf fielen. Ein tollkühner Zeitgenosse hatte die Tür von innen einen Spalt geöffnet. Ein Splitter flog in sein onduliertes Haar, und die Tür schnappte wieder zu.

Madero glitt an dem Hochglanzpaneel zu Boden, und sein durchtränktes Hemd hinterließ lange rote Schmierstreifen auf dem Holz.

Ohne Anzeichen von Panik oder besondere Eile trat der Penner zu ihm, drehte ihn auf den Rücken und sah ihm ins Gesicht. Er lebte noch, lag aber in den letzten Zügen.

»Amanda Jane, *mi hija*«, sagte der Bewaffnete und gab einen sechsten Schuss ab, der ihm die Eingeweide zerfetzte.

Die letzten neunzig Sekunden in Maderos Leben waren alles andere als ein Vergnügen.

Eine Frau, die im Haus gegenüber wohnte, sagte später der Polizei, sie habe von ihrem Fenster aus gesehen, wie der Penner um die Ecke gerannt sei, und gleich darauf habe sie das Geknatter eines Motorrollers gehört. Das war alles.

Noch bevor es hell wurde, lehnte die Motocross-Maschine zwei Stadtbezirke weiter an einer Mauer. Sie war nicht angekettet, und der Zündschlüssel steckte. Es würde nicht länger als eine Stunde dauern, bis sie einen neuen Besitzer fände.

Die Perücke, die falschen Zähne und der Regenmantel steckten, zu einem Bündel verschnürt, in der Abfalltonne eines öffentlichen Parks. Der Rucksack lag, von den restlichen Kleidern befreit, zusammengelegt im Müllcontainer einer Baufirma.

Um sieben winkte ein amerikanischer Manager in Slippern,

Baumwollhosen, Polohemd und leichtem Sportjackett, in der Hand eine weiche Reisetasche von Abercrombie and Fitch, vor dem Hotel Miramar einem Taxi und gab den Flughafen als Fahrziel an. Drei Stunden später saß derselbe Amerikaner in der Klubklasse einer Linienmaschine von Continental Airlines, die in Richtung Newark, New Jersey, startete.

Und der Revolver, der für den Nahkampf umgebaute Smith and Wesson, dessen Geschosse in vier tödliche Projektile zerfielen, lag in einem Gully irgendwo in der Stadt, die jetzt unter der Tragfläche verschwand.

Im Tunnelsystem von Cu Chi mochte sein Einsatz verboten gewesen sein, doch zwanzig Jahre später hatte er in den Straßen von Panama gute Dienste geleistet.

Dexter spürte sofort, dass etwas nicht stimmte, als er den Schlüssel in seine Wohnungstür in der Bronx steckte. Er öffnete und blickte in das Gesicht seiner Schwiegermutter, Mrs. Marozzi, das tränenüberströmt war.

Zu dem Schmerz waren die Schuldgefühle hinzugekommen. Angela Dexter hatte Emilio als Verehrer ihrer Tochter akzeptiert und ihre Erlaubnis zu den »Ferien« am Meer gegeben. Als ihr Mann erklärt hatte, dass er für eine Woche verreisen müsse, um eine unerledigte Sache zu regeln, hatte sie angenommen, er spreche von einer Rechtssache.

Er hätte nicht fliegen dürfen. Er hätte mit ihr sprechen sollen. Er hätte gemerkt, was sie plante. Angela Dexter hatte das Haus ihrer Eltern, in dem sie seit dem Begräbnis ihrer Tochter wohnte, verlassen, war mit einem großen Vorrat Schlaftabletten in ihre Wohnung zurückgekehrt und hatte sich das Leben genommen.

Der ehemalige Bauarbeiter, Soldat, Student und Vater fiel in eine tiefe Depression. Schließlich gelangte er zu zwei Erkenntnissen. Die erste war, dass er als Armenanwalt, der zwischen Gericht und Untersuchungsgefängnis hin- und herhetzte, keine Zukunft mehr hatte. Er reichte seine Kündigung ein, verkaufte seine Wohnung, nahm Abschied von der Familie Marozzi, die immer gut zu ihm gewesen war, und kehrte nach New Jersey zurück.

Er fand Pennington, eine beschauliche Kleinstadt im Grünen, aber ohne eigenen Anwalt. Er mietete ein kleines Ein-Mann-Büro und hängte sein Firmenschild auf. Dann kaufte er sich ein Holzhaus am Chesapeake Drive und tauschte sein Stadtauto gegen einen Pick-up. Und er begann, für die mörderische Disziplin Triathlon zu trainieren, um den Schmerz zu betäuben.

Seine zweite Erkenntnis war, dass Madero einen zu leichten Tod gehabt hatte. Er hätte vor ein US-Gericht gehört, um zu lebenslanger Haft verurteilt zu werden. Das wäre eine gerechte Strafe gewesen. Jeden Morgen aufwachen, nie den Himmel sehen und wissen, dass er bis zum Ende seiner Tage dafür büßen musste, was er einem unschuldigen Mädchen angetan hatte.

Calvin Dexter wusste, dass er bei der US-Army und während der zwei Jahre in der stinkenden Hölle unter dem Dschungelboden von Cu Chi Fertigkeiten erworben hatte, die ihn zu einer Gefahr für andere machten. Er arbeitete lautlos, geduldig, nahezu unsichtbar wie ein Jäger, beharrlich wie ein Spürhund.

Aus der Zeitung erfuhr er von einem Mann, der seine Tochter durch einen Mörder verloren hatte, der außer Landes geflohen war. Er nahm heimlich Kontakt auf, ließ sich nähere Informationen geben, reiste über die Grenzen seines Vaterlands und brachte den Mörder zurück. Dann tauchte er unter und wurde wieder der freundliche, harmlose Anwalt aus Pennington in New Jersey.

Dreimal in sieben Jahren hängte er das Schild »Bin im Urlaub« an seine Bürotür in Pennington und machte sich auf den Weg, um einen Mörder aufzuspüren und zurückzuholen, damit er vor ein »ordentliches Gericht« gestellt werden konnte. Dreimal verständigte er die Bundesmarshals und schlüpfte anschließend wieder zurück in die Anonymität.

Doch immer wenn die Zeitschrift *Vintage Airplane* auf seiner

Fußmatte landete, sah er die Kleinanzeigen durch, denn nur auf diesem Weg konnten die sehr wenigen, die von seiner Existenz wussten, Kontakt zu ihm aufnehmen.

So auch an jenem sonnigen Morgen des 13. Mai 2001. Die Anzeige lautete: »AVENGER gesucht. Seriöses Angebot. Keine Preisgrenze. Bitte um Anruf.«

16

Die Akte

Senator Peter Lucas war ein alter Hase auf dem Kapitolshügel. Er wusste, dass er sich mit der Akte über Ricky Colenso und dem Geständnis Milan Rajaks gleich an die höchsten Stellen wenden musste, wenn er die Gewähr haben wollte, dass in der Sache offizielle Schritte eingeleitet wurden.

Ressort- oder Abteilungsleiter einzuschalten hatte keinen Sinn. Die ganze Mentalität der Beamten auf dieser Ebene war darauf angelegt, den schwarzen Peter einer anderen Abteilung zuzuschieben. Zuständig waren immer andere.

Als republikanischer Senator und langjähriger Freund von George Bush senior konnte Peter Lucas einen Termin bei Außenminister Colin Powell und dem neuen Justizminister John Ashcroft bekommen, den Chefs der beiden Behörden, die noch am ehesten etwas tun konnten.

Doch ganz so einfach war es nicht. Minister hatten es nicht gern, wenn man mit Problemen und Fragen zu ihnen kam, sie zogen es vor, wenn man die Lösungen gleich mitbrachte.

Auslieferungsfragen waren nicht sein Spezialgebiet. Er musste herausfinden, was die USA in solchen Fällen tun konnten und sollten. Das erforderte Recherchen, und genau zu diesem Zweck beschäftigte er ein Team junger Akademiker, die er auf die Sache ansetzte. Eine Woche später kam seine beste Spürnase, eine gescheite junge Frau aus Wisconsin, zu ihm.

»Nach dem allgemeinen Gesetz zur Verbrechensbekämpfung von 1984«, sagte sie, »kann dieses Schwein von Zilić festgenommen und überstellt werden.«

Der Passus, den sie entdeckt hatte, stammte aus einer Kongressanhörung zum Thema Geheimdienste und Sicherheit von 1997, genauer gesagt aus einem Referat, das der stellvertretende FBI-Direktor Robert M. Bryant vor dem Ausschuss für Kriminalitätsbekämpfung des Repräsentantenhauses gehalten hatte.

»Ich habe die relevanten Passagen markiert, Senator«, erklärte die junge Frau. Er dankte ihr und las den Text, den sie auf seinen Schreibtisch gelegt hatte.

»Die exterritoriale Zuständigkeit des FBI«, hatte Mr. Bryant vor vier Jahren ausgeführt, »datiert aus der Zeit Mitte der Achtzigerjahre, als der Kongress erstmals Gesetze verabschiedete, die das FBI autorisieren, im Fall der Ermordung eines US-Bürgers im Ausland bundespolizeiliche Gewalt auszuüben.«

Hinter der trockenen Sprache verbarg sich ein erstaunliches Gesetz, von dem der Rest der Welt kaum Notiz genommen hatte und das auch den meisten US-Bürgern unbekannt war. Vor dem allgemeinen Gesetz zur Verbrechensbekämpfung von 1984 war man weltweit davon ausgegangen, dass im Fall eines Mordes, ob er nun in Frankreich oder in der Mongolei begangen worden war, ausschließlich die französischen oder die mongolischen Behörden für die Verfolgung, Verhaftung und Verurteilung des Täters zuständig seien. Und zwar unabhängig davon, ob das Opfer Franzose, Mongole oder ein amerikanischer Tourist war.

Dann hatten die USA im Alleingang beschlossen, dass es keinen Unterschied machte, ob ein amerikanischer Bürger auf dem Broadway oder irgendwo sonst auf der Welt ermordet wurde, und die US-Justiz damit überall auf dem Globus für zuständig erklärt. Keine internationale Konferenz hatte den USA dieses Recht zugestanden, sie hatten es sich einfach genommen. Mr. Bryant fuhr fort:

»…und mit dem Mantelgesetz zur Sicherheit im diplomatischen Dienst und zur Terrorbekämpfung wurde ein neuer exterritorialer Status geschaffen hinsichtlich terroristischer Akte gegen US-Bürger im Ausland.«

Kein Problem, dachte der Senator. Zilić war weder Angehöriger des jugoslawischen Militärs noch Polizist. Er hat auf eigene Faust operiert, und die Bezeichnung Terrorist würde passen. Nach beiden Gesetzen kann er an die USA ausgeliefert werden.

Er las weiter: »Mit Genehmigung des Gastlandes ist das FBI gesetzlich befugt, in dem Gastland, in dem die Straftat verübt wurde, FBI-Personal zu stationieren, exterritoriale Ermittlungen anzustellen und die Vereinigten Staaten so instand zu setzen, Terroristen wegen ihrer im Ausland an US-Bürgern begangenen Verbrechen zu verfolgen.«

Der Senator runzelte die Stirn. Das machte keinen Sinn. Der Schlüsselsatz war »mit Genehmigung des Gastlandes…« Kooperation zwischen Polizeikräften war doch nichts Neues. Selbstverständlich konnte das FBI die Einladung einer ausländischen Polizeibehörde annehmen, hinfliegen und Amtshilfe leisten. Das war schon seit Jahren so. Und wozu zwei separate Gesetze, 1984 und 1986?

Die Antwort, die er nicht kannte, war, dass das zweite Gesetz viel weiter ging als das erste und Mr. Bryants Zusatz »mit Genehmigung des Gastgeberlandes« nur den einen Zweck erfüllte, den Ausschuss zu beruhigen. Das Wort, auf das er anspielte, aber nicht in den Mund zu nehmen wagte (er hielt den Vortrag in der Clinton-Ära), war »Hilfeleistung«.

In dem Gesetz von 1986 billigten sich die Vereinigten Staaten das Recht zu, höflich um die Auslieferung eines Mörders zu bitten, der einen Amerikaner auf dem Gewissen hatte. Wurde das Ersuchen abgelehnt oder seine Bearbeitung so lange verschleppt, dass sie einer Abfuhr gleichkam, war es mit den Nettigkeiten vorbei. Die USA hatten sich selbst ermächtigt, ein verdeckt operierendes Team von Agenten zu entsenden, den Täter zu greifen und der eigenen Justiz zu überantworten.

Oder wie es der FBI-Terroristenjäger John O'Neill bei der Verabschiedung des Gesetzes ausgedrückt hatte: »Ab sofort interessiert die Genehmigung des Gastlandes einen Scheißdreck.«

Das gemeinsam von FBI und CIA durchgeführte Kidnapping des mutmaßlichen Mörders eines Amerikaners wird »Hilfeleistung« genannt. Seit der Verabschiedung des Gesetzes unter Ronald Reagan haben zehn verdeckte Operationen dieser Art stattgefunden, und alles begann mit einem italienischen Luxusdampfer.

Im Oktober 1985 kreuzte die aus Genua kommende *Achille Lauro* vor der Nordküste Ägyptens. Weitere Stopps in Israel waren geplant, und zu der bunt gemischten Gruppe der Passagiere gehörten auch einige Amerikaner.

Heimlich an Bord gegangen waren zudem vier Angehörige der Palästinensischen Befreiungsfront, einer Splittergruppe der PLO unter Yassir Arafat, der damals im tunesischen Exil lebte.

Die Terroristen hatten nicht die Absicht, das Schiff zu kapern, sondern bei dem geplanten Zwischenstopp im israelischen Aschdod von Bord zu gehen und Israelis als Geiseln zu nehmen. Doch es kam anders. Am 7. Oktober, während der Fahrt von Alexandria nach Port Said, prüften sie in einer ihrer Kabinen gerade ihre Schusswaffen, als ein Steward hereinplatzte, die Waffen sah und Alarm schlug. Die vier Palästinenser gerieten in Panik und brachten das Schiff in ihre Gewalt.

Es folgten vier zermürbende Verhandlungstage. Aus Tunis flog ein gewisser Abu Abbas ein, der sich als Unterhändler Arafats ausgab. Tel Aviv wollte von ihm nichts wissen und wies darauf hin, dass Abu Abbas der Chef der PLF sei und kein Vermittler mit lauteren Absichten. Schließlich einigte man sich. Den Terroristen wurde freier Abzug zugesichert. Sie sollten mit einem ägyptischen Verkehrsflugzeug nach Tunis ausgeflogen werden. Der italienische Kapitän beteuerte, dass niemand an Bord zu Schaden gekommen sei. Eine Lüge, zu der er mit vorgehaltener Waffe gezwungen wurde.

Unmittelbar nach der Freigabe des Schiffs kam ans Licht, dass die Palästinenser am dritten Tag der Entführung den neunundsiebzigjährigen Leon Klinghoffer, einen an den Rollstuhl gefesselten amerikanischen Touristen aus New York, ermordet hatten. Sie hatten ihm in den Kopf geschossen und die Leiche mitsamt dem Rollstuhl über Bord geworfen.

Für Ronald Reagan war der Handel damit hinfällig. Doch die Mörder waren bereits auf dem Heimflug. Sie saßen im Flugzeug eines souveränen, mit Amerika befreundeten Staates, und die Maschine befand sich in internationalem Luftraum, war folglich unantastbar. Oder auch nicht.

Zufällig durchpflügte zu der Zeit der mit Abfangjägern vom Typ F-14 Tomcat bestückte Flugzeugträger USS *Saratoga* die Adria in Richtung Süden. Bei Einbruch der Nacht wurde die ägyptische Verkehrsmaschine, die westwärts nach Tunis flog, bei Kreta geortet. Aus dem Dunkel tauchten plötzlich vier Tomcats neben ihr auf. Der erschrockene ägyptische Pilot ersuchte in Athen um Landeerlaubnis. Sie wurde ihm verweigert. Die Abfangjäger befahlen ihm unter Androhung von Konsequenzen, sie zu begleiten. Ein ebenfalls von der *Saratoga* aufgestiegenes Hawkeye-Radarflugzeug, dasselbe, das die ägyptische Maschine aufgespürt hatte, wickelte den Funkverkehr zwischen den Abfangjägern und dem Airliner ab.

Die Unterhaltung endete, als das Verkehrsflugzeug mit den Mördern und Abu Abbas an Bord unter Geleit auf dem sizilianischen Luftwaffenstützpunkt Sigonella landete. Dann wurde es kompliziert.

Sigonella wurde von der US Navy und der italienischen Luftwaffe gemeinsam genutzt. Theoretisch war der Stützpunkt italienisches Hoheitsgebiet, die USA bezahlten nur Pacht. Die Regierung in Rom, in einem Zustand höchster Erregung, beanspruchte das Recht, den Terroristen den Prozess zu machen. Die *Achille Lauro* sei ein italienisches Schiff, der Stützpunkt befinde sich auf italienischem Boden.

Präsident Reagan musste die amerikanischen Spezialkräfte in Sigonella persönlich anrufen und ihnen befehlen, klein beizugeben und die Palästinenser den Italienern zu überlassen.

Zu gegebener Zeit wurden die Täter in Genua, dem Heimathafen des Kreuzfahrtschiffs, abgeurteilt. Doch ihr Anführer, Abu Abbas, flog am 12. Oktober als freier Mann aus. Der italienische Verteidigungsminister trat angewidert zurück. Der damalige Ministerpräsident hieß Bettino Craxi. Er starb später in Tunis, wohin er ins Exil gegangen war, weil die Justiz wegen massiver Veruntreuung im Amt gegen ihn ermittelte.

Reagans Antwort auf diese Perfidie war das Mantelgesetz, das auch »Nie-wieder-Gesetz« genannt wurde. Am Ende war es nicht das kluge Mädchen aus Wisconsin, sondern der ehemalige und mittlerweile pensionierte Terroristenjäger des FBI, Oliver »Buck« Revell, der den alten Senator bei einem Abendessen über die »Hilfeleistungen« aufklärte.

Aber noch dachte niemand daran, dass eine »Hilfeleistung« im Fall Zilić erforderlich werden könnte. Nach Miloševićs Sturz drängte Jugoslawien in die Gemeinschaft der zivilisierten Nationen zurück und benötigte für den Wiederaufbau seiner Infrastruktur nach siebzig Tagen Nato-Luftkrieg umfangreiche Kredite vom Internationalen Währungsfonds und anderen Institutionen. Man ging davon aus, dass der neue Präsident Koštunica eine Verhaftung und Auslieferung Zilićs an die USA als Bagatelle betrachten würde.

Nichts anderes hatte Senator Lucas im Sinn. Er wollte den Ministern Powell und Ashcroft vorschlagen, einen Auslieferungsantrag zu stellen. Wenn alle Stricke rissen, konnte er immer noch um grünes Licht für eine verdeckte Operation bitten.

Er ließ seine Redenschreiber den umfassenden Bericht des Spürhunds von 1995 auf einer Seite zusammenfassen, die alle Fakten enthielt. Angefangen bei Ricky Colensos Reise nach Bosnien, wo er bemitleidenswerten Flüchtlingen helfen wollte, bis zu seiner Fahrt in ein einsames Hochtal am 15. Mai 1995.

Was an jenem Morgen laut Milan Rajak geschah, fassten sie auf zwei Seiten zusammen, wobei sie die grausamsten Details hervorhoben. Die Akte bekam ein persönliches Schreiben des

Senators als Titelblatt und wurde der besseren Lesbarkeit halber gebunden.

Auch das hatte er auf dem Kapitolshügel gelernt. Je höher das Amt, desto kürzer musste man sich fassen. Ende April durfte er bei den Ministern vorsprechen.

Beide lauschten mit ernstem Gesicht und versicherten ihm, das Papier zu lesen und an die zuständige Abteilung ihrer Behörde weiterzuleiten. Und sie hielten Wort.

Die USA verfügen über dreizehn größere Nachrichtendienste, die zusammen wahrscheinlich neunzig Prozent aller Informationen sammeln, die Tag für Tag, legal oder illegal, auf dem gesamten Planeten zusammengetragen werden.

Allein schon die Menge macht das Prüfen, Auswerten, Sichten, Ordnen, Ablegen und Wiederauffinden zu einem Problem gigantischen Ausmaßes. Erschwerend kommt hinzu, dass die Dienste nicht miteinander kommunizieren.

So mancher amerikanische Geheimdienstchef hat in einem Nachtlokal schon hinter vorgehaltener Hand gestanden, dass er auf seine Pension verzichten würde, wenn er dafür ein Gremium wie das britische Joint Intelligence Committee bekäme.

Das JIC tagt einmal wöchentlich unter dem Vorsitz eines altgedienten und vertrauenswürdigen hohen Beamten, um die vier Dienste des kleineren Landes an einen Tisch zu bringen: den Secret Intelligence Service (Ausland), den Security Service (Inland), die Government Communications Headquarters (SIGINT, die Lauscher) und den Special Branch von Scotland Yard.

Durch Informationsaustausch und Tätigkeitsberichte kann man verhindern, dass Arbeit doppelt gemacht und Zeit verschwendet wird, doch der Hauptzweck besteht darin festzustellen, ob Informationsbruchstücke, die von verschiedenen Personen an verschiedenen Orten gesammelt wurden, sich zu einem Puzzle zusammenfügen lassen und das Gesamtbild ergeben, nach dem jeder sucht.

Der Bericht des Senators ging an sechs Nachrichtendienste, und jeder durchforstete gehorsam seine Archive nach Erkenntnissen über einen jugoslawischen Kriminellen namens Zoran Zilić.

Das Bundesamt für Alkohol, Tabak und Feuerwaffen (ATF) konnte keine Informationen liefern. Zilić hatte in den Vereinigten Staaten niemals Geschäfte getätigt, und das ATF operierte, wenn überhaupt, nur selten im Ausland.

Zu den anderen fünf zählten die Defence Agency (DIA), die sich für Waffenhändler interessiert, die National Security Agency (NSA), der größte Nachrichtendienst von allen mit Sitz in Fort Meade, Maryland, der mit modernster Technologie jeden Tag Millionen von gesprochenen, gemailten oder gefaxten Wörtern abfängt, die Drogenbehörde DEA, die sich für jeden interessiert, der irgendwo auf der Welt als Drogenschmuggler in Erscheinung getreten ist, und natürlich das FBI und die CIA. Die beiden Letztgenannten bilden die Speerspitzen im permanenten Kampf gegen Terroristen, Mörder, Warlords, feindliche Regime oder wen auch immer.

Es dauerte eine Woche und länger. Der April ging zu Ende, es wurde Mai. Doch weil die Anweisung von ganz oben kam, wurde gründlich gesucht.

Die Leute von DIA, DEA und NSA verfügten alle über dicke Akten. Zoran Zilić war ihnen seit Jahren in verschiedener Hinsicht bekannt. Die meisten Berichte betrafen seine späteren Aktivitäten als Schlüsselfigur in der Belgrader Szene. Als Miloševićs Mann fürs Grobe, als Drogenschmuggler und Waffenschieber, als Kriegsgewinnler und generell als zwielichtige Figur.

Dass er im Bosnienkrieg einen jungen Amerikaner ermordet hatte, war ihnen allerdings neu, und sie nahmen die Sache ernst. Aber ihre Akten hatten alle eines gemeinsam: Die Einträge endeten fünfzehn Monate vor der Anfrage des Senators.

Er war verschwunden, hatte sich in Luft aufgelöst.

Im Hauptquartier der CIA, mitten im Wald an der Washingtoner Ringautobahn gelegen und jetzt in sommerliches Grün gehüllt, leitete der Direktor die Anfrage an den Chef der Abteilung für geheime Operationen weiter. Dieser konsultierte fünf Unterabteilungen, darunter die Ressorts Balkan, Terrorismus, Sonderoperationen und Waffenhandel. Nur der Form halber fragte er sogar in dem kleinen und geradezu zwanghaft geheimniskrämerischen Büro nach, das knapp ein Jahr zuvor nach dem Bombenanschlag auf die *USS Cole* in Aden, bei dem siebzehn Seeleute den Tod gefunden hatten, unter dem Namen Peregrine eingerichtet worden war.

Doch die Antwort war die gleiche. Natürlich habe man Akten, aber nichts aus den letzten fünfzehn Monaten. Man teile die Ansicht der Kollegen. Er halte sich nicht mehr in Jugoslawien auf, aber wo er sei, wisse man nicht. Seit zwei Jahren sei nichts mehr über ihn bekannt geworden, deshalb habe kein Grund bestanden, Zeit und Mittel aufzuwenden.

Der andere große Hoffnungsträger war das FBI. Bestimmt gab es irgendwo im riesigen Hoover-Gebäude an der Ecke Pennsylvania und 9. Straße eine Akte jüngeren Datums, die Auskunft darüber gab, wo der kaltblütige Mörder zu finden war und dingfest gemacht werden konnte.

Direktor Robert Mueller, unlängst zum Nachfolger von Louis Freeh ernannt, leitete Akte und Anfrage an sein Team für Sofortmaßnahmen weiter, wo sie auf dem Schreibtisch des stellvertretenden Direktors Colin Fleming landeten.

Fleming war ein altgedienter Mitarbeiter des Bureaus, der schon als kleiner Junge, soweit er zurückdenken konnte, Geheimagent hatte werden wollen. Er stammte aus einer schottischen Presbyterianerfamilie, und sein Glaube war ebenso unerschütterlich wie seine Auffassung von Recht und Ordnung.

In Sachen Polizeiarbeit war er Fundamentalist. Kompromisse und Zugeständnisse beim Kampf gegen das Verbrechen waren in seinen Augen nur Ausreden für Nachgiebigkeit. Dafür hatte er bloß Verachtung übrig. Was ihm an Scharfsinn fehlen mochte, machte er durch Zähigkeit und persönlichen Einsatz wett.

Er stammte aus den Bergen New Hampshires, wo die Männer mit den Granitfelsen darum wetteifern, wer härter ist. Er war überzeugter Republikaner und Peter Lucas sein Senator. Er kannte ihn persönlich und hatte sogar schon für ihn die Werbetrommel gerührt.

Nach der Lektüre der dünnen Akte rief er im Büro des Senators an und bat um den vollständigen Bericht des Spürhunds sowie das komplette Geständnis Milan Rajaks. Noch am selben Nachmittag wurde ihm per Bote eine Kopie zugestellt.

Er las die Papiere mit wachsender Wut. Auch er hatte einen Sohn, auf den er stolz war, einen Navy-Piloten, und Ricky Colensos Schicksal erfüllte ihn mit maßlosem Zorn. Das Bureau verfügte über das geeignete Instrumentarium, um Zilić der Gerechtigkeit zuzuführen, entweder auf dem Wege einer Auslieferung oder durch eine verdeckte Operation. Und als Leiter der Abteilung, die für jede Form von Terror ausländischer Herkunft zuständig war, würde er persönlich ein Team bevollmächtigen, den Mörder heranzuschaffen.

Doch das war nicht möglich. Denn das Bureau befand sich in der gleichen Lage wie alle anderen. Auch wenn Zilić als krimineller Waffen- und Drogenschieber ins Fadenkreuz des FBI geraten war, so war er nach vorliegenden Erkenntnissen doch nie in einen gegen Amerika gerichteten Terrorakt verwickelt gewesen, und folglich hatte das Bureau nach seinem Verschwinden keine Ermittlungen angestellt. Die letzten Akteneinträge über ihn waren fünfzehn Monate alt.

Mit tiefstem persönlichem Bedauern musste Fleming in den Chor der anderen Geheimdienste einstimmen und gestehen, dass ihm Zoran Zilićs Aufenthaltsort nicht bekannt sei.

Solange man nicht wusste, wo er steckte, konnte man keine ausländische Regierung um seine Auslieferung ersuchen. Selbst wenn Zilić in einem Unrechtsstaat Zuflucht gefunden hatte, in dem ein rechtskräftiger Haftbefehl nichts bedeutete, war eine Kidnapping-Aktion nur möglich, wenn das Bureau seinen Aufenthaltsort kannte. In einem persönlichen Brief an den Senator entschuldigte sich der stellvertretende Direktor.

Fleming hatte die Zähigkeit seiner Vorfahren aus dem schottischen Hochland geerbt. Zwei Tage später kontaktierte er Fraser Gibbs und traf sich mit ihm zum Lunch. Es gibt zwei ehemalige leitende FBI-Beamte, die beinahe Kultstatus genießen und als Redner im Ausbildungszentrum des Bureaus in Quantico stets für überfüllte Hörsäle sorgen.

Der eine ist der groß gewachsene Exfootballer und frühere Pilot der Marineinfanterie Buck Revell, der andere Fraser Gibbs, der zu Beginn seiner Karriere als Undercoveragent das organisierte Verbrechen ausforschte, was zu den gefährlichsten Einsätzen überhaupt gehörte, und später die Cosa Nostra an der Ostküste zerschlug. Nach einer Schussverletzung am rechten Bein gehbehindert, kehrte er nach Washington zurück und übernahm die Leitung der Abteilung, die sich mit käuflichen Killern, Söldnern und anderen »Freiberuflern« beschäftigte. Mit gerunzelter Stirn sann er über Flemings Frage nach.

»Mir ist da mal was zu Ohren gekommen«, raumte er ein. »Von einem Mann, der Verbrecher jagt. Eine Art Kopfgeldjäger. Er hat einen Decknamen.«

»Ein Killer? Sie wissen, so etwas ist strikt verboten.«

»Nein, das ist es ja gerade«, sagte der alte Veteran. »Angeblich bringt er niemanden um. Er schnappt sie, kidnappt sie, bringt sie zurück. Teufel, wie war noch mal sein Name?«

»Es könnte wichtig sein«, meinte Fleming.

»Mein Vorgänger versuchte, ihn zu identifizieren. Er setzte einen verdeckten Ermittler auf ihn an, als Auftraggeber getarnt. Aber irgendwie roch er den Braten, verließ das Treffen unter einem Vorwand und kam nicht wieder.«

»Warum hat er nicht alles zugegeben und reinen Tisch gemacht?«, fragte Fleming. »Wenn er kein Killer war...«

»Vermutlich weil er im Ausland operierte und das Bureau keine Leute mag, die in seinem Revier wildern. Vermutlich dachte er, wir hätten um Direktiven von ganz oben gebeten und den Befehl bekommen, ihn aus dem Verkehr zu ziehen. Und wahrscheinlich hätte er damit auch Recht behalten. Deshalb ist er im Verborgenen geblieben, und ich habe ihn nie zur Strecke gebracht.«

»Der Agent müsste einen Bericht geschrieben haben.«

»O ja. Wie es sich gehört. Wahrscheinlich hat er ihn unter dem Decknamen des Mannes abgelegt. Einen anderen Namen haben wir nie herausgekriegt. Ach ja, so hieß er. Avenger. Geben Sie ›Avenger‹ ein. Mal sehen, was dabei herauskommt.«

Die Akte, die der Computer ausspuckte, war in der Tat dünn. Man hatte im Kleinanzeigenteil einer technischen Zeitschrift für Liebhaber alter Flugzeuge eine Annonce aufgegeben – anscheinend die einzige Möglichkeit der Kontaktaufnahme – und sich eine Geschichte ausgedacht, ein Treffen arrangiert.

Der Kopfgeldjäger hatte darauf bestanden, im Dunkeln hinter einer hellen Lampe zu sitzen, die nach vorn strahlte. Der Agent beschrieb ihn als mittelgroß, von schmaler Statur, nicht schwerer als achtzig Kilo. Sein Gesicht konnte er nicht sehen, aber nach drei Minuten schöpfte der Mann Verdacht. Er knipste die Lampe aus, und als der Agent, in der Dunkelheit zunächst blind, zu blinzeln aufhörte, war er verschwunden.

Alles, was der Agent berichten konnte, war, dass die linke Hand des Kopfgeldjägers auf dem Tisch zwischen ihnen gelegen hatte. Der Ärmel war nach oben gerutscht und entblößte eine Tätowierung auf dem Unterarm. Eine Ratte, die sich grinsend über die Schulter blickte und dem Betrachter ihren nackten Hintern zeigte.

Nichts davon war für Senator Lucas oder seinen Freund in Kanada von irgendwelchem Interesse. Doch Colin Fleming wollte sie wenigstens über den Decknamen und die Art der Kontaktaufnahme informieren. Die Erfolgschancen standen eins zu hundert, aber mehr hatte er nicht zu bieten.

Drei Tage später öffnete Steve Edmond in seinem Büro in Ontario den Brief seines Freundes aus Washington. Er war bereits über die Erkenntnisse der sechs Dienste informiert und hatte die Hoffnung praktisch aufgegeben.

Er las den zusätzlichen Brief und runzelte die Stirn. Er war davon ausgegangen, dass die mächtigen Vereinigten Staaten ihren Einfluss geltend machen und eine ausländische Regierung zwingen würden, den Mörder in Handschellen an die USA auszuliefern.

Nie wäre er auf den Gedanken gekommen, dass er zu spät kam, dass Zilić einfach untergetaucht war und die Washingtoner Behörden mit ihren Milliardenetats schlicht und ergreifend nicht wussten, wo er steckte, und daher nichts unternehmen konnten.

Er dachte zehn Minuten darüber nach, zuckte mit den Schultern und drückte auf die Taste der Sprechanlage.

»Jean, ich möchte in einer technischen Zeitschrift in den Staaten eine private Kleinanzeige aufgeben, unter der Rubrik ›Gesucht‹. Sie müssen dieses Blatt erst ausfindig machen. Ich habe noch nie davon gehört. Es heißt *Vintage Airplane*. Ja, der Text lautet wie folgt: ›AVENGER gesucht. Seriöses Angebot. Keine Preisgrenze. Bitte um Anruf.‹ Und geben Sie meine private Handynummer an. Alles klar, Jean?«

Sechsundzwanzig Männer in den Nachrichtendiensten in und um Washington hatten die Anfrage gelesen. Alle hatten geantwortet, dass ihnen der Aufenthaltsort Zoran Zilićs unbekannt sei.

Einer hatte gelogen.

ZWEITER TEIL

17

Das Foto

Seit das FBI vor sechs Jahren versucht hatte, ihn zu enttarnen, verzichtete Dexter auf persönliche Treffen mit seinen Auftraggebern. Stattdessen hatte er mehrere Maßnahmen ergriffen, um seinen Wohnort und seine Identität noch effektiver zu verschleiern.

Dazu gehörte, dass er sich in New York eine kleine möblierte Einzimmerwohnung mietete, allerdings nicht in der Bronx, wo er erkannt werden konnte. Er bezahlte die Miete vierteljährlich, pünktlich wie ein Uhrwerk und stets in bar. Er vermied es, die Aufmerksamkeit der Behörden zu erregen, und blieb auch unauffällig, wenn er in der Wohnung weilte.

Außerdem benutzte er nur Mobiltelefone, die mit SIM-Karte funktionierten. Er besorgte sie sich in großen Mengen außerhalb des Bundesstaats, benutzte jedes nur ein- oder zweimal und warf es dann in den East River. Selbst die NSA, die mit ihrer technischen Ausstattung ein Telefonat abzuhören und den Sprecher aufzuspüren vermag, ist nicht in der Lage, den Käufer eines solchen Ex-und-hopp-Handys mit SIM-Karte zu ermitteln oder die Polizei zum Standort des Anrufers zu dirigieren, wenn dieser ständig in Bewegung ist, das Gespräch kurz hält und das Gerät anschließend wegwirft.

Ein weiterer Trick besteht in der Benutzung der guten alten öffentlichen Telefonzelle. Natürlich lässt sich feststellen, welche Nummern aus einer Zelle angerufen werden, aber es gibt davon zahllose, und solange nicht eine oder mehrere bestimmte im Verdacht stehen, ist es sehr schwer, das Gespräch abzuhören, den Anrufer als einen Gesuchten zu identifizieren, den Standort zu ermitteln und rechtzeitig einen Streifenwagen hinzuschicken.

Schließlich nutzte er die viel geschmähte US-Post und ließ sich Briefe postlagernd an eine Poststelle in Gestalt eines harmlosen koreanischen Obst- und Gemüseladens schicken, zwei Blocks von seiner New Yorker Wohnung entfernt. Natürlich bot das keinen Schutz, wenn die Post oder der Laden ins Visier von Fahndern gerieten und überwacht wurden, doch dazu bestand kein Grund.

Er rief den Inserenten unter der angegebenen Handynummer an. Dazu fuhr er in New Jersey weit aufs Land hinaus und benutzte ein Mobiltelefon, das er gleich anschließend wegzuwerfen gedachte.

Steve Edmond nannte ohne Zögern seinen Namen und erklärte in fünf Sätzen, was mit seinem Enkel geschehen war. Avenger dankte ihm und beendete das Gespräch.

In den USA gibt es mehrere riesige Zeitungsarchive, und die bekanntesten sind die der *New York Times,* der *Washington Post* und Lexis Nexis. Er nutzte das Letztere, besuchte die New Yorker Datenbank und bezahlte in bar.

Er fand genug Material über Steve Edmond, das die Angaben des Gesprächspartners bestätigte, und zwei Artikel über seinen Enkel, einen Studenten, der vor Jahren als Mitarbeiter einer Hilfsorganisation in Bosnien verschwunden war, beide aus dem *Toronto Star.* Dieser Inserent schien es ernst zu meinen.

Dexter rief den Kanadier ein zweites Mal an und nannte ihm seine Bedingungen: horrende Spesen, eine Anzahlung und eine Prämie, die fällig wurde, wenn man Zilić an die US-Justiz auslieferte, die aber im Fall eines Misserfolgs nicht zu bezahlen war.

»Das ist viel Geld für einen Mann, den ich nicht kenne und der ein persönliches Treffen offensichtlich scheut«, wandte der Kanadier ein. »Sie könnten es nehmen und verschwinden.«

»Und Sie, Sir, könnten sich wieder an die US-Regierung wenden, bei der Sie, wie ich vermute, bereits gewesen sind.«

Es entstand eine Pause.

»Also gut, wohin soll ich das Geld schicken?«

Dexter nannte ihm eine Kontonummer bei einer Bank auf den Caymaninseln und die Adresse einer New Yorker Poststelle. »Die Überweisung auf das Konto, das gesamte bereits vorliegende Recherchematerial an die Adresse«, sagte er und beendete das Gespräch.

Die karibische Bank würde die Gutschrift im Computer durch ein Dutzend verschiedener Konten schleusen, aber auch bei einem New Yorker Geldinstitut ein Girokonto eröffnen, und zwar auf den Namen eines niederländischen Staatsbürgers, der sich mit einem perfekten niederländischen Pass ausweisen würde.

Drei Tage später traf in dem koreanischen Gemüseladen in Brooklyn ein dicker Umschlag ein. Er wurde vom Adressaten, einem Mr. Armitage, abgeholt und enthielt eine vollständige Fotokopie der Berichte des Spürhunds von 1995 und vom Frühjahr 2001, dazu das Geständnis Milan Rajaks. Die US-Geheimdienste hatten dem Kanadier die Akten über Zoran Zilić aus ihren Archiven vorenthalten, daher waren seine Kenntnisse über den Serben vage. Erschwerend kam hinzu, dass er kein Foto von ihm besaß.

Dexter kehrte in die Zeitungsarchive zurück, die heutzutage für jeden, der in der jüngeren Geschichte forscht, die wichtigste Quelle darstellen. Kaum ein nennenswertes Ereignis, über das nicht irgendein Journalist geschrieben, kaum eine nennenswerte Person, die nicht irgendein Fotograf dokumentiert hat. Aber Zoran Zilić hatte es fast geschafft.

Im Gegensatz zu dem publicityhungrigen Zeljko »Arkan« Raznatovic hasste er es, fotografiert zu werden. Allem Anschein nach vermied er bewusst jedes Aufsehen. In dieser Beziehung ähnelte er gewissen palästinensischen Terroristen wie Sabri-al-Banna, bekannt unter dem Namen Abu Nidal.

Dexter fand in der *Newsweek* einen längeren Artikel aus der

Zeit des Bosnienkriegs. Er beschäftigte sich mit der Rolle der so genannten serbischen Warlords, doch Zilić wurde darin, wahrscheinlich aus Mangel an Material, nur am Rande erwähnt.

Der Artikel enthielt auch zwei Fotos von ihm. Das erste, offensichtlich ein vergrößerter Ausschnitt, denn es war etwas unscharf, zeigte einen erwachsenen Mann auf einer Art Cocktailparty, das zweite, das aus den Belgrader Polizeiakten stammte und aus der Zeit der Straßenbanden in Zemun datierte, einen Teenager. Dexter hätte ihn anhand dieser Fotos nicht erkannt, wenn er ihm auf der Straße begegnet wäre.

Der Engländer, der Spürhund, erwähnte eine Detektei in Belgrad. Der Krieg war inzwischen vorüber, Milošević gestürzt, und so hielt es Dexter für das Beste, in der jugoslawischen Hauptstadt, in der Zilić geboren und aufgewachsen und aus der er verschwunden war, mit seinen Nachforschungen zu beginnen. Er flog von New York nach Wien und von dort weiter nach Belgrad, wo er im Hyatt abstieg. Von seinem Fenster im zehnten Stock hatte er einen weiten Blick über die Balkanstadt, die mehrfach bombardiert worden war. Eine halbe Meile entfernt konnte er das Hotel sehen, in dem Raznatovic trotz einer Schar von Leibwächtern erschossen worden war.

Er fuhr mit dem Taxi zur Detektei Chandler. Sie wurde immer noch von Dragan Stojić, dem Möchtegern-Philip-Marlowe, geleitet. Dexter stellte sich als Journalist vor, der im Auftrag des *New Yorker* einen zehntausend Wörter umfassenden Artikel über Raznatovics Leben schreiben sollte. Stojić nickte und grunzte.

»Jeder kannte ihn. War mit einer Schlagersängerin verheiratet, einem Glamourgirl. Aber was wollen Sie von mir?«

»Eigentlich habe ich alles beisammen, was ich für den Artikel brauche«, erwiderte Dexter, dessen amerikanischer Pass auf den Namen Alfred Barnes lautete. »Nur ist mir nachträglich noch etwas eingefallen, was ich einbauen sollte. Es geht um einen ehemaligen Gefährten Arkans in der Belgrader Unterwelt. Sein Name ist Zoran Zilić.«

Stojić tat einen langen Seufzer.

»Das war vielleicht ein übler Typ«, sagte er. »Er hat sich nie fotografieren lassen und es auch nicht gemocht, wenn über ihn geschrieben oder auch nur geredet wurde. Wer in dieser Hinsicht seinen Unmut erregte, bekam... Besuch. Es gibt nicht viel Gedrucktes über ihn.«

»Kann ich mir vorstellen. Welches Belgrader Zeitungsarchiv ist das beste?«

»Die Frage erübrigt sich, denn es gibt eigentlich nur eins. Es heißt VIP und unterhält ein Büro im Stadtteil Vracar. Der Leiter ist Slavko Marković.«

Dexter stand auf.

»War das alles?«, fragte der Balkan-Marlowe. »Das ist ja kaum eine Rechnung wert.«

Der Amerikaner zückte einen Hundertdollarschein und legte ihn auf den Tisch. »Jede Information hat ihren Preis, Mr. Stojić. Und wenn es nur ein Name und eine Adresse ist.«

Er nahm sich ein anderes Taxi zum Pressearchiv VIP. Marković machte gerade Mittag, und so ging er in ein Café und wartete bei einer leichten Mahlzeit und einem Glas Rotwein aus der Region, bis er zurückkkam.

Marković war ebenso pessimistisch wie der Privatdetektiv. Doch er sah nach, was seine Datenbank zu bieten hatte.

»Einen Artikel«, sagte er, »und zufällig ist er auf Englisch.«

Es war der *Newsweek*-Artikel aus der Zeit des Bosnienkriegs.

»Mehr haben Sie nicht?«, wollte Dexter wissen. »Der Mann war mächtig, wichtig, prominent. Er muss doch irgendwelche Spuren hinterlassen haben.«

»Das ist der springende Punkt«, erwiderte Marković. »Er war das alles. Und obendrein gewalttätig. Unter Milošević wurde nicht diskutiert. Anscheinend hat er alle Akten über sich vernichtet, bevor er sich aus dem Staub gemacht hat. Bei der Polizei, bei der Justiz, beim Staatsfernsehen und bei der Presse, überall. Verwandte, Schulkameraden, ehemalige Kollegen, keiner will über ihn reden. Sind alle eingeschüchtert worden. Der Mann ohne Gesicht, das ist er.«

»Wissen Sie noch, wann der letzte Versuch unternommen wurde, über ihn zu schreiben?«

Marković überlegte eine Weile.

»Jetzt, wo Sie es erwähnen, fällt es mir wieder ein. Jemand soll es mal versucht haben. Ist aber nichts draus geworden. Nach Miloševics Sturz und Zilics Verschwinden wollte er einen Artikel schreiben, aber die Sache wurde wohl abgeblasen.«

»Und wer war das?«

»Nach Auskunft meines Informanten arbeitete er für eine Zeitschrift hier in der Stadt. Sie heißt *Ogledalo,* das bedeutet ›Spiegel‹.«

Die Zeitschrift *Ogledalo* existierte noch, und ihr Herausgeber war immer noch ein gewisser Vuk Kobac. Obwohl die neue Ausgabe gerade in Druck ging, war er bereit, dem Amerikaner ein paar Minuten seiner Zeit zu opfern. Doch seine Begeisterung verflog, als er hörte, um wen es ging.

»Dieser verfluchte Kerl«, sagte er. »Ich wünschte, ich hätte nie von ihm gehört.«

»Was ist passiert?«

»Es ging um einen meiner Freien. Netter Junge. Ehrgeizig, fleißig. Er wollte eine Redakteursstelle. Ich hatte keine frei. Doch er bettelte um eine Chance. Also gab ich ihm einen Auftrag. Er hieß Petrović. Srechko Petrović. Gerade mal zweiundzwanzig. Armer Teufel.«

»Was ist mit ihm passiert?«

»Er ist überfahren worden. Er parkte sein Auto gegenüber dem Wohnblock, in dem er mit seiner Mutter wohnte, und wollte die Straße überqueren. Ein Mercedes kam um die Ecke und überfuhr ihn.«

»Ein unachtsamer Fahrer.«

»Sehr unachtsam. Er hat es fertig gebracht, ihn gleich zweimal zu überfahren. Und ist dann davongebraust.«

»So etwas wirkt abschreckend.«

»Und nachhaltig. Selbst aus dem Exil kann er in Belgrad einen Mord in Auftrag geben.«

»Kennen Sie die Adresse der Mutter?«

»Warten Sie. Wir haben einen Kranz geschickt. Wahrscheinlich direkt in die Wohnung.«

Er fand sie und verabschiedete sich von dem Besucher.

»Eine letzte Frage«, sagte Dexter. »Wann war das?«

»Vor sechs Monaten. Kurz nach Neujahr. Wenn ich Ihnen einen Rat geben darf, Mr. Barnes, schreiben Sie lieber über Arkan. Der ist tot und kann niemandem mehr schaden. Lassen Sie die Finger von Zilić. Er wird Sie umbringen. Ich muss los, wir drucken heute.«

Die Adresse lautete Block 33, Novi Beograd. Er kannte Novi Beograd oder Neu-Belgrad von dem Stadtplan, den er sich im Buchladen des Hotels besorgt hatte. Es war derselbe ziemlich triste Stadtteil, in dem auch das Hotel stand, eingerahmt von den Flüssen Save und Donau, wobei Letztere alles andere als blau war.

In der kommunistischen Ära hatte man mit Vorliebe hohe Wohnblocks für die Werktätigen gebaut. Sie waren auf freien Grundstücken in Novi Beograd hochgezogen worden, riesige Bienenstöcke aus Gießbeton. In jeder Wabe befand sich eine winzige Wohnung, und die Tür führte auf einen langen, auf einer Seite offenen Gang hinaus, der Wind und Wetter ausgesetzt war.

Manche waren besser erhalten als andere. Das hing von der Höhe des Einkommens der Bewohner und somit vom Grad der Instandhaltung ab. Block 23 war ein kakerlakenverseuchter Horror. Frau Petrović wohnte im neunten Stock, und der Aufzug war außer Betrieb. Dexter hätte die Treppe nehmen können, fragte sich aber, wie sich ältere Bewohner behalfen, zumal offenbar alle Kettenraucher waren.

Es hatte wenig Sinn, allein hinaufzugehen und mit ihr zu reden. Wahrscheinlich sprach sie kein Englisch, und er konnte kein Serbokroatisch. So bat er eines der hübschen, klugen Mädchen an der Hotelrezeption, ihm zu helfen. Sie sparte auf ihre Hochzeit, und zweihundert Dollar für eine Stunde Mehrarbeit nach Feierabend waren mehr als akzeptabel.

Sie trafen um sieben ein, gerade noch rechtzeitig, denn Frau Petrović arbeitete als Reinemachfrau und ging jeden Abend um acht aus dem Haus, um in der Nacht auf der anderen Seite des Flusses Büros zu putzen.

Sie gehörte zu den vom Schicksal geschlagenen Menschen, und ihr zerfurchtes und ausgezehrtes Gesicht sprach Bände. Sie wirkte wie eine Mittvierzigerin, die auf die Siebzig zuging – der Mann bei einem Arbeitsunfall ums Leben gekommen, der Sohn unter ihrem Fenster ermordet. Wie immer, wenn vermeintlich Reiche an sehr Arme herantreten, reagierte sie zunächst mit Argwohn.

Er hatte einen großen Blumenstrauß mitgebracht. Es war sehr, sehr lange her, dass sie Blumen bekommen hatte. Anna, das Mädchen aus dem Hotel, verteilte sie auf drei Vasen in dem schäbigen kleinen Zimmer.

»Ich möchte über das schreiben, was Srechko zugestoßen ist. Ich weiß, das macht ihn nicht wieder lebendig, aber vielleicht kann ich den Mann entlarven, der ihm das angetan hat. Wollen Sie mir helfen?«

Sie zuckte mit den Schultern.

»Ich weiß nichts«, sagte sie. »Ich hab ihn nie nach seiner Arbeit gefragt.«

»Hatte er am Abend seines Todes etwas bei sich?«

»Ich weiß nicht. Der Leichnam wurde durchsucht. Sie haben alles mitgenommen.«

»Man hat den Leichnam durchsucht? Da unten auf der Straße?«

»Ja.«

»Hatte er Unterlagen? Hat er Notizen hinterlassen? Hier in der Wohnung?«

»Ja, er hatte ganze Stapel von Papieren. Mit der Maschine ge-
tippte und handgeschriebene. Aber ich habe sie nie gelesen.«

»Könnte ich sie mal sehen?«

»Sie sind weg.«

»Weg?«

»Sie haben sie mitgenommen. Sogar das Farbband der
Schreibmaschine.«

»Die Polizei?«

»Nein, die Männer.«

»Was für Männer?«

»Sie sind wiedergekommen. Zwei Tage später. Ich musste
mich dort in die Ecke setzen. Sie haben alles durchwühlt. Sie
haben seine ganzen Sachen mitgenommen.«

»Und von dem Artikel, den er für Herrn Kobac geschrieben
hat, ist gar nichts mehr übrig?«

»Nur das Foto. Das Foto hatte ich ganz vergessen.«

»Erzählen Sie mir bitte von dem Foto.«

Mithilfe von Anna, die übersetzte, musste er ihr jede Information einzeln aus der Nase ziehen. Drei Tage vor seinem Tod
hatte der junge Reporter Srechko eine Silvesterparty besucht
und seine Jeansjacke mit Rotwein bekleckert. Seine Mutter
hatte sie in den Wäschesack gesteckt, um sie später zu waschen.

Nach seinem Tod erübrigte sich das. Sie vergaß den Wäschesack, und die Gangster dachten nicht daran, danach zu fragen.
Als sie die Kleider ihres toten Sohnes auf einen Haufen legte,
fiel die Jeansjacke mit den Weinflecken heraus. Sie klopfte die
Taschen ab, um festzustellen, ob ihr Sohn Geld darin vergessen
hatte, und fühlte etwas leicht Steifes. Es war ein Foto.

»Haben Sie es noch?«, fragte Dexter. »Kann ich es sehen?«

Sie nickte, kroch wie eine Maus zu einem Nähkasten in der
Ecke und kehrte mit dem Foto zurück.

Es zeigte einen Mann, der erst in letzter Sekunde bemerkte,
dass er fotografiert wurde. Er hob die Hand, um sein Gesicht zu
verdecken, doch der Auslöser hatte gerade noch rechtzeitig ge-

klickt. Er blickte direkt in die Kamera, stand in kurzärmligem Hemd und Freizeithosen aufrecht da.

Es war ein Schwarz-Weiß-Foto, leicht verschwommen, aber scharf genug, wenn es erst vergrößert wäre. Ein besseres würde er wahrscheinlich nicht finden. Er vergegenwärtigte sich die Fotos von dem Teenager und dem Mann auf der Cocktailparty, die er in New York entdeckt hatte und im Futter seines Aktenkoffers bei sich führte. Sie waren grobkörnig, aber es war derselbe Mann. Es war Zilić.

»Ich würde Ihnen das Foto gern abkaufen, Frau Petrović«, sagte er. Sie zuckte mit den Schultern und erwiderte etwas auf Serbokroatisch.

»Sie sagt, Sie können es haben«, übersetzte Anna. »Ihr liegt nichts daran. Sie weiß nicht, wer das ist.«

»Eine letzte Frage. War Srechko vor seinem Tod eine Zeit lang weg?«

»Ja, im Dezember. Eine Woche. Er wollte nicht sagen, wo er gewesen war, aber er hatte einen Sonnenbrand auf der Nase.«

Sie brachte sie zur Tür und auf den windigen Außenflur, der zu dem defekten Aufzug und zum Treppenhaus führte. Anna ging voraus. Als sie sich außer Hörweite befand, drehte Dexter sich zu der serbischen Mutter um, die wie er ihr Kind verloren hatte, und sagte sanft auf Englisch zu ihr:

»Sie können mich nicht verstehen, Lady, aber wenn ich dieses Schwein jemals in den Staaten hinter Gitter bringe, dann auch für Sie. Und zwar mit Freuden.«

Natürlich verstand sie kein Wort, aber sie antwortete mit einem Lächeln und sagte: »Hvala.« Nach einem Tag in Belgrad hatte er gelernt, dass das »danke« bedeutete.

Er hatte den Taxifahrer gebeten zu warten und setzte Anna, die krampfhaft ihre zweihundert Dollar umklammert hielt, vor ihrem Haus in einem Außenbezirk ab. Auf der Fahrt zurück ins Zentrum betrachtete er noch einmal eingehend das Foto.

Zilić stand auf einem betonierten und asphaltierten Platz.

Hinter ihm waren große Flachbauten zu erkennen, die aussahen wie Lagerhäuser. Auf einem Gebäude wehte eine Fahne im Wind, doch sie war auf dem Foto nicht ganz zu sehen.

Noch etwas anderes ragte ins Bild, aber er konnte nicht erkennen, was es war. Er tippte dem Taxifahrer auf die Schulter.

»Haben Sie eine Lupe?« Der Mann verstand nur Bahnhof, aber ein ausführliches Gesten- und Minenspiel führte zur Lösung des Problems. Er nickte. Er hatte eine im Handschuhfach, um im Bedarfsfall das Straßenverzeichnis in seinem Stadtplan lesen zu können.

Das lange, flache Objekt, das von links ins Bild ragte, trat deutlicher hervor. Es war die Tragflächenspitze eines Flugzeugs, aber nicht mehr als zwei Meter über dem Boden. Also kein Verkehrsflugzeug, sondern eine kleinere Maschine.

Dann erkannte er die Gebäude im Hintergrund. Es waren keine Lagerhäuser, sondern Hangars. Keine großen, in denen man Verkehrsmaschinen unterstellte, sondern solche, wie man sie für Privatflugzeuge oder Firmenjets benötigte, deren Heckflosse selten höher als zehn Meter war. Der Mann stand also auf einem Privatflugplatz oder im Firmenjetbereich eines Flughafens.

Im Hotel half man ihm weiter. Ja, in Belgrad gebe es mehrere Internetcafés, und alle hätten bis spät in die Nacht geöffnet. Er aß in einer Imbissstube zu Abend und fuhr dann mit dem Taxi zu dem nächstgelegenen Café. Er loggte sich in die von ihm bevorzugte Suchmaschine ein und fragte alle Nationalflaggen, die es auf der Welt gab, ab.

Die Flagge, die auf dem Foto des toten Reporters über den Hangars wehte, war nur in Schwarz-Weiß zu sehen, doch sie hatte drei deutlich erkennbare horizontale Streifen, und der unterste war so dunkel, dass er schwarz aussah. Und wenn er nicht schwarz war, dann dunkelblau. Er tippte auf Schwarz.

Er ging alle Flaggen durch und stellte fest, dass bei gut der Hälfte irgendein Logo, Wappen oder Emblem auf den Streifen prangte. Die gesuchte hatte nichts dergleichen. Somit kam nur die andere Hälfte infrage.

Es gab lediglich ein Dutzend Flaggen mit drei horizontalen Streifen ohne Logo, und nur fünf, bei denen der untere Streifen schwarz oder nahezu schwarz war.

Gabun, die Niederlande und Sierra Leone hatten drei Streifen, von denen der unterste dunkelblau war und auf einem Schwarz-Weiß-Foto schwarz erscheinen konnte. Nur bei zwei Ländern war der unterste Streifen eindeutig schwarz. Das eine war der Sudan. Doch der Sudan hatte zusätzlich zu den drei Streifen ein grünes Dreieck an der Flaggenmastseite. Die andere Flagge hatte einen senkrechten Streifen am Flaggstock. Beim genauen Betrachten des Fotos konnte Dexter den vierten Streifen erkennen, nicht deutlich, aber er existierte.

Ein vertikaler roter Streifen neben dem Mast. Ein grüner, ein weißer und ein schwarzer horizontaler Streifen strebten zum flatternden Rand. Zilić stand auf einem Flugplatz irgendwo in den Vereinigten Arabischen Emiraten.

Selbst im Dezember konnte sich ein hellhäutiger Slawe in den Emiraten einen bösen Sonnenbrand auf der Nase holen.

18

Der Golf

Die Vereinigten Arabischen Emirate bestehen aus sieben Scheichtümern, aber nur Dubai, Abu Dhabi und Scharjah, die drei reichsten und größten, sind den meisten geläufig. Die vier anderen, viel kleineren, kennt kaum jemand.

Alle sieben liegen auf der Südostspitze der Arabischen Halbinsel, einer aus Wüste bestehenden Landzunge, die den Persischen Golf im Norden vom Golf von Oman im Süden trennt.

Nur ein Emirat, nämlich Al Fujairah, liegt am Golf von Oman und somit am Arabischen Meer. Die anderen sechs befinden sich nebeneinander an der Nordküste gegenüber dem Iran. Abgesehen von den sieben Hauptstädten besitzt nur noch die Oasenstadt Al Ayn einen Flughafen.

Noch in Belgrad machte Dexter einen Porträtfotografen ausfindig, der über die technische Ausstattung verfügte, um das Bild von Zoran Zilić abzufotografieren, zu schärfen und anschließend von Spielkarten- auf Taschenbuchformat zu vergrößern.

Während der Fotograf bei der Arbeit war, kehrte Dexter in das Internetcafé zurück, recherchierte und lud alles, was er über die Vereinigten Arabischen Emirate fand, herunter. Am nächsten Tag nahm er den Linienflug der JAT über Beirut nach Dubai.

Die Scheichtümer verdanken ihren Reichtum hauptsächlich dem Öl, auch wenn sie alle bemüht sind, durch die Förderung von Tourismus und Duty-Free-Handel ihre wirtschaftliche Basis zu verbreitern. Die meisten Ölvorkommen liegen vor der Küste.

Bohrinseln müssen ständig versorgt werden, und wenn der Transport schwerer Lasten auch über den Wasserweg erfolgt, so lassen sich Personen mit dem Hubschrauber doch bequemer und schneller befördern.

Die Ölgesellschaften und Betreiber der Bohrinseln verfügen über eigene Hubschrauber, aber daneben bleibt noch genug Platz für Charterfirmen. Im Internet fand er drei, direkt in Dubai. Der Amerikaner Alfred Barnes hatte sich in einen Anwalt verwandelt, als er die erste besuchte. Er hatte sich die kleinste herausgepickt, weil er vermutete, dass man dort auf Formalitäten am wenigsten Wert legte und sich umso mehr für Dollars interessierte. Er sollte in beiden Punkten Recht behalten.

Das Büro befand sich in einem Wohncontainer draußen in Port Rashid, und der Eigentümer und Chefpilot entpuppte sich als ehemaliger britischer Heeresflieger, der hier sein Leben fristete. Das waren aber auch schon alle Vertraulichkeiten, die sie austauschten.

»Alfred Barnes, Rechtsanwalt«, sagte Dexter und streckte ihm die Hand entgegen. »Ich habe ein Problem, einen vollen Terminkalender und ein großes Budget.«

Der britische Expilot hob höflich eine Augenbraue. Dexter schob das Foto über den mit Brandflecken von Zigaretten übersäten Tisch.

»Mein Klient ist oder vielmehr war ein sehr wohlhabender Mann.«

»Hat er sein Vermögen verloren?«, fragte der Pilot.

»In gewisser Weise. Er ist gestorben. Meine Kanzlei verwaltet das Erbe. Und der Mann da ist der Hauptbegünstigte. Nur weiß er nichts davon, und wir können ihn nicht finden.«

»Ich betreibe eine Charterfirma, keine Vermisstenstelle. Außerdem habe ich ihn nie gesehen.«

»Warum sollten Sie auch? Mir geht es um den Hintergrund auf dem Foto. Sehen Sie ihn sich genau an. Ein Flughafen oder Flugplatz, habe ich Recht? Soweit ich weiß, hat er zuletzt hier in der Zivilluftfahrt gearbeitet. Wenn ich den Flughafen finde, finde ich wahrscheinlich auch ihn. Was glauben Sie?«

Der Charterpilot studierte den Hintergrund.

»Die hiesigen Flughäfen haben drei Bereiche: einen militärischen, einen für die Fluggesellschaften und einen für Privatflieger. Die Tragfläche hier gehört zu einem Firmenjet. Davon gibt es Dutzende, vielleicht sogar Hunderte am Golf. Die meisten tragen Firmenfarben und gehören reichen Arabern. Und was wollen Sie von mir?«

Dexter wollte, dass ihm der Mann Zutritt zu den Vorfeldern dieser Flughäfen verschaffte. Sie vereinbarten einen Preis und veranschlagten zwei Tage. Der Pilot sollte so tun, als müsse er einen Kunden abholen. Wenn er sechzig Minuten im Firmenjetbereich gewartet hatte und der fiktive Kunde nicht aufgetaucht war, sollte er dem Tower melden, dass er den Charterflug annulliere und das Gelände jetzt wieder verlasse.

Die Flughäfen in Abu Dhabi, Dubai und Scharjah waren riesig, und selbst der Bereich für Privatflieger war bei allen viel größer, als es der Hintergrund auf dem Foto vermuten ließ.

Die Emirate Ajman und Umm al-Qaiwain verfügten über keinen Flugplatz und waren nur einen Katzensprung vom Flughafen Scharjah entfernt. Damit blieben nur noch die Wüstenstadt Al Ayn, Al Fujairah auf der anderen Seite der Halbinsel am Golf von Oman und, oben im Norden, Ras al Khaimah.

Am Morgen des zweiten Tages wurden sie fündig. Der Bell Jetranger flog hinter der Wüste plötzlich einen Schlenker und landete in Al K, wie der Brite das Emirat nannte. Dort entdeckten sie die Hangars und die Flagge, die hinter ihnen wehte.

Dexter hatte den Hubschrauber für zwei Tage gemietet und seine Reisetasche mitgebracht. Er bezahlte mit einer Hand voll Hundertdollarscheinen, stieg aus und sah zu, wie der Bell Jetranger wieder aufstieg. Er blickte sich um und stellte fest, dass er sich fast an derselben Stelle befand, an der Srechko Petrović gestanden haben musste, als er das Foto schoss, das sein Schicksal besiegelte. Ein Offizieller trat aus dem Verwaltungsgebäude und bedeutete ihm, das Rollfeld zu verlassen.

Das Gebäude, in dem Passagiere von Fluggesellschaften und Privatjets abgefertigt wurden, war ordentlich, sauber und klein, mit der Betonung auf klein. Der internationale Flughafen Al-Quassimi, so benannt nach der Familie des Scheichs, war von den großen Fluggesellschaften dieser Welt offensichtlich noch nie behelligt worden.

Auf dem Vorfeld vor dem Abfertigungsgebäude standen russische Antonows und Tupolews. Außerdem eine alte Jakowlew, ein einmotoriger Doppeldecker. Eine Verkehrsmaschine trug das Logo und die Farben von Tajikistan Airways. Dexter ging eine Etage nach oben ins Dachrestaurant, um einen Kaffee zu trinken.

Im selben Stock war die Verwaltung untergebracht, darunter auch das PR-Büro. Es war lediglich mit einer nervösen jungen Dame besetzt, die von Kopf bis Fuß in einen schwarzen Tschador gehüllt war, aus dem nur ihre Hände und ihr blasses ovales Gesicht hervorschauten. Sie sprach stockendes Englisch.

Alfred Barnes hatte sich mittlerweile in den Mitarbeiter eines großen amerikanischen Reiseunternehmens verwandelt und erbat Auskunft, ob Ras al Khaimah auf Gäste wie Manager eingerichtet sei, die nach einem exotischen Konferenzort suchten. Insbesondere wollte er wissen, ob der Flughafen über Anlagen für die Firmenjets verfüge, in denen sie anreisen würden.

Die Dame war höflich, aber bestimmt. Alle Anfragen in Sachen Tourismus seien an das Fremdenverkehrsamt im Gewerbezentrum zu richten, gleich neben der Altstadt.

Ein Taxi brachte ihn hin. Das Amt war in einem würfelförmigen Kasten in einem Neubaugebiet untergebracht, rund fünfhundert Meter vom Hilton entfernt und direkt neben dem nagelneuen Tiefwasserhafen gelegen. Er erweckte nicht den Eindruck, als werde er von Tourismusentwicklern belagert.

Hussein al-Khoury hätte sich als einen guten Menschen bezeichnet, wenn man ihn danach gefragt hätte. Was nicht heißt, dass er auch ein zufriedener Mensch war. Ersteres hätte er damit begründet, dass er nur eine einzige Ehefrau besaß, sie aber gut behandelte, sich bemühte, seinen vier Kindern ein guter Vater zu sein, jeden Freitag die Moschee besuchte und im Rahmen seiner Möglichkeiten Almosen für die Armen spendete, wie vom Koran verlangt.

Er hätte es im Leben weit bringen können, inschallah. Aber wie es schien, meinte Allah es nicht gut mit ihm. Er war im Mittelbau des Tourismusministeriums hängen geblieben und versauerte in dem Backsteinkasten auf dem Neubaugelände neben dem Tiefwasserhafen, in dem nie ein Mensch anrief. Bis, ja, bis eines Tages ein lächelnder Amerikaner auftauchte.

Er war entzückt. Endlich eine Anfrage und die Gelegenheit, seine in vielen hundert Stunden erworbenen Englischkenntnisse an den Mann zu bringen. Nachdem sie minutenlang Nettigkeiten ausgetauscht hatten – wie charmant von dem Amerikaner, dass er auf die arabische Mentalität Rücksicht nahm und nicht gleich zur Sache kam –, beschlossen sie, da die Klimaanlage streikte und die Außentemperatur die Vierzig-Grad-Grenze erreichte, mit dem Taxi des Amerikaners ins Hilton zu fahren.

Als sie es sich in der angenehm kühlen Bar des Hotels bequem gemacht hatten und der Amerikaner sich noch immer nicht anschickte, das Geschäftliche anzusprechen, wurde al-Khoury neugierig und fragte: »Nun, womit kann ich Ihnen dienen?«

»Wissen Sie, mein Freund«, erwiderte der Amerikaner ernst, »meine Lebensphilosophie ist immer die gewesen, dass wir von unserem allmächtigen und barmherzigen Schöpfer in diese Welt gesetzt worden sind, um uns gegenseitig zu helfen. Und ich glaube, dass ich hier bin, um Ihnen zu helfen.«

Wie geistesabwesend begann der Amerikaner, in seiner Jackentasche zu kramen, und zauberte neben einem Pass und mehreren Empfehlungsschreiben auch ein Bündel Hundertdollarscheine hervor. Al-Khoury stockte der Atem.

»Lassen Sie uns sehen, ob wir einander helfen können.«

Der Beamte starrte auf das Geld.

»Wenn ich irgendetwas für Sie tun kann...«, murmelte er.

»Ich möchte ehrlich mit Ihnen sein, Mr. al-Khoury. Mein wahrer Beruf ist Schuldeneintreiber. Kein sehr schöner Beruf, aber notwendig. Wenn wir uns etwas kaufen, sollten wir es auch bezahlen. Finden Sie nicht?«

»Aber gewiss.«

»Es geht um einen Mann, der von Zeit zu Zeit Ihren Flughafen anfliegt. Im eigenen Firmenjet. Um diesen Mann.«

Al-Koury studierte das Foto ein paar Sekunden lang, dann schüttelte er den Kopf. Sein Blick wanderte zu dem Bündel Geldscheine zurück. Viertausend? Fünftausend? Jedenfalls genug, um Faisal auf die Universität zu schicken...

»Nur leider hat der Mann das Flugzeug nicht bezahlt. In gewisser Weise hat er es also gestohlen. Er hat eine Anzahlung geleistet, ist davongeflogen und ward nie mehr gesehen. Wahrscheinlich hat er die Registriernummer geändert. Nun sind solche Maschinen teuer. Zwanzig Millionen Dollar das Stück. Deshalb wären die wahren Besitzer für jeden Hinweis dankbar, der zur Wiederbeschaffung des Flugzeugs führt, und das in einem sehr praktischen Sinn.«

»Aber wenn er jetzt hier ist, lassen Sie ihn doch einfach verhaften und das Flugzeug beschlagnahmen. Wir haben Gesetze...«

»Bedauerlicherweise ist er schon wieder weg. Aber jedes Mal, wenn er hier landet, wird das registriert. Auf dem Flughafen von Ras al Khaimah elektronisch gespeichert. Und ein Mann von Ihrem Einfluss könnte doch verlangen, einen Blick in die Daten zu werfen.«

Der Beamte tupfte sich mit einem sauberen Taschentuch die Lippen.

»Wann war sie hier, die Maschine?«

»Letzten Dezember.«

Dexter hatte von Frau Petrović noch erfahren, dass ihr Sohn vom 13. bis 20. Dezember verreist gewesen war. Angenommen, man hatte Srechko bei seinem Schnappschuss beobachtet, er hatte es bemerkt und deshalb unverzüglich die Heimreise angetreten, dann musste er sich um den 18. herum in Ras al Khaimah aufgehalten haben. Wie er allerdings auf die Idee gekommen war, hierher zu fliegen, konnte sich Dexter nicht erklären. Entweder war er ein guter Reporter gewesen oder hatte großes Glück gehabt. Kobac hätte ihn einstellen sollen.

»Zu uns kommen viele Firmenjets«, sagte al-Khoury.

»Ich brauche die Registriernummern und die Flugzeugtypen. Außerdem muss ich wissen, ob sie einem Privatmann oder einer Firma gehören, speziell die von Europäern. Mit etwas Glück ist die fragliche Maschine zwischen dem 15. und 19. Dezember hier gelandet. Wie viele dürften es in diesen vier Tagen gewesen sein? Zehn?«

Er konnte nur beten, dass der Araber nicht fragte, wieso ihm der Flugzeugtyp unbekannt sei, wenn er den Verkäufer vertrete. Er blätterte die ersten Hunderter vom Stapel.

»Als Zeichen meines guten Willens und meines absoluten Vertrauens in Sie, mein Freund. Die restlichen viertausend später.«

Der Araber wirkte immer noch unschlüssig, hin- und hergerissen zwischen dem Wunsch nach so viel Geld und der Angst vor Entdeckung und Entlassung. Der Amerikaner bohrte weiter.

»Es würde mir nicht im Traum einfallen, Sie darum zu bitten, wenn Sie Ihrem Land damit einen Schaden zufügen würden. Aber dieser Mann ist ein Betrüger. Wir tun bestimmt ein gutes Werk, wenn wir ihm das Diebesgut wieder abnehmen. Verlangt nicht auch der Koran, dass der Missetäter bestraft wird?«

Al-Khourys Hand lag auf den tausend Dollar.

»Ich checke jetzt hier ein«, sagte Dexter. »Verlangen Sie einfach Mr. Barnes, wenn Sie so weit sind.«

Zwei Tage später meldete er sich. Al-Khoury nahm seine neue Rolle als Geheimagent ziemlich ernst. Er rief aus einer öffentlichen Telefonzelle an.

»Hier spricht Ihr Freund«, sagte eine atemlose Stimme mitten am Vormittag.

»Hallo, mein Freund, wünschen Sie mich zu sehen?«, fragte Dexter.

»Ja. Ich habe das Päckchen.«

»Hier oder in Ihrem Büro?«

»Weder noch. Zu viele Leute. Im Al Hamra Fort. Zum Lunch.«

Seine Äußerungen hätten nicht verdächtiger sein können, falls jemand sie belauschte, aber Dexter bezweifelte, dass der Geheimdienst von Ras al Khaimah an dem Fall dran war.

Er checkte aus und rief ein Taxi. Das Hotel Al Hamra Fort lag zehn Meilen außerhalb der Stadt an der Küste, in der richtigen Richtung an der Straße nach Dubai. Eine alte, mit Türmen versehene arabische Festung, die in ein luxuriöses Fünf-Sterne-Strandhotel umgebaut worden war.

Er traf gegen Mittag dort ein, viel zu früh für ein Mittagessen in der Golfregion, fand aber einen niedrigen Klubsessel, bestellte sich ein Bier und behielt den Eingang im Auge. Al-Khoury erschien kurz nach eins, erhitzt und schweißgebadet, nachdem er die hundert Meter vom Parkplatz zu Fuß zurückgelegt hatte. Fünf Restaurants standen zur Auswahl. Sie entschieden sich für das libanesische mit seinem kalten Büfett.

»Irgendwelche Probleme?«, fragte Dexter, während sie sich Teller nahmen und an den ächzenden, auf Böcke gestellten Tischen entlanggingen.

»Nein«, antwortete der Beamte. »Ich habe gesagt, mein Ministerium wolle alle bekannten Besucher anschreiben und ihnen einen Prospekt zusenden, in der die zusätzlichen Freizeiteinrichtungen vorgestellt werden, die neuerdings in Ras al Khaimah zur Verfügung stehen.«

»Brillant«, strahlte Dexter. »Und niemand wurde stutzig?«

»Im Gegenteil, die Leute von der Flugsicherung haben alle Flugpläne vom Dezember durchgesehen und sogar darauf bestanden, mir den ganzen Monat zu geben.«

»Haben Sie darauf hingewiesen, dass die europäischen Eigentümer besonders wichtig sind?«

»Ja, aber bis auf vier oder fünf sind es nur bekannte Ölgesellschaften. Setzen wir uns.«

Sie nahmen einen Ecktisch und bestellten zwei Bier. Wie viele moderne Araber nahm es auch al-Khoury mit dem Alkohol nicht so genau.

Offensichtlich hatte er eine Schwäche für die libanesische Küche und sich Mezze, Hoummus, leicht gebackenen Halloumi-Käse, Samboussek, Kibbeh und gefüllte Weinblätter auf den Teller geladen. Er reichte ihm ein Blatt Papier und begann zu essen.

Dexter ging die Liste durch, in der die Flugpläne vom Dezember nebst Zeitpunkt der Landung und Dauer des Aufenthalts verzeichnet waren. Dann blätterte er zum 15. Dezember. Mit einem roten Filzstift klammerte er alle Flüge bis zum 19. Dezember ein. Es waren neun.

Zwei Grumman 3 und eine Grumman 4 gehörten international bekannten amerikanischen Ölfirmen. Eine französische Dassault Mystère und eine Falcon flogen für Elf-Aquitaine. Damit blieben noch vier.

Ein kleinerer Lear-Jet gehörte, wie bekannt war, einem saudischen Prinzen und eine größere Cessna Citation einem Geschäftsmann und Multimillionär aus Bahrain. Bei den letzten beiden handelte es sich um eine in Israel gebaute und in Bombay gestartete Westwind und eine Hawker 1000, die aus Kairo gekommen und dorthin zurückgeflogen war. Jemand hatte etwas auf Arabisch neben die Westwind gekritzelt.

»Was heißt das?«, fragte Dexter.

»Ach ja, die kommt regelmäßig. Sie gehört einem indischen Filmproduzenten. Aus Bombay. Er legt hier immer einen Zwischenstopp ein, wenn er nach London, Cannes oder Berlin fliegt. Zu den Filmfestivals. Im Tower kennen sie ihn vom Sehen.«

»Haben Sie das Bild?«

Al-Khoury gab ihm das geliehene Foto zurück.

»Sie glauben, dass er zu der Hawker gehört.«

Die Hawker 1000 hatte die Registriernummer P4-ZEM und gehörte der Zeta Corporation mit Sitz auf den Bermudas.

Dexter dankte seinem Informanten und gab ihm die versprochenen restlichen viertausend Dollar. Das war viel Geld für ein Stück Papier, aber er glaubte, dass es ihm den Hinweis lieferte, den er brauchte.

Auf der Fahrt zurück zum Flughafen von Dubai grübelte er über eine Bemerkung nach, die er einmal gehört hatte. Dass nämlich Leute, die sich eine völlig neue Identität zulegen, bisweilen der Versuchung erliegen, in Erinnerung an alte Zeiten an einem winzigen Detail festzuhalten.

ZEM entsprach zufällig den ersten drei Buchstaben von Zemun, dem Belgrader Viertel, in dem Zoran Zilić geboren und aufgewachsen war. Und Zeta war zufällig das griechische oder spanische Wort für den Buchstaben Z.

Aber Zilić hatte sich und seine Tarnfirmen, ganz zu schweigen von seinem Flugzeug, wenn es denn seines war, bestimmt gegen zudringliche Blicke abgeschirmt.

Irgendwo da draußen gab es die Daten, aber sie waren mit Sicherheit in Datenbanken gespeichert, an die ein unbedarfter Wahrheitssucher nicht herankam.

Dexter konnte einen Computer wie jeder andere bedienen, aber er war nicht in der Lage, in eine geschützte Datenbank einzudringen. Doch er erinnerte sich an jemanden, der das konnte.

19

Die Konfrontation

Als der stellvertretende FBI-Direktor Colin Fleming die Berichte des Spürhunds und das Geständnis des Serben las und erfuhr, unter welchen Umständen Ricky Colenso ums Leben gekommen war, stand für ihn fest, dass der Verantwortliche vor ein ordentliches Gericht gestellt werden musste, wenn irgend möglich, im größten Land dieser Welt, nämlich seinem eigenen.

Von all den Mitarbeitern der verschiedene Dienste, die den Bericht und die gemeinsame Anfrage von Außenminister Powell und Justizminister Ashcroft lasen, war er der Einzige, der es beinahe als persönliche Niederlage empfand, dass seine Behörde keine aktuellen Erkenntnisse über Zoran Zilić besaß und daher nicht helfen konnte.

In einem allerletzten Versuch, etwas zu tun, hatte er ein Foto des serbischen Gangsters, das deutlich sein Gesicht zeigte, an die achtunddreißig im Ausland stationierten »Legats« geschickt.

Das Foto war viel besser als die in den Pressearchiven, wenn auch nicht ganz so neu wie das, welches Dexter von einer Putzfrau in Block 33 erhalten hatte. Die Qualität war deshalb so gut, weil es fünf Jahre zuvor, als der kamerascheue Zilić noch eine mächtige und einflussreiche Figur in Miloševićs Umfeld war, auf Anweisung des CIA-Stationschefs in Belgrad mit einem Teleobjektiv aufgenommen worden war.

Der Fotograf hatte Zilić in dem Moment erwischt, als er aus seinem Auto stieg, den Kopf hob und in Richtung Kamera blickte, die er freilich nicht sehen konnte, weil sie vierhundert Meter entfernt war. Der FBI-Legat in der Belgrader Botschaft hatte von seinem CIA-Kollegen einen Abzug erhalten, sodass jetzt beide Dienste die gleiche Aufnahme besaßen.

Im Allgemeinen operiert die CIA außerhalb und das FBI innerhalb der Vereinigten Staaten. Gleichwohl ist das Bureau im steten Kampf gegen Spionage, Terrorismus und Kriminalität zu einer engen und umfassenden Zusammenarbeit mit anderen, insbesondere verbündeten Staaten genötigt und entsendet zu diesem Zweck Verbindungsbeamte, so genannte Legal Attachés, ins Ausland.

Es mag so aussehen, als sei der Legal Attaché eine Art Diplomat und unterstehe dem Außenministerium, aber dem ist nicht so. Der »Legat« ist der FBI-Vertreter in der US-Botschaft. Jedem von ihnen schickte der stellvertretende Direktor Fleming das Foto von Zilić mit der Anweisung, es in der Hoffnung auf einen Glückstreffer auszuhängen. Das Glück kam unverhofft in Gestalt von Inspektor bin Zayeed.

Auch Inspektor Moussa bin Zayeed hätte die Frage, ob er ein guter Mensch sei, bejaht. Er diente seinem Emir, Scheich Maktoum von Dubai, in treuer Ergebenheit, nahm keine Bestechungsgelder an, ehrte seinen Gott und zahlte brav Steuern. Und wenn er am Abend einer Nebentätigkeit nachging und seinem Freund von der amerikanischen Botschaft nützliche Informationen zukommen ließ, so war das schlicht und einfach Kooperation mit einem Verbündeten und durfte nicht missgedeutet werden.

So kam es, dass er im Juli bei Außentemperaturen von über vierzig Grad in der angenehmen Kühle der klimatisierten Botschaftslobby Zuflucht suchte und darauf wartete, dass sein Freund ihn zum Essen ausführte. Sein Blick wanderte zum Schwarzen Brett.

Er stand auf und ging hinüber. Zwischen den üblichen Hinweisen auf bevorstehende Ereignisse, Veranstaltungen, Abgänge und Zugänge sowie Einladungen in verschiedene Klubs hing ein Foto, versehen mit der Frage: »Haben Sie diesen Mann gesehen?«

»Und? Haben Sie?«, fragte eine fröhliche Stimme hinter ihm, und eine Hand klopfte ihm auf die Schulter. Es war Bill Brunton, sein Kontaktmann, Gastgeber am heutigen Abend und der Legal Attaché. Sie begrüßten sich freundlich.

»O ja«, erwiderte der Beamte der Spezialabteilung. »Vor zwei Wochen.«

Bruntons Fröhlichkeit war wie weggeblasen. Das Fischrestaurant draußen in Jumeirah konnte warten.

»Gehen wir in mein Büro«, schlug er vor.

»Wissen Sie noch, wo und wann?«, fragte der FBI-Mann, als sie dort angekommen waren.

»Selbstverständlich. Vor ungefähr vierzehn Tagen. Ich besuchte einen Verwandten in Ras al Khaimah. Es war in der Faisal-Straße. Kennen Sie die? Die Küstenstraße, die aus der Stadt hinausführt, zwischen Altstadt und Meer.«

Brunton nickte.

»Na ja, ein Lastwagen stieß rückwärts in eine enge Baustelle. Ich musste anhalten. Links lag ein Straßencafé. Drei Männer saßen an einem Tisch. Einer von ihnen war der da.«

Er deutete auf das Foto, das nun auf dem Schreibtisch des FBI-Manns lag.

»Sind Sie sich ganz sicher?«

»Absolut sicher. Es war dieser Mann.«

»Und er war mit zwei anderen zusammen.«

»Ja.«

»Haben Sie die beiden gekannt?«

»Einen mit Namen, den zweiten nur vom Sehen. Der andere heißt Bout.«

Bill Brunton sog geräuschvoll die Luft ein. Wladimir Bout brauchte kaum einem Geheimdienstmann aus dem Westen oder dem früheren Ostblock vorgestellt zu werden. Er war zur Genüge bekannt, ein ehemaliger KGB-Major und mittlerweile einer der größten Waffenschieber der Welt, ein Händler des Todes ersten Ranges.

Dass er nicht einmal gebürtiger Russe war, sondern ein halber Tadschike aus Duschanbe, bewies sein Talent für die niederen Künste. Wenn die Russen etwas sind, dann das rassistischste Volk auf Erden. In Sowjetzeiten wurden Bürger aus den nichtrussischen Republiken kollektiv als »Chorny« bezeichnet, was so viel wie »Schwarze« bedeutete und durchaus nicht als Kompliment gemeint war. Nur Weißrussen und Ukrainern blieb dieses Schimpfwort erspart, und nur sie hatten ähnliche Aufstiegschancen wie ein richtiger Russe. Dass ein halber Tadschike am renommierten Moskauer Militärinstitut für Fremdsprachen, hinter dem sich ein Ausbildungszentrum des KGB verbarg, ein Studium absolvierte und es bis zum Major brachte, war ungewöhnlich.

Er wurde dem Navigations- und Lufttransportregiment der sowjetischen Luftwaffe zugeteilt, einer weiteren Tarnorganisation, die Guerillas und Regierungen in der Dritten Welt, die dem Westen ablehnend gegenüberstanden, heimlich mit Waffen belieferte. Im angolanischen Bürgerkrieg konnte er nicht nur von seinen ausgezeichneten Portugiesischkenntnissen Gebrauch machen, sondern auch enge Kontakte zur Luftwaffe knüpfen.

Nach dem Zusammenbruch der Sowjetunion 1991 herrschten jahrelang chaotische Zustände. Das Militär führte einfach keine Bestandslisten mehr, und Kommandeure verhökerten ihr Kriegsgerät zu jedem Preis, den sie erzielen konnten. Bout erwarb die sechzehn Transportflugzeuge vom Typ Iljuschin 76 seiner Einheit für ein Butterbrot und stieg ins Charter- und Frachtgeschäft ein.

1992 kehrte er in seine Heimat Tadschikistan zurück. Im benachbarten Afghanistan war soeben der Bürgerkrieg ausgebrochen, und sein Landsmann General Dostum mischte kräftig mit. Die einzige »Fracht«, die der grausame Dostum begehrte, waren Waffen. Bout lieferte sie ihm.

1993 tauchte er im belgischen Ostende auf, einer Drehscheibe für Lieferungen in den Kongo, die von ständigen kriegerischen

Auseinandersetzungen erschütterte ehemalige belgische Kolonie, und von dort ins übrige Afrika. Seine Bezugsquelle, das riesige Waffenarsenal der alten Sowjetunion, wo man noch immer mit fiktiven Inventarlisten arbeitete, war unerschöpflich. Zu seinen neuen Kunden zählten auch die Interahamwe-Milizen, die Völkermörder in Ruanda und Burundi.

Selbst die Belgier waren darüber schließlich so empört, dass sie ihn aus Ostende verjagten. 1995 tauchte er in Südafrika auf und verkaufte nicht nur an die Rebellen von der UNITA in Angola, sondern auch an ihre Gegner von der MPLA-Regierung. Unter Präsident Nelson Mandela wurde ihm allerdings auch hier der Boden zu heiß, und er verließ überstürzt das Land.

1998 tauchte er in den Vereinigten Arabischen Emiraten auf und ließ sich in Scharjah nieder. Briten und Amerikaner legten dem Emir ihre Dossiers über ihn vor, und drei Wochen bevor Bill Brunton mit Inspektor bin Zayed in seinem Büro saß, war Bout abermals vor die Tür gesetzt worden.

Doch er zog nur fünfzehn Kilometer die Küste hinauf, ließ sich in Ajman nieder und mietete eine Suite im Gebäude der Industrie- und Handelskammer. Das nur vierzigtausend Einwohner zählende Ajman besitzt kein Öl und nur wenig Industrie und konnte daher nicht so wählerisch sein wie Scharjah.

Bill Brunton maß der Beobachtung des Inspektors große Bedeutung bei. Er wusste zwar nicht, warum sich sein Vorgesetzter, Colin Fleming, für den verschwundenen Serben interessierte, aber sein Bericht würde ihm im Hoover-Gebäude sicherlich ein paar Pluspunkte einbringen.

»Und der dritte Mann?«, fragte er. »Sie sagten, Sie kennen ihn vom Sehen. Wissen Sie noch, wo Sie ihn gesehen haben?«

»Natürlich. Hier. Es ist einer Ihrer Kollegen.«

Wenn Bill Brunton gedacht hatte, der Tag hätte keine Überraschungen mehr zu bieten, so sah er sich nun getäuscht. Er spürte, wie sein Magen Kapriolen schlug. Behutsam zog er eine Akte aus der unteren Schreibtischschublade. Sie enthielt eine Liste der Botschaftsangehörigen mit Fotos. Inspektor bin Zayeed deutete ohne Zögern auf das Gesicht des Kulturattachés.

»Der da«, sagte er. »Das war der dritte Mann am Tisch. Kennen Sie ihn?«

Und ob Brunton ihn kannte. Obwohl sich der Kulturaustausch in Grenzen hielt, war der Kulturattaché ein viel beschäftigter Mann, und zwar deshalb, weil seine Konzertbesuche nur Fassade waren und er in Wahrheit die hiesige CIA-Station leitete.

Die Neuigkeit aus Dubai brachte Colin Fleming zur Weißglut. Nicht weil der Geheimdienst in Langley zu einem Mann wie Wladimir Bout Beziehungen unterhielt. Das mochte im Rahmen der Informationsbeschaffung notwendig sein. Was ihn erzürnte, war, dass ein führender Beamter der CIA Außenminister Colin Powell und seinen eigenen Vorgesetzten, den Justizminister, ganz offensichtlich belogen hatte. Hier spielte jemand mit gezinkten Karten, und er glaubte auch zu wissen, wer. Er rief in Langley an und bestand auf einem sofortigen Treffen.

Die beiden Männer waren sich schon einmal begegnet. Sie waren im Beisein der Nationalen Sicherheitsberaterin, Condoleezza Rice, aneinander geraten und hatten wenig füreinander übrig. Manchmal ziehen sich Gegensätze an, nicht aber in diesem Fall.

Paul Devereaux III. entstammte jenen alteingesessenen Familien, die in Massachusetts lange Zeit fast so etwas wie eine Aristokratie darstellten. Er war ein typischer Spross der gebildeten, konservativen Bostoner Elite.

Bereits im Vorschulalter bewies er eine herausragende Intelligenz, und später schaffte er spielend die Boston College High School, eine der wichtigsten Nachwuchsschmieden für die führenden Jesuitenschulen in Amerika. Er schloss mit *summa cum laude* ab.

Die Dozenten auf dem Bostoner College sahen in ihm einen

Überflieger, dem es beschieden war, eines Tages der Gesellschaft Jesu selbst beizutreten oder gar einen hohen Posten in der akademischen Welt zu bekleiden.

Er studierte Geisteswissenschaften mit den Schwerpunkten Philosophie und Theologie. Er las alles, verschlang Bücher von Ignatius von Loyola – natürlich – bis zu Teilhard de Jardin. Er diskutierte mit seinem Theologietutor bis tief in die Nacht über die Lehre vom kleineren Übel und übergeordneten Ziel, wonach der Zweck die Mittel heiligt und nicht zur Verdammnis der Seele führt, solange die Grenzen des Unzulässigen nicht überschritten werden.

1966 war er neunzehn. Der Kalte Krieg erreichte seinen Höhepunkt, und das kommunistische Lager schien noch in der Lage, die Dritte Welt aufzurollen und den Westen zu einer belagerten Insel zu machen. Just zu diesem Zeitpunkt appellierte Papst Paul VI. an die Jesuiten und forderte sie dazu auf, sich zur Speerspitze im Kampf gegen den Atheismus zu machen.

Paul Devereaux sah in beidem Synonyme: Atheismus war nicht immer gleichbedeutend mit Kommunismus, Kommunismus aber mit Atheismus. Er wollte seinem Land nicht in der Kirche oder der akademischen Welt dienen, sondern auf jenem anderen Platz, den ihm ein Pfeifenraucher, den ihm ein Kollege seines Vaters vorgestellt hatte, in einem Country Club hinter vorgehaltener Hand empfohlen hatte.

Eine Woche nach seinem Abschluss am Boston College wurde Paul Devereaux als neuer Mitarbeiter der Central Intelligence Agency vereidigt. Für ihn war dies der vom Dichter besungene strahlende, verheißungsvolle Morgen. Die großen Skandale sollten erst noch kommen.

Dank seiner Beziehungen machte der Sohn aus gutem Haus eine steile Karriere. Den Anfeindungen seiner Neider nahm er mit einer Mischung aus natürlichem Charme und schierer Cleverness die Spitze. Zudem bewies er eine Eigenschaft, die in jenen Jahren in der Agency besonders hoch im Kurs stand: Er war loyal. Dafür konnte einem Mann eine ganze Menge verziehen werden, bisweilen ein wenig zu viel.

Er durchlief die drei Hauptabteilungen: Operationen, Nachrichten (Auswertung) und Spionageabwehr (interne Sicherheit). Mit der Ernennung von John Deutsch zum Direktor erhielt seine Karriere jedoch einen Dämpfer.

Die beiden Männer mochten sich einfach nicht. So etwas kommt vor. Deutsch war kein Eigengewächs des Nachrichtendienstes, sondern der Letzte einer langen und, nachträglich betrachtet, unseligen Reihe von politisch Berufenen. Er glaubte, dass Devereaux, der sieben Fremdsprachen beherrschte, auf ihn herabsah – und er könnte damit durchaus Recht gehabt haben.

Devereaux hielt den neuen Direktor für einen politisch korrekten Einfaltspinsel, ernannt von einem aus Arkansas stammenden Präsidenten, den er, obwohl selbst Demokrat, verachtete, und das war noch vor Paula Jones und Monica Lewinsky.

Es war keine Liebesheirat, und es kam beinahe zur Scheidung, als Devereaux einen Abteilungsleiter in Südamerika verteidigte, dem fragwürdige Kontakte nachgesagt wurden.

Die gesamte Agency hatte die Präsidentenorder 12333 bereitwillig geschluckt, bis auf ein paar Betonköpfe, die schon seit dem Zweiten Weltkrieg im Geschäft waren. Die Order stammte von Präsident Gerald Ford und stellte ein Verbot aller weiteren »Liquidierungen« dar.

Devereaux hatte schwerwiegende Bedenken, war aber noch nicht lange genug dabei, um nach seiner Meinung gefragt zu werden. Seines Erachtens waren in der äußerst unvollkommenen Welt der geheimen Nachrichtenbeschaffung durchaus Situationen vorstellbar, die es nötig machten, einen Feind in Gestalt eines Verräters zu »liquidieren«, gleichsam als Präventivmaßnahme. Mit anderen Worten, es konnte notwendig werden, ein Leben zu opfern, um zehn andere zu retten.

Und wenn ein Direktor nicht die moralische Integrität besaß, um mit der letzten Entscheidung in einem solchen Fall betraut zu werden, sollte er nach seiner Überzeugung gar nicht erst Direktor werden.

Doch unter Clinton nahm die politische Korrektheit in den Augen des mittlerweile altgedienten Agenten mit der Direktive, übel beleumundete Informanten nicht als Quellen zu benutzen, absurde Züge an. Ebenso konnte man verlangen, seine Quellen auf Mönche und Chorknaben zu beschränken.

Und als dann einem Kollegen in Südamerika mit dem Karriere-ende gedroht wurde, weil er sich mithilfe von Exterroristen über noch aktive Terroristen informierte, schrieb Devereaux ein sarkastisches Papier, das in der Abteilung für Operationen zirkulierte und unter den Mitarbeitern für Heiterkeit sorgte wie die verbotene Samisdat-Literatur in der ehemaligen Sowjetunion.

Deutsch wollte Devereaux zwingen, den Dienst zu quittieren, doch der stellvertretende Direktor George Tenet mahnte zur Vorsicht. Und am Ende war es Deutsch selbst, der seinen Hut nehmen musste und durch Tenet ersetzt wurde.

In jenem Sommer 1998 geschah in Afrika etwas, das den neuen Direktor veranlasste, weiter auf den sarkastischen, aber tüchtigen Intellektuellen zu setzen, trotz seiner Ansichten über ihren gemeinsamen Oberbefehlshaber. Zwei US-Botschaften waren in die Luft gesprengt worden.

Auch der einfachsten Putzkraft war nicht verborgen geblieben, dass seit dem Ende des Kalten Krieges 1991 der neue Kalte Krieg gegen den sich ausbreitenden Terrorismus geführt wurde, und damit rückte innerhalb der Hauptabteilung für Operationen die Abteilung Terrorbekämpfung in den Mittelpunkt.

Paul Devereaux arbeitete nicht in dieser Abteilung. Da er unter anderem auch Arabisch sprach und im Verlauf seiner Karriere drei Jahre in arabischen Ländern verbracht hatte, war er zu der Zeit die Nummer zwei in der Abteilung Naher und Mittlerer Osten.

Nach den Anschlägen auf die Botschaften wurde er versetzt und zum Leiter einer kleinen Spezialeinheit ernannt, die nur eine einzige Aufgabe hatte und unmittelbar dem Direktor unterstand. Die Aufgabe, um die es dabei ging, wurde »Operation Peregrine« genannt, nach dem englischen Wort für Wanderfalke, jenen Vogel, der lautlos und hoch in der Luft über seiner Beute schwebt, bis er sich seiner Sache sicher ist und dann mit verblüffender Schnelligkeit und tödlicher Präzision herabstößt.

Auf seinem neuen Posten hatte Devereaux unbeschränkten Zugang zu allen gewünschten Informationen aus jeder anderen Quelle und ein kleines, aber hoch qualifiziertes Team. Er machte Kevin McBride, der ihm intellektuell zwar nicht das Wasser reichen konnte, aber erfahren, willig und loyal war, zu seiner rechten Hand. McBride war es denn auch, der den Anruf entgegennahm und mit der Hand die Sprechmuschel bedeckte.

»Der stellvertretende FBI-Direktor Fleming«, sagte er. »Klingt nicht sehr fröhlich. Soll ich rausgehen?«

Devereaux bedeutete ihm zu bleiben.

»Colin… Paul Devereaux. Was kann ich für Sie tun?«

Seine Stirn legte sich in Falten, während er lauschte.

»Aber selbstverständlich, ich glaube, ein Treffen wäre ein gute Idee.«

Es fand in einem Haus statt, das sich für einen lauten Wortwechsel gut eignete. Es wurde täglich »entwanzt«, mit Wissen der Gesprächsteilnehmer nahm man jedes Wort auf, bei Bedarf standen Erfrischungen bereit.

Fleming schob Devereaux den Bericht Bill Bruntons hin und ließ ihn lesen. Die Miene des Arabisten verriet keine Regung.

»Ja und?«, fragte er.

»Jetzt sagen Sie bloß nicht, dass der Inspektor in Dubai sich geirrt hat«, erwiderte Fleming. »Zilić war der größte Waffenschieber Jugoslawiens. Er ist getürmt, war verschwunden. Und jetzt wird er zusammen mit dem größten Waffenhändler in der Golfregion und Afrika gesehen. Das ist nur logisch.«

»Mir würde im Traum nicht einfallen, diese Logik in Abrede zu stellen«, erwiderte Devereaux.

»Und er plaudert mit Ihrem Mann am Golf.«

»Dem CIA-Vertreter am Golf«, korrigierte Devereaux freundlich. »Warum kommen Sie damit zu mir?«

»Weil Sie im Mittleren Osten das Sagen hatten, auch wenn Sie angeblich nur die zweite Geige spielten. Und weil zu der Zeit praktisch alle Mitarbeiter der Firma am Golf Ihnen unterstanden. Daran hat sich nichts geändert, auch wenn Sie jetzt an einer Art Sonderprojekt arbeiten. Und ich bezweifle stark, dass Zilić vor zwei Wochen zum ersten Mal in der Gegend aufgetaucht ist. Ich glaube, dass Sie genau wussten, wo Zilić steckte, als die Anfrage kam. Zumindest wussten Sie, dass er an einem bestimmten Tag wieder am Golf aufkreuzen würde. Man hätte ihn schnappen können, aber Sie haben geschwiegen.«

»Ach ja? Selbst in unserem Geschäft ist ein Verdacht noch lange kein Beweis.«

»Die Sache ist ernster, als Sie anzunehmen scheinen, mein Freund. Wie man es auch dreht und wendet, Ihre Agenten unterhalten Kontakte zu bekannten Kriminellen der übelsten Sorte. Das verstößt gegen die Vorschriften, eindeutig gegen alle Vorschriften.«

»Und wenn schon. Ein paar alberne Vorschriften sind verletzt worden. In unserem Geschäft darf man nicht so zimperlich sein. Auch das FBI sollte begreifen, dass man manchmal das kleinere Übel wählen muss, wenn man das übergeordnete Gute erreichen will.«

»Belehren Sie mich nicht«, bellte Colin Fleming.

»Das liegt mir fern«, erwiderte der Bostoner gedehnt. »Na schön, Sie sind aufgebracht. Was gedenken Sie in der Sache zu tun?«

Es bestand kein Grund mehr, höflich zu bleiben. Der Fehdehandschuh war geworfen und lag auf dem Boden.

»Ich kann die Sache nicht auf sich beruhen lassen«, antwortete Fleming. »Dieser Zilić ist ein Perverser. Sie müssen doch gelesen haben, was er mit dem Jungen aus Georgetown angestellt hat. Trotzdem verkehren Sie mit ihm. Durch einen Bevollmächtigten, gut, trotzdem verkehren Sie mit ihm. Sie wissen, wozu der Kerl fähig ist, was er bereits getan hat. Wir haben alles schwarz auf weiß, und ich weiß, dass Sie es gelesen haben müssen. Uns liegt eine Aussage vor, derzufolge er einen Ladeninhaber, der nicht zahlen wollte, an den Füßen aufgehängt hat, zehn Zentimeter über einem elektrischen Heizlüfter, bis ihm das Hirn kochte. Das ist ein sadistischer Irrer. Wofür, zum Teufel, benutzen Sie ihn?«

»Falls ich das tatsächlich tue, ist es geheim. Selbst für einen stellvertretenden Direktor des FBI.«

»Liefern Sie das Schwein aus. Sagen Sie uns, wo wir ihn finden.«

»Selbst wenn ich es wüsste, was ich nicht zugebe, nein.«

Colin zitterte vor Wut und Abscheu.

»Wie können Sie nur so verdammt selbstgefällig sein?«, brüllte er. »1945 hat die Spionageabwehr im besetzten Deutschland mit Nazis kooperiert, die ihr im Kampf gegen den Kommunismus helfen sollten. Das hätten wir niemals tun dürfen. Wir hätten diese Schweine nicht mal mit einer Kneifzange anfassen dürfen. Es war damals falsch, und es ist heute falsch.«

Devereaux seufzte. Langsam wurde es ermüdend, und sinnlos war es schon lange.

»Ersparen Sie mir Ihre historischen Belehrungen«, sagte er. »Ich frage Sie noch einmal: Was gedenken Sie in der Sache zu tun?«

»Ich werde Ihren Direktor davon unterrichten«, antwortete Fleming.

Paul Devereaux erhob sich. Es war Zeit zu gehen.

»Ich will Ihnen mal was sagen. Letzten Dezember wäre ich erledigt gewesen, heute kann mir keiner mehr. Die Zeiten ändern sich.«

Er spielte darauf an, dass im Dezember 2000 der Präsident noch Bill Clinton geheißen hatte.

Nach peinlichen Ungereimtheiten bei der Stimmenauszählung in Florida wurde im Januar 2001 ein gewisser George W. Bush zum Präsidenten vereidigt, und sein glühendster Anhänger war kein anderer als der damalige CIA-Direktor George Tenet.

Und die Macher um George W. Bush alias Dubya würden das Projekt Peregrine nicht kippen, nur weil jemand die Clinton'schen Vorschriften außer Kraft gesetzt hatte. Sie selbst taten ja das Gleiche.

»Das letzte Wort ist noch nicht gesprochen!«, rief Fleming dem Scheidenden nach. »Man wird ihn finden und herbringen, wenn ich dabei ein Wörtchen mitzureden habe.«

Auf der Fahrt nach Langley dachte Devereaux im Wagen über diese Bemerkung nach. Die dreißig Jahre in der Schlangengrube CIA hatte er nur durch die Entwicklung feiner Antennen überlebt. Er hatte sich soeben einen Feind gemacht, vielleicht einen gefährlichen.

»Man wird ihn finden.« Wer? Wie? Und was konnte der Moralist aus dem Hoover-Gebäude dabei mitzureden haben? Er seufzte. Eine Sorge mehr auf dieser stressgeplagten Welt. Er würde Colin Fleming mit Adleraugen beobachten müssen... besser noch mit Falkenaugen. Er lächelte über den Scherz, aber nicht mehr lange.

20

Der Jet

Beim Anblick des Hauses musste Cal Dexter über die Ironie des Schicksals schmunzeln. Nicht der ehemalige GI und spätere Anwalt nannte das hübsche Haus in Westchester County sein Eigen, sondern der magere Junge aus Bedford-Stuyvesant. In den letzten dreizehn Jahren hatte es Washington Lee offensichtlich weit gebracht.

Als er an jenem Sonntagmorgen im späten Juli die Haustür öffnete, fiel Dexter sofort auf, dass seine wilde Afrofrisur sauber gestutzt war. Außerdem hatte er sich die vorstehenden Zähne richten und die knollige Nase verkleinern lassen. Vor ihm stand ein zweiunddreißigjähriger Geschäftsmann mit Frau und zwei Kindern, einem netten Haus und einer bescheidenen, aber gut gehenden EDV-Beratung.

Dexter hatte alles verloren und Washington Lee alles bekommen, wovon er nie zu träumen gewagt hätte. Dexter hatte, nachdem er ihn ausfindig gemacht hatte, seinen Besuch telefonisch angekündigt.

»Treten Sie ein, Mr. Dexter«, sagte der ehemalige Hacker.

Sie saßen in Gartenstühlen auf dem Rasen hinter dem Haus und tranken Limonade. Dexter reichte Lee einen Prospekt. Auf dem Umschlag war ein zweistrahliger Firmenjet abgebildet, der über einem blauen Meer eine Kurve flog.

»Den kann natürlich jeder bekommen. Ich muss eine Maschine dieses Typs finden. Eine ganz bestimmte. Ich muss wissen, wer sie gekauft hat und wann, wem sie heute gehört und vor allem, wo der Betreffende lebt.«

»Und Sie glauben, er will nicht, dass Sie es erfahren.«

»Wenn der Besitzer ganz offen unter seinem richtigen Namen lebt, habe ich mich geirrt. Dann bin ich einer Falschinformation aufgesessen. Aber wenn ich Recht habe, verkriecht er sich irgendwo unter falschem Namen, beschützt von bewaffneten Leibwächtern und zugriffsicheren Datenbanken.«

»Und die soll ich knacken?«

»Genau.«

»In den letzten dreizehn Jahren ist alles viel schwieriger geworden. Scheiße, ich war selbst einer von denen, die alles schwieriger gemacht haben, technisch gesehen. Und der Gesetzgeber hat das Gleiche getan, juristisch gesehen. Was Sie von mir verlangen, ist Einbruch. Streng verboten.«

»Ich weiß.«

Washington Lee sah sich um. Am anderen Ende des Rasens plantschten zwei kleine Mädchen kreischend in einem Kunststoffbecken. Seine Frau bereitete in der Küche das Mittagessen zu.

»Vor dreizehn Jahren drohte mir ein längerer Aufenthalt hinter Gittern«, sagte er. »Und hinterher hätte ich wieder auf einer Mietshaustreppe im Getto gesessen. Stattdessen bekam ich eine Chance. Vier Jahre war ich bei der Bank, neun Jahre mein eigener Chef. Ich habe, in aller Bescheidenheit, die besten Sicherheitssysteme in den USA entwickelt. Jetzt ist es an der Zeit, mich zu revanchieren. Alles klar, Mr. Dexter. Was wollen Sie?«

Zunächst sahen sie sich das Flugzeug an. Der Name Hawker war im britischen Flugzeugbau bereits seit dem Ersten Weltkrieg ein Begriff. Steve Edmond hatte 1940 eine Hawker Hurricane geflogen. Das letzte Kampfflugzeug war die überaus vielseitige Harrier. Ab den Siebzigerjahren konnten kleinere Firmen nicht mehr die nötigen Mittel für Forschung und Entwicklung aufbringen, um im Alleingang neue Kampfflugzeuge zu bauen. Das war nur den amerikanischen Branchenriesen möglich, und selbst die fusionierten. Hawker verlegte sich zunehmend auf den zivilen Flugzeugbau.

In den Neunzigerjahren waren nahezu alle britischen Flugzeugbauer unter dem Dach der British Aerospace oder BAe vereint. Dann beschloss der Vorstand, das Unternehmen zu verkleinern, und verkaufte die Tochtergesellschaft Hawker an die Raytheon Corporation in Wichita, Kansas. Der Konzern behielt nur ein kleines Verkaufsbüro in London und die Wartungseinrichtungen in Chester.

Die Firma Raytheon bekam für ihr Geld die erfolgreiche und populäre HS 125, ein zweistrahliges Geschäftsreiseflugzeug für Kurzstrecken, die Hawker 800 und die Hawker 1000 mit einer Reichweite bis fünftausend Kilometer.

Bei seinen Nachforschungen im Internet hatte Dexter allerdings herausgefunden, dass die Hawker 1000 seit 1996 nicht mehr produziert wurde. Wenn Zoran Zilić eine besaß, musste er sie also gebraucht gekauft haben. Zudem waren insgesamt nur zweiundfünfzig Maschinen gebaut worden, und dreißig davon standen im Dienst einer amerikanischen Charterflotte.

Er suchte also nach einer der zweiundzwanzig verbliebenen Maschinen, die in den letzten zwei, höchstens drei Jahren den Besitzer gewechselt hatten. Es gab eine Hand voll Firmen, die sich in der dünnen Luft des Handels mit diesen teuren Gebrauchtflugzeugen bewegten, doch die Chancen standen zehn zu eins, dass man die gesuchte Maschine beim Besitzerwechsel generalüberholt hatte, und das hieß, dass sie wahrscheinlich an die Raytheon-Tochter Hawker zurückgegangen war. Das wiederum legte die Vermutung nahe, dass der Verkauf dort abgewickelt wurde.

»Sonst noch was?«, fragte Lee.

»Die Registriernummer. P4-ZEM. Sie ist in keinem internationalen Luftfahrtregister aufgeführt. Die Nummer verweist auf die kleine Insel Aruba.«

»Nie gehört«, sagte Lee.

»Gehörte früher zu den Niederländischen Antillen wie Curaçao und Bonaier, die niederländisch geblieben sind. Aruba ist seit 1986 selbstständig. Auf allen Inseln kann man geheime Bankkonten führen, Firmen registrieren lassen und solche Sachen. Ein Ärgernis für Betrugsdezernate in aller Welt, aber für eine Insel ohne sonstige Ressourcen leicht verdientes Geld. Aruba hat ein paar Erdölraffinerien. Weitere Einnahmequellen sind der Tourismus, der sich auf irgendein tolles Korallenriff stützt, die geheimen Bankkonten, bunte Briefmarken und exotische Nummernschilder. Ich vermute, dass meine Zielperson die alte Registriernummer durch eine neue ersetzt hat.«

»Dann wäre P4-ZEM bei Raytheon nicht registriert?«

»Mit ziemlicher Sicherheit nicht. Davon abgesehen geben sie keine Auskünfte über Kunden. Ausgeschlossen.«

»Das werden wir ja sehen«, murmelte Washington Lee.

In den letzten dreizehn Jahren hatte das Computergenie eine Menge gelernt, nicht zuletzt deshalb, weil er selbst viel Zeit mit Programmieren verbrachte. Die meisten amerikanischen Computerfreaks saßen in Silicon Valley, und wenn diese Superhirne vor einem Ostküstler Respekt hatten, dann musste er gut sein.

Das Erste, was sich Lee einschärfen musste, war: nie wieder erwischen lassen. Es war sein erster illegaler Job seit dreizehn Jahren, und er durfte im Netz unter keinen Umständen Spuren hinterlassen, die zu einem Haus in Westchester führten.

»Wie groß ist Ihr Budget?«, fragte er.

»Angemessen. Wieso?«

»Ich möchte mir erstens ein Winnebago-Wohnmobil mit Generator mieten, denn wenn ich Daten übertrage, muss ich jederzeit den Laden dichtmachen und verschwinden können. Zweitens brauche ich den besten PC, den ich kriegen kann, und wenn alles vorbei ist, muss ich ihn in einem tiefen Fluss versenken.«

»Kein Problem. Wo wollen Sie angreifen?«

»An allen Fronten. Zuerst nehme ich mir das amtliche Flugzeugregister von Aruba vor. Es muss ausspucken, wie die Hawker hieß, als sie das letzte Mal bei Raytheon stand. Dann die Zeta Corporation im Handelsregister der Bermudas. Wo hat die

Firma ihren Hauptsitz, wohin gehen der gesamte Datenfluss, die Geldtransfers, überhaupt alles. Anschließend die gespeicherten Flugpläne. Woher kam die Maschine, als sie in dem Emirat... wie hieß es noch gleich?«

»Ras al Khaimah.«

»Richtig, Ras al Khaimah. Sie muss ja irgendwo hergekommen sein.«

»Aus Kairo. Sie kam aus Kairo.«

»Dann ist ihr Flugplan bei der Kairoer Flugsicherung gespeichert. Der muss ich einen Besuch abstatten. Das Erfreuliche daran ist, dass sie gegen Zugriffe wahrscheinlich nicht besonders gut abgeschirmt ist.«

»Sie müssen nach Kairo?«, fragte Dexter.

Washington Lee sah ihn an, als sei er übergeschnappt.

»Nur virtuell. Ich kann die Datenbank in Kairo von einem Grillplatz in Vermont aus besuchen. Hören Sie, Mr. Dexter, warum gehen Sie nicht nach Hause und warten dort? Das ist nicht Ihre Welt.«

Washington Lee mietete sich ein Wohnmobil und kaufte den PC nebst der für sein Vorhaben erforderlichen Software. Er bezahlte überall in bar, was Befremden auslöste, nur nicht bei der Autovermietung, wo er einen Führerschein vorlegen musste. Aber wer ein Wohnmobil mietete, war deshalb noch lange kein Hacker. Außerdem erwarb er einen Dieselgenerator, mit dem er jederzeit seinen eigenen Strom erzeugen konnte, wenn er ins Netz gehen und sich einloggen musste.

Die erste und leichteste Übung war der Einbruch ins Luftfahrtregister von Aruba, das von einem Büro in Miami geführt wurde. Er wählte dafür nicht etwa ein Wochenende, sonst wäre der unerlaubte Besuch am folgenden Montagmorgen aufgefallen, sondern einen betriebsamen Werktag, an dem die Datenbank mit so vielen Anfragen bombardiert wurde, dass seine in der Masse unterging.

Die Hawker 1000 P4-ZEM war früher unter der Nummer VP-BGG geführt worden, und das bedeutete, dass sie irgendwo in der britischen Registrierungszone gemeldet gewesen war.

Um Identität und Standort zu verschleiern, benutzte er ein Programm namens PGP für »Pretty Good Privacy«, das so sicher ist, dass sein Export ins Ausland einst verboten war. Er hatte ein Schlüsselpaar erzeugt, einen öffentlichen und einen privaten Schlüssel. Senden musste er mit dem öffentlichen Schlüssel, denn nur der konnte verschlüsseln. Zum Empfangen von Nachrichten benutzte er seinen privaten Schlüssel, denn nur der konnte entschlüsseln. Der Vorteil dieses von einem Patrioten und Liebhaber der theoretischen Mathematik entwickelten Verschlüsselungsprogramms bestand aus seiner Sicht darin, dass mit großer Wahrscheinlichkeit niemand herausfinden würde, wer er war und wo er sich befand. Wenn er nur kurze Zeit online blieb und ständig seinen Standort wechselte, konnte er ungeschoren davonkommen.

Seine zweite Schutzmaßnahme war viel simpler: E-Mails verschickte er nur aus Internetcafés in den Städten, durch die er kam.

Von der Kairoer Flugsicherung erfuhr er, dass die Hawker 1000 P4-ZEM jedes Mal, wenn sie zum Auftanken im Land der Pharaonen landete, von den Azoren kam.

Allein der Umstand, dass die Flugroute von Westen nach Osten über die portugiesische Inselgruppe im Atlantik nach Kairo und von dort weiter nach Ras al Khaimah führte, ließ darauf schließen, dass die Reise von P4-ZEM irgendwo in der Karibik oder Lateinamerika begann. Es war nicht sicher, aber die Vermutung lag nahe.

Von einem Rastplatz in North Carolina aus entlockte Washington Lee den Daten der Luftsicherung auf den Azoren, dass P4-ZEM aus dem Westen kam. Allerdings war ihr Heimatflughafen ein Privatflugplatz der Zeta Corporation. Damit endete der Versuch, die Spur anhand der gespeicherten Flugpläne zurückzuverfolgen, in einer Sackgasse.

Auch die Bermudas unterhalten zum Wohl einer Kundschaft, die bereit ist, für maximale Sicherheit Spitzenpreise zu zahlen, ein System, das Geldanlegern und Firmen absolute Diskretion und Anonymität garantiert, und rühmen sich ihrer Erstklassigkeit.

Die Datenbank in Hamilton freilich konnte dem Trojaner-Programm, mit dem Washington Lee sie fütterte, nicht lange widerstehen und gab preis, dass Zeta Corporation tatsächlich auf den Inseln registriert und eingetragen war. Doch sie spuckte lediglich die Namen dreier einheimischer Geschäftsführer aus, die alle einen untadeligen Leumund besaßen. Ein Zoran Zilić war nicht aufgeführt und auch kein anderer serbisch klingender Name.

Da Washington Lee vermutete, dass die Hawker irgendwo im karibischen Raum zu Hause war, nahm Cal Dexter, sowie er nach New York zurückgekehrt war, Kontakt zu einem Charterpiloten auf, den er einmal verteidigt hatte. Ein Passagier, der schwer luftkrank geworden war, hatte ihn mit der Begründung verklagt, er hätte besseres Wetter abwarten müssen.

»Versuchen Sie es doch bei der Flugauskunft«, riet ihm der Pilot. »Die wissen, wer in ihrem Zuständigkeitsbereich stationiert ist.«

Die Flugauskunft für die südliche Karibik befand sich in Caracas, Venezuela, und sie bestätigte, dass die Hawker 1000 P4-ZEM genau dort stationiert war. Einen Augenblick lang dachte Dexter, er habe mit all den anderen Nachforschungen nur seine Zeit verschwendet. Es erschien so einfach. Frag die örtliche Flugauskunft, und du bekommst die Antwort.

»Allerdings«, fügte sein Freund, der Charterpilot, hinzu, »muss sie nicht wirklich dort sein. Vielleicht ist sie dort nur zugelassen.«

»Wie meinen Sie das?«

»Ganz einfach«, sagte der Pilot. »Eine Yacht kann Wilmington, Delaware, am Heck stehen haben, weil sie dort registriert ist. Aber sie wird immer nur auf den Bahamas gechartert. Der Hangar, in dem die Hawker steht, könnte meilenweit von Caracas entfernt sein.«

Washington Lee schlug eine letzte Möglichkeit vor und instruierte Dexter. Eine anstrengende zweitägige Fahrt brachte ihn nach Wichita in Kansas. Er rief Dexter an, als er bereit war.

Der Leiter der Abteilung Verkauf nahm den Anruf aus New York in seinem Büro im fünften Stock der Unternehmenszentrale entgegen.

»Ich rufe im Auftrag der Zeta Corporation auf den Bermudas an«, sagte die Stimme. »Erinnern Sie sich, dass Sie uns vor einigen Monaten eine Hawker 1000 mit der Registriernummer VP-BGG verkauft haben? Ich meine die, die einem Briten gehört hat. Ich bin der neue Pilot.«

»Aber gewiss, Sir. Mit wem spreche ich?«

»Leider ist Mr. Zilić mit der Kabinenausstattung nicht zufrieden und möchte sie ändern lassen. Können Sie so etwas anbieten?«

»Aber selbstverständlich, Kabineneinrichtungen machen wir hier im Werk, Mr. ....?«

»Und bei der Gelegenheit könnte man gleich die fällige Triebwerküberholung erledigen.«

Der Manager setzte sich abrupt auf. Er erinnerte sich noch sehr gut an den Verkauf. Das Flugzeug war generalüberholt worden. Wenn der Besitzer nicht ununterbrochen in der Luft gewesen war, stand die nächste Überholung der Triebwerke frühestens in einem Jahr an.

»Darf ich jetzt erfahren, mit wem ich spreche?«, sagte er. »Ich glaube nicht, dass die Triebwerke in nächster Zeit überholt werden müssen.«

Die Stimme am anderen Ende der Leitung wurde unsicher und geriet ins Stottern.

»Tatsächlich? Na, so was. Dann entschuldigen Sie. Muss wohl das falsche Flugzeug sein.«

Der Anrufer legte auf. Der Verkaufsleiter hatte nun endgültig Verdacht geschöpft. Soweit er sich erinnerte, hatte er die Zulassungsnummer der aus britischem Besitz stammenden und von der Firma Avtech in Biggin Hill, Kent, angebotenen Hawker beim Verkauf nie erwähnt. Er beschloss, die Sicherheitsabteilung zu bitten, den Anruf zurückzuverfolgen und herauszufinden, wer der Anrufer war.

Dazu war es natürlich zu spät, denn das Handy mit SIM-Karte schwamm bereits im East River. Doch in der Zwischenzeit erinnerte er sich wieder an den Piloten, den Zeta Corporation nach Wichita geschickt hatte, um die Hawker zu ihrem neuen Besitzer zu fliegen.

Ein sehr freundlicher Jugoslawe, ein ehemaliger Luftwaffenoberst seines Landes mit tadellosen Papieren, darunter auch alle vom amerikanischen Luftfahrtamt ausgestellten Bescheinigungen der Flugschule, an der er auf die Hawker umgeschult worden war. Er sah in seinen Unterlagen nach. Flugkapitän Svetomir Stepanović. Und eine E-Mail-Adresse.

Er schrieb eine kurze Mail, in der er den Piloten der Hawker von dem eigenartigen und verdächtigen Anruf unterrichtete, und schickte sie ab.

Jenseits des Gartengeländes, das die Firmenzentrale umgab, parkte Washington Lee mit seinem Wohnmobil hinter einer Baumgruppe. Er warf einen prüfenden Blick auf sein »Abhörgerät«, mit dem er die elektromagnetische Abstrahlung eines Rechners auffangen konnte, und dankte seinem Schöpfer dafür, dass der Verkaufsleiter kein Tempest-System benutzte, um seinen Computer vor solchen Angriffen zu schützen. Er beobachtete, wie das Gerät die Nachricht mitlas. Der Text war belanglos. Ihn interessierte nur die Zieladresse.

Zwei Tage später stand das Wohnmobil wieder bei dem Autoverleiher in New York, Computer und Software lagen irgendwo im Misssouri River, und Washington Lee studierte eine Landkarte und deutet mit einem Stift auf einen Punkt.

»Hier ist es«, sagte er. »Republik San Martin. Etwa fünfzig Meilen östlich von San Martin City. Und der Flugkapitän ist ein Jugoslawe. Ich schätze, Sie haben Ihren Mann, Mr. Dexter. Und wenn Sie mich jetzt entschuldigen würden, ich habe nämlich ein Haus, eine Frau, zwei Kinder und eine Firma, die auf mich warten.«

Der Avenger kaufte sich die detailliertesten Karten, die er finden konnte, und fertigte davon Vergrößerungen an. Direkt am Ende des eidechsenförmigen Isthmus, der Nord- und Südamerika verbindet, beginnt die große Landmasse des Südkontinents. Ganz im Westen liegt Kolumbien, Venezuela direkt in der Mitte.

Östlich von Venezuela reihen sich die vier Guyanas. Zuerst das frühere Britisch-Guyana, das heute schlicht Guyana heißt. Dann das ehemalige Niederländisch-Guyana und heutige Surinam. Am weitesten östlich liegt Französisch-Guyana, das Land der Teufelsinsel, in dem die Geschichte Papillons spielt und das heute den europäischen Weltraumbahnhof Kourou beherbergt. Zwischen Surinam und dem französischen Überseedépartement fand Dexter das Dschungeldreieck des einstigen Spanisch-Guyana, das seit seiner Unabhängigkeit San Martin heißt.

Weitere Nachforschungen ergaben, dass das Land als die letzte richtige Bananenrepublik galt, regiert von einem brutalen Militärdiktator, geächtet, arm, heruntergewirtschaftet und malariaverseucht. Die Art von Land, in dem man mit Geld Protektion kaufen konnte.

In der ersten Augustwoche flog eine Piper Cheyenne II in einer Höhe von zwölfhundertfünfzig Fuß an der Küste entlang, hoch genug, um nicht mehr Verdacht zu erregen als ein Geschäftsmann, der von Surinam nach Französisch-Guyana reiste, aber niedrig genug, um gute Fotos zu machen.

Die in Georgetown, Guyana, gecharterte Piper konnte mit ihrer Reichweite von zwölfhundert Meilen bequem bis zur französischen Grenze und wieder zurückfliegen. Der Kunde, dessen US-amerikanischer Pass auf den Namen Alfred Barnes lautete, gab vor, nach geeigneten Bauplätzen für Feriendomizile zu suchen. Der guyanische Pilot dachte, dass er für einen Urlaub in San Martin niemals Geld ausgeben würde, doch zu einer lukrativen Charter, die in harten Dollars bezahlt wurde, sagte er natürlich nicht Nein.

Wie gewünscht, blieb er mit der Piper dicht an der Küste, sodass sein Passagier, der rechts neben ihm auf dem Platz des Kopiloten saß und eine Kamera mit Teleobjektiv bereithielt, bei jeder sich bietenden Gelegenheit durchs Fenster fotografieren konnte.

Hinter der surinamesischen Grenze und dem Commini-Fluss gab es kilometerweit keine geeigneten Sandstrände. Der Küstenstreifen zwischen Dschungel und Meer bestand aus einem Mangrovendickicht, das durch braunes, schlangenverseuchtes Wasser kroch. Sie überflogen die Hauptstadt San Martin City, die in der schwülwarmen Hitze döste.

Der einzige Strand lag östlich der Stadt in La Bahia, doch dieser Ferienort war für die Reichen und Mächtigen von San Martin reserviert, also für den Diktator und seine Freunde. Fünfzehn Kilometer vor dem Moroni-Fluss und der Grenze zu Französisch-Guyana lag El Punto.

Wie ein Haifischzahn ragte die dreieckige Halbinsel ins Meer hinaus, auf der Landseite von einer Sierra oder Bergkette geschützt, die von Küste zu Küste reichte und nur von einer einzigen Passstraße durchschnitten wurde.

Der Pilot war noch nie so weit nach Osten geflogen, und die Halbinsel war für ihn nur ein Dreieck auf seinen Navigationskarten. Er konnte unter sich eine Art befestigte Hazienda erkennen. Der Passagier begann zu fotografieren.

Dexter benutzte eine Nikon F5 35 mm mit eingebautem Motor, mit der er fünf Bilder pro Sekunde schießen und den Film in sieben Sekunden durchknipsen konnte. Doch für einen Filmwechsel reichte die Zeit nicht, denn es war viel zu riskant, mit dem Flugzeug zu kreisen.

Wegen der Vibrationen der Maschine musste er eine sehr kurze Belichtungszeit wählen; alles, was länger als 1/500 Sekunde dauerte, würde die Bilder verwackeln. Ein 400 ASA-Film und Blende 8 versprachen die besten Ergebnisse.

Beim ersten Überfliegen fotografierte er das Haus an der Spitze der Halbinsel, das von einer Schutzmauer mit einem großen Tor umgeben war; außerdem die Äcker, auf denen Menschen arbeiteten, zahlreiche Scheunen und landwirtschaftliche Gebäude sowie den Maschendrahtzaun, der die Felder von einer Ansammlung würfelförmiger weißer Hütten trennte, die anscheinend das Dorf der Arbeiter bildeten.

Mehrere Leute schauten nach oben. Er sah zwei Uniformierte rennen. Dann hatten sie die Halbinsel überflogen und näherten sich französischem Gebiet.

Auf dem Rückweg ließ er den Piloten über das Landesinnere fliegen, sodass er das Anwesen von der Landseite her betrachten konnte. Von den Gipfeln der Bergkette blickte er hinab auf die Hazienda, die sich bis zum Haus und zum Meer erstreckte. Doch am Pass stand ein Wächter, der sich die Nummer der Piper notierte.

Den zweiten Film benutzte er, um den privaten Flugplatz am Fuß der Berge zu fotografieren, die Wohnhäuser, die Werkstätten und den Haupthangar. Ein Flugzeugschlepper schob einen zweistrahligen Firmenjet in den Hangar. Die Heckflosse war schon fast nicht mehr zu sehen. Dexter erhaschte gerade noch einen Blick von ihr, ehe sie ganz im Dunkel verschwand. Die Nummer lautete P4-ZEM.

21

Der Jesuit

Paul Devereaux glaubte zwar nicht, dass man dem FBI erlauben würde, das Projekt Peregrine zu Fall zu bringen, doch seit dem heftigen Wortwechsel mit Colin Fleming war er beunruhigt. Intelligenz, Einfluss und Beharrlichkeit dieses Mannes waren nicht zu unterschätzen. Er fürchtete, dass es zu Verzögerungen kommen könnte.

Seit zwei Jahren leitete er ein Projekt, das so geheim war, dass nur CIA-Direktor George Tenet und Richard Clarke, der Terrorismusexperte im Weißen Haus, davon wussten. Er hatte Himmel und Hölle in Bewegung gesetzt, um einer Person eine Falle zu stellen, und stand jetzt kurz davor, sie zuschnappen zu lassen.

Die Zielperson wurde einfach UBL genannt. Und zwar deshalb, weil in den Washingtoner Geheimdienstkreisen der Vorname des Mannes, Usama, mit »U« geschrieben wurde, während die Medien ein »O« bevorzugten.

Im Sommer 2001 war die gesamte Geheimdienstgemeinde fest davon überzeugt, dass ein Anschlag des Mannes gegen die USA bevorstand. Neunzig Prozent glaubten, dass sich der Angriff gegen eine größere US-Einrichtung im Ausland richten würde. Nur zehn Prozent hielten einen erfolgreichen Anschlag auf amerikanischem Boden für möglich.

Alle Dienste waren von diesem Gedanken besessen, insbesondere die Antiterrorabteilungen von CIA und FBI. Ihr Ziel war herauszufinden, was UBL im Schilde führte, um seinen Plan zu vereiteln.

Ungeachtet der Präsidentenorder 12333, die Tötungen verbot, versuchte Paul Devereaux nicht, UBL zuvorzukommen. Er versuchte, ihn zu liquidieren.

Schon zu Beginn seiner Karriere hatte der Intellektuelle vom Boston College begriffen, dass eine gewisse Spezialisierung unerlässlich war, wenn man es in der Firma zu etwas bringen wollte. Damals hatten sich die meisten Anfänger unter dem Eindruck des Vietnamkriegs und des Ost-West-Konflikts für die Sowjetabteilung entschieden. Die Sowjetunion war der Hauptfeind, und Russisch die Sprache, die man lernen musste. Devereaux entschied sich für die arabische Welt und das umfassendere Studium des Islam. Er wurde für verrückt erklärt.

Er lernte so gut Arabisch, dass er für einen Araber gehalten werden konnte, und er studierte den Islam so gründlich wie ein Korangelehrter. An Weihnachten 1979 durfte er sich bestätigt fühlen: Sowjetische Truppen marschierten in ein Land namens Afghanistan ein, und die meisten Agenten in der CIA-Zentrale griffen nach ihren Atlanten.

Devereaux verriet, dass er neben dem Arabischen auch leidlich Urdu, die Staatssprache Pakistans, und das in den Stammesgebieten im pakistanischen Nordwesten und jenseits der Grenze in Afghanistan gesprochene Paschtu sprach.

Seine Karriere bekam einen Schub. Als einer der Ersten vertrat er die Meinung, dass die Sowjetunion sich übernommen habe, die afghanischen Stämme keine fremde Besatzungsmacht dulden würden und der sowjetische Atheismus ihren strengen islamischen Glauben beleidige. Und er behauptete, dass sich mit amerikanischer Waffenhilfe in den Bergen ein erbitterter Widerstand entfachen lasse, an dem sich General Boris Gromow und seine 14. Armee die Zähne ausbeißen würden.

Noch vor dem Ende des Kriegs hatte sich das Blatt gewendet. Die Mudschaheddin hatten tatsächlich fünfzigtausend russische Soldaten in Särgen nach Hause geschickt, und obwohl die Besatzungsarmee an den Afghanen abscheuliche Gräuel verübte, hatte sie die Lage nicht mehr im Griff und war demoralisiert.

Der Krieg in Afghanistan und die Machtübernahme durch Michail Gorbatschow führten schließlich zur Auflösung der Sowjetunion und zum Ende des Kalten Kriegs. Paul Devereaux war von der Abteilung Auswertung in die Operationsabteilung gewechselt und hatte zusammen mit Milt Bearden die Verteilung der amerikanischen Waffen im Wert von einer Milliarde Dollar pro Jahr an die Freischärler in den Bergen organisiert.

Bei den Märschen und Kämpfen in den afghanischen Bergen hatte er beobachten können, wie Hunderte von jungen, idealistischen und sowjetfeindlichen Freiwilligen aus dem Mittleren und Nahen Osten ins Land strömten, die weder Paschtu noch Dari sprachen, aber bereit waren, fern der Heimat zu kämpfen und notfalls auch zu sterben.

Devereaux wusste, was er dort tat. Er kämpfte gegen eine Supermacht, die auch sein Land bedrohte. Was aber hatten die jungen Saudis, Ägypter und Jemeniten dort verloren? Washington schenkte ihnen ebenso wenig Beachtung wie den Berichten des CIA-Mannes. Aber Devereaux war von ihnen fasziniert. Er gab vor, nur ein paar Brocken Arabisch zu können, um so stundenlang ihren Gesprächen zu lauschen. Dabei gelangte er zu der Einschätzung, dass sie nicht den Kommunismus, sondern den Atheismus bekämpften.

Und damit nicht genug. Ebenso leidenschaftlich hassten und verachteten sie das Christentum, den Westen und insbesondere die Vereinigten Staaten. Unter ihnen gab es einen Hitzkopf und verwöhnten Spross aus einer steinreichen saudischen Familie, der mit Millionenbeträgen Trainingscamps im sicheren Pakistan errichtete, Flüchtlingsheime unterstützte, Nahrungsmittel, Decken und Medikamente kaufte und an die anderen Mudschaheddin verteilen ließ. Sein Name war Usama.

Er wollte sich als großer Kämpfer wie Achmed Schah Massud profilieren, doch in Wahrheit hatte er nur einmal, im späten Frühjahr 1987, an einem Gefecht teilgenommen. Milt Bearden nannte ihn einen verzogenen Balg, aber Devereaux behielt ihn im Auge. Der junge Mann führte ständig den Namen Allahs im Mund, doch hinter seinen frommen Reden verbarg sich ein lodernder Hass, der sich eines Tages nicht mehr nur gegen die Russen richten würde.

Paul Devereaux kehrte nach Langley zurück und erntete viel Lob. Er hatte beschlossen, niemals zu heiraten und die Gelehrsamkeit und den Beruf den Zerstreuungen des Familienlebens vorzuziehen. Sein verstorbener Vater hatte ihm ein Vermögen hinterlassen, und sein elegantes Stadthaus in Alt-Alexandria beherbergte eine viel bewunderte Sammlung islamischer Kunst und persischer Teppiche.

Er warnte davor, Afghanistan nach Gromows Niederlage dem Bürgerkrieg zu überlassen, und geißelte dies als Torheit. Doch in der Euphorie über den Fall der Berliner Mauer glaubten alle, dass nun, da die Sowjetunion im Chaos versank, ihre Satelliten in den freien Westen drängten und der Weltkommunismus am Boden lag, die Bedrohung der einzigen verbliebenen Supermacht sich verflüchtigte wie Dunst in der Sonne.

Devereaux hatte sich nach seiner Rückkehr kaum eingelebt, als im August 1990 Saddam Husseins Truppen in Kuwait einfielen. Präsident Bush und Margaret Thatcher, die Sieger des Kalten Krieges, erklärten in Aspen übereinstimmend, dass eine solche Dreistigkeit nicht geduldet werden könne. Keine achtundvierzig Stunden später waren die ersten F-15-Eagles in der Luft und nach Thumrait in Oman unterwegs. Paul Devereaux selbst flog in die US-Botschaft im saudischen Riad.

Alles ging rasend schnell, und der Zeitdruck war enorm, sonst hätte er vielleicht mitbekommen, dass ein junger Saudi, ein Afghanistanrückkehrer wie er, König Fahd seine Dienste bei der Verteidigung Saudi-Arabiens gegen den aggressiven Nachbarn im Norden anbot. Der Mann behauptete von sich, er befehlige eine Truppe von Guerillakämpfern und eine Organisation mit dem schlichten Namen »Die Basis«.

Doch auch der saudische Monarch nahm von dem militärischen Zwerg und seinem Angebot wahrscheinlich keine Notiz. Stattdessen erlaubte er in seinem Land die Stationierung einer halben Million Soldaten aus einer Koalition von fünfzig Staaten mit dem Ziel, die irakischen Truppen aus Kuwait zu vertreiben und die saudischen Ölfelder zu schützen. Neunzig Prozent dieser Soldaten waren Ungläubige, das heißt Christen, die mit ihren Kampfstiefeln den Boden entweihten, auf dem die heiligen Städte Mekka und Medina standen. Fast vierhunderttausend waren Amerikaner.

Der Eiferer sah darin eine Beleidigung Allahs und seines Propheten Mohammed, die nicht hingenommen werden konnte. Zunächst erklärte er dem Herrscherhaus, das den Frevel begangen hatte, seinen privaten Krieg. Aber weitaus wichtiger war, dass der lodernde Hass, den Devereaux in den Bergen des Hindukusch bemerkt hatte, nun sein Objekt fand. UBL erklärte Amerika den Krieg und begann mit seinen Planungen.

Wäre Paul Devereaux nach dem siegreichen Ende des Golfkriegs in die Antiterrorabteilung versetzt worden, hätte die Geschichte möglicherweise einen anderen Verlauf genommen. Doch 1992 hatte der Kampf gegen den Terror nur geringen Stellenwert. Bill Clinton kam ans Ruder, und für CIA und FBI brachen die schlimmsten zehn Jahre seit ihrem Bestehen an. Die CIA wurde bis ins Mark erschüttert, als bekannt wurde, dass ihr Mitarbeiter Aldrich Ames über acht Jahre lang sein Land verraten hatte. Und später sollte ans Licht kommen, dass auch beim FBI mit Robert Hanssen ein Maulwurf am Werk gewesen war.

Ausgerechnet in der Stunde des Triumphs nach vier Jahrzehnten Kaltem Krieg gerieten beide Dienste in eine Krise, die von Führungsschwäche, Demoralisierung und Inkompetenz gekennzeichnet war.

Die neuen Herren huldigten einem neuen Gott: der politischen Korrektheit. Die Irangate-Affäre und der Skandal um die illegalen Waffenlieferungen an die nicaraguanischen Contras wirkten noch nach und machten die neuen Chefs nervös. Gute

Mitarbeiter liefen in Scharen davon, Bürokraten und Erbsenzähler wurden zu Abteilungsleitern befördert, Männer mit jahrzehntelanger Fronterfahrung übergangen.

Auf eleganten Dinnerpartys lächelte Paul Devereaux höflich, wenn Abgeordnete und Senatoren sich etwas darauf einbildeten, dass die USA wenigstens in der arabischen Welt Sympathien genossen. Sie sprachen von den zehn Prinzen, die sie unlängst besucht hatten. Der Jesuit hatte sich jahrelang wie ein Schatten durch die muslimische Welt bewegt, und eine innere Stimme sagte ihm: Nein, sie hassen uns wie die Pest.

Am 26. Februar 1993 stellten vier arabische Terroristen im zweiten Untergeschoss des Parkhauses unter dem World Trade Center einen gemieteten Van ab, bepackt mit sechshundert bis siebenhundertfünfzig Kilogramm eines Sprengstoffs namens Harnstoffnitrat, den sie aus Kunstdünger selbst hergestellt hatten. Zum Glück für New York gibt es weitaus stärkere Sprengstoffe.

Gleichwohl sorgte er für einen lauten Knall. Was niemand mit Sicherheit wusste und kaum ein Dutzend Leute ahnten: Die Detonation war der Auftakt zu einem neuen Krieg.

Devereaux war damals stellvertretender Leiter der Abteilung Naher und Mittlerer Osten. Seine Dienststelle lag in Langley, er selbst befand sich ständig auf Reisen. Die Erfahrungen, die er auf diesen Reisen machte, und die Flut der Berichte aus den CIA-Stationen überall in der islamischen Welt lenkten seine Gedanken in eine andere Richtung, weg von den Botschaften und Palästen in den arabischen Staaten, für die er eigentlich zuständig war.

Quasi nebenher bat er die Stationen um zusätzliche Berichte, nicht darüber, was der jeweilige Regierungschef gerade tat, sondern über die Stimmung auf der Straße, in den Suks, in den Medinas, in den Moscheen und Koranschulen, den Medrasen, aus denen die nächste Generation junger Muslime hervorging. Je mehr er sah und ihm zu Ohren kam, desto lauter schrillten bei ihm die Alarmglocken.

Sie hassen uns wie die Pest, sagte seine innere Stimme. Sie brauchen nur einen fähigen Koordinator. In seiner Freizeit nahm er die Spur des saudischen Fanatikers UBL wieder auf und fand heraus, dass Saudi-Arabien den Mann nicht mehr ins Land ließ, da er sich erdreistet hatte, den Herrscher dafür zu geißeln, dass er Ungläubigen Einlass ins heilige Land des Islam gewährt hatte.

Er erfuhr, dass er im Sudan weilte, einem weiteren islamistischen Staat, in dem fundamentalistische Fanatiker an der Macht waren. Khartoum bot den Amerikanern die Auslieferung des saudischen Eiferers an, doch niemand war interessiert. Dann war er wieder in den Bergen Afghanistans verschwunden, wo die fanatischste Gruppe, die radikalislamischen Taliban, den Bürgerkrieg mittlerweile für sich entschieden hatten.

Devereaux nahm zur Kenntnis, dass der Saudi die Taliban überaus großzügig mit Millionenspenden aus seinem Privatvermögen bedachte und rasch zu einer Schlüsselfigur im Land aufstieg. Die annähernd fünfzig Leibwächter, mit denen er angereist war, verstärkten seine Truppe aus mehreren hundert ausländischen (nichtafghanischen) Mudschaheddin, die sich noch vor Ort befanden. In den Basaren der pakistanischen Grenzstädte Quetta und Peshawar wurde gemunkelt, dass der Rückkehrer fieberhaft an zwei Projekten arbeite: dem Bau komplizierter Höhlensysteme an dutzend verschiedenen Stellen und der Errichtung von Trainingscamps, die nicht für das afghanische Militär, sondern für freiwillige Terroristen gedacht seien. Die Gerüchte kamen Paul Devereaux zu Ohren. Der Hass der Islamisten auf Amerika hatte seinen Koordinator gefunden.

Als Nächstes folgte die peinliche Schlappe der US-Rangers in Somalia, die in erster Linie der miserablen Aufklärung zuzuschreiben war. Aber nicht nur. Zum einen hatte man den oppositionellen Warlord Aideed unterschätzt, zum anderen hatten dort nicht nur Somalier, sondern auch besser ausgebildete Saudis gekämpft. 1996 zerstörte eine gewaltige Bombe die Kobar Towers, ein Quartier der US-Luftwaffe im saudischen Dhahran.

Neunzehn Amerikaner kamen uns Leben, viele Menschen wurden verletzt.

Paul Devereaux suchte Direktor George Tenet auf.

»Lassen Sie mich in die Antiterrorabteilung wechseln«, bat er.

»Die Abteilung ist komplett und leistet gute Arbeit«, entgegnete der DCI.

»Sechs Tote in Manhattan, neunzehn in Dhahran. Das ist das Werk von al-Qaida. UBL und seine Leute stecken dahinter, auch wenn sie die Bomben nicht selbst gelegt haben.«

»Das wissen wir, Paul. Wir sind an der Sache dran. Und das FBI auch. Wir lassen die Dinge nicht schleifen.«

»George, das FBI weiß nichts über al-Qaida. Die haben keinen, der Arabisch spricht, und kennen die Mentalität nicht. Sie kennen sich vielleicht mit Gangstern aus, aber alles, was östlich des Suezkanals liegt, ist für sie ein Buch mit sieben Siegeln. Ich könnte ihnen wichtige Denkanstöße geben.«

»Paul, ich will Sie im Nahen Osten haben. Dort brauche ich Sie dringender. Der König von Jordanien liegt im Sterben. Wir wissen nicht, wer sein Nachfolger wird, sein Sohn Abdullah oder sein Bruder Hassan. Und auch der Diktator in Syrien macht es nicht mehr lange. Wer löst ihn ab? Saddam macht den Waffeninspektoren das Leben schwer. Was ist, wenn er sie vor die Tür setzt? In Palästina spitzt sich die Lage zu. Ich brauche Sie im Nahen Osten.«

Erst 1998 bekam Devereaux seine Versetzung. Am 7. August detonierten zwei gewaltige Autobomben vor den US-Botschaften in Nairobi und Daressalam.

In Nairobi starben zweihundertdreizehn Menschen, viertausendsiebenhundertzweiundzwanzig wurden verletzt. Zu den Toten zählten auch zwölf Amerikaner. Der Anschlag in Tansania war nicht ganz so schlimm. Er forderte elf Tote und zweiundsiebzig Verletzte. Kein Amerikaner starb, aber zwei wurden zu Krüppeln.

Nach kurzer Zeit stand fest, dass hinter den beiden Bombenanschlägen das Al-Qaida-Netzwerk steckte. Paul Devereaux räumte seinen Platz in der Nahostabteilung für einen jungen, aufstrebenden Arabisten, den er unter seine Fittiche genommen hatte, und wechselte in die Antiterrorabteilung.

Dort bekleidete er den Rang eines stellvertretenden Direktors, ersetzte aber nicht den bisherigen Amtsinhaber. Es war kein glückliches Arrangement. Er fungierte als eine Art Berater an der Peripherie der Abteilung Auswertung, gelangte aber bald zu der Überzeugung, dass der Clinton'sche Grundsatz, nur gut beleumundete Informanten als Quellen zu nutzen, kompletter Wahnsinn war.

Es war die Art von Wahnsinn, die bei der Reaktion auf Anschläge in Afrika zu einem Fiasko geführt hatte. Cruise-Missiles hatten eine pharmazeutische Fabrik in den Außenbezirken Khartoums zerstört, weil man glaubte, dass UBL, der längst wieder außer Landes war, dort chemische Waffen herstellte. Wie sich dann zeigte, hatte die Fabrik tatsächlich nur Aspirin produziert.

Siebzig weitere Tomahawk-Raketen wurden in Richtung Afghanistan abgefeuert mit dem Ziel, UBL zu töten. Für mehrere Millionen Dollar pro Abschuss wurde viel Gestein zertrümmert, doch UBL weilte am anderen Ende des Landes. Diese Fehlschläge gaben schließlich den Ausschlag. Devereaux wurde erhört und das Projekt Peregrine ins Leben gerufen.

In Langley war man sich einig, dass Devereaux ein paar Schulden eingefordert hatte, um seine Bedingungen durchzusetzen. Das Projekt Peregrine war so geheim, dass nur Direktor Tenet von seinen Plänen wusste. Außerhalb der Firma musste der Jesuit nur eine weitere Person ins Vertrauen ziehen, nämlich den Chef der Antiterrorabteilung im Weißen Haus, Richard Clarke, der das Amt unter George Bush senior übernommen hatte und auch unter Clinton bekleidete.

In Langley war Clarke wegen seiner unverblümten und ätzenden Kritik verhasst, aber Devereaux wollte und brauchte ihn aus mehreren Gründen. Er wusste, dass der Mann aus dem Weißen Haus gegen die Skrupellosigkeit seines Vorhabens keine Einwände haben würde. Er konnte den Mund halten, wenn er wollte, und ihm die nötigen Mittel an die Hand geben, wenn er sie brauchte.

Doch zunächst einmal erhielt Devereaux die Erlaubnis, sich über das Verbot, die Zielperson zu töten, hinwegzusetzen und zu diesem Zweck notfalls auch Quellen zu benutzen, die möglicherweise zutiefst verabscheuungswürdig waren. Die Erlaubnis kam nicht aus dem Oval Office. Von diesem Augenblick an vollführte Paul Devereaux einen heimlichen Drahtseilakt ohne Netz und doppelten Boden.

Er ließ sich eigene Büroräume zuweisen und stellte aus den besten Leuten, die er kriegen konnte, ein Team zusammen. Als es Proteste hagelte, sprach der Direktor ein Machtwort. Devereaux war nie darauf aus gewesen, sich eine Hausmacht aufzubauen, und hatte auch diesmal nicht die Absicht. Er wollte nur einen engen Kreis von Spezialisten um sich scharen. Er bezog drei Büros im sechsten Stock des Hauptgebäudes mit Blick über die Birken und Korbweiden zum Potomac, der freilich nur im Winter, wenn die Bäume keine Blätter hatten, zu sehen war.

Er brauchte einen guten und zuverlässigen Mann als rechte Hand; tüchtig, vertrauenswürdig, loyal, einen, der tat, was man ihm sagte, und keinen Besserwisser. Sein Wahl fiel auf Kevin McBride.

Beide Männer waren »Lebenslängliche«, als Mittzwanziger zur Firma gestoßen, seit dreißig Jahren in ihren Diensten, aber sonst so verschieden wie Tag und Nacht.

Der Jesuit war schlank und rank und trainierte jeden Tag zu Hause im eigenen Fitnessraum. McBride wollte sein Sixpack am Wochenende nicht missen, hatte mit den Jahren einen Bierbauch angesetzt und kaum noch Haare auf dem Kopf.

Wie aus den Unterlagen über seine jährliche Sicherheitsüberprüfung hervorging, führte er eine stabile Ehe mit seiner Frau

Mary, hatte zwei Kinder, die seit kurzem aus dem Hause waren, und besaß ein Häuschen in einem Neubaugebiet jenseits der Ringautobahn. Er war nicht vermögend und lebte bescheiden von seinem Gehalt.

Einen Großteil seiner Laufbahn hatte er in Auslandsbotschaften verbracht, es aber nie zum Stationschef gebracht. Er war kein Konkurrent, aber eine erstklassige Nummer zwei. Wenn man etwas erledigt haben wollte, wurde es erledigt. Auf ihn war Verlass. Er neigte nicht zu pseudointellektuellen Spitzfindigkeiten und vertrat traditionelle, bodenständige, amerikanische Werte.

Am 12. Oktober 2000, zwölf Monate nachdem das Projekt Peregrine ins Leben gerufen worden war, schlug al-Qaida abermals zu. Diesmal waren die Täter Jemeniten, und sie opferten ihr Leben, um ihr Ziel zu erreichen. Es war das erste Selbstmordattentat seit dem Anschlag auf die US-Streitkräfte 1983 in Beirut. Im World Trade Center, in Mogadischu, Dhahran, Nairobi und Daressalam hatte UBL noch nicht das größte Opfer verlangt. In Aden sehr wohl. Er erhöhte den Einsatz.

Die *USS Cole,* ein Zerstörer der Arleigh-Burke-Klasse, ankerte im Hafen der einstigen britischen Bunkerstation und Garnison am Südzipfel der Arabischen Halbinsel. Der Jemen war das Geburtsland von UBLs Vater. Die US-Präsenz musste an ihm genagt haben.

Zwei Terroristen braustten in einem mit TNT bepackten Schnellboot durch die Flottille von Bumbooten, steuerten zwischen Rumpf und Kai und sprengten sich in die Luft. Die Wucht der Explosion riss ein großes Loch in den Rumpf des Schiffs. An Bord starben siebzehn Seeleute, neununddreißig wurden verletzt.

Devereaux hatte den Terrorismus, seine Entstehung und seine Folgen studiert. Er wusste, dass er sich, ob er nun von staatlicher oder nichtstaatlicher Seite ausgeht, stets in fünf Ebenen untergliedern lässt.

Ganz oben stehen die Anstifter und Planer, die den geistigen

Boden bereiten und die Vollmacht erteilen. Darunter kommen die Organisatoren und Macher, ohne die kein Plan in die Tat umgesetzt werden kann. Sie sind für Rekrutierung, Ausbildung, Finanzierung und Beschaffung der Ausrüstung zuständig. Die dritte Ebene bilden die Vollstrecker, jene, die ohne jeden moralischen Skrupel das Zyklon-B-Granulat in die Gaskammern schütten, die Bomben legen, den Abzug betätigen. An vierter Stelle kommen die aktiven Kollaborateure, jene, die den Killern den Weg weisen, sie zum Versteck führen, den Nachbarn denunzieren, den alten Schulfreund verraten. Und den Bodensatz bildet die breite Masse, die, geistig träge und dumm, dem Tyrannen zujubelt und die Mörder feiert.

Beim Terror gegen den Westen im Allgemeinen und die Vereinigten Staaten im Besonderen übte al-Qaida die ersten beiden Funktionen aus. Weder UBL noch seine ideologische Nummer zwei, der Ägypter Aiman Kawaheri, noch sein Operationschef, Mohammed Atef, noch sein internationaler Emissär, Abu Zubaida, würden jemals in die Verlegenheit kommen, selbst einen Sprengsatz legen oder eine Autobombe steuern zu müssen.

Die Koranschulen brachten unablässig junge Fanatiker hervor, die bereits von einem tiefen Hass auf die ganze, nicht fundamentalistische Welt durchdrungen und mit einer einseitigen Auslegung des Korans auf der Grundlage weniger ausgesuchter Stellen indoktriniert waren. Dazu kamen einige Bekehrte reiferen Alters, die man glauben gemacht hatte, Massenmord führe auf direktem Weg ins Paradies.

Al-Qaida brauchte nur zu planen, zu rekrutieren, auszubilden, auszurüsten, zu befehlen, Geld zu beschaffen und zu beobachten.

Nach dem hitzigen Streit mit Colin Fleming sann Devereaux im Wagen einmal mehr über die ethische Seite seines Tuns nach. Ja, der widerwärtige Serbe hatte einen Amerikaner ermordet. Aber irgendwo da draußen war ein Mann, der fünfzig umgebracht hatte, und weitere würden folgen.

Er dachte an Pater Dominic Xavier, der ihn einst mit einem moralischen Problem konfrontiert hatte.

»Ein Mann kommt auf Sie zu, in der Absicht, Sie zu töten. Er hat ein Messer. Seine maximale Reichweite beträgt einen Meter zwanzig. Sie haben das Recht auf Notwehr. Sie haben keinen Schild, aber Sie haben einen Speer. Seine Reichweite beträgt drei Meter. Machen Sie einen Ausfall, oder warten Sie?«

Er ließ Schüler gegen Schüler antreten, wobei jeder die Aufgabe bekam, den Gegenstandpunkt zu vertreten. Devereaux war sich nie unschlüssig gewesen. Das übergeordnete Gute gegen das kleinere Übel. Hatte der Mann mit dem Speer den Kampf gesucht? Nein. Ergo hatte er das Recht, einen Ausfall zu machen. Es war kein Gegenschlag, denn der erfolgte erst, wenn man den Erstschlag überlebt hatte, sondern ein Präventivschlag. Was UBL anging, so hatte er keine Skrupel. Er war bereit zu töten, um sein Land zu schützen, und dazu brauchte er Hilfe von Bundesgenossen, so verabscheuungswürdig sie auch sein mochten. Fleming hatte Unrecht. Er brauchte Zilić.

Paul Devereaux hatte lange darüber gerätselt, warum sein Land auf der internationalen Sympathieskala so weit abgerutscht war, und er glaubte, das Rätsel gelöst zu haben.

Im Jahr 1945, seinem Geburtsjahr, und in den zehn Jahren danach, in die der Koreakrieg und der Beginn des Kalten Krieges fielen, waren die USA nicht nur das reichste Land und die größte Militärmacht der Welt, sondern auch die beliebteste Nation, weltweit bewundert und geachtet.

Ein halbes Jahrhundert später galten nur noch die beiden ersten Attribute. Die USA waren stärker und reicher denn je, die einzige verbliebene Supermacht, die scheinbar alles in ihrer Sichtweite ihr Eigen nannte.

Und doch waren sie in weiten Teilen der Welt, in Schwarzafrika, im islamischen Raum und bei der europäischen Linken, zutiefst verhasst. Was war schief gelaufen? Die verfahrene Situation gab Politikern und Medien Rätsel auf.

Devereaux wusste nur zu gut, dass sein Land alles andere als vollkommen war. Es machte Fehler, häufig viel zu viele. Doch im Grunde war es nicht schlechter als alle anderen und besser als die meisten. Als weit gereister Mann hatte er viele aus nächster Nähe gesehen. Und vieles von dem, was er gesehen hatte, war ausgesprochen hässlich.

Die meisten Amerikaner konnten nicht verstehen, was sich zwischen 1951 und 2001 verändert hatte, also taten sie so, als sei überhaupt nichts passiert, und nahmen die höfliche Maske der Dritten Welt für bare Münze.

Hatte Uncle Sam nicht Demokratie gepredigt, gegen die Tyrannei? Hatte er nicht Milliarden Dollar für Entwicklungshilfe ausgegeben? Hatte er nicht ein halbes Jahrhundert lang Jahr für Jahr hundert Milliarden Dollar für die Verteidigung Westeuropas aufgebracht? Was war der Grund für die antiamerikanischen Demonstrationen, die Plünderungen von Botschaften, die Flaggenverbrennungen, die Hassparolen auf Transparenten?

In den späten Sechzigerjahren, als der Vietnamkrieg immer schmutziger und der Protest auf der Straße immer gewalttätiger wurde, gab ihm ein alter britischer Meisterpion in einem Londoner Klub die Antwort.

»Mein lieber Junge, wenn ihr schwach wärt, würde man euch nicht hassen. Wenn ihr arm wärt, würde man euch nicht hassen. Man hasst euch nicht trotz der Billion, sondern *wegen* der Billion Dollar.«

Der Spion deutete zum Grosvenor Square, wo sich Linke und bärtige Studenten versammelten, um die Botschaft mit Steinen zu bewerfen.

»Sie hassen Ihr Land nicht, weil es ihr Land angreift, sondern weil es seine Sicherheit garantiert. Versuchen Sie nie, sich beliebt zu machen. Sie können die Vorherrschaft erringen oder sich beliebt machen, beides zugleich geht nicht. Die Einstellung Ihrem Land gegenüber beruht zu zehn Prozent auf ehrlicher Kritik und zu neunzig Prozent auf Neid.

Sie dürfen zwei Dinge nie vergessen. Kein Mensch kann seinem Beschützer vergeben. Kein Groll, den der Mensch hegt, ist so groß wie der gegen seinen Wohltäter.«

Der alte Spion war längst tot, aber Devereaux hatte seinen Zynismus in fünfzig Hauptstädten bestätigt gesehen. Ob es einem passte oder nicht, sein Land war das mächtigste der Welt. Einst war den Römern diese zweifelhafte Ehre zuteil geworden. Sie hatten den Hass mit rücksichtsloser Waffengewalt beantwortet.

Noch vor hundert Jahren war das britische Empire die Nummer eins gewesen, und es hatte auf den Hass mit ungerührter Verachtung reagiert. Jetzt waren es die Amerikaner, und sie zermarterten sich das Hirn darüber, was schief gelaufen war. Der gelehrte Jesuit und Geheimagent hatte für sich längst eine Entscheidung getroffen. Er wollte zur Verteidigung seines Landes alles tun, was er für notwendig hielt. Und wenn er dereinst vor seinen Schöpfer trat, würde er ihn um Vergebung bitten. Doch bis es so weit war, wollte er es den Amerikahassern so schwer wie nur möglich machen.

Als er in sein Büro kam, erwartete ihn Kevin McBride mit finsterem Gesicht.

»Unser Freund hat sich gemeldet«, sagte er. »Er tobt und schiebt Panik. Er glaubt, dass jemand hinter ihm her ist.«

Devereaux dachte nach. Nicht über den Mann, der sich beschwert hatte, sondern über Fleming vom FBI.

»Zur Hölle mit dem Kerl«, sagte er. »Der Teufel soll ihn holen. Ich hätte nicht gedacht, dass er es tun würde, noch dazu so schnell.«

22

Die Halbinsel

Es gab eine abhörsichere Computerverbindung zwischen der bewachten Enklave an der Küste der Republik San Martin und einem Rechner in McBrides Büro. Wie Washington Lee arbeitete McBride mit dem Programm Pretty Good Privacy und benutzte Schlüssel, die nicht zu knacken waren und den Nachrichtenverkehr vor neugierigen Blicken schützten.

Devereaux las den vollständigen Text der Nachricht aus dem Süden. Sie stammte offensichtlich vom Sicherheitschef des Anwesens, dem Südafrikaner Van Rensberg. Das Englisch war übertrieben förmlich, wie von jemandem, der sich seiner Zweitsprache bediente.

Der Inhalt war nur zu klar. Es ging um die Piper Cheyenne, die am Morgen zuvor die Hazienda zweimal überflogen hatte, zuerst ostwärts in Richtung Französisch-Guyana und zwanzig Minuten später in der entgegengesetzten Richtung. Jemand hatte im rechten Fenster ein Kameraobjektiv in der Sonne aufblitzen sehen und sogar die Registriernummer erkannt, als die Maschine in geringer Höhe über den Bergsattel geflogen war.

»Kevin, finden Sie das Flugzeug. Ich muss wissen, wem es gehört, wer es gestern geflogen hat und wer der Passagier gewesen ist. Und Beeilung.«

In seiner anonymen Wohnung in Brooklyn hatte Cal Dexter die zweiundsiebzig Fotos entwickelt und davon so große Abzüge gemacht, wie er konnte, ohne dass sie unscharf wurden. Von denselben Negativen hatte er zudem Dias angefertigt, die er zum genaueren Studium auf eine Leinwand projizieren konnte.

Die Abzüge hatte er zu einer Karte zusammengeklebt, die im Wohnzimmer eine ganze Wand einnahm und von der Decke bis zum Fußboden reichte. Stundenlang saß er davor und studierte sie, wobei er immer wieder ein Detail mit dem entsprechenden Dia verglich. Auf den Dias waren die Einzelheiten deutlicher zu erkennen, doch nur die Wand lieferte ein Gesamtbild. Wer immer für das Projekt verantwortlich zeichnete, er hatte viel Geld und Grips darauf verwendet, die vormals unbewohnte Halbinsel zu einer uneinnehmbaren Festung auszubauen.

Die Natur hatte ihm dabei geholfen. Die Landzunge war ganz anders beschaffen als das Hinterland mit seinem feuchtheißen Dschungel, der weite Teile der kleinen Republik bedeckte. Wie die Klinge eines Dolchs ragte sie aus der Küste heraus, war auf der Landseite aber durch die Bergkette geschützt, die urzeitliche Kräfte vor Jahrmillionen aufgeworfen hatten.

Die Kette reichte von Ufer zu Ufer, und an den beiden Enden stürzten Klippen senkrecht ins blaue Meer. Niemand konnte sie umrunden und vom Dschungel aus auf die Halbinsel spazieren.

Auf der landeinwärts gelegenen Seite stiegen die Hügel aus der Küstenebene sanft auf über dreihundert Meter an, und die Hänge waren dicht bewaldet. Hinter dem Kamm, auf der See-seite, endeten sie in einem Schwindel erregenden Steilabbruch, der völlig kahl war. Ob von Natur aus oder durch Menschen-hand, war unklar. Jedenfalls war vom Anwesen aus mit einem Fernglas leicht zu erkennen, ob jemand versuchte, auf der ver-botenen Seite hinabzuklettern.

Es gab nur einen Bergsattel oder Pass in der Hügelkette. Ein schmaler Weg führte aus dem Hinterland zu ihm hinauf und wand sich dann in Serpentinen den Steilhang bis zu dem An-wesen hinunter. Auf der Passhöhe stand ein Wachhaus mit Schranke. Dexter hatte es zu spät bemerkt, erst als es plötzlich unter seinem Fenster aufgetaucht war.

Er erstellte eine Liste der Ausrüstungsgegenstände, die er benötigte. Das Hineingelangen war kein Problem. Aber mit der Zielperson wieder herauszukommen, das grenzte angesichts der kleinen Armee von Wachleuten ans Unmögliche.

»Die Maschine gehört einer Ein-Mann-Firma in Georgetown, Guyana, und ist ihre einzige«, sagte Kevin McBride am selben Abend. »Lawrence Aero Services. Eigentümer und Geschäftsführer ist der guyanische Staatsbürger George Lawrence. Alles sieht ganz legal aus, eine Charterfirma für Ausländer, die ins Landesinnere oder, wie in unserem Fall, an der Küste entlangfliegen wollen.«

»Haben Sie die Telefonnummer von diesem Lawrence?«, fragte Devereaux.

»Selbstverständlich. Hier.«

»Haben Sie ihn angerufen?«

»Nein. Die Leitung wäre nicht geschützt. Und warum sollte er mit einem wildfremden Menschen am Telefon über einen Kunden sprechen? Er könnte ihn warnen.«

»Da haben Sie Recht. Sie müssen hinfliegen. Nehmen Sie einen Linienflug. Lassen Sie sich von Cassandra einen Platz in der nächsten Maschine buchen. Machen Sie Lawrence ausfindig. Schmieren Sie ihn, wenn nötig. Finden Sie heraus, wer unser neugieriger Freund mit der Kamera ist und was er dort wollte. Haben wir eine Station in Georgetown?«

»Nein, aber gleich um die Ecke in Caracas.«

»Benutzen Sie Caracas für einen abhörsicheren Nachrichtenverkehr. Ich kläre alles Weitere mit dem Stationschef.«

Beim Studium der wandfüllenden Fotomontage wanderte Cal Dexters Auge vom Steilabbruch zu der Halbinsel, die den schlichten Namen El Punto trug. Am Fuß des Hangs befand sich die Start- und Landebahn, die zwei Drittel der zur Verfügung stehenden fünfzehnhundert Meter einnahm. Zum Anwesen hin war die Piste mit einem Maschendrahtzaun gesichert, der den gesamten Flugplatz nebst Hangar, Werkstätten, Treibstofflager, Generatorenhaus und allem anderen umgab.

Dexter schätzte die Länge des Hangars auf dreißig Meter, und ausgehend von diesem Wert, konnte er mit einem Zirkel Entfernungen zwischen zwei Punkten ermitteln und markieren. Auf diese Weise errechnete er, dass ungefähr zwölfhundert Hektar als landwirtschaftliche Fläche genutzt wurden. Anscheinend war hier im Lauf der Jahrhunderte durch Flugstaub, den der Wind auf die Halbinsel geweht hatte, und Vogelkot ein fruchtbarer Boden entstanden, denn neben grasendem Vieh konnte er auch üppige Felder mit einer Vielfalt von Früchten erkennen. Wer immer El Punto geschaffen hatte, sein Bestreben war es gewesen, hinter dem Schutzwall aus Klippen und Bergen eine vollständige Autarkie zu errichten.

Für die Bewässerung sorgte ein Bach, der am Fuß des Steilhangs aus dem Berg kam und sich durch das Anwesen schlängelte, ehe er als Wasserfall ins Meer stürzte. Wahrscheinlich entsprang er auf dem Hochplateau im Landesinnern und bahnte sich unterirdisch einen Weg durch die Bergkette. Dexter notierte: »Schwimmen?« Später sollte er die Frage wieder streichen. Ohne vorherige Erkundung wäre es ein Wahnsinn, durch einen unterirdischen Tunnel zu schwimmen. Mit Schrecken erinnerte er sich an die Wasserverschlüsse im Tunnelsystem von Cu Chi, und die hatten nur eine Länge von wenigen Metern gehabt. Dieser hier konnte mehrere Kilometer lang sein, und er wusste nicht einmal, wo er begann. An dem einen Ende der Startbahn, hinter dem Zaun, war eine Siedlung zu erkennen, die aus rund fünfhundert kleinen weißen Klötzen bestand, ohne Zweifel Unterkünfte. Es gab Schotterwege, ein paar größere Gebäude, vermutlich Kantinen, und eine kleine Kirche. Es war eine Art Dorf, doch merkwürdigerweise tummelten sich auf den Wegen weder Frauen noch Kinder, obwohl auf den Feldern und bei den Scheunen Männer arbeiteten. Keine Gärten, kein Vieh.

Das Ganze erinnerte eher an eine Strafkolonie. Vielleicht, so überlegte er, waren die Leute, die für den Mann arbeiteten, nicht ganz freiwillig hier.

Er richtete sein Augenmerk auf das eigentliche Landgut. Es umfasste Felder, Weiden, Scheunen, Getreidespeicher und eine zweite Siedlung aus flachen weißen Gebäuden. Vor einem stand ein Uniformierter, woraus Dexter schloss, dass es sich um Baracken für das Sicherheitspersonal, Wächter und Aufseher, handelte. Nach Aussehen, Anzahl und Größe der Unterkünfte und ihrer vermutlichen Belegungsdichte schätzte er allein die Zahl der Wächter auf ungefähr einhundert. In fünf weiteren, größeren Häusern mit Gärten wohnten wahrscheinlich die Führungskader und das fliegende Personal.

Die Fotos und Dias erfüllten ihren Zweck, aber er brauchte mehr. Er musste sich ein räumliches Bild machen können und herausfinden, wie der Alltag auf der Hazienda organisiert war. Punkt eins erforderte ein maßstabsgetreues Modell der gesamten Halbinsel, Punkt zwei tagelange heimliche Beobachtung.

Kevin McBride flog am nächsten Morgen mit BWIA vom New Yorker John-F.-Kennedy-Flughafen direkt nach Georgetown, Guyana, wo er um vierzehn Uhr landete. Die Abfertigung am Flughafen ging reibungslos vonstatten, und da er nur leichtes Handgepäck mit dem Nötigsten für eine Übernachtung dabeihatte, saß er bald in einem Taxi.

Die Firma Lawrence Aero Services war leicht zu finden. Das kleine Büro lag in einer Seitengasse der Waterloo-Straße. Der Amerikaner klopfte mehrmals, erhielt aber keine Antwort. In der feuchten Hitze wurde sein Hemd schweißnass. Er spähte durchs Fenster und pochte erneut.

»Keiner da, Mann!«, rief eine Stimme hinter ihm. Der Sprecher war alt und bucklig. Er hockte ein paar Türen weiter in einer schattigen Ecke und fächelte sich mit einem Palmwedel Luft zu.

»Ich suche George Lawrence«, sagte der Amerikaner.

»Brite?«

»Nein, Amerikaner.«

Der Alte überlegte, als hänge es von der Nationalität ab, ob Charterpilot Lawrence zu sprechen sei.

»Ein Freund von Ihnen?«

»Nein. Ich wollte sein Flugzeug mieten, aber ich kann ihn nicht finden.«

»Ist seit gestern nicht mehr hier gewesen«, sagte der Alte. »Seit sie ihn geholt haben.«

»Wer hat ihn geholt, mein Freund?«

Der Alte zuckte mit den Schultern, als sei die Entführung von Nachbarn etwas Alltägliches.

»Die Polizei?«

»Nein. Die nicht. Es waren Weiße. Sie kamen mit einem Mietwagen.«

»Touristen?«, fragte McBride. »Kunden?«

»Möglich«, antwortete er diplomatisch. Dann kam ihm eine Idee. »Vielleicht versuchen Sie es am Flughafen. Dort steht seine Maschine.«

Fünf Minuten später fuhr ein schweißgebadeter Kevin McBride zum Flughafen zurück. Am Schalter für Privatflüge erkundigte er sich nach George Lawrence – und machte die Bekanntschaft von Floyd Evans. Inspektor Floyd Evans von der Kriminalpolizei Georgetown.

Er fuhr in die Stadt zurück, diesmal in einem Streifenwagen, und wurde in ein klimatisiertes Büro geführt, dessen Kühle so erfrischend war wie ein lang ersehntes Bad. Inspektor Evans spielte mit seinem Pass.

»Was genau führt Sie nach Guyana, Mr. McBride?«, fragte er.

»Ich wollte dem Land einen Kurzbesuch abstatten, um später eventuell mit meiner Frau hier Urlaub zu machen«, antwortete der Agent.

»Im August? Im August verkriechen sich hier sogar die Salamander. Kennen Sie Mr. Lawrence?«

»Nun ja, nein. Ich habe einen Freund in Washington. Er hat mir seinen Namen gegeben. Er sagte, er könnte mich vielleicht ins Landesinnere fliegen. Mr. Lawrence sei einer der besten Charterpiloten. Ich war gerade in seinem Büro, um zu fragen, ob er noch frei ist. Das ist alles. Hab ich was falsch gemacht?«

Der Inspektor klappte den Pass zu und gab ihn zurück.

»Sie sind heute aus Washington eingetroffen. So viel scheint klar. Ihr Ticket und der Einreisestempel belegen es. Und das Hotel Meridien hat bestätigt, dass Sie für heute Nacht ein Zimmer reserviert haben.«

»Hören Sie, Inspektor, ich verstehe immer noch nicht, warum man mich hierher gebracht hat. Wissen Sie, wo ich Mr. George Lawrence finden kann?«

»Aber gewiss. Er liegt drüben im Allgemeinkrankenhaus, in der Leichenhalle. Wie es aussieht, haben ihn gestern drei Männer mit einem gemieteten Geländewagen in seinem Büro abgeholt. Am Abend haben sie den Wagen zurückgegeben und sind außer Landes geflogen. Sagen Ihnen diese drei Namen etwas, Mr. McBride?«

Er hatte ein Stück Papier über den Tisch geschoben. McBride las die Namen. Er wusste, dass alle drei falsch waren, denn er hatte sie selbst ausgesucht.

»Nein, tut mir Leid, die sagen mir nichts. Warum liegt Mr. Lawrence in der Leichenhalle?«

»Weil ihn ein Gemüsehändler am frühen Morgen gefunden hat, als er zum Markt wollte. Er lag tot in einem Straßengraben, draußen vor der Stadt. Da waren Sie natürlich noch in der Luft.«

»Das ist ja schrecklich. Ich habe ihn zwar nicht gekannt, aber trotzdem tut es mir Leid.«

»Schrecklich, ja. Mr. Lawrence hat sein Leben verloren, und zufälligerweise auch acht Fingernägel. Sein Büro hat man ausgeräumt und alle Unterlagen über frühere Kunden mitgenommen. Was, glauben Sie, haben seine Entführer von ihm gewollt, Mr. McBride?«

»Ich habe keine Ahnung.«

»Natürlich, ich vergaß. Sie sind ja nur Vertreter, richtig? Dann schlage ich vor, Sie fliegen in die Staaten zurück, Mr. McBride. Sie können gehen.«

»Diese Leute sind Bestien«, beschwerte sich McBride über die abhörsichere Leitung der CIA-Station in Caracas bei Devereaux in Langley.

»Kommen Sie zurück, Kevin«, sagte sein Vorgesetzter. »Ich werde unseren Freund im Süden fragen, ob er etwas herausgefunden hat.«

Paul Devereaux pflegte seit langem den Kontakt zu einem Informanten innerhalb des FBI, denn in seinem Gewerbe konnte man gar nicht genug Quellen haben, und die Aussichten, dass das Bureau seine Schätze brüderlich mit ihm teilte, waren eher gering.

Er hatte seinen »Spion« gebeten, in der Datenbank des Archivs nachzusehen, auf welche Dateien der stellvertretende Direktor Colin Fleming (Ermittlungsabteilung) seit der Anfrage von höchster Stelle bezüglich eines in Bosnien ermordeten jungen Mannes zugegriffen hatte. Eine der Dateien war unter dem simplen Stichwort »Avenger« abgelegt.

Am nächsten Morgen kehrte Kevin McBride von seiner Reise zurück, erschöpft und mitgenommen. Paul Devereaux saß, wie aus dem Ei gepellt, zu gewohnt früher Stunde in seinem Büro.

Er reichte seinem Untergebenen eine Akte.

»Das ist er«, sagte er. »Unser Eindringling. Ich habe mit unserem Freund im Süden gesprochen. Natürlich waren es drei von seinen Schlägern, die den Piloten durch die Mangel gedreht haben. Und Sie haben Recht. Es sind Bestien. Aber im Moment brauchen wir sie. Bedauerlich, aber nicht zu ändern.«

Er tippte auf die Akte.

»Codename Avenger. Alter um die Fünfzig. Größe, Statur… steht alles da drin. Die Akte enthält eine kurze Beschreibung. Im Moment reist er unter dem Namen Alfred Barnes, US-Bürger. Er ist der Mann, der sich von dem bedauernswerten Mr. Lawrence über die Hazienda unseres Freundes hat fliegen lassen. Und das State Department führt in seinen Akten keinen Passinhaber mit dem Namen Alfred Barnes, auf den die Beschreibung passt. Finden Sie ihn, Kevin, und ziehen Sie ihn aus dem Verkehr. Sofort.«

»Sie wollen ihn doch nicht liquidieren?«

»Wo denken Sie hin? Das ist verboten. Sie sollen nur seine Identität feststellen. Wenn er *einen* falschen Namen benützt, hat er vielleicht noch weitere. Finden Sie heraus, unter welchem er in San Martin einreisen will. Und dann informieren Sie den grässlichen, aber nützlichen Oberst Moreno in San Martin. Auf den ist Verlass, er wird tun, was getan werden muss.«

Kevin McBride kehrte in sein Büro zurück und las die Akte. Er kannte den Chef der Geheimpolizei der Republik San Martin. Jeder Gegner des Diktators, der diesem Mann in die Hände fiel, hatte sein Leben verwirkt und starb vermutlich einen langsamen Tod. Er las die Avenger-Akte mit gewohnter Sorgfalt.

Zwei Bundesstaaten entfernt, in New York City, wurde der Pass von Alfred Barnes den Flammen übergeben. Dexter hatte nicht den kleinsten Beweis dafür, dass er gesehen worden war, doch als er mit dem Charterpiloten Lawrence über den Pass geflogen war, hatte er zu seinem Schrecken einen Mann bemerkt, der zu ihnen hochgeblickt und möglicherweise die Nummer der Cessna erkannt hatte. Deshalb hörte Alfred Barnes auf zu existieren, nur für den Fall.

Danach begann er, das Modell der befestigten Hazienda zu bauen. Am anderen Ende der Stadt, mitten in Manhattan, hockte die kurzsichtige Mrs. Nguyen Van Tran über drei neuen Pässen.

Man schrieb den 3. August 2001.

23

Die Stimme

Was man in New York nicht bekommt, gibt es wahrscheinlich nicht. Mit Böcken und einer dicken Sperrholzplatte aus einer Holzhandlung baute sich Cal Dexter einen Tisch, der fast das gesamte Wohnzimmer einnahm.

Läden für Künstlerbedarf lieferten genug Farbe, um das Meer und das Land in zehn verschiedenen Tönen erstehen zu lassen. In Stoffgeschäften bekam er den grünen Fries für Wiesen und Felder. Hölzerne Bauklötze benutzte er für die diversen Häuser und Scheunen. In einem Bastlergeschäft erhielt er Balsaholz, Sekundenkleber und Motivklebefolien für Mauerwerk, Türen und Fenster.

Die Villa auf der Spitze des Halbinsel baute er mit Legosteinen aus einem Spielwarenladen, und die Materialien für die übrige Landschaft lieferte ein wundervolles Fachgeschäft für Liebhaber von Modelleisenbahnen.

Wer sich eine Modelleisenbahnanlage bastelt, möchte eine Landschaft mit allem, was dazugehört, mit Hügeln und Tälern, Durchstichen und Tunneln, Bauernhöfen und grasendem Vieh. Innerhalb von drei Tagen hatte Dexter die gesamte Hazienda maßstabsgetreu nachgebildet. Jedenfalls alles, was die Kamera aus der Luft eingefangen hatte. Vieles andere konnte er auf den Fotos nicht sehen: Fallen und Fußangeln, Sicherheitsschlösser und Ketten an den Toren, das Personal, die Gesamtstärke der Privatarmee, ihre Bewaffnung und alle Innenräume.

Die Liste war lang, und die meisten diesbezüglichen Fragen ließen sich nur durch tagelanges geduldiges Beobachten klären.

Gleichwohl hatte er bereits einen Schlachtplan entworfen und sich entschieden, wie er hinein- und wieder herauszukommen gedachte. Er ging auf Einkaufstour.

Stiefel, Dschungelbekleidung, Verpflegung, Seitenschneider, das beste handelsübliche Fernglas, ein neues Mobiltelefon ... Er füllte damit einen Bergen-Rucksack, bis er annähernd vierzig Kilo wog. Und das war noch längst nicht alles. Für einige Besorgungen musste er in Bundesstaaten mit laxeren Gesetzen fahren, für andere in die Unterwelt hinabsteigen, wieder andere Waren bekam er ganz legal, allerdings nicht, ohne befremdliche Blicke zu ernten. Am 10. August hatte er alles beisammen, und auch seine ersten Ausweise waren fertig.

»Hätten Sie einen Moment Zeit, Paul?«

Kevin McBride steckte dienstbeflissen den Kopf durch den Türspalt, und Devereaux winkte ihn herein. Sein Stellvertreter hielt eine Landkarte der Nordküste Südamerikas von Venezuela bis Französisch-Guyana in der Hand. Er breitete sie aus und tippte auf das Dreieck zwischen den Flüssen Commini und Moroni, die Republik San Martin.

»Ich vermute, dass er auf dem Landweg hineinwill«, sagte McBride. »Aber nehmen wir zunächst mal den Luftweg. Der einzige Flughafen befindet sich in San Martin City, und der ist klein. Er wird nur zweimal am Tag angeflogen, und zwar von regionalen Fluggesellschaften aus Cayenne im Osten und Paramaribo im Westen.«

Sein Finger tippte auf die Hauptstädte von Französisch-Guyana und Surinam.

»Die politischen Zustände sind so beschissen, dass sich kaum ein Geschäftsmann ins Land verirrt, und Touristen schon gar nicht. Unser Mann ist Weißer und Amerikaner, und aus der Akte haben wir seine ungefähre Größe und Statur. Außerdem hat ihn der Charterpilot beschrieben, bevor er starb. Oberst Morenos Schergen würden ihn wenige Minuten nach der Landung schnappen. Außerdem bräuchte er ein gültiges Visum, und dazu müsste er ein Konsulat aufsuchen. San Martin hat nur zwei, eins in Paramaribo und eins in Caracas. Ich glaube nicht, dass er es auf dem Luftweg probieren wird.«

»Ganz Ihrer Meinung«, sagte Devereaux. »Aber Moreno soll den Flugplatz trotzdem rund um die Uhr überwachen lassen. Vielleicht versucht er es mit einer Privatmaschine.«

»Ich werde ihn entsprechend instruieren. Dann der Seeweg. Es gibt nur einen Hafen, ebenfalls in San Martin City. Touristenschiffe laufen ihn nie an, nur Frachter, und nicht viele. Die Crews bestehen aus Laskaren, Filipinos oder Kreolen. Er würde auffallen wie ein bunter Hund, wenn er als Matrose oder Passagier an Land ginge.«

»Er könnte in einem Schnellboot übers Meer kommen.«

»Möglich, aber das müsste er in Französisch-Guyana oder Surinam mieten. Oder er besticht den Kapitän eines Frachters und lässt sich vor der Küste absetzen. Er könnte die zwanzig Meilen bis zur Küste in einem Schlauchboot zurücklegen, dann das Boot zerstechen und versenken. Aber was dann?«

»Ja, was dann?«, murmelte Devereaux.

»Er wird eine Ausrüstung brauchen, und die ist schwer. Wo geht er an Land? In San Martin gibt es keine Strände, nur hier in Bahia. Aber dort stehen die Villen der Reichen. Im August sind sie bewohnt, und sie haben Bodyguards, Nachtwächter und Hunde. Die übrige Küste besteht aus Mangrovensümpfen, in denen es von Schlangen und Krokodilen nur so wimmelt. Und da will er durchmarschieren? Angenommen, er schafft es bis zu der Straße, die von Osten nach Westen führt, was dann? Aber ich glaube nicht, dass das jemand schafft, nicht einmal ein Green Beret.«

»Könnte er nicht direkt auf der Halbinsel unseres Freundes landen, wenn er auf dem Seeweg kommt?«

»Nein, Paul, unmöglich. Sie ist auf allen drei Seiten von Klippen geschützt, und die Brandung ist sehr stark. Selbst wenn er mit Steigeisen die Klippen hinaufklettert, sind da immer noch die frei laufenden Hunde. Sie würden ihn hören und erwischen.«

»Dann kommt er also auf dem Landweg. Aus welcher Richtung?«

McBride benutzte wieder seinen Zeigefinger.

»Vermutlich von Westen, aus Surinam. Mit der Fähre über den Commini-Fluss direkt zum Grenzübergang nach San Martin. Mit einem fahrbaren Untersatz und falschen Papieren.«

»Dazu braucht er aber ein Visum für San Martin, Kevin.«

»Und wo ist das leichter zu bekommen als in Surinam, in einem der beiden Konsulate? Es wäre nur logisch, wenn er sich hier den Wagen und das Visum besorgt.«

»Was schlagen Sie also vor?«

»Wir wenden uns an die surinamesische Botschaft hier in Washington und an das Konsulat in Miami. Auch für Surinam braucht er ein Visum. Sie sollen die Augen offen halten und mir die Personalien von jedem durchgeben, der in der letzten Woche ein Besuchervisum beantragt hat oder in den nächsten Tagen beantragen wird. Dann überprüfe ich jeden Antragsteller bei der Passabteilung im Außenministerium.«

»Sie setzen alles auf eine Karte, Kevin.«

»Nicht ganz. Oberst Moreno und seine Ojos Negros können die Ostgrenze, den Flughafen, den Hafen und die Küste überwachen. Aber mein Gefühl sagt mir, dass unser Eindringling versuchen wird, seine Ausrüstung mit einem Wagen von Surinam nach San Martin zu schaffen. Es ist der mit Abstand am stärksten frequentierte Grenzübergang.«

Devereaux schmunzelte über McBrides Ausflug ins Spanische. Die Angehörigen der Geheimpolizei von San Martin waren unter dem Namen »Schwarzaugen« bekannt, weil sie mit ihren an den Seiten geschlossenen schwarzen Sonnenbrillen unter den Peonen von San Martin Angst und Schrecken verbreiteten.

Er dachte an die US-Entwicklungshilfe, die in diese Gegend

floss. Keine Frage, die Botschaft Surinams würde anstandslos kooperieren.

»Okay, das gefällt mir. Machen Sie es so. Aber Beeilung.«

McBride stutzte.

»Stehen wir denn unter Zeitdruck, Boss?«

»Mehr als Sie ahnen, mein Freund.«

Der Hafen von Wilmington, Delaware, gehört zu den größten und belebtesten an der Ostküste der USA. Am oberen Ende der Delaware Bay gelegen, die den Fluss gleichen Namens mit dem Atlantik verbindet, verfügt er über ausgedehnte geschützte Gewässer, die nicht nur von Ozeanriesen angelaufen werden, sondern auch Tausenden von kleinen Küstenfrachtern Aufenthalt gewähren.

Die Carib Coast Ship and Freight Company war eine Frachtagentur, die für Dutzende solcher kleinerer Schiffe Aufträge annahm, und so stellte der Besuch Ronald Proctors keine Überraschung dar. Er war freundlich, charmant, glaubwürdig, und sein gemieteter Kleintransporter stand direkt vor der Tür, mit der Kiste auf der Ladefläche.

Der Angestellte, der ihn bediente, hatte keinen Grund, an seiner Lauterkeit zu zweifeln, zumal er als Antwort auf die Frage »Haben Sie Papiere, Sir?« das Gewünschte vorlegte.

Sein Pass war nicht nur völlig in Ordnung, es handelte sich obendrein um einen Diplomatenpass. Beglaubigungsschreiben und Marschbefehle vom State Department bestätigten, dass Ronald Proctor, Berufsdiplomat in Diensten der USA, an die Botschaft seines Landes in Paramaribo, Surinam, versetzt wurde.

»Natürlich wird unser Gepäck kostenlos befördert, da meine Frau auf unseren Reisen jedoch leidenschaftlich gern Souvenirs sammelt, fürchte ich, dass wir eine Kiste über dem Limit sind. Sie wissen ja, wie Frauen sind. Was die so alles zusammentragen.«

»Wem sagen Sie das«, pflichtete der Angestellte bei. Wenige Dinge brachten fremde Männer einander so nahe wie die Klage über ihre Frauen. »In zwei Tagen läuft unser Frachter aus, über Miami und Caracas nach Parbo.«

Er benutzte den kürzeren und geläufigeren Namen für die Hauptstadt von Surinam. Der Auftrag wurde angenommen und sofort bezahlt. Die Kiste sollte innerhalb von zwei Tagen, also bis zum Zwanzigsten, per Schiff in ein Zolllagerhaus im Hafen von Parbo gebracht werden. Da es sich um Diplomatenfracht handelte, unterblieb eine Zollkontrolle, wenn Mr. Proctor sie abholte.

Die surinamesische Botschaft in Washington liegt in der Connecticut Avenue Nr. 4301, und als Kevin McBride dort vorsprach, zückte er seinen Dienstausweis, der ihn als hohen Beamter der Central Intelligence Agency auswies, und nahm gegenüber dem sichtlich beeindruckten Leiter der Visaabteilung Platz. In Washington gab es mit Sicherheit stärker frequentierte diplomatische Vertretungen, und ein einziger Mann bearbeitete alle Visumanträge.

»Wir sind der Meinung, dass er mit Drogen handelt und mit Terroristen paktiert«, sagte der CIA-Mann. »Bisher hat er sich sehr im Hintergrund gehalten. Sein Name tut nichts zur Sache, denn er wird den Antrag, wenn überhaupt, unter einem falschen Namen stellen. Aber wir glauben, dass er versuchen wird, nach Surinam einzureisen, um nach Guyana zu gelangen und von dort zu seinen Komplizen nach Venezuela.«

»Haben Sie ein Foto von ihm?«, fragte der Beamte.

»Leider noch nicht«, antwortete McBride. »Aber wir hoffen, dass Sie uns in dieser Hinsicht behilflich sein können, falls er Sie aufsucht. Wir haben eine Beschreibung von ihm.«

Er schob ein Blatt Papier über den Tisch mit einer kurzen, aus zwei Zeilen bestehenden Beschreibung eines Mannes um die Fünfzig, einen Meter siebzig groß, gedrungen, kräftig, blaue Augen, sandfarbenes Haar.

McBride verließ die Botschaft mit Fotokopien der neunzehn Visumanträge, die in der vorausgegangenen Woche eingereicht

und genehmigt worden waren. Drei Tage später waren sie überprüft. Alle Antragsteller waren registrierte US-Bürger, und ihre
im State Department gespeicherten Personalien stimmten voll
und ganz mit denen überein, die sie bei der Botschaft Surinams
angegeben hatten. Das Gleiche galt auch für die Fotos.

Wenn der mysteriöse Avenger, dessen Akte auswendig zu lernen Devereaux ihm aufgetragen hatte, der Vertretung tatsächlich einen Besuch abstatten wollte, dann hatte er es bislang jedenfalls noch nicht getan.

In Wahrheit war McBride in der falschen Vertretung. Surinam
ist nicht groß und auch nicht reich. Es unterhält eine Botschaft
in Washington und ein Konsulat in Miami, ferner eines in
Deutschland (in München, nicht in der Hauptstadt Berlin) und
zwei in den Niederlanden, im Land der ehemaligen Kolonialmacht. Eines befindet sich in Den Haag, das größere in Amsterdam, De Cuserstraat Nr. 11.

In dieser Vertretung war es, wo Amelie Dykstra, eine einheimische Angestellte, die ihr Gehalt vom niederländischen Außenministerium bezog, den vor ihr sitzenden Antragsteller freundlich bediente.

»Sind Sie Brite, Mr. Nash?«

Aus dem Pass in ihrer Hand ging hervor, dass Mr. Henry Nash
in der Tat Brite und von Beruf Geschäftsmann war.

»Was ist der Zweck Ihres Besuchs in Surinam?«, fragte sie.

»Meine Firma erschließt neue Gebiete für den Tourismus, insbesondere baut sie Ferienhotels in Küstenlagen«, antwortete der
Engländer. »Ich möchte feststellen, ob es in Ihrem Land, ich
meine in Surinam, solche Gebiete gibt, ehe ich nach Venezuela
weiterreise.«

»Sie sollten das Ministerium für Tourismus aufsuchen«, emp-
fahl die Holländerin, die selbst noch nie in Surinam gewesen
war. Nach allem, was Dexter über die malariaverseuchte Küste
des Landes in Erfahrung gebracht hatte, war ein solches Ministerium ein Paradebeispiel für realitätsfremden Optimismus.

»Genau das habe ich gleich nach der Ankunft vor, meine Liebe.«

Unter dem Vorwand, die letzte Maschine am Flughafen Schiphol erwischen zu müssen, bezahlte er seine fünfunddreißig Gulden, bekam das Visum und ging. In Wahrheit flog er nicht nach London, sondern nach New York.

McBride flog erneut nach Süden, diesmal über Miami nach Surinam. Ein Wagen aus San Martin holte ihn am Flughafen Parbo ab und brachte ihn nach Osten zum Grenzübergang am Commini-Fluss. Die Ojos Negros, die ihn begleiteten, fuhren einfach an der Warteschlange vorbei, nahmen die Fähre in Beschlag und bezahlten keine Gebühr für die Fahrt auf die andere Seite.

Während der Überfahrt stieg McBride aus dem Wagen und blickte in die braunen Fluten, die sich träge in Richtung aquamarinblaues Meer wälzten, doch Schwärme von Moskitos und die schwüle Hitze ließen ihn in den angenehm kühlen Mercedes zurückflüchten. Die Geheimpolizisten, die Oberst Moreno geschickt hatte, quittierten sein törichtes Verhalten mit einem frostigen Lächeln, doch die Augen hinter den dunklen Brillengläsern blieben stumpf.

Vom Grenzfluss führte eine holprige, mit Schlaglöchern übersäte Straße aus der Kolonialzeit ins vierzig Kilometer entfernte San Martin City. Zu beiden Seiten der Straße breitete sich Dschungel aus, der dann zur Linken den Sümpfen wich. Diese wiederum machten Mangroven Platz und wurden schließlich vom Meer abgelöst. Zur Rechten erstreckte sich der dichte, sanft ansteigende Regenwald landeinwärts bis zum Zusammenfluss von Commini und Moroni und von dort weiter bis nach Brasilien.

Ein Mann, überlegte McBride, konnte sich da drin schon nach einer halben Meile verirren. Dann und wann entdeckte er einen Weg, der von der Straße abzweigte und in den Busch führte, zweifellos zu einer kleinen Farm oder Plantage unweit der Straße.

Sie überholten nur wenige Fahrzeuge, hauptsächlich Kleintransporter oder verbeulte Landrover, die offenbar besser gestellten Bauern gehörten; dann und wann auch einen Radfahrer, auf dem Gepäckträger einen Korb, in dem er die Früchte seiner Arbeit zum Markt brachte.

An der Straße lagen ein Dutzend kleine Dörfer, und mit Verwunderung registrierte der Mann aus Washington, dass die Bauern in San Martin ein ganz anderer Menschenschlag waren als die in Surinam. Das hatte seinen Grund.

All die anderen Kolonialmächte, die nahezu menschenleere Landstriche in Besitz nahmen und zu besiedeln versuchten, legten Pflanzungen an und sahen sich dann nach geeigneten Arbeitskräften um. Die einheimischen Indios rochen den Braten und verschwanden im Dschungel.

Die meisten Kolonialisten importierten daher Sklaven aus ihren Besitzungen in Afrika oder tauschten sie an der westafrikanischen Küste ein. Deren Nachkommen haben sich gewöhnlich mit den Indios und Weißen vermischt und bilden die heutige Bevölkerung. Die Spanier hingegen besaßen praktisch nur in der Neuen Welt Kolonien und kaum welche in Afrika. Schwarze Sklaven waren für sie nicht so leicht zu bekommen, doch dafür hatten sie Millionen von besitzlosen mexikanischen Peonen, und von Yucatán war es nicht sehr weit bis nach Spanisch-Guyana.

Die Bauern, die McBride durch die Scheiben des Mercedes sah, waren Hispanos. Die gesamte arbeitende Bevölkerung von San Martin war nach wie vor spanischer Abstammung. Die wenigen Sklaven, die den Niederländern davongelaufen waren, hatten sich in den Dschungel geflüchtet und lebten im Landesinnern, wo sie sehr schwer aufzustöbern waren und ungemütlich werden konnten, wenn man sie fand.

Als Shakespeares Caesar rief: »Lass wohlbeleibte Männer um mich sein«, nahm er an, sie seien lustige, freundliche Menschen. Er dachte dabei nicht an Oberst Hernan Moreno.

Der Mann, dessen Aufgabe es war, den pompös ausstaffierten, ordenbehängten Präsidenten Muñoz in seinem Palast auf dem Hügel hinter der Hauptstadt der letzten Bananenrepublik zu beschützen, war fett wie eine aufgeblasene Kröte, aber alles andere als lustig.

Über die Qualen, die er jenen zufügte, die er der Aufwiegelung verdächtigte oder im Besitz von Informationen über solche Subjekte wähnte, wurde nur im leisesten Flüsterton und in den dunkelsten Ecken gesprochen.

Man munkelte, dass es im Hinterland einen Ort für solche Dinge gebe und von dort noch niemand lebendig zurückgekehrt sei. Leichen ins Meer zu werfen, wie es Galtieris Geheimpolizei in Argentinien praktiziert hatte, war unnötig. Ja, es war nicht einmal erforderlich, mit Hacke und Schaufel einen Tropfen Schweiß zu vergießen. Der Körper eines Menschen, der draußen im Dschungel nackt angepflockt wurde, lockte Feuerameisen an, die in einer Nacht das vollbrachten, wozu die Natur sonst Monate oder Jahre brauchte.

Er wusste vom Besuch des Mannes aus Langley und beschloss, ihn zum Lunch in den Yachtklub einzuladen. Es war das beste Restaurant in der Stadt, jedenfalls das vornehmste, und lag an der Hafenmauer mit Blick auf das glitzernde blaue Meer. Aber noch angenehmer war, dass der Seewind dort über den Gestank aus den Seitenstraßen triumphierte.

Im Gegensatz zu seinem Dienstherrn mied der Chef der Geheimpolizei Prahlerei und Pomp, Uniformen und Orden. Sein fülliger Leib war in ein schwarzes Hemd und einen schwarzen Anzug gewandet. Wenn er eine entfernte Ähnlichkeit mit einer Berühmtheit besaß, so fand der CIA-Mann, dann vielleicht mit dem alternden Orson Welles. Aber sein Gesicht erinnerte mehr an Hermann Göring.

Gleichwohl hatte er das kleine und verarmte Land fest im Griff, und er lauschte seinem Gast, ohne ihn zu unterbrechen. Er wusste alles über die Beziehung zwischen dem Präsidenten und dem Flüchtling aus Jugoslawien, der in San Martin Zuflucht gesucht hatte und nun in einer Traumvilla auf einem Anwesen lebte, das er selbst eines Tages zu erwerben gehofft hatte.

Er wusste vom riesigen Vermögen des Flüchtlings und der jährlichen Gebühr, die er an Präsident Muñoz für Schutz und Asyl entrichtete, obwohl er selbst derjenige war, der für diesen Schutz sorgte.

Was er nicht wusste, war, was einen hohen Beamten aus Washington dazu bewogen hatte, den Flüchtling und den Despoten zusammenzubringen. Es spielte auch keine Rolle. Der Serbe hatte über fünf Millionen Dollar für den Bau seines Hauses ausgegeben und weitere zehn in sein Anwesen gesteckt. Auch wenn er bei diesem Kraftakt nicht ohne Importe ausgekommen war, so hatte er doch die Hälfte der Summe in San Martin ausgegeben, und für Oberst Moreno war bei jedem Auftrag eine fette Provision abgefallen.

Auf direkterem Weg kassierte er dafür, dass er ihm Arbeitssklaven lieferte und durch immer neue Verhaftungen dafür sorgte, dass der Nachschub nicht abriss. Solang kein Peon entlief oder lebend zurückkam, war das ein einträgliches Arrangement ohne jedes Risiko. Der CIA-Mann brauchte nicht um seine Kooperation zu betteln.

»Wenn er einen Fuß nach San Martin setzt«, stieß er keuchend hervor, »habe ich ihn. Sie werden ihn nie wiedersehen, aber jede Information, die er preisgibt, wird an Sie weitergeleitet. Darauf gebe ich Ihnen mein Wort.«

Auf der Rückfahrt zum Grenzfluss und nach Parbo, wo sein Flugzeug bereits wartete, sann McBride über die Aufgabe nach, die sich der unsichtbare Kopfgeldjäger gestellt hatte. Er dachte an all die Schutzvorkehrungen und den Preis, den er im Fall eines Scheiterns würde bezahlen müssen, den Tod durch Oberst Moreno und die Folterspezialisten seiner Schwarzaugen. Er schauderte, und das nicht wegen der Klimaanlage.

Dank den Errungenschaften der modernen Technik brauchte Calvin Dexter nicht nach Pennington zurückzukehren, um den Anrufbeantworter in seinem Büro abzuhören. Das konnte er aus einer öffentlichen Telefonzelle in Brooklyn erledigen. Er tat dies am 15. August.

Die meisten Anrufer, die eine Nachricht hinterlassen hatten, erkannte er an der Stimme, noch ehe sie ihren Namen nannten. Nachbarn, Klienten, ansässige Geschäftsleute, die ihm einen schönen Angelurlaub wünschten und wissen wollten, wann er wieder an seinen Schreibtisch zurückkehre.

Beim zweitletzten Anruf fiel ihm fast der Hörer aus der Hand, und er starrte, ohne etwas wahrzunehmen, in den regen Verkehr hinter der Glasscheibe. Nachdem er aufgelegt hatte, streifte er eine Stunde lang umher und versuchte zu begreifen, wie so etwas hatte geschehen können. Woher wusste der Anrufer, wer er war und was er tat? Und noch wichtiger: Gehörte die fremde Stimme einem Freund oder einem Verräter?

Der Anrufer hatte seinen Namen nicht genannt. Seine Stimme hatte flach geklungen, monoton, als habe er durch mehrere Lagen von Papiertaschentüchern gesprochen. Er hatte einfach nur gesagt: »Avenger, seien Sie auf der Hut. Sie wissen, dass Sie kommen.«

24

Der Plan

Als Professor Medvers Watson ihn verließ, war der surinamesische Konsul so konfus, dass er beinahe vergessen hätte, den Wissenschaftler auf die Liste der Visumsantragsteller zu setzen, die
er an Kevin McBrides Privatadresse in der Stadt schicken wollte.

»*Callicore maronensis*«, hatte der Professor strahlend auf die
Frage nach dem Grund seines Besuchs in Surinam geantwortet.
Der Konsul blickte verständnislos. Professor Watson bemerkte
seine Verwirrung, griff in seinen Aktenkoffer und zog Andrew
Neilds Meisterwerk *The Butterflies of Venezuela* hervor.

»Er ist gesichtet worden, müssen Sie wissen. Typ ›V‹. Un-
glaublich.«

Er schlug das Standardwerk auf und zeigte ihm eine Seite mit
Farbfotos von Schmetterlingen, die für den Konsul alle ziemlich
gleich aussahen und sich nur durch kleine Varianten in der
Zeichnung der Hinterflügel unterschieden.

»Er gehört zu den *Limentidinae*, müssen Sie wissen. Eine
Unterfamilie, versteht sich. Wie die *Charaxinae*. Beide zählen
zur Familie der *Nymphalidae*, wie Ihnen bekannt sein dürfte.«

Der verdutzte Konsul sah sich unvermittelt mit einem Vortrag
über die systematische Einteilung in Familien, Unterfamilien,
Gattungen, Arten und Unterarten konfrontiert.

»Aber was haben Sie mit ihnen vor?«, fragte der Konsul. Professor Medvers Watson klappte seinen Bildband zu.

»Fotografieren, Sir. Sie finden und fotografieren. Anscheinend
ist einer gesehen worden. *Agrias narcissus* wurde im Dschungel
Ihres Hinterlands bereits gefunden, aber *Callicore maronensis*?

Das würde Geschichte machen. Deshalb muss ich unverzüglich dorthin. Die Regenzeit steht vor der Tür.«

Der Konsul blätterte in dem amerikanischen Pass. Er enthielt viele Stempel für Venezuela. Andere für Brasilien, Guyana. Er faltete das Schreiben mit dem Briefkopf des Smithsonian Institute auseinander. Professor Watson wurde vom Leiter des Fachbereichs Entomologie, Abteilung Lepidoptera, wärmstens empfohlen. Er nickte bedächtig. Wissenschaft, Umweltschutz, Ökologie, solche Dinge durfte man heutzutage nicht auf die leichte Schulter nehmen. Er stempelte das Visum und gab den Pass zurück.

Professor Watson bat nicht um den Brief, und so blieb er auf dem Tisch liegen.

»Na dann, Weidmannsheil«, sagte er halbherzig.

Zwei Tage später trat Kevin McBride mit einem breiten Grinsen in das Büro von Paul Devereaux.

»Ich glaube, wir haben ihn«, sagte er und legte einen ausgefüllten und genehmigten Visumantrag des surinamesischen Konsulats auf den Tisch. Ein Passfoto klebte auf der Seite.

Devereaux las die Personalien.

»Und?«

McBride legte einen Brief neben das Antragsformular. Devereaux las ihn ebenfalls.

»Und?«

»Er ist ein Schwindler. Nach Auskunft des State Department gibt es keinen Passinhaber namens Medvers Watson. Jeder Zweifel ausgeschlossen. Er hätte einen gängigeren Namen nehmen sollen. Der hier fällt aus dem Rahmen. Die Wissenschaftler vom Smithsonian haben nie von ihm gehört. Kein Schmetterlingsforscher kennt einen Medvers Watson.«

Devereaux sah sich das Foto des Mannes an, der versucht hatte, seine verdeckte Operation zu hintertreiben, und dadurch, wenn auch unfreiwillig, zu seinem Feind geworden war. Die Augen glotzten eulenhaft hinter der Brille hervor, und der zottelig vom Kinn abstehende Spitzbart ließ das Gesicht nicht etwa energischer, sondern weicher erscheinen.

»Gut gemacht, Kevin. Brillante Strategie. Schließlich war sie erfolgreich, und natürlich ist alles brillant, was zum Erfolg führt. Alle Einzelheiten sofort an Oberst Moreno in San Martin, wenn ich bitten darf. Er soll unverzüglich alle nötigen Schritte veranlassen.«

»Und an die surinamesische Regierung in Parbo.«

»Nein, an die nicht. Die sollen ruhig weiterschlafen.«

»Paul, die könnten ihn festnehmen, sowie er in Parbo landet. Unsere Jungs in der Botschaft bestätigen dann, dass der Pass gefälscht ist. Die Surinamesen beschuldigen ihn des Passbetrugs und setzen ihn in die nächste Maschine nach Hause. Zwei Marines begleiten ihn. Wir verhaften ihn bei der Landung, und er wandert in den Knast, wo er keinen Schaden mehr anrichten kann.«

»Kevin, hören Sie zu. Ich weiß, es ist hart, und ich kenne Morenos Ruf. Aber wenn unser Mann eine dicke Brieftasche hat, könnte er sich einer Festnahme in Surinam entziehen. Und hier könnte er nach einem Tag gegen Kaution wieder freikommen und untertauchen.«

»Aber Paul, Moreno ist eine Bestie. Dem würden Sie nicht einmal Ihren schlimmsten Feind ausliefern ...«

»Und Sie wissen nicht, wie wichtig der Serbe für uns alle ist. Und was für ein Paranoiker. Möglicherweise bleibt ihm nicht mehr viel Zeit. Er muss wissen, dass für ihn keine Gefahr mehr besteht, nicht die geringste, sonst steigt er womöglich aus, und ich brauche ihn.«

»Und Sie können mir immer noch nicht sagen, wofür?«

»Bedaure, Kevin. Noch nicht.«

Der Stellvertreter zuckte unzufrieden mit den Schultern, fügte sich aber.

»Okay, aber das müssen Sie mit Ihrem Gewissen abmachen, nicht ich.«

Und genau darin bestand das Problem, dachte Paul Deve-reaux, als er wieder allein in seinem Büro war und auf die dichten grünen Wälder zwischen ihm und dem Potomac blickte. Konnte er das, was er tat, vor seinem Gewissen verantworten? Er musste es. Das kleinere Übel, das übergeordnete Gute.

Der Unbekannte mit dem falschen Pass würde keinen leichten Tod haben und nicht um Mitternacht sanft entschlafen. Aber er hatte sich freiwillig in Gefahr begeben, es aus eigener Entscheidung getan.

An diesem Tag, dem 18. August, stöhnte Amerika unter der Sommerhitze, und das halbe Land suchte Abkühlung am Meer, an Flüssen und Seen, in den Bergen. Und an der Nordküste Südamerikas ließen die hundert Prozent Luftfeuchtigkeit, die aus dem dampfenden Dschungel im Hinterland in die Städte drückten, die vierzig Grad in der Sonne noch ein paar Grad heißer erscheinen.

Im Hafen von Parbo, von der Mündung zehn Meilen den braunen Surinam-Fluss hinauf, war die Hitze mit Händen zu greifen und lag wie ein Tuch über Lagerhäusern und Kais. Die Straßenköter suchten hechelnd schattige Plätzchen auf, wo sie die Stunden bis Sonnenuntergang verbringen konnten. Die Menschen saßen unter langsam rotierenden Ventilatoren, die lediglich die heiße Luft verteilten.

Die Dummen schütteten zuckerhaltige Getränke wie Limonade und Cola in sich hinein, die Durst und Wasserverlust nur noch verstärkten. Die Erfahrenen blieben bei heißem süßem Tee, was verrückt klingen mag, aber, wie die Schöpfer des britischen Empire zweihundert Jahre zuvor festgestellt hatten, die allerbeste Methode war, den Flüssigkeitsverlust auszugleichen.

Die *Tobago Star,* ein Fünfzehnhundert-Tonnen-Frachter, kroch den Fluss herauf, legte am zugewiesenen Kai an und wartete bis zum Einbruch der Dunkelheit. In der kühleren Dämmerung löschte sie ihre Ladung, darunter auch eine unter Zollverschluss befindliche Kiste, die einem US-Diplomaten namens

Ronald Proctor gehörte. Sie kam in einen mit Maschendraht gesicherten Teil des Lagerhauses, wo sie auf ihre Abholung wartete.

Paul Devereaux hatte Jahre mit dem Studium des Terrorismus im Allgemeinen und seinen aus der arabischen und islamischen Welt hervorgegangenen Erscheinungsformen, die nicht unbedingt identisch waren, im Besonderen zugebracht.

Vor langer Zeit schon war er zu dem Ergebnis gelangt, dass das übliche Gejammer im Westen, wonach der Terrorismus in der Armut und Not jener wurzle, die Fanon »die Verdammten dieser Erde« genannt hatte, nur bequemes und politisch korrektes Psychogeschwätz war.

Von den Anarchisten im zaristischen Russland bis zur IRA von 1916, von der Irgun und der Sternbande bis zur EOKA in Zypern, von der Baader-Meinhof-Gruppe und der Rote Armee Fraktion in Deutschland, der CCC in Belgien, der Action Directe in Frankreich, den Roten Brigaden in Italien, der Rengo Sekigu in Japan über den Leuchtenden Pfad in Peru bis zur heutigen IRA in Nordirland oder der ETA in Spanien entsprang der Terrorismus den Köpfen gebildeter, aus gutbürgerlichen Verhältnissen stammender Theoretiker, die sich durch ein Übermaß an Eitelkeit und einen ausgeprägten Hang zur Zügellosigkeit auszeichneten.

Devereaux hatte sie alle studiert und war zu der Überzeugung gekommen, dass dies für alle ihre Führer galt, diese selbst ernannten Vorkämpfer der Arbeiterklasse. Und es galt für den Nahen Osten ebenso wie für Westeuropa, Südamerika oder den Fernen Osten. Imad Mugniyah, Georges Habash, Abu Abas, Abu Nidal und all die anderen Abus hatten nie in ihrem Leben auf eine Mahlzeit verzichten müssen. Die meisten hatten studiert.

Seiner Theorie zufolge hatten alle diese Leute, die anderen befahlen, in einem Restaurant eine Bombe zu zünden, und sich hinterher an den Bildern der Zerstörung weideten, eines gemeinsam: Sie besaßen eine erschreckende Fähigkeit zum Hass. Dies war die genetische »Voraussetzung«. Der Hass war zuerst da, das Objekt konnte später kommen und tat es gewöhnlich auch.

Auch das Motiv kam erst an zweiter Stelle, nach der Fähigkeit zum Hass. Dies konnte die bolschewikische Revolution sein oder eine der vielen Spielarten nationaler Befreiung, antikapitalistischer Eifer oder religiöse Inbrunst.

Doch der Hass kam stets zuerst, dann die Sache, dann das Objekt, danach die Methoden und am Ende die Selbstrechtfertigung. Und Lenins »nützliche Idioten« schluckten es immer.

Devereaux war fest davon überzeugt, dass die Al-Qaida-Führung genau diesem Muster entsprach. Ihre Gründer waren ein millionenschwerer Bauunternehmersohn aus Saudi-Arabien und ein Facharzt aus Ägypten. Es war ohne Bedeutung, ob ihr Hass auf Amerikaner und Juden weltliche Gründe hatte oder religiös motiviert war. Es gab nichts, absolut nichts, was Amerika oder Israel, von der Selbstvernichtung einmal abgesehen, tun konnten, um sie zu beschwichtigen oder zufrieden zu stellen.

Keiner von ihnen scherte sich um die Palästinenser. Sie lieferten ihnen nur einen Vorwand und eine Rechtfertigung. Sie hassten Amerika nicht für das, was es tat, sondern für das, was es war.

Er erinnerte sich daran, wie er mit dem alten britischen Spionagechef am Fenstertisch im Whites gesessen hatte, als draußen linksgerichtete Demonstranten vorbeizogen. Abgesehen von den üblichen ergrauten Sozialisten, die Lenins Tod nie ganz hatten verwinden können, waren viele junge Briten beiderlei Geschlechts darunter, die eines Tages eine Hypothek aufnehmen und die Konservativen wählen würden, und scharenweise Studenten aus der Dritten Welt.

»Sie werden Ihnen niemals verzeihen, mein Junge«, sagte der alte Mann. »Erwarten Sie es nicht, dann werden Sie nicht enttäuscht. Amerika hält den anderen den Spiegel vor. Hier Reichtum, dort Armut, hier Stärke, dort Schwäche, hier Tatkraft, dort Trägheit, hier Fortschritt, dort Rückschritt, hier Kreativität, dort Ratlosigkeit, hier Optimismus, dort Zaudern, hier Zielstrebigkeit, dort Stillstand.

Es braucht nur ein Demagoge aufzustehen und zu rufen: ›Alles, was die Amerikaner besitzen, haben sie uns gestohlen‹, und sie werden es glauben. Wie Shakesspeares Caliban werden die Fanatiker in den Spiegel blicken und vor Wut über das, was sie sehen, brüllen. Aus Wut wird Hass, und der Hass braucht ein Objekt. Die Arbeiterklasse der Dritten Welt hasst Ihr Land nicht, sondern die Pseudointellektuellen. Sie können Ihnen niemals vergeben, das käme einer Selbstanklage gleich. Bislang hat ihrem Hass die Waffe gefehlt. Eines Tages werden sie diese Waffe besitzen. Dann wird Amerika kämpfen müssen oder untergehen. Und es werden nicht nur ein paar Dutzend sterben, sondern Zehntausende.«

Dreißig Jahre später war Devereaux davon überzeugt, dass der alte Brite Recht gehabt hatte. Nach den Anschlägen in Somalia, Kenia, Tansania und Aden befand sich sein Land in einem neuen Krieg und wusste es nicht. Und die besondere Tragik dabei war, dass auch das Establishment den Kopf in den Sand steckte.

Der Jesuit hatte um eine Versetzung an die vorderste Front gebeten, und diese Bitte wurde ihm erfüllt. Jetzt stand er unter Zugzwang. Seine Antwort war das Projekt Peregrine. Er hatte nicht die Absicht, mit UBL zu verhandeln oder den nächsten Anschlag abzuwarten, ehe er reagierte. Er hatte die Absicht, den Feind seines Landes vorher zu vernichten. Er wollte, um in Pater Xaviers Bild zu bleiben, mit seinem Speer zustoßen, ehe ihm das Messer zu nahe kam. Die Frage war nur, wo? »Irgendwo in Afghanistan« klang zu vage. Er musste es genauer wissen, bis auf hundert Quadratmeter genau, und es musste innerhalb von dreißig Minuten geschehen.

Er wusste, dass ein Anschlag bevorstand. Jeder wusste es, Dick Clarke im Weißen Haus, Tom Pickard in der FBI-Zentrale im Hoover-Gebäude, George Tenet ein Stockwerk über ihm in Langley. Die Spatzen pfiffen es von den Dächern, dass »etwas Großes« im Busch war. Nur wusste niemand, wo, wann und wie es passieren würde. Und weil es ihnen unsinnigerweise verboten war, zweifelhafte Subjekte danach zu fragen, würden sie es wahrscheinlich nicht herausfinden. Auch weil die Dienste es ablehnten, ihre Erkenntnisse auszutauschen.

Paul Devereaux war von dem ganzen Haufen so enttäuscht, dass er sein Projekt Peregrine in Angriff genommen hatte, ohne jemanden in seine Pläne einzuweihen.

Er hatte zigtausend Seiten über den Terrorismus im Allgemeinen und al-Qaida im Besonderen gelesen, und dabei war immer wieder eines deutlich geworden: Die islamistischen Terroristen würden sich mit den wenigen Amerikanern, die in Mogadischu, Daressalam und anderswo ums Leben gekommen waren, nicht zufrieden geben. UBL wollte Hunderttausende von Toten. Die Prophezeiung des längst verstorbenen Engländers wurde wahr.

Um Zahlen dieser Größenordnung zu erreichen, benötigte die Führung von al-Qaida eine Technologie, die sie noch nicht besaß, aber verzweifelt in ihren Besitz zu bringen versuchte. Devereaux wusste, dass sie in den Höhlenkomplexen Afghanistans, die nicht einfach nur Felslöcher, sondern unterirdische Labyrinthe mit Laboratorien waren, mit Krankheitserregern und Giftgasen experimentiert hatte. Aber noch war sie weit von einem System zur flächendeckenden Verbreitung entfernt.

Für al-Qaida, wie für alle Terrorgruppen dieser Welt, gab es eine Kostbarkeit von unschätzbarem Wert: spaltbares Material. Mindestens ein Dutzend Killergruppen würden alles dafür geben und jedes Risiko eingehen, um den Grundstoff für einen nuklearen Sprengsatz in ihren Besitz zu bringen.

Es musste keineswegs ein hochmoderner »sauberer« Sprengkörper sein. Im Gegenteil, je einfacher oder »schmutziger«, strahlungstechnisch gesprochen, desto besser. Selbst die Wissenschaftler in den Reihen der Terroristen wussten, dass eine ausreichende Menge von spaltbarem Material, umhüllt von einer ausreichenden Menge Plastiksprengstoff, genug tödliche Strahlung freisetzte, um eine Stadt von der Größe New Yorks für eine Generation unbewohnbar zu machen. Ganz zu schweigen von der halben Million Menschen, die infolge der Verstrahlung einen frühen Krebstod sterben würden.

Der heimliche Krieg wurde nunmehr seit zehn Jahren mit viel Geld und viel Aufwand geführt. Bislang hatte der Westen, neuerdings auch mit der Unterstützung Moskaus, die Oberhand behalten und überlebt. Er hatte riesige Summen für den Aufkauf auch kleinster Mengen Uran-235 oder Plutonium ausgegeben, die in den privaten Handel zu gelangen drohten. Ganze Länder, ehemalige Sowjetrepubliken, hatten jedes Gramm, das Moskau zurückgelassen hatte, ausgehändigt, und die lokalen Diktatoren waren dank dem Nunn-Luger-Act dabei sehr wohlhabend geworden. Aber zu viel, viel zu viel Material war einfach verschwunden.

Kurz nach der Gründung seiner eigenen kleinen Antiterroreinheit in Langley brachte Paul Devereaux zwei Dinge in Erfahrung. Erstens, dass im geheimen Vinca-Institut mitten in Belgrad fünfundvierzig Kilogramm reines waffenfähiges Uran-235 lagerten. Sofort nach Miloševićs Sturz verhandelten die USA über ihren Kauf. Ein Drittel davon, fünfzehn Kilogramm, genügte für den Bau einer Bombe.

Zweitens wollte sich ein skrupelloser serbischer Gangster und enger Gefolgsmann Miloševićs ins Ausland absetzen, bevor das Regime stürzte. Er brauchte eine »Tarnung«, neue Papiere, Schutz und ein Versteck. Devereaux war klar, dass die USA ihn unmöglich aufnehmen konnten. Aber eine Bananenrepublik… Er schlug dem Serben einen Handel vor und nannte ihm seinen Preis. Der Preis war Zusammenarbeit.

Bevor der Serbe Belgrad verließ, war im Vinca-Institut eine daumennagelgroße Probe Uran-235 gestohlen worden, und die Unterlagen waren dahin gehend frisiert worden, dass volle fünfzehn Kilogramm abhanden gekommen seien.

Vor sechs Monaten nun hatte der flüchtige Serbe durch Vermittlung des Waffenhändlers Wladimir Bout seine Probe zusammen mit Unterlagen weitergegeben, die scheinbar bewiesen, dass sich auch die übrigen fünfzehn Kilogramm in seinem Besitz befanden.

Die Probe war an den Chemiker und Physiker von al-Qaida, Abu Khabab, gegangen, einen weiteren hoch gebildeten und fanatischen Ägypter. Um die Probe sachgemäß untersuchen zu können, hatte er Afghanistan verlassen und heimlich in den Irak reisen müssen.

Auch im Irak war ein Atomprogramm im Gang. Das Land trachtete ebenfalls nach waffenfähigem Uran-235, hatte aber den langsamen, altmodischen Weg eingeschlagen und arbeitete mit Isotopentrennanlagen, wie sie bereits 1945 in Oak Ridge, Tennessee, zum Einsatz gekommen waren. Die Probe löste große Aufregung aus.

Nur vier Wochen bevor der unsägliche Bericht eines kanadischen Grubenbarons über seinen vor längerer Zeit verstorbenen Enkel zirkulierte, hatte Devereaux die Nachricht erhalten, dass al-Qaida auf den Handel eingehen wollte. Er musste sich zwingen, ganz ruhig zu bleiben.

Als Teil seiner Tötungsmaschine hatte er eine unbemannte, in großer Höhe operierende Drohne namens Predator einsetzen wollen, doch sie war nahe der afghanischen Grenze abgestürzt. Das Wrack befand sich bereits wieder in den USA, und das bislang unbewaffnete, unbemannte Flugobjekt sollte nun mit einer Hellfire-Rakete bestückt werden, damit es in Zukunft ein Ziel nicht nur aus der Stratosphäre orten, sondern auch vernichten konnte.

Doch die Umrüstung dauerte zu lange. Paul Devereaux überarbeitete seinen Plan, musste sein Vorhaben aber so lange verschieben, bis Ersatz vor Ort war. Erst dann konnte der Serbe die Einladung nach Peshawar annehmen, um sich dort mit Zawahiri, Atef, Zubaida und dem Physiker Abu Khabab zu treffen. In seinem Gepäck würden sich fünfzehn Kilogramm Uran befinden, allerdings kein waffenfähiges. Normaler Reaktorbrennstoff mit einem U-235-Anteil von drei Prozent statt der erforderlichen achtundachtzig tat es auch.

Bei dem entscheidenden Treffen sollte sich Zoran Zilić für all die Gefälligkeiten revanchieren, die man ihm erwiesen hatte. Tat er es nicht, genügte ein Anruf beim gefürchteten und al-Qaida-freundlichen pakistanischen Geheimdienst ISI, und sein Schicksal war besiegelt.

Er sollte unvermittelt den Preis verdoppeln und mit seiner Abreise drohen, falls man auf seine Forderung nicht einging. Devereaux spekulierte darauf, dass nur ein einziger Mann diese Entscheidung treffen konnte und daher konsultiert werden musste.

Der irgendwo im fernen Afghanistan weilende UBL würde daraufhin einen Telefonanruf erhalten. Ein Abhörsatellit, der hoch über ihm im Weltraum schwebte und mit der National Security Agency in Verbindung stand, würde das Gespräch auffangen und die Position des Adressaten bis auf zehn Quadratmeter genau bestimmen.

Wartete der Gesprächspartner in Afghanistan? Konnte er seine Neugier zügeln oder wollte er unbedingt sofort erfahren, ob er soeben in den Besitz einer ausreichenden Menge Uran gelangt war, um seine mörderischsten Träume zu verwirklichen?

Vor der Küste Belutschistans würde das Atom-U-Boot *USS Columbia* seine Klappen öffnen und eine Cruise Missile vom Typ Tomahawk auf die Reise schicken. Noch im Flug würde sie vom Global Positioning System (GPS), dem Zielleitsystem TERCOM und dem Abgleichsystem DISMAC mit Daten gefüttert werden.

Mithilfe dieser drei Navigationssysteme würden sie zu jenen

zehn Quadratmetern fliegen und die gesamte Umgebung um das Mobiltelefon in die Luft jagen, zusammen mit dem Mann, der auf den Rückruf aus Peshawar wartete.

Devereaux stand unter Zeitdruck. Der Augenblick, in dem Zilić nach Peshawar fliegen und in Ras al Khaimah zwischenlanden musste, um den Russen an Bord zu nehmen, rückte immer näher. Er durfte nicht zulassen, dass Zilić in Panik geriet, weil jemand hinter ihm her war, einen Rückzieher machte und ihre Vereinbarung für null und nichtig erklärte.

Avenger musste aufgehalten und wahrscheinlich auch liquidiert werden. Das kleinere Übel, das übergeordnete Gute.

Man schrieb den 20. August. Auf dem Flughafen Paramaribo stieg ein Mann aus der von der Insel Curaçao kommenden Passagiermaschine der niederländischen Fluggesellschaft KLM. Es war nicht Professor Medvers Watson, auf den ein Stück weiter an der Küste ein Empfangskomitee wartete.

Es handelte sich um den britischen Tourismusmanager Henry Nash. Mit seinem in Amsterdam ausgestelltem Visum passierte er mühelos die Zoll- und Passkontrollen und nahm sich ein Taxi in die Stadt. Die Versuchung war groß, im Torarica, dem mit Abstand besten Hotel in der Stadt, abzusteigen. Doch er hätte dort echten Briten begegnen können, und so fuhr er zum Krasnopolsky in der Dominiestraat.

Er nahm ein Zimmer in der obersten Etage, mit Balkon nach Osten. Die Sonne stand hinter ihm, als er hinaustrat und über die Stadt blickte. In dieser Höhe wehte eine leichte Brise, die den Abend erträglich machte. Weit im Osten, über hundert Kilometer entfernt jenseits des Flusses, wartete der Dschungel von San Martin.

DRITTER TEIL

25

Der Dschungel

Es war der amerikanische Diplomat Ronald Proctor, der den Wagen kaufte. Und er kaufte ihn nicht etwa bei einem gewerbsmäßigen Händler, sondern bei einem Privatmann, der in der Lokalzeitung inseriert hatte.

Der gebrauchte Cherokee war in einem guten Zustand, und nach einer gründlichen Inspektion, die sein neuer, bei der Army ausgebildeter Besitzer vorzunehmen gedachte, würde er seinen Zweck erfüllen.

Der Handel, den er dem alten Besitzer vorschlug, war einfach und verlockend. Er sei bereit, zehntausend Dollar in bar zu bezahlen, brauche das Fahrzeug aber nur für einen Monat, bis sein eigener Wagen aus den Staaten eintreffe. Wenn er ihn in dreißig Tagen völlig intakt wiederbringe, solle der Verkäufer ihn zurücknehmen und die Hälfte der Summe zurückerstatten.

Dem Verkäufer winkten leicht verdiente fünftausend Dollar in einem Monat. Der Mann war ein sympathischer amerikanischer Diplomat, und da er den Cherokee in dreißig Tagen zurückzubringen gedachte, konnte man sich den üblichen Papierkram schenken. Wozu das Finanzamt auf den Plan rufen?

Proctor mietete zudem eine Einzelgarage und einen Schuppen hinter dem Blumen- und Gemüsemarkt. Anschließend fuhr er zum Hafen und holte seine Kiste ab. In der Garage packte er sie sorgsam aus und verteilte den Inhalt auf zwei Seesäcke aus Segeltuch.

In Washington verging Paul Devereaux fast vor Angst und Neugier, während die Tage sich hinschleppten. Wo war der Mann? War er mit seinem Visum nach Surinam eingereist? War er auf dem Weg?

Er hätte seine Neugier leicht befriedigen können, wenn er über die US-Botschaft in der Redmondstraat bei den surinamesischen Behörden nachgefragt hätte. Doch das hätte deren Neugier geweckt. Sie hätten sich nach dem Grund erkundigt. Sie hätten ihn sich selbst geschnappt und mit Fragen gelöchert. Der Mann namens Avenger hätte sich womöglich freigekauft und dort weitergemacht, wo er aufgehört hatte. Der Serbe, den allein schon bei dem Gedanken an die Reise nach Peshawar Paranoia überkam, wäre vollends in Panik geraten und hätte die Sache womöglich abgeblasen. Und so lief Devereaux auf und ab und wartete.

Unten in Paramaribo war das kleine Konsulat der Republik San Martin von Oberst Moreno vor einem Amerikaner gewarnt worden, der sich als Schmetterlingssammler ausgab und möglicherweise ein Visum beantragen würde. Man solle es unverzüglich ausstellen und ihn sofort darüber informieren.

Doch niemand mit dem Namen Medvers Watson erschien. Der Gesuchte saß mitten in Paramaribo in einem Straßencafé, neben sich einen Beutel mit den letzten Einkäufen. Man schrieb den 24. August.

Die Einkäufe stammten aus der Tackle Box in der Zwarten-Hovenbrug-Straße, dem einzigen Geschäft für Camping- und Jagdbedarf in der Stadt. Als Henry Nash, Geschäftsmann aus London, hatte er nur wenig von dem mitgebracht, was er jenseits der Grenze brauchte. Aber mit dem Inhalt der Diplomatenkiste und den Besorgungen vom Morgen glaubte er nun alles beisammenzuhaben. Und so trank er genüsslich sein Parbo-Bier, voraussichtlich das letzte für eine Weile.

Diejenigen, die warteten, wurden am Morgen des 25. belohnt. Die Schlange vor der Überfahrtsstelle am Fluss war so lang, und die Moskitos waren so zahlreich wie immer. Die Wartenden setzten sich fast ausschließlich aus Einheimischen mit Fahrrädern, Motorrädern und verrosteten Pick-ups zusammen, alle mit landwirtschaftlichen Erzeugnissen beladen.

In der Schlange auf der surinamesischen Seite stand nur ein einziger schicker Wagen, ein schwarzer Cherokee mit einem Weißen am Steuer. Er trug ein zerknittertes, cremefarbenes Leinenjackett, einen eierschalenfarbenen Panamahut und eine Brille mit dickem Rand. Wie die anderen saß er da, schlug Mücken tot und fuhr jedes Mal ein paar Meter vor, wenn die Kettenfähre eine neue Ladung an Bord nahm und sich wieder über den Commini hangelte.

Nach einer Stunde stand er endlich mit angezogener Handbremse auf dem flachen Eisendeck der Fähre, konnte aussteigen und auf den Fluss blicken. Drüben in San Martin angekommen, reihte er sich in die Schlange der sechs Wagen ein, die auf ihre Abfertigung warteten.

Am Kontrollpunkt San Martin wurde strenger kontrolliert, und die zwölf umherwuselnden Grenzbeamten wirkten irgendwie angespannt. Eine gestreift lackierte Stange lag auf zwei unlängst aufgestellten, mit Beton beschwerten Ölfässern und versperrte die Straße.

In einem Schuppen am Straßenrand kontrollierte ein Beamter, dessen Gesicht durchs Fenster zu sehen war, alle Ausweispapiere. Die Surinamesen, die sich hier befanden, um Verwandte zu besuchen oder landwirtschaftliche Produkte zu kaufen, die sie in Parbo wieder losschlagen wollten, dürften sich verwundert nach dem Grund gefragt haben, doch in der Dritten Welt ist man es gewohnt, sich in Geduld zu fassen und im Ungewissen gelassen zu werden. Wieder saßen sie und warteten. Es dämmerte schon fast, als der Cherokee endlich vor die Schranke rollte. Ein Soldat schnalzte mit den Fingern, und der Amerikaner reichte den verlangten Pass durchs Fenster.

Der Fahrer des Offroaders wirkte nervös. Schweiß lief ihm übers Gesicht. Er mied jeden Blickkontakt und sah geradeaus. Nur hin und wieder schielte er verstohlen durchs Fenster des Schuppens. Bei einem dieser Blicke bemerkte er, wie der Grenzbeamte heftig zusammenzuckte und zum Telefon griff. In diesem Augenblick geriet der Reisende mit dem Spitzbart in Panik.

Der Motor heulte auf, die Kupplung rastete ein, und der schwere schwarze Geländewagen machte einen Satz, riss mit dem Außenspiegel einen Soldaten um, schleuderte die gestreifte Stange in die Luft, umkurvte in wilden Schlenkern die Laster vor ihm und jagte in die anbrechende Nacht davon.

Hinter dem Cherokee brach ein Chaos aus. Die durch die Luft fliegende Stange hatte den Armeeoffizier im Gesicht getroffen. Der Grenzbeamte kam brüllend aus dem Schuppen und wedelte mit einem amerikanischen Pass auf den Namen Professor Medvers Watson.

Zwei Schergen von Oberst Morenos Geheimpolizei, die hinter dem Grenzer im Schuppen gestanden hatten, stürzten mit gezückten Pistolen ins Freie. Einer lief zurück und telefonierte aufgeregt mit der sechzig Kilometer entfernten Hauptstadt.

Auf Befehl des Offiziers, der sich die gebrochene Nase hielt, sprang ein Dutzend Soldaten auf einen olivgrauen Laster und nahm die Verfolgung auf. Die Geheimpolizisten rannten zu ihrem blauen Landrover und taten das Gleiche. Doch der Cherokee war bereits um die beiden Kurven herum und verschwunden.

Kevin McBride saß in Langley an seinem Schreibtisch und sah das Lämpchen des Telefons blinken, das ihn mit Oberst Morenos Büro in San Martin City verband.

Er nahm den Hörer ab, lauschte aufmerksam, machte sich Notizen, stellte ein paar Fragen und schrieb weiter. Anschließend suchte er Paul Devereaux auf.

»Sie haben ihn«, sagte er.

»Festgenommen?«

»Fast. Meine Vermutung war richtig. Er wollte von Surinam

aus über den Fluss einreisen. Wahrscheinlich ist ihm das plötzliche Interesse an seinem Pass aufgefallen, oder die Grenzbeamten haben zu viel Wind gemacht. Wie auch immer, jedenfalls hat er die Schranke durchbrochen und ist auf und davon. Oberst Moreno sagt, dass er nicht weit kommen wird. Dschungel auf beiden Seiten, Patrouillen auf der Straße. Bis zum Morgen haben sie ihn, meint er.«

»Armer Teufel«, sagte Devereaux. »Er wäre besser zu Hause geblieben.«

Oberst Moreno war zu optimistisch. Es dauerte zwei Tage. Den entscheidenden Hinweis lieferte ein Bauer, der drei Kilometer abseits der Straße im Dschungel lebte, an einem Weg, der rechts von der Straße abbog.

Er sagte, er habe am Vorabend ein Fahrzeug mit dröhnendem Motor an seinem Gehöft vorbeifahren hören, und seine Frau habe einen großen und fast neuen Geländewagen auf dem Weg gesehen.

Natürlich hatte er angenommen, es handle sich um ein Fahrzeug der Regierung, denn kein Bauer oder Fallensteller konnte sich einen solchen Wagen leisten. Erst als er in der folgenden Nacht nicht zurückkam, machte er sich auf den Weg zur Hauptstraße. Dort war er auf eine Streife gestoßen und hatte seine Beobachtung gemeldet.

Die Soldaten fanden den Cherokee anderthalb Kilometer hinter dem kleinen Gehöft. Er war bei dem Versuch, tiefer in den Dschungel einzudringen, in einen Graben geraten und mit fünfundvierzig Grad Neigung liegen geblieben. Aus der Stadt musste ein Kranlaster angefordert werden, der den Wagen aus dem Loch zog, herumdrehte und auf die Straße stellte.

Oberst Moreno erschien persönlich. Er betrachtete den aufgewühlten Boden, die umgeknickten jungen Bäume und die zerfetzten Kletterpflanzen.

»Hundeführer«, sagte er. »Holt die Hunde. Der Cherokee und alles, was drin ist, in meine Dienststelle. Sofort.«

Doch es wurde bereits dunkel, und die Hundeführer waren einfache Leute, die sich nachts im Wald vor Geistern fürchteten. Sie brachen erst am nächsten Morgen auf, und gegen Mittag fanden sie den Flüchtigen.

»Sie haben ihn gefunden. Er ist tot.«

Devereaux blickte auf seinen Tischkalender. Heute war der 27. August.

»Besser, Sie fliegen hin«, sagte er.

McBride stöhnte.

»Es ist ein verdammt weiter Flug, Paul. Über die ganze verfluchte Karibik.«

»Sie können eine Maschine der Firma nehmen. Sie müssen morgen früh dort sein. Ich muss Gewissheit haben, dass die Sache ausgestanden ist. Und nicht nur ich. Auch Zilić muss davon überzeugt sein. Fliegen Sie, Kevin. Verschaffen Sie uns Gewissheit.«

Der Mann, von dem man ihn Langley nur den Decknamen Avenger kannte, hatte den von der Straße abzweigenden Weg entdeckt, als er die Gegend mit der Piper überflog. Er gehörte zu einem Dutzend, die auf den sechzig Kilometern zwischen Fluss und Hauptstadt von der Hauptstraße abbogen. Jeder führte zu ein oder zwei kleinen Plantagen oder Gehöften und verlor sich dann im Nichts.

Damals hatte er nicht daran gedacht, sie zu fotografieren, und sich die Filme für die Hazienda auf El Punto aufgespart. Doch er konnte sie sich einprägen. Und auf dem Rückflug mit dem todgeweihten Piloten Lawrence hatte er sie ein zweites Mal gesehen.

Der, für den er sich entschied, war vom Fluss aus gesehen der dritte. Er hatte eine halbe Meile Vorsprung gegenüber seinen Verfolgern, als er, um keine Schleuderspuren zu hinterlassen, das Gas wegnahm und mit dem Cherokee langsam in den Weg einbog. Hinter einer Biegung stellte er den Motor ab und lauschte. Die Verfolger donnerten vorbei.

Bis zum Gehöft verlief die Fahrt problemlos, erster Gang, Vierradantrieb. Danach wurde es mühsam. Er fuhr noch eine Meile durch dichten Dschungel, dann stieg er im Dunkeln aus, ging zu Fuß weiter, fand einen Graben, holte den Wagen und fuhr ihn hinein.

Was die Verfolger finden sollten, ließ er zurück, die restlichen Sachen nahm er mit. Sie waren schwer. Trotz der späten Stunde herrschte eine drückende Schwüle. Überall raschelte, brüllte und krächzte es. Nur Geister, die gab es nicht.

Mit Kompass und Taschenlampe ausgerüstet, marschierte er zuerst nach Westen, dann nach Süden, wobei er sich mit einer seiner Macheten einen Weg bahnte.

Nach einer Meile ließ er den anderen Teil des Gepäcks zurück, den die Verfolger finden sollten, sodass ihm nur ein leichter Rucksack mit Wasserflasche, Taschenlampe und einer zweiten Machete blieb. Er stapfte weiter in Richtung Fluss und erreichte den Commini im Morgengrauen, vom Grenzübergang und der Fähre aus gesehen ein gutes Stück stromaufwärts. Die marineblaue Luftmatratze war für die Überfahrt nicht gerade ideal, aber sie erfüllte ihren Zweck. Er legte sich bäuchlings darauf und paddelte mit beiden Händen, zog sie aber sofort aus dem Wasser, als eine giftige Wassermokassinotter vorüberglitt. Das runde, lidlose Auge starrte ihn aus nächster Nähe an, doch die Schlange strebte weiter flussabwärts. Eine Stunde lang paddelte er in der Strömung, dann kam er an das surinamesische Ufer, zerstach die Luftmatratze und versenkte sie. Der Morgen war nicht mehr ganz jung, als er, völlig schmutzig und durchnässt, mit Moskitostichen übersät und voller Blutegel am Körper, die Straße nach Paramaribo erreichte.

Nach ein paar Kilometern nahm ihn ein freundlicher Markthändler mit, sodass er die letzten achtzig Kilometer bis zur Hauptstadt auf einem Karren mit Wassermelonen zurücklegen konnte.

Selbst die freundlichen Leute im Krasnopolsky wären stutzig

geworden, wenn ihr englischer Gast in einem solchen Zustand aufgetaucht wäre. Deshalb zog er sich in der Garage um, wusch sich in der Toilette einer Tankstelle, befreite sich mithilfe eines Gasfeuerzeugs von den Blutegeln und betrat endlich sein Hotel, wo er ein Steak mit Pommes verspeiste. Dazu trank er mehrere Flaschen Parbo, dann legte er sich schlafen.

Zehntausend Meter höher flog der Lear-Jet der CIA an der Ostküste der USA entlang nach Süden, mit Kevin McBride als einzigem Passagier an Bord.

An diese Art zu reisen, sinnierte er, könnte ich mich gewöhnen.

Auf dem Luftwaffenstützpunkt Eglin in Nordflorida und auf Barbados tankte die Maschine auf. Am Flughafen von San Martin City wartete ein Wagen und brachte den CIA-Beamten in die Zentrale von Oberst Morenos Geheimpolizei, die am Stadtrand in einem Ölpalmenhain lag.

Der fettleibige Oberst empfing den Besucher in seinem Büro mit einer Flasche Whisky.

»Mir ist das noch etwas zu früh, Oberst«, wehrte McBride ab.

»Unsinn, mein Freund, für einen Toast ist es nie zu früh. Kommen Sie… Trinken wir auf den Tod unserer Feinde.«

Sie tranken. Ein anständiger Kaffee wäre McBride um diese Zeit und bei dieser Hitze lieber gewesen.

»Was haben Sie für mich, Oberst?«

»Eine kleine Vorführung. Besser, ich zeige es Ihnen.«

An das Büro grenzte ein Konferenzraum, in dem man offensichtlich alles für Morenos schauerliche »Vorführung« vorbereitet hatte. Auf dem langen Tisch in der Mitte lag nur ein einziges Exponat, über das ein weißes Tuch gebreitet war. An den Wänden standen vier weitere Tische mit einer Sammlung unterschiedlicher Objekte. Oberst Moreno trat zuerst an einen der kleineren Tische.

»Wie bereits gesagt, raste unser Freund, Mr. Watson, in der ersten Panik die Hauptstraße entlang, bog dann in einen Seitenweg ab und versuchte zu entkommen, indem er mitten durch den Dschungel fuhr. Wenn ich es Ihnen sage! Natürlich setzte er den Offroader in einen Graben und blieb dort stecken. Der Wagen steht jetzt draußen auf dem Hof. Und hier haben wir einen Teil der Sachen, die er zurückgelassen hat.«

Auf Tisch eins lagen unter anderem strapazierfähige Kleider, Stiefel zum Wechseln, Trinkbecher aus Metall, ein Moskitonetz, Imprägniermittel, Tabletten zur Wasseraufbereitung.

Auf Tisch zwei sah McBride ein Zelt, Heringe, eine Leuchte, einen Wasserbehälter aus Segeltuch mit Dreibein, diverse Toilettenartikel.

»Nichts, was man auf einen normalen Campingausflug mitnimmt«, bemerkte er.

»Ganz recht, mein Freund. Anscheinend wollte er sich eine Zeit lang im Dschungel verstecken, wahrscheinlich, um an der Straße nach El Punto seiner Zielperson aufzulauern. Doch die Zielperson benutzt die Straße so gut wie nie, und wenn, dann in einem gepanzerten Wagen. Der Killer war nicht besonders auf Draht. Trotzdem, er hat auch das hier zurückgelassen. Vielleicht war es ihm zu schwer.«

Der Oberst zog das Tuch weg, das Tisch drei bedeckte. Darunter kam eine Remington 3006 zum Vorschein, mit einem großen Rhino-Zielfernrohr und einer Schachtel Patronen. Ein in amerikanischen Waffenläden erhältliches Jagdgewehr, mit dem man einem Menschen problemlos den Kopf wegpusten konnte.

»Und dann«, erklärte der dicke Mann, der es genoss, den anderen mit seinen Entdeckungen auf die Folter zu spannen, »lässt Ihr Mann den Wagen und achtzig Prozent seiner Ausrüstung zurück. Er macht sich zu Fuß auf den Weg, wahrscheinlich will er zum Fluss. Aber er ist kein Dschungelkämpfer. Woher ich das weiß? Er besitzt keinen Kompass. Nach dreihundert Metern hat er sich verirrt, geht nach Süden, noch tiefer in den Dschungel hinein, statt nach Westen zum Fluss. Dort, wo wir ihn fanden, lag das überall verstreut.«

Auf dem letzten Tisch stand ein leerer Wasserbehälter, daneben lagen ein Buschhut, eine Machete, eine Taschenlampe. Außerdem Kampfstiefel mit harter Sohle, Fetzen von einer Tarnhose und einem Hemd, ein Ledergürtel mit Messingschnalle und Kampfmesser, dessen Scheide noch am Gürtel hing.

»Mehr hatte er nicht bei sich, als Sie ihn fanden?«

»Mehr hatte er nicht bei sich, als er starb. In seiner Panik hat er alles zurückgelassen, was er hätte mitnehmen sollen. Sein Gewehr. Damit hätte er sich verteidigen können.«

»Dann haben Ihre Männer ihn also gestellt und erschossen?«

Oberst Moreno hob abwehrend die Hände und setzte eine Unschuldsmiene auf.

»Ihn erschossen? Wir? Einen unbewaffneten Mann? Wo denken Sie hin, wir wollten ihn lebend. Nein, nein. Er war schon um Mitternacht tot. Wer den Dschungel nicht kennt, sollte sich nicht hineinwagen. Schon gar nicht ohne die nötige Ausrüstung, bei Nacht und in Panik. Das kann nicht gut gehen. Sehen Sie.«

Mit selbstverliebter Theatralik zog er das Tuch von dem Tisch in der Mitte. Das Skelett war in einem Leichensack aus dem Dschungel hergebracht worden. Die Füße steckten noch in den Stiefeln, Stofffetzen hingen an den Knochen. Ein eigens bestellter Krankenhausarzt hatte die Knochen wieder richtig zusammengefügt.

Der Tote, vielmehr das, was noch von ihm übrig war, war bis auf das letzte Stück Haut, Fleisch und Knochenmark abgenagt worden.

»Hier ist des Rätsels Lösung«, erklärte der Oberst und tippte mit dem Zeigefinger auf den rechten Oberschenkelknochen. Er war genau in der Mitte gebrochen.

»Daraus können wir ableiten, was passiert ist, mein Freund. Er war in Panik, rannte. Nur mit Taschenlampe, orientierungslos ohne Kompass. Er hat sich anderthalb Kilometer vom liegen gebliebenen Wagen entfernt. Dann bleibt er mit dem Fuß an einer Wurzel, einem Baumstumpf oder an einer Ranke hängen. Er stürzt zu Boden. Zack. Das Bein ist gebrochen.

Jetzt kann er nicht mehr rennen, nicht mehr gehen, nicht mal mehr kriechen und ohne Gewehr nicht einmal Alarm schlagen. Er kann nur schreien, aber was passiert dann? Wussten Sie, dass es in unserem Dschungel Jaguare gibt?

Doch, doch. Nicht viele, aber wenn der Besitzer von siebzig Kilo Frischfleisch sich die Lunge aus dem Hals schreit, besteht die Möglichkeit, dass ein Jaguar ihn findet. Genau das ist hier passiert. Die Gliedmaßen waren über eine kleine Lichtung verstreut.

Das ist eine Speisekammer da draußen. Der Waschbär frisst frisches Fleisch. Auch der Puma und der Nasenbär. Und wenn es hell wird, kommen die Waldgeier aus dem Blätterdach. Haben Sie schon mal gesehen, was die mit einer Leiche anstellen? Nein? Kein schöner Anblick, aber sie leisten gründliche Arbeit. Und ganz am Schluss kommen die Feuerameisen.

Mit Feuerameisen kenne ich mich aus. Die gründlichste Putzkolonne der Natur. Fünfzig Meter vom Toten entfernt fanden wir ein Nest. Sie schicken Späher aus, müssen Sie wissen. Sie können nichts sehen, aber ihr Geruchssinn ist phänomenal, und nach zwanzig Stunden hätte es natürlich zum Himmel gestunken. Soll ich fortfahren?«

»Das genügt«, antwortete McBride. Trotz der frühen Stunde stand ihm nun der Sinn nach einem zweiten Whisky.

Wieder in seinem Büro, breitete der Geheimpolizist mehrere kleinere Gegenstände aus. Eine Uhr, auf deren Rückseite MW eingraviert war. Einen Siegelring, ohne Inschrift.

»Keine Brieftasche«, sagte der Oberst. »Hat sich wahrscheinlich ein Raubtier geholt, weil sie aus Leder war. Aber die Stiefel waren noch intakt, und in einem war das hier versteckt.«

Es war ein US-Pass, ausgestellt auf den Namen Medvers Watson. Als Beruf war Wissenschaftler angegeben. McBride sah sich das Foto an. Dasselbe Gesicht hatte ihm schon vom Visumantrag entgegengeblickt. Brille, zotteliger Spitzbart, etwas verlorener Ausdruck.

Der CIA-Mann vermutete, und durchaus zu Recht, dass kein Mensch Medvers Watson jemals wiedersehen würde.

»Könnte ich meinen Vorgesetzten in Washington kontaktieren?«

»Bitte«, antwortete Oberst Moreno, »nur zu. Ich lasse Sie allein.«

McBride nahm sein Notebook aus dem Aktenkoffer, stellte die Verbindung zu Paul Devereaux her und tippte eine Ziffernfolge ein, die das Gespräch vor neugierigen Ohren schützen sollte. Er stöpselte das Mobiltelefon in das Notebook und wartete, bis Devereaux sich meldete.

In knappen Worten berichtete er seinem Vorgesetzten, was Oberst Moreno ihm mitgeteilt und was er mit eigenen Augen gesehen hatte. Eine Weile herrschte Stille.

»Kommen Sie zurück«, sagte Devereaux.

»Mit Freuden«, entgegnete McBride.

»Moreno kann den ganzen Kram behalten, auch das Gewehr. Aber ich will den Pass. Ach ja, und noch etwas.«

McBride lauschte.

»Sie wollen... was?«

»Tun Sie es einfach, Kevin. Und guten Flug.«

McBride teilte dem Oberst mit, was ihm befohlen worden war. Der dicke Geheimpolizist zuckte mit den Schultern.

»Ein kurzer Besuch. Bleiben Sie doch noch. Wie wär's mit Hummer zum Lunch, draußen auf meinem Boot? Dazu eine Flasche kühlen Soave? Ach ja, der Pass, natürlich. Und der Rest...«

Er zuckte abermals mit den Schultern.

»Wie Sie wollen. Nehmen Sie ruhig beide.«

»Einer genügt, hat er gesagt.«

26

Der Trick

Am 29. August traf McBride wieder in Washington ein. Am selben Tag ging Henry Nash mit einem Pass, den der Minister Ihrer Majestät für auswärtige und Commonwealth-Angelegenheiten ausgestellt hatte, um seinen vollständigen Titel zu nennen, ins Konsulat der Republik San Martin in Paramaribo und beantragte ein Visum.

Es gab keine Probleme. Der Konsul in dem Ein-Mann-Büro wusste von der Aufregung um einen flüchtigen Kriminellen, der vor einigen Tagen versucht hatte, in sein Land einzureisen, aber inzwischen war Entwarnung gegeben worden. Der Mann war tot. Er stellte das Einreisevisum aus.

Das war das Leidige am August. Nichts konnte man rasch erledigen lassen, nicht einmal in Washington, nicht einmal, wenn man Paul Devereaux hieß. Die Entschuldigung war immer die gleiche: »Tut mir Leid, Sir, er ist im Urlaub. Aber nächste Woche kommt er zurück.« Und so ging der August zu Ende, und es wurde September.

Erst am dritten erhielt Devereaux die erste der beiden Antworten, auf die er wartete.

»Das ist wahrscheinlich die beste Fälschung, die uns je untergekommen ist«, sagte der Mann von der Passabteilung des State Department. »Er war zwar mal echt, von uns gedruckt. Doch dann hat ein Fachmann zwei wichtige Seiten herausgetrennt und zwei neue aus einem anderen Pass eingesetzt. Die Seiten mit dem Foto und dem Namen Medvers Watson. Nach unserer Kenntnis gibt es keine Person dieses Namens. Ein Pass mit dieser Nummer wurde nie ausgestellt.«

»Könnte der Inhaber des Passes mit dem Flugzeug in die Staaten einreisen und wieder ausreisen?«, fragte Paul Devereaux. »Ist er so gut?«

»Ausreisen, ja«, antwortete der Experte. »Bei der Ausreise wird er nur vom Personal der Fluglinien kontrolliert. Die arbeiten ohne Datenbanken. Bei der Einreise könnte er Probleme bekommen, wenn der Einwanderungsbeamte nachprüft, ob die Passnummer in der Datenbank gespeichert ist. Der Computer würde Fehlanzeige melden.«

»Kann ich den Pass wiederhaben?«

»Bedaure, Mr. Devereaux. Wir sind euch Jungs jederzeit gern behilflich, aber dieses Meisterwerk kommt in unser schwarzes Museum. Wir werden Kurse abhalten, in denen wir diese Schönheit studieren.«

Und er hatte noch immer keine Antwort von der gerichtsmedizinischen Abteilung in Bethesda, der Klinik, zu der er einige nützliche Kontakte unterhielt.

Am 4. September rollte Henry Nash am Steuer eines bescheidenen Mietwagens, im Kofferraum eine Reisetasche mit leichter Sommerkleidung und Kulturbeutel, in der Hand einen britischen Reisepass mit dem Visumstempel der Republik San Martin, auf die Fähre am Commini-Fluss.

Sein britischer Akzent hätte einen Engländer aus Oxford oder Cambridge kaum täuschen können, aber unter den Niederländisch sprechenden Surinamesen und den, wie er vermutete, Spanisch sprechenden San-Martinos rechnete er nicht mit Schwierigkeiten. Und er sollte Recht behalten.

Avenger blickte ein letztes Mal in die braunen Fluten unter seinen Füßen und hoffte inständig, den verdammten Fluss nie wiederzusehen.

Die gestreift lackierte Schranke auf der anderen Seite war verschwunden, und mit ihr die Schwarzaugen und Soldaten. Der

Grenzposten war wieder in seinen gewohnten Dämmerschlaf gesunken. Er stieg aus, reichte seinen Pass durchs Fenster des Schuppens, zeigte ein albernes Lächeln und fächelte sich Luft zu, während er wartete.

Da er praktisch bei jedem Wetter in einem ärmellosen Unterhemd herumlief, hatte er meist eine leichte Sonnenbräune, aber nach zwei Wochen in den Tropen war er mahagonibraun. Ein Friseur in Paramaribo hatte sich seiner blonden Haare angenommen, und jetzt waren sie so dunkel, fast schwarz, dass sie zu der Beschreibung von Mr. Nash aus London passten.

In den Kofferraum seines Wagens und in seine Tasche wurden nur flüchtige Blick geworfen, sein Pass wanderte zurück in die Brusttasche seines Hemdes, und er fuhr weiter in Richtung Hauptstadt.

Bei der dritten Abzweigung nach rechts vergewisserte er sich, dass ihn niemand beobachtete, und bog dann wieder in den Dschungelpfad ein. Auf halber Strecke zu dem Gehöft hielt er an und wendete. Der riesige Baum war leicht wiederzufinden, und die feste schwarze Schnur klemmte noch tief in der Kerbe, die er eine Woche zuvor in den Stamm geschnitten hatte.

Als er die Schnur löste, senkte sich der getarnte Bergen-Rucksack aus dem Geäst, wo er unbemerkt gehangen hatte. Er enthielt alles, was er in den nächsten Tagen brauchen würde, wenn er auf dem Kamm der Bergkette über der Hazienda des geflohenen Serben kauerte und schließlich in die Festung selbst hinabstieg.

Der Zöllner an der Grenze hatte dem zehn Liter fassenden Plastikkanister im Kofferraum keine Beachtung geschenkt. Er hatte nur genickt, als der Engländer »Agua« sagte, und den Deckel wieder zugeschlagen. Wasser und Rucksack waren zusammen so schwer, dass selbst ein Triathlet beim Bergsteigen an seine Grenzen stieß, aber zwei Liter am Tag waren lebensnotwendig.

Der Kopfgeldjäger fuhr gemächlich durch die Hauptstadt,

vorbei an dem Ölpalmenhain, in dem Oberst Moreno an seinem Schreibtisch saß, und weiter nach Osten. Am frühen Nachmittag gelangte er in den Ferienort La Bahia. Es war Siestazeit, und nichts rührte sich.

Die Nummernschilder am Wagen waren mittlerweile die eines Bürgers von San Martin. In Anlehnung an das Sprichwort »Wo versteckt man einen Baum? Im Wald. Wo versteckt man einen Stein? Im Steinbruch« stellte er den Wagen auf einem öffentlichen Parkplatz ab, schulterte den Rucksack und marschierte ostwärts aus der Stadt hinaus. Ein Rucksacktourist wie jeder andere.

Die Nacht brach herein. Vor ihm ragte der Kamm der Bergkette auf, die das Landgut vom Dschungel trennte. Dort, wo die Straße landeinwärts abbog, um dann in einem weiten Bogen um die Hügel herum in Richtung Moroni und Französisch-Guyana zu führen, verließ er sie und machte sich an den Aufstieg.

Er sah die unbefestigte schmale Straße, die sich vom Bergsattel herabschlängelte, und hielt in schrägem Winkel zu ihr auf die Bergspitze zu, die er sich auf den Luftaufnahmen als Orientierungspunkt ausgewählt hatte. Als es zu dunkel wurde, um weiterzugehen, setzte er seinen Rucksack ab, nahm ein aus hochwertigen Trockenrationen bestehendes Abendessen zu sich, trank dazu einen Becher des kostbaren Wassers, lehnte sich gegen den Rucksack und schlief ein.

Bei seinen Einkäufen in den New Yorker Campingläden hatte er die von der US-Army übernommenen Fertiggerichte verschmäht, da diese *Meals Ready to Eat*, wie sie offiziell hießen, im Golfkrieg offensichtlich so scheußlich geschmeckt hatten, dass die GIs sie in *Meals Rejected by Ethiopians* umtauften. Er hatte sich seine eigene Kraftnahrung gemischt, bestehend aus Rindfleisch, Rosinen, Nüssen und Traubenzucker. Er würde Hasenköttel ausscheiden, aber wenn es darauf ankam, auch topfit sein.

Er erwachte vor Tagesanbruch, aß eine Kleinigkeit, trank einen Schluck und kletterte weiter. Irgendwann konnte er durch eine Lücke zwischen den Bäumen weiter unter das Dach des Wachhauses am Bergsattel erkennen.

Noch vor Sonnenaufgang hatte er den Gipfel erreicht. Zweihundert Meter vom angepeilten Punkt entfernt trat er aus dem Wald und ging auf dem Kamm entlang, bis er die Stelle vom Foto fand.

Sein Blick hatte ihn nicht getrogen. Das Gelände war wie in seiner Vorstellung beschaffen. Auf der Kammlinie gab es eine leichte Senke, die von letzten spärlichen Pflanzen verdeckt wurde. Wenn er dort mit Tarnhose und Buschhut, geschwärztem Gesicht und olivgrünem Fernglas reglos unter einem Strauch lag, war er von der Hazienda aus nicht zu sehen.

Wenn er eine Pause brauchte, konnte er nach hinten robben und sich wieder aufrichten. Er baute sich ein kleines Lager, das für maximal vier Tage sein Zuhause bilden sollte, rieb das Gesicht mit Erde ein und kroch in das Versteck. Die Sonne färbte den Dschungel drüben in Französisch-Guyana rosa, und der erste Strahl glitt über die Halbinsel. El Punto lag ausgebreitet unter ihm wie das maßstabgetreue Modell, das sein Wohnzimmer in Brooklyn geschmückt hatte – ein Haifischzahn, der in die glitzernde See hinausragte. Von unten drang ein dumpfes metallenes Hämmern herauf, als jemand mit einer Eisenstange gegen ein aufgehängtes Stück Bahnschiene schlug. Zeit zum Aufstehen für die Zwangsarbeiter.

Der befreundete Gerichtsmediziner, den Paul Devereaux in Bethesda kontaktiert hatte, rief erst am 4. September zurück.

»Um was in aller Welt geht es bei der Geschichte, Paul?«

»Sagen Sie es mir. Um was geht es?«

»Um Grabräuberei, wie es aussieht.«

»Weiter, Gary. Was ist es?«

»Ein Femur, was sonst. Ein rechter Oberschenkelknochen. Mit einem sauberen Bruch in der Mitte. Kein komplizierter Bruch, keine Splitter.«

»Die Folge eines Sturzes?«

»Nein, es sei denn, eine scharfe Kante war mit im Spiel, oder ein Hammer.«

»Sie bestätigen meine schlimmsten Befürchtungen. Fahren Sie fort.«

»Nun ja, der Knochen stammt zweifelsfrei von einem anatomischen Skelett, wie man es in jedem Medizinerladen bekommt und wie es von Studenten seit dem Mittelalter benutzt wird. Ungefähr fünfzig Jahre alt. Der Knochen wurde erst kürzlich mit einem kurzen, kräftigen Hieb gebrochen, wahrscheinlich an einer Bank. Habe ich Ihnen den Tag gerettet?«

»Nein, Sie haben ihn mir verdorben. Aber ich stehe trotzdem in Ihrer Schuld.«

Wie alle seine Telefonate hatte Devereaux auch dieses auf Tonband aufgenommen. Als er die Aufnahme Kevin McBride vorspielte, fiel dem die Kinnlade herunter.

»Gütiger Gott.«

»Hoffentlich ist er das, um Ihrer unsterblichen Seele willen, Kevin. Sie haben Mist gebaut. Es ist ein Schwindel. Er ist nicht tot. Er hat die ganze Sache nur inszeniert. Er hat Moreno getäuscht, und Moreno hat Sie überzeugt. Er ist noch am Leben. Und das heißt, er kommt zurück oder ist es schon. Kevin, die Lage wird kritisch. Ich möchte, dass die Maschine der Firma in einer Stunde startet und dass Sie sich an Bord befinden.

Ich werde Oberst Moreno informieren, während Sie in der Luft sind. Bestehen Sie darauf, dass er auch der kleinsten Spur nachgeht. Wir müssen wissen, ob dieser verfluchte Avenger zurückgekommen oder unterwegs ist. Ab mit Ihnen.«

Am 5. saß Kevin McBride wieder Oberst Moreno gegenüber. Die freundliche Maske, die er bei der letzten Begegnung aufgesetzt hatte, war abgefallen. Sein Krötengesicht war fleckig vor Wut.

»Der Mann ist clever, *amigo mio*. Das haben Sie mir nicht gesagt. Einmal hat er mich reingelegt, na schön. Aber kein zweites Mal. Hören Sie zu.«

Seit Professor Medvers Watson an der Grenzstation durchgebrochen war, hatte der Chef der Geheimpolizei alle Personen überprüfen lassen, die in die Republik San Martin eingereist waren.

Drei Sportfischer aus St. Paul du Maroni auf der französischen Seite waren mit einem Maschinenschaden auf See liegen geblieben und hatten nach San Martin Marina geschleppt werden müssen. Jetzt saßen die Unglücklichen in Haft.

Vier weitere Nichtlatinos waren aus Richtung Surinam eingereist. Eine Gruppe französischer Techniker vom Weltraumbahnhof Kourou in Französisch-Guyana hatte auf der Suche nach billigem Sex über den Maroni-Fluss gesetzt und ein noch billigeres Zimmer in einer Staatspension bekommen.

Unter den vier aus Surinam eingereisten Männern waren zwei Niederländer und ein Spanier. Alle Pässe waren sichergestellt worden. Oberst Moreno warf sie auf den Tisch.

»Welcher ist falsch?«, fragte er.

Acht französische, zwei niederländische, ein spanischer. Einer fehlte.

»Wer war der andere Besucher aus Surinam?«

»Ein Engländer. Wir können ihn nicht finden.«

»Die Personalien?«

Der Oberst las die Berichte vom Konsulat der Republik San Martin in Paramaribo und vom Grenzübergang am Commini.

»Nash. Henry Nash. Der Pass ist in Ordnung, das Visum auch. Kaum Gepäck, nur etwas Sommerkleidung. Ein gemieteter Kleinwagen. Ungeeignet für den Dschungel. Damit kommt er außerhalb der Hauptstadt oder abseits der Hauptstraße nicht weit. Er ist am 4. eingereist, vor zwei Tagen.«

»Hotel?«

»Auf dem Konsulat in Paramaribo hat er das Camino Real Hotel in der Hauptstadt angegeben. Er hat auch ein Zimmer reserviert, per Fax vom Krasnopolsky in Paramaribo aus. Aber er hat nie eingecheckt.«

»Klingt verdächtig.«

»Der Wagen ist ebenfalls verschwunden. Aber es kann nicht sein, dass ein ausländischer Wagen in San Martin einfach so verschwindet. Trotzdem hat man ihn nicht gefunden. Obwohl er die Hauptstraße nicht verlassen kann. Also habe ich mir gesagt, es muss eine Garage geben, irgendwo im Land. Bei einem Komplizen, einem Freund, Kollegen oder Untergebenen. Wir stellen das ganze Land auf den Kopf.«

McBride betrachtete den Stapel Pässe.

»Nur die jeweiligen Botschaften können feststellen, welche echt und welche falsch sind. Und die befinden sich in Surinam. Das heißt, einer von Ihren Leuten muss ihnen einen Besuch abstatten.«

Oberst Moreno nickte betrübt. Er hatte sich immer damit gebrüstet, die kleine Diktatur fest im Griff zu haben. Irgendetwas war schief gelaufen.

»Habt ihr Amerikaner unseren serbischen Gast verständigt?«

»Nein«, antwortete McBride. »Und Sie?«

»Noch nicht.«

Beide hatten dafür gute Gründe. Dem Diktator, Präsident Muñoz, war der wohlhabende Asylant überaus willkommen, und Oberst Moreno wollte nicht daran schuld sein, dass er das Land wieder verließ und sein Vermögen mitnahm.

Und McBride hatte seine Befehle. Er wusste es nicht, aber Devereaux fürchtete, Zoran Zilić könnte in Panik geraten und sich weigern, nach Peshawar zu fliegen und sich mit den Leuten von al-Qaida zu treffen. Wenn sie den Kopfgeldjäger nicht fanden, mussten sie den Serben früher oder später informieren.

»Halten Sie mich bitte auf dem Laufenden, Oberst«, sagte er und wandte sich zum Gehen. »Ich steige im Camino Real ab. Die haben ja anscheinend noch ein Zimmer frei.«

»Da ist noch eine Sache, die mir Kopfzerbrechen bereitet, Señor«, sagte Moreno, als McBride die Tür erreichte. Er drehte sich um.

»Ja?«

»Dieser Mann, Medvers Watson. Er hat versucht, ohne Visum ins Land einzureisen.«

»Und?«

»Er hätte ein Visum gebraucht, um über die Grenze zu kommen. Das muss er gewusst haben. Aber es war ihm egal.«

»Sie haben Recht«, sagte McBride. »Merkwürdig.«

»Und so frage ich mich als Polizist, warum? Und wissen Sie, was ich mir antworte, Señor?«

»Ich bin ganz Ohr.«

»Ich antworte: Weil er gar nicht die Absicht hatte, legal einzureisen. Weil er überhaupt nicht in Panik geraten ist. Weil alles genau so geplant war. Er hat seinen Tod vorgetäuscht und ist nach Surinam zurück. Und dann ist er in aller Stille wiedergekommen.«

»Klingt logisch«, gab McBride zu.

»Und dann sage ich mir: Er hat gewusst, dass wir ihn erwartet haben. Nur, woher hat er es gewusst?«

McBride drehte sich der Magen um, als er Morenos Gedanken zu Ende dachte.

Unterdessen kauerte der Jäger unsichtbar in einem kleinen Gebüsch auf der Bergflanke, beobachtete, machte sich Notizen und wartete. Er wartete auf die Stunde, die noch nicht gekommen war.

27

Der Beobachter

Dexter staunte, was menschlicher Erfindungsgeist und Geld im Zusammenwirken mit der Natur auf der Halbinsel unterhalb des Steilabbruchs zuwege gebracht hatten, ein Meisterwerk der Sicherheit und Autarkie. Hätte das Ganze nicht auf Sklavenarbeit beruht, wäre es bewundernswert gewesen.

Das ins Meer vorspringende Dreieck war größer, als das maßstabsgetreue Modell in seiner New Yorker Wohnung hatte vermuten lassen.

Die Basis des Dreiecks, auf die er von seinem Bergversteck herabblickte, hatte eine Länge von etwa zwei Meilen. Sie reichte, wie er bereits von den Luftaufnahmen wusste, von Meer zu Meer, und an beiden Enden der Bergkette fielen schroffe Klippen ins Wasser ab.

Die beiden Seiten des gleichschenkligen Dreiecks waren nach seiner Schätzung etwa drei Meilen lang, sodass seine Gesamtfläche fast sechs Quadratmeilen betrug. Die Halbinsel war in vier Bereiche unterteilt, und jeder besaß eine andere Funktion.

Unter ihm, am Fuß des Steilhangs, lagen der Privatflugplatz und das Arbeiterdorf. Dreihundert Meter vom Hang entfernt war ein vier Meter hoher, mit Natodraht versehener Maschendrahtzaun quer über die gesamte Halbinsel gespannt. Als es heller wurde, konnte er mit dem Fernglas erkennen, dass der Zaun über die Klippen hinausragte und in einem Knäuel von Stacheldrahtrollen endete. Es war unmöglich, außen um den Zaun herumzuschlüpfen, unmöglich, darüberzusteigen.

Zwei Drittel des Streifens zwischen Steilhang und Zaun nahm

312

der Flugplatz ein. Neben der Startbahn, direkt unter ihm, befand sich ein großer Hangar mit Vorfeld und mehreren kleineren Gebäuden, in denen Werkstätten und Treibstofflager untergebracht sein mussten. Am anderen Ende und nahe dem Wasser, wo eine kühlere Brise wehte, standen ein halbes Dutzend kleine Bungalows, vermutlich die Unterkünfte des fliegenden Personals und der Wartungscrew.

Der Flugplatz konnte nur durch ein einziges Stahltor im Zaun betreten oder verlassen werden. Neben dem Tor stand kein Wachhäuschen, doch zwei Steuersäulen und Laufräder unter der Vorderkante verrieten, dass es sich um eine elektronische Toranlage handelte, die mit einem Piepser gesteuert wurde. Um halb sieben rührte sich nichts auf dem Rollfeld.

Das restliche Drittel des Streifens nahm das Dorf ein. Es war vom Flugplatz durch einen zweiten Zaun abgetrennt, der vom Steilhang wegführte und den man oben ebenfalls mit Natodraht gesichert hatte. Offensichtlich war es den Arbeitern verboten, sich dem Flugplatz zu nähern.

Das Hämmern gegen die Bahnschiene verstummte nach einer Minute, und das Dorf erwachte zum Leben. Dexter beobachtete, wie die ersten Gestalten aus den kleinen Hütten traten und zu den Waschräumen schlurften. Sie trugen cremefarbene Hosen und Hemden sowie Espadrilles mit geflochtenen Sohlen. Als sie sich alle versammelt hatten, schätzte er ihre Zahl auf etwa zwölfhundert.

Offensichtlich war ein Teil der Männer von der Feldarbeit befreit und für die im Dorf anfallenden Arbeiten eingeteilt. Er sah, wie sie in Küchenschuppen, die nach vorn offen waren, das aus Brot und Haferschleim bestehende Frühstück zubereiteten. Lange Tische auf Böcken und Bänke, die Palmstrohdächer vor gelegentlichen Regengüssen, insbesondere aber vor der sengenden Sonne schützen sollten, bildeten die Kantinen.

Wieder wurde gegen die Eisenbahnschiene gehämmert, und jeder Landarbeiter holte sich eine Schüssel und ein Stück Brot und setzte sich zum Essen. Er sah keine Vorgärten, keine Läden, keine Frauen, keine Kinder, keine Schule. Dies war kein richtiges Dorf, sondern ein Arbeitslager. Es gab nur drei Gebäude außer den Hütten: zwei Lagerhäuser, das eine für Lebensmittel, das andere für Kleidung und Bettzeug, und eine Kirche mit angebautem Pfarrhaus. Alles war zweckmäßig. Ein Ort, wo man arbeiten, essen, schlafen und um Erlösung beten konnte, sonst nichts.

Wie der Flugplatz bildete auch das Dorf ein Rechteck zwischen Steilwand, Stacheldrahtzaun und Meer – mit einem Unterschied. Ein mit Löchern übersäter und zerfurchter Weg schlängelte sich vom einzigen Sattel in der gesamten Bergkette in die Tiefe. Er bildete die einzige Landverbindung mit dem Rest der Republik. Schwerlastwagen konnten ihn nicht befahren, und Dexter fragte sich, wie man unverzichtbare Güter wie Benzin, Dieselöl und Flugbenzin heranschaffte. Im weiteren Verlauf seiner Beobachtungen kam er dahinter.

Am äußersten Rand seines Blickfelds lag, noch in Frühdunst gehüllt, der dritte Sektor des Anwesens, das mit einer Schutzmauer umgebene, zwei Hektar große Gelände am Ende der Landzunge. Von den Luftaufnahmen wusste er, dass dort das prächtige weiße Herrenhaus stand, in dem der frühere serbische Gangster wohnte, ferner ein halbes Dutzend Bungalows für Gäste und leitende Mitarbeiter sowie an der Innenseite der vier Meter hohen Mauer eine Reihe von Wohngebäuden und Lagerschuppen für Haushaltswaren, Wäsche und Lebensmittel.

Wie auf seinen Fotos und bei seinem Modell reichte die Mauer von Klippe zu Klippe. Das Land ragte hier siebzehn Meter hoch aus dem Meer, das unten gegen die Felsen brandete.

Eine Schotterstraße führte zu dem einzigen, aber massiven Doppeltor in der Mauer. Innen stand ein Wachhaus. Dort wurde der Öffnungsmechanismus betätigt, und um die gesamte Innenseite der Mauer verlief eine Brüstung, auf der die Wachen patrouillieren konnten.

Die gesamte Fläche vom Maschendrahtzaun unterhalb des Beobachters bis zu der zwei Meilen entfernten Mauer wurde landwirtschaftlich genutzt. Als es heller wurde, fand Dexter bestätigt, was er nach dem Studium der Fotos vermutet hatte. Die Hazienda produzierte nahezu alles, was die Bewohner der Festung zum Leben brauchten. Er sah weidende Rinder und Schafe, und die Ställe beherbergten zweifellos Schweine und Geflügel.

Auf den Feldern wurde eine Vielzahl von Getreidearten, Hülsen- und Knollenfrüchten angebaut, in den Gärten zehnerlei Obst gezogen. Unter freiem Himmel oder langen Planen aus Plastikfolie gediehen Salat und Gemüse. Er vermutete, dass die Farm jede erdenkliche Form von Salat und Obst produzierte, dazu Fleisch, Butter, Eier, Käse, Öl, Brot und einen herben Rotwein.

Überall zwischen den Feldern und Gärten standen Scheunen und Kornspeicher, Geräteschuppen und verschiedene andere Gebäude, in denen geschlachtet, Korn gemahlen, Brot gebacken oder Trauben gepresst wurden.

Zu seiner Rechten, nahe dem Klippenrand, aber noch innerhalb der Farm, reihten sich mehrere kleine Baracken für das Wachpersonal, ein Dutzend Hütten von besserer Qualität für die Offiziere und zwei oder drei Ladengeschäfte.

Zu seiner Linken, ebenfalls am Rand der Klippe und auf dem Gelände der Farm, standen drei große Lagerhäuser und ein Treibstofflager aus glänzendem Aluminium. Fast am Rand der Klippe ragten zwei große Lastkräne empor. Damit war ein Problem gelöst. Schwere Güter wurden auf dem Seeweg angeliefert und vom Schiff aus nach oben in die Lagerhäuser gehievt oder gepumpt, dreizehn Meter über dem Deck des Frachters.

Die Peonen beendeten das Frühstück, und wieder ertönte das Scheppern, als die Eisenstange gegen das baumelnde Schienenstück gedroschen wurde. Diesmal löste das Geräusch mehrere Reaktionen aus.

Aus den weiter hinten stehenden Baracken zur Rechten

strömten uniformierte Wachleute. Einer hob eine Pfeife an den Mund. Dexter hörte nichts, aber auf den stummen Pfiff hin sprangen aus den Feldern mehrere Dobermänner mit weiten Sätzen heran und liefen in einen Zwinger neben den Baracken. Offensichtlich hatten sie seit vierundzwanzig Stunden nicht mehr gefressen. Sie stürzten sich auf die bereitstehenden Näpfe mit rohen Fleischabfällen und rissen das Fleisch in Stücke.

Dexter konnte sich vorstellen, was jeden Abend geschah. Wenn alle Mitarbeiter und Arbeitssklaven in ihrem jeweiligen Wohnbereich eingeschlossen waren, wurden die Hunde freigelassen und durchstreiften das zwölfhundert Hektar große Farmland. Offensichtlich waren sie darauf abgerichtet, Kälber, Schafe und Schweine in Ruhe zu lassen, aber ein umherschleichender Eindringling hatte keine Chance. Gegen so viele konnte ein einzelner Mann nichts ausrichten. Ein Eindringen bei Nacht war unmöglich.

Der Beobachter hatte sich so tief ins Gestrüpp zurückgezogen, dass niemand, der von unten zum Kamm der Bergkette heraufsah, ein Aufblitzen des Fernglases in der Sonne bemerken oder einen Blick von dem getarnten, reglosen Mann erhaschen konnte.

Um halb sieben wurden die Männer von dem hämmernden Eisen zur Arbeit auf den Feldern und Gärten gerufen. Sie strömten zu dem hohen Tor, das die Hazienda vom Dorf trennte.

Dieses Tor war komplizierter zu öffnen als das andere, das vom Flugplatz zum Anwesen führte. Es bestand aus zwei Teilen und öffnete sich nach innen in Richtung Farmland. Hinter dem Tor hatte man fünf Tische aufgestellt, an denen die Wachleute saßen. Weitere standen daneben. Die Arbeiter bildeten fünf Reihen.

Auf einen lautes Kommando hin setzten sie sich in Bewegung. Der erste jeder Schlange beugte sich über den Tisch und hielt dem sitzenden Wächter die Hundemarke hin, die er um den Hals trug. Die Nummer auf der Marke wurde geprüft und in einen Computer eingetippt.

Die Arbeiter mussten sich offenbar je nach Nummer in eine

bestimmte Reihe stellen, denn nachdem man sie mit einem Kopfnicken durchgelassen hatte, meldeten sie sich hinter den Tischen bei einem Vorarbeiter. In Gruppen von hundert Mann wurden sie daraufhin zu ihrem Einsatzort geführt, wobei sie unterwegs an verschiedenen Schuppen am Wegrand Halt machten und sich mit dem nötigen Werkzeug versahen.

Die einen strömten auf die Felder, andere in die Obstgärten, wieder andere zu den Ställen oder zur Mühle, zum Schlachthaus, zum Weinfeld oder zu dem riesigen Gemüsegarten. Unter Dexters Augen kam Leben in die riesige Hazienda. Doch die Sicherheitsvorkehrungen blieben streng. Auf diese richtete er sein Augenmerk, als das Dorf sich geleert hatte, das Doppeltor wieder geschlossen war und die Männer die Arbeit aufnahmen. Er hoffte, eine Schwachstelle zu entdecken.

Am späten Vormittag erhielt Oberst Moreno Nachricht von den beiden Mitarbeitern, die er mit den ausländischen Pässen losgeschickt hatte.

In Cayenne, der Hauptstadt von Französisch-Guyana, hatten die Behörden keine Zeit verschwendet. Ungehalten hatten sie zur Kenntnis genommen, dass drei harmlose Sportfischer in Haft saßen, nur weil sie auf See einen Maschinenschaden gehabt hatten, und fünf Techniker grundlos festgenommen und eingesperrt worden waren. Sie erklärten alle acht französischen Pässe für hundertprozentig echt und ersuchten dringend darum, ihre Inhaber freizulassen und nach Hause zu schicken.

Die niederländische Botschaft in Paramaribo forderte das Gleiche für ihre Staatsbürger. Ihr Pässe seien echt, ihre Visa in Ordnung, wo also liege das Problem?

Die spanische Botschaft war geschlossen, doch der CIA-Mann hatte Oberst Moreno versichert, dass der Flüchtige nur knapp über einen Meter siebzig groß war, während der Spanier über einen Meter achtzig maß. Somit blieb nur noch der verschwundene Henry Nash aus London.

Der Chef der Geheimpolizei beorderte seinen Mann in Cayenne zurück und befahl dem anderen in Paramaribo, alle Autovermietungen abzuklappern und herauszufinden, was für einen Wagen der Engländer fuhr und welches Kennzeichen er hatte.

Am späten Vormittag wurde es auf den Bergen sehr heiß. Nur Zentimeter vom Gesicht des reglosen Beobachters entfernt kroch eine Eidechse mit rotem, aufgerichtetem Kamm am Hinterkopf über die Steine, auf denen man Spiegeleier hätte braten können, beäugte den Fremden, witterte keine Gefahr und tapste weiter. Unten bei den Lastkränen tat sich etwas.

Vier kräftige junge Männer rollten ein zehn Meter langes Patrouillenboot aus Aluminium zum Heck eines Landrovers und hängten es an. Der Wagen schleppte es zu einer Zapfsäule, wo es betankt wurde. Ohne das mittschiffs montierte Browning-Maschinengewehr Kaliber .30 hätte man es fast für eine Vergnügungsyacht halten können.

Nach dem Betanken wurde das Boot unter einen der Kräne geschleppt. Vier Hebebänder baumelten von einem rechteckigen Rahmen und endeten in vier stabilen Stahlklampen, die man am Rumpf des Boots befestigte. Dann wurde es mitsamt der Crew von der Rampe gewuchtet, über das Wasser geschwenkt und ins Meer gesenkt. Dabei entschwand es Dexters Blicken.

Minuten später entdeckte er es wieder draußen auf See. Die Besatzung holte zwei Fischreusen und fünf Hummerkästen ein, leerte sie, versah sie mit frischen Ködern, warf sie ins Wasser zurück und setzte die Patrouillenfahrt fort.

Dexter war aufgefallen, dass alle Aktivitäten auf der Hazienda ohne zwei Leben spendende Elixiere zum Erliegen kommen würden. Das eine hieß Benzin. Mit ihm wurde die Generatorenanlage hinter den Lagerhäusern der Anlegestelle betrieben. Die Anlage produzierte den Strom für jedes Gerät und jeden Motor auf dem gesamten Anwesen, angefangen bei den automatischen Toren über die elektrischen Bohrmaschinen bis zu den Nachttischlampen.

Das andere Elixier war Wasser, frisches, sauberes, klares Wasser in unbegrenzter Menge. Das lieferte der Bergbach, den er das erste Mal auf den Luftaufnahmen gesehen hatte.

Dieser Bach lag jetzt unter ihm, leicht versetzt zu seiner Linken. Er sprudelte, aus den Regenwäldern tief im Landesinnern kommend, aus dem Berg.

Das Wasser brach in zehn Metern Höhe aus der Wand, stürzte über mehrere Felsen nach unten und landete in einem betonierten Bett, das offensichtlich eigens dafür gebaut worden war. Hier löste der Mensch die Natur ab.

Um zu den Feldern zu gelangen, musste das Wasser unter der Landebahn durchgeleitet werden. Zu diesem Zweck hatte man bei ihrem Bau einen unterirdischen Kanal angelegt. Das Wasser kam jenseits der Startbahn wieder zum Vorschein und floss, mittlerweile gebändigt, auch unter dem Maschendrahtzaun hindurch. Dexter zweifelte nicht daran, dass unter dem Zaun ein unüberwindliches Gitter angebracht war. Ohne eine solche Vorrichtung hätte jemand innerhalb des Flugplatzgeländes in den Bach gleiten, unter dem Zaun durchschwimmen und die Strömung dazu nutzen können, den umherstreifenden Hunden zu entgehen. Der Erbauer dieser Festung hätte das nicht zugelassen.

Der Vormittag war bereits fortgeschritten, als direkt unter seinem Adlerhorst zwei Dinge geschahen. Die Hawker 1000 wurde aus dem Hangar in die Sonne geschleppt. Im ersten Moment befürchtete er, der Serbe wolle irgendwohin fliegen, doch die Maschine wurde nur ins Freie gezogen, um Platz zu schaffen. Als Nächstes folgte ein kleiner Hubschrauber, wie ihn die Polizei bei der Verkehrsüberwachung einsetzt. Ein solcher Hubschrauber konnte, wenn nötig, nur wenige Zentimeter über der Felswand schweben, und Dexter hätte sich schon in Luft auflösen müssen, um von den Insassen nicht bemerkt zu werden. Aber er blieb mit zusammengeklappten Rotorblättern am Boden. Das Triebwerk wurde gewartet.

Das Zweite war, dass von der Farm ein Quadbike an das elektrische Tor kam. Der Mann auf dem Motorrad öffnete mit einem Piepser das Tor, winkte den Mechanikern auf dem Vorfeld zu und fuhr zu der Stelle, wo der Bach unter der Startbahn verschwand.

Er hielt an, nahm einen Weidenkorb von der Maschine und spähte in den Bach. Dann warf er mehrere tote Hühner ins Wasser, überquerte die Startbahn und schaute erneut ins Wasser. Die Strömung musste die Hühner mitgerissen und dort, wo der Bach wieder zutage trat, gegen das Gitter gedrückt haben.

Was auch immer sich zwischen Hang und Gitter im Wasser tummelte, es fraß Fleisch. Dexter fiel nur ein Süßwasserbewohner ein, der in diesen Breiten lebte und Fleisch vertilgte: der Piranha. Und wer Hühner fressen konnte, fraß auch Schwimmer. Deshalb spielte es keine Rolle, ob er lange genug die Luft anhalten konnte, um unter der Startbahn durchzutauchen. Bei einem dreihundert Meter langen Piranhabecken erübrigte sich diese Frage.

Hinter dem Zaun schlängelte sich der Bach durch die Hazienda und speiste ein Netz von Bewässerungskanälen. Und bestimmt gab es auch unterirdische Kanäle, die einen Teil des Wassers zu dem Arbeiterdorf, den Bungalows, den Baracken und der großen Villa leiteten.

Der Rest floss, nachdem das gesamte Anwesen versorgt war, zurück zum Ende der Startbahn auf der Farmseite und stürzte dort über die Klippe ins Meer.

Am frühen Nachmittag lastete die Hitze wie eine schwere Decke über dem Land. Draußen auf dem Farmgelände hatten die Arbeiter von sieben bis zwölf geschuftet. Danach durften sie in den Schatten flüchten und essen, was sie in ihren kleinen Stoffbeuteln mitgebracht hatten. Die Siesta dauerte bis vier, dann wurde bis sieben weitergearbeitet.

Dexter glaubte zu verdursten und beneidete die Eidechse, die sich, immun gegen die Hitze, einen Meter entfernt auf einem Felsen sonnte. Am liebsten hätte er das kostbare Nass literweise in sich hineingeschüttet. Aber ihm war klar, dass er es nicht dafür verschwenden durfte. Er musste es rationieren, um einem zu hohen Flüssigkeitsverlust vorzubeugen.

Um vier riefen die Schläge gegen die Eisenbahnschiene die Arbeiter auf die Felder und zu den Scheunen zurück. Dexter kroch bis zum Rand des Steilhangs und beobachtete, wie die kleinen Gestalten, die Gesichter unter Strohhüten verborgen, wieder zu den Hacken griffen, um die Musterfarm von Unkraut zu befreien.

Zu seiner Linken rollte ein zerbeulter Pick-up auf den Platz zwischen den Lastkränen, setzte bis zur Klippe zurück und stoppte. Ein Arbeiter mit blutbeflecktem Overall zog eine lange Stahlrutsche von der Ladefläche, befestigte sie an der Hecktür und begann, mit einer Mistgabel etwas auf die Rutsche zu zerren. Was immer es war, es glitt in die Tiefe und stürzte ins Meer. Dexter stellte das Fernglas schärfer. Die nächste Gabel voll brachte Klärung. Es war eine schwarze Haut, an der noch ein Ochsenkopf hing.

Beim Betrachten der Fotos in New York war ihm aufgefallen, dass man, Klippen hin, Klippen her, keinerlei Versuch unternommen hatte, einen Zugang zu dem schönen blauen Meer zu schaffen. Keine Stufen, die zum Wasser hinunterführten, kein Sprungbrett, kein vertäutes Floß, kein Strandbad, keine Mole, nichts. Als er die Fleischabfälle auf der Rutsche sah, begriff er, warum. Die Gewässer rund um die Halbinsel mussten von Hammer-, Tiger- und großen weißen Haien nur so wimmeln. Alles, was dort schwamm und kein Fisch war, würde nur wenige Minuten lebend überstehen.

Etwa um die gleiche Zeit erhielt Oberst Moreno auf seinem Mobiltelefon einen Anruf von seinem Mann in Surinam. Nash, der Engländer, habe seinen Wagen bei einer kleinen Privatfirma gemietet, deshalb habe die Suche so lange gedauert. Aber jetzt habe er ihn. Es sei ein Ford Compact. Er gab das Kennzeichen durch.

Der Chef der Geheimpolizei gab die Befehle für den nächsten Morgen aus. Jeder Parkplatz, jede Garage, jede Auffahrt, jeder Waldweg sollte nach einem Ford Compact mit diesem surinamesischen Kennzeichen abgesucht werden. Er korrigierte seinen Befehl. Jeder Ford sei aufzuspüren, das Kennzeichen spiele keine Rolle. Beginn der Suche bei Tagesanbruch.

Dämmerung und Nacht brechen in den Tropen mit verblüffender Schnelligkeit herein. Von einer Minute auf die andere war die Sonne in Dexters Rücken untergegangen, und endlich wurde die Hitze erträglicher. Er beobachtete, wie sich die Arbeiter mit schweren Beinen nach Hause schleppten. Sie gaben ihre Arbeitsgeräte ab und wurden, ehe sie das Tor passieren durften, einer nach dem anderen kontrolliert, wieder in fünf Reihen zu jeweils zweihundert Mann.

Sie kehrten zu den anderen zweihundert zurück, die im Dorf geblieben waren. In den Bungalows und Baracken gingen die ersten Lichter an. Ein weißes Leuchten an der entfernten Spitze des Dreiecks verriet, dass die Villa des Serben mit Scheinwerfern angestrahlt wurde.

Die Mechaniker auf dem Flugplatz sperrten ab und fuhren mit ihren Mopeds zu den Bungalows am anderen Ende der Rollbahn. Als alle Tore geschlossen waren, ließ man die Dobermänner frei. Die Welt nahm Abschied vom 6. September, und der Jäger bereitete sich darauf vor, den Hang hinabzuklettern.

28

Der Besucher

Einen Tag lang hatte der Avenger über den Rand des Steilhangs gespäht und dabei zwei Dinge über ihn gelernt, die er den Fotos nicht hatte entnehmen können. Erstens, er war nicht von oben bis unten steil und durchaus zu bewältigen. Erst dreißig Meter über dem Boden fiel er senkrecht ab. Aber der Rächer verfügte über ein langes Kletterseil.

Zweitens war das Fehlen jeglicher Vegetation nicht naturbedingt, sondern von Menschenhand verursacht. Anscheinend hatten sich Männer in Seilkörben in die Tiefe gelassen und jeden Bewuchs entfernt, der einem Kletterer hätte Deckung bieten können.

Dünne Schösslinge waren mitsamt den Wurzeln ausgerissen worden, und dickere Stämme, die dem Zerren eines über dem Abgrund baumelnden Mannes widerstanden, hatte man einfach abgesägt. Aber nicht kurz genug. Hunderte von Stümpfen boten Händen und Füßen beim Auf- und Abstieg Halt.

Am Tag wäre ein Mann im Hang sofort bemerkt worden, nicht aber bei Nacht.

Gegen zehn ging ein fahler Mond auf, der einem Kletterer gerade genug Licht spendete, aber nicht so viel, dass er sich deutlich von der Schieferwand abhob. Doch er musste vorsichtig zu Werke gehen, um keinen Steinschlag auszulösen. Sich von Stumpf zu Stumpf hangelnd, begann Dexter, zur Startbahn hinabzuklettern.

Als der Hang zu steil wurde, ließ er sich an dem Seil, das er aufgerollt über der Schulter trug, vollends hinab.

Er verbrachte drei Stunden auf dem Flugplatz. Vor Jahren hatte ihm ein Mandant aus den New Yorker Tombs beigebracht, wie man ein Schloss knackte, ohne Spuren zu hinterlassen, und die Dietriche, die er an einem Bund bei sich trug, hatte ein Meister seines Fachs angefertigt.

Vom Vorhängeschloss am Tor des Hangars ließ er die Finger. Die Doppeltüren würden rumpeln, wenn er sie aufzog. An der Seite befand sich eine kleinere Tür mit einem einfachen Sicherheitsschloss. Es kostete ihn nicht mehr als dreißig Sekunden, es zu knacken.

Es bedarf eines guten Mechanikers, um einen Hubschrauber zu reparieren, und eines noch besseren, um ihn so zu manipulieren, dass ein guter Mechaniker den Fehler nicht entdeckt und folglich auch nicht beheben kann oder nicht einmal bemerkt, dass Sabotage vorliegt.

Der Mechaniker, der den Hubschrauber des Serben wartete, war gut, aber Dexter war besser. Aus der Nähe erkannte er, dass es sich bei dem Vogel um einen Eurocopter EC 120 handelte, die einmotorige Ausführung des EC 135, der mit einem Zwei-Turbinen-Antrieb ausgestattet war. Er verfügte über eine Kanzelhaube aus Plexiglas, die dem Piloten und dem Mann neben ihm eine ausgezeichnete Rundumsicht bot, und drei zusätzliche Sitzplätze hinter den beiden.

Dexters Interesse galt nicht dem Haupt-, sondern dem kleineren Heckrotor. Wenn der versagte, war der Hubschrauber nicht mehr flugtüchtig. Und genau das war der Fall, als Dexter seine Arbeit beendet hatte.

Die Tür der Hawker 1000 stand offen, sodass er Gelegenheit hatte, das Innere zu inspizieren und sich davon zu überzeugen, dass die Ausstattung des Firmenjets nicht nennenswert verändert worden war.

Er sperrte den Haupthangar wieder zu, brach in die Werkstatt der Mechaniker ein und nahm sich, was er gesucht hatte, ohne Spuren zu hinterlassen.

Schließlich joggte er gemächlich ans andere Ende der Rollbahn und verbrachte eine gute Stunde hinter den Bungalows. Am Morgen würde einer der Mechaniker verärgert feststellen, dass sich jemand sein Fahrrad ausgeliehen hatte, das hier am Zaun lehnte.

Als alles erledigt war, was er sich vorgenommen hatte, kehrte Dexter zu seinem baumelnden Seil zurück und kletterte wieder hinauf bis zu dem kräftigen Stumpf, an dem es befestigt war. Danach hangelte er sich von Wurzel zu Wurzel, bis er seinen Horst erreichte. Seine Kleider waren schweißnass, dass er sie hätte auswringen können. Er tröstete sich mit dem Gedanken, dass Körpergeruch in diesem Teil der Welt niemandem auffiel. Um den Flüssigkeitsverlust auszugleichen, genehmigte er sich einen halben Liter Wasser, sah nach, wie viel ihm noch blieb, und legte sich schlafen. Das Piepsen seiner Armbanduhr weckte ihn um sechs Uhr früh, kurz bevor unten die Eisenstange gegen die Schiene geschlagen wurde.

Um sieben Uhr wurde McBride in seinem Zimmer im Hotel Camino Real von Paul Devereaux geweckt.

»Irgendwas Neues?«, fragte der Mann aus Washington.

»Nichts«, antwortete McBride. »Alles deutet darauf hin, dass er mit einem englischen Pass zurückgekommen ist. Er lautet auf den Namen Henry Nash, Tourismusunternehmer. Dann hat er sich in Luft aufgelöst. Sein Wagen ist inzwischen identifiziert, ein in Surinam gemieteter Ford Compact. Moreno leitet in diesen Minuten eine Großfahndung nach dem Ford ein. Irgendwann im Lauf des Tages müsste ich etwas Neues erfahren.«

Der Chef der kleinen Antiterrorabteilung, der noch im Morgenmantel in seinem Frühstückszimmer in Alexandria, Virginia, saß, ehe er nach Langley fuhr, schwieg eine Weile.

»Das genügt mir nicht«, sagte er schließlich. »Ich werde unseren Freund verständigen müssen. Das wird kein einfaches Gespräch. Ich warte noch bis zehn. Sollten Sie bis dahin von einer

Festnahme oder einer unmittelbar bevorstehenden Festnahme erfahren, rufen Sie mich sofort an.«

»Wird gemacht.«

Es gab keine Festnahme. Um zehn griff Devereaux zum Telefon. Es dauerte zehn Minuten, bis der Serbe verständigt und vom Swimmingpool in den Funkraum im Kellergeschoss gekommen war, der über hochmoderne und abhörsichere Kommunikationseinrichtungen verfügte.

Um halb elf bemerkte Avenger verstärkte Aktivitäten auf der Hazienda. Offroader fuhren, Staubwolken aufwirbelnd, vom Herrenhaus zur Farm. Direkt unter ihm rollte man den EC 120 aus dem Hangar. Die Blätter des Hauptrotors wurden auseinander gefaltet und für den Flugbetrieb klargemacht.

Sieht so aus, dachte er bei sich, als hätte jemand Alarm geschlagen.

Die Hubschrauberpiloten kamen auf zwei Motorrollern von ihren Häusern am Ende der Rollbahn zum Hangar. Wenige Minuten später saßen sie hinter ihren Instrumenten, und die großen Rotorblätter begannen sich langsam zu drehen. Das Triebwerk kam auf Touren, und der Rotor erreichte in kurzer Zeit die Warmlaufdrehzahl.

Der Heckrotor, ohne den sich die ganze Maschine um die eigene Längsachse drehen würde, wirbelte ebenfalls. Dann lief etwas in seinem Lager nicht mehr rund. Ein ungesundes Knirschen von Metall war zu hören, und die drehende Nabe zerlegte sich. Ein Mechaniker winkte aufgeregt den beiden Männern in der Plexiglaskanzel und fuhr sich mit der Hand quer über die Kehle. Der Pilot und sein Beobachter hatten bereits von der Instrumententafel abgelesen, dass sie einen größeren Schaden am Heckrotor hatten, und stellten das Triebwerk ab. Der Hauptrotor kam quietschend zum Stehen, und die beiden kletterten wieder heraus. Eine Gruppe scharte sich um das Heck und starrte zu dem defekten Rotor hinauf.

Uniformierte Wachleute stürmten ins Dorf der abwesenden Arbeiter und durchsuchten die Hütten, die Schuppen und sogar die Kirche. Andere fuhren mit Quadbikes über das Anwesen und wiesen die Vorarbeiter an, die Augen offen zu halten und auf Spuren zu achten, die auf einen Eindringling hindeuten konnten. Es waren keine zu finden. Alle Spuren, die es acht Stunden zuvor noch gegeben hatte, waren sorgsam verwischt worden.

Dexter schätzte die Zahl der uniformierten Wachleute auf etwa hundert. Dazu kamen die zwölf Personen auf dem Flugplatz, die zwanzig Techniker in der Generatorenanlage und in den verschiedenen Werkstätten und schließlich die Sicherheitsleute und Hausbediensteten, die sich, unsichtbar für ihn, auf dem Gelände der Villa aufhielten. Jetzt konnte er sich eine ungefähre Vorstellung davon machen, wie viele Gegner ihn erwarteten. Und noch hatte er die Villa selbst und ihre ohne Zweifel komplexen Sicherheitssysteme nicht gesehen.

Kurz vor Mittag rief Paul Devereaux seinen Mann im Zentrum des Sturms an.

»Kevin, Sie müssen rüberfahren und unseren Freund besuchen. Ich habe mit ihm gesprochen. Er ist außer sich. Ich kann gar nicht genug betonen, wie wichtig es ist, dass der Kerl beim Projekt Peregrine seinen Part übernimmt. Er darf jetzt nicht kneifen. Eines Tages werde ich Ihnen sagen können, wie wichtig er ist. Sie bleiben bei ihm, bis der Eindringling gefasst und unschädlich gemacht ist. Anscheinend hat sein Hubschrauber eine Panne. Bitten Sie den Oberst um einen Jeep, der Sie über die Berge bringt. Rufen Sie mich an, wenn Sie dort sind.«

Um Mittag sah Dexter, wie sich ein kleiner Küstenfrachter den Klippen näherte. Hart an den Felsen liegend, löschte er seine Ladung. Die Lastkräne hievten Kisten auf die Betonplattform, wo offene Pick-ups warteten. Vermutlich enthielten sie Luxusartikel, die man auf der Hazienda nicht produzieren konnte.

Das letzte Frachtstück war ein viertausend Liter fassender Treibstofftank, ein Aluminiumkanister von der Größe eines Tankwagens. Ein leerer Behälter wurde auf das Deck des Frachters gesenkt, und gleich darauf tuckerte er über das blaue Meer davon.

Kurz nach eins kroch ein blauer Landrover über den Berg und fuhr ächzend und hustend den gewundenen Weg ins Dorf hinunter. Er trug die Hoheitszeichen der Polizei von San Martin. Neben dem Fahrer saß ein Mann.

Der Landrover durchquerte das Dorf und hielt vor dem Tor im Maschendrahtzaun. Der Fahrer, ein Polizist, stieg aus und zeigte den Wachen seinen Ausweis. Sie telefonierten, vermutlich um in der Villa eine Durchfahrerlaubnis einzuholen.

Unterdessen stieg auch der Beifahrer aus und blickte neugierig in die Runde. Er drehte sich um und betrachtete die Bergkette, die er soeben überquert hatte. Hoch über ihm wurde ein Fernglas scharf gestellt.

Wie der unsichtbare Mann auf dem Bergkamm war auch Kevin McBride beeindruckt. Seit zwei Jahren arbeitete er mit Paul Devereaux am Projekt Peregrine, seit der Kontaktaufnahme mit dem Serben und seiner Rekrutierung. Er hatte die Akten gelesen und glaubte, alles zu wissen, was es über ihn zu wissen gab, hatte ihn persönlich aber nie getroffen. Dieses zweifelhafte Vergnügen war bislang Devereaux vorbehalten geblieben.

Der blaue Landrover fuhr auf die hohe Schutzmauer zu, die das Grundstück auf der Landspitze umgab und sich vor ihnen aufzutürmen schien, als sie näher kamen.

Eine kleine Pforte im Tor öffnete sich, und ein stämmiger Mann in Freizeithosen und Sea-Island-Baumwollhemd trat heraus. Das Hemd hing lose über den Hosenbund – aus gutem Grund. Es verbarg die Neun-Millimeter-Glock. McBride kannte ihn aus der Akte: Kulac, der Einzige, den der serbische Gangster aus Belgrad mitgebracht hatte, sein Bodyguard fürs Leben.

Der Mann näherte sich der Beifahrertür und winkte. Nach zwei Jahren in der Fremde sprach er noch immer nur Serbokroatisch.

»*Muchas gracias. Adios*«, sagte McBride zu dem Polizisten, der ihn hergebracht hatte. Der Mann nickte, begierig darauf, in die Hauptstadt zurückzukehren.

Hinter dem mächtigen Holztor, das aus Balken so dick wie Eisenbahnschwellen bestand und automatisch betrieben wurde, stand ein Tisch. Zuerst wurde McBride gründlich nach versteckten Waffen durchsucht, dann seine Reisetasche. Ein Butler mit gestärktem weißem Kragen kam von der oberen Terrasse herunter und wartete, bis die Kontrolle beendet war.

Kulac grunzte zufrieden, und geführt von dem Butler, der die Tasche trug, stiegen die drei die Stufen hinauf. Zum ersten Mal konnte McBride das Haus genauer in Augenschein nehmen.

Es war dreistöckig und von einem gepflegten Rasen umgeben. Zwei Peonen in weißen Kitteln waren in einiger Entfernung mit Gartenarbeit beschäftigt. Das Haus erinnerte an die luxuriöseren Villen, die man von der französischen Côte d'Azur und der italienischen Riviera kennt. Alle Zimmer in den Obergeschossen hatte einen Balkon und Stahljalousien, die jetzt wegen der Hitze heruntergelassen waren.

Die mit Steinplatten belegte Terrasse, auf die sie gelangten, war ein bis zwei Meter höher als die Unterkante des Holztors, durch das sie eingetreten waren, aber noch niedriger als die Schutzmauer. Die Mauer versperrte zwar nicht die Sicht auf die Berge, über die McBride gekommen war, aber kein in der näheren Umgebung versteckter Heckenschütze konnte über sie hinweg auf jemanden schießen, der sich auf der Terrasse befand.

In die Terrasse eingelassen war ein schimmernder blauer Swimmingpool. Daneben stand auf steinernen Füßen ein großer Tisch aus weißem Carrara-Marmor, der fürs Mittagessen gedeckt war. Silber und Kristall funkelten.

Etwas abseits gab es einen zweiten Tisch mit bequemen Stühlen, darauf ein Eiskühler mit einer Flasche Dom Perignon. Der Butler bedeutete McBride, Platz zu nehmen. Der Bodyguard blieb stehen und behielt ihn im Auge. Aus dem schattigen Innern der Villa trat ein Mann in weißen Hosen und seidenem cremefarbenem Safarihemd.

McBride erkannte den Mann kaum wieder, der einst Zoran Zilić gewesen war, der Geldeintreiber aus dem Belgrader Zemun-Distrikt, Drahtzieher bei Dutzenden kriminellen Geschäften in Deutschland und Schweden, Mörder im Bosnienkrieg, Mädchen-, Drogen- und Waffenhändler in Belgrad, Veruntreuer jugoslawischer Staatsgelder und schließlich flüchtiger Gesetzesbrecher.

Das neue Gesicht hatte mit dem in der CIA-Akte wenig Ähnlichkeit. In jenem Frühjahr hatten die Schweizer Chirurgen gute Arbeit geleistet. Die slawische Blässe war einer tropischen Sonnenbräune gewichen, und nur die feinen weißen Narben wollten partout nicht dunkel werden.

Doch McBride hatte sich sagen lassen, dass Ohren ein ebenso eindeutiges Unterscheidungsmerkmal eines jeden Menschen waren wie Fingerabdrücke und sich, sofern sie nicht operiert wurden, niemals veränderten.

Zilićs Ohren waren dieselben, und als sie einander die Hand gaben, fielen ihm die nussbraunen, wilden Tieraugen auf.

Zilić nahm am Marmortisch Platz und deutete mit dem Kopf auf den anderen freien Stuhl. McBride setzte sich. Zilić wechselte mit dem Leibwächter ein paar Worte auf Serbokroatisch, worauf dieser davonschlenderte, um an einem anderen Ort zu essen.

Eine sehr junge und hübsche Einheimische in einer blauen Dienstmädchenuniform füllte zwei Champagnerflöten. Zilić brachte keinen Toast aus. Er musterte die bernsteinfarbene Flüssigkeit, dann leerte er sie in einem Zug.

»Wer ist dieser Mann?«, fragte er in gutem, wenn auch nicht tadellosem Englisch.

»Das wissen wir nicht genau. Er ist ein Solist. Arbeitet im Verborgenen. Wir kennen nur den Decknamen, den er sich gegeben hat.«

»Und wie lautet der?«

»Avenger.«

Der Serbe sann über das Wort nach, dann zuckte er mit den Schultern. Zwei weitere Mädchen begannen, das Essen aufzutragen. Es gab Wachteleikanapees und Spargel mit zerlassener Butter.

»Alles hier auf dem Anwesen produziert?«, fragte McBride. Zilić nickte.

»Brot, Salat, Eier, Milch, Olivenöl, Trauben… Ich habe auf der Herfahrt alles gesehen.«

Wieder ein Nicken.

»Warum ist er hinter mir her?«, fragte der Serbe.

McBride überlegte. Wenn er den wahren Grund nannte, käme der Serbe möglicherweise zu dem Schluss, dass jede weitere Zusammenarbeit mit den USA oder Teilen ihres Establishments zwecklos sei, da man ihm ohnehin niemals vergeben würde. Und er hatte Weisung von Devereaux, dafür zu sorgen, dass der abscheuliche Kerl im Peregrine-Team blieb.

»Wir wissen es nicht«, antwortete er. »Irgendjemand hat ihn beauftragt. Vielleicht ein alter Feind aus Jugoslawien.«

Zilić dachte darüber nach, dann schüttelte er den Kopf.

»Warum sind Sie so spät aktiv geworden, Mr. McBride?«

»Wir wussten nichts von dem Mann, bis Sie sich darüber beschwerten, dass jemand ihr Anwesen überflogen und Fotos gemacht hatte. Sie besaßen die Zulassungsnummer der Maschine. Großartig. Dann schickten Sie Leute nach Guyana. Mr. Devereaux dachte, wir könnten den Störenfried finden, identifizieren und unschädlich machen. Leider ist er uns durch die Maschen geschlüpft.«

Der Hummer wurde kalt serviert. Die Mayonnaise stammte ebenfalls aus eigener Herstellung. Zum Nachtisch gab es Muskattrauben und Pfirsiche mit starkem schwarzem Kaffee. Der Butler bot Cohibas an und wartete, bis sie gut zogen, ehe er sich entfernte. Der Serbe wirkte gedankenverloren.

Die drei hübschen Serviermädchen standen aufgereiht an der Hauswand. Zilić wandte sich in seinem Stuhl um, wies auf eine und schnippte mit den Fingern. Das Mädchen erbleichte, löste sich aber von der Wand und ging ins Haus, vermutlich um sich auf die Ankunft ihres Herrn vorzubereiten. »Um diese Zeit halte ich Siesta. Das ist hier Landessitte und eine ziemlich gute. Bevor ich mich zurückziehe, lassen Sie mich Ihnen noch etwas sagen. Ich habe diese Festung zusammen mit Major Van Rensberg entworfen. Sie werden ihn gleich kennen lernen. Meines Erachtens ist sie einer der sichersten Plätze der Welt.

Ich halte es für ausgeschlossen, dass es diesem Söldner gelingt, hier einzudringen. Wenn doch, wird er es mit dem Leben bezahlen. Die Sicherheitssysteme sind erprobt. Dieser Mann mag an Ihnen vorbeigekommen sein, aber an meinen Systemen wird er das nicht, und schon gar nicht wird er in meine Nähe gelangen. Während ich mich ausruhe, wird Van Rensberg Sie herumführen. Danach können Sie Mr. Devereaux mitteilen, dass seine Krise beigelegt ist. Bis später.«

Er erhob sich und ging. Unterhalb der Terrasse ging die Pforte im Haupttor auf, und ein Mann kam die Stufen herauf. McBride kannte ihn aus den Akten, ließ es sich aber nicht anmerken.

Auch Adriaan Van Rensberg hatte eine bewegte Vergangenheit. Zu Zeiten, als in Südafrika noch die Nationale Partei regierte und ihre Apartheidpolitik praktizierte, hatte er sich als übereifriger Neuling dem Büro für Staatssicherheit, dem gefürchteten BOSS, angeschlossen und rasch Karriere gemacht, weil er sich bei den extremen Übergriffen dieser Behörde besonders hervorgetan hatte.

Nach der Wahl Nelson Mandelas zum Präsidenten trat er der rechtsextremen Partei AWB unter Eugene Terre-Blanche bei, und als diese scheiterte, setzte er sich vorsichtshalber ins Ausland ab.

Jahrelang verdingte er sich bei faschistischen Gruppierungen in Europa als Ordner und Sicherheitsexperte, ehe Zoran Zilić auf ihn aufmerksam wurde und ihm den lukrativen Job anbot, Festung und Hazienda El Punto zu planen, zu bauen und zu befehligen.

Im Unterschied zu Oberst Moreno war der Südafrikaner, obwohl von ähnlicher Leibesfülle, nicht fett, sondern muskulös. Nur der Bauch, der sich über den breiten Ledergürtel wölbte, verriet, dass er gern Bier trank, und das nicht zu knapp.

McBride fiel auf, dass er sich für den Posten selbst eine Uniform entworfen hatte, bestehend aus Kampfstiefeln, Dschungel-Tarnanzug, Buschhut mit Leopardenfellband und schmeichelhaften Insignien.

»Mr. McBride? Der Gentleman aus den Staaten?«

»In Person, Kamerad.«

»Major Van Rensberg, Sicherheitschef. Ich habe Anweisung, Ihnen das Anwesen zu zeigen. Wäre Ihnen morgen früh recht? Halb neun?«

Auf einem Parkplatz im Ferienort La Bahia fand ein Polizist schließlich den Ford. Die inländischen Nummernschilder waren gefälscht. Die Bedienungsanleitung im Handschuhfach war in niederländischer Sprache. Wie in Surinam.

Viel später erinnerte sich jemand, einen Touristen gesehen zu haben, der mit einem großen Militärrucksack stadtauswärts gewandert sei. In östlicher Richtung. Oberst Moreno pfiff seine gesamte Polizeitruppe und die Armee in ihre Kasernen zurück.

Am Morgen, so sagte er, sollten sie von der Landseite her die Bergkette erklimmen und den Dschungel durchkämmen, von der Hauptstraße bis hinauf zum Kamm.

29

Der Ausflug

Zum zweiten Mal hatte Dexter in seinem Versteck auf dem Bergkamm erlebt, wie die Sonne untergegangen und die Nacht hereingebrochen war, und dabei sollte es auch bleiben.

Immer noch reglos, beobachtete er, wie in den Fenstern auf der Halbinsel unter ihm die letzten Lichter erloschen, dann rüstete er zum Aufbruch. Da unten stand man früh auf und ging früh zu Bett. Er selbst würde wieder herzlich wenig Schlaf bekommen.

Er aß seine letzte Feldration, die ihn mit Vitaminen und Mineralien, Ballaststoffen und Kohlenhydraten für zwei Tage versorgte, und trank das restliche Wasser. Den großen Bergen, das Tarnnetz und das Regencape konnte er zurücklassen. Was er brauchte, hatte er entweder mitgebracht oder die Nacht zuvor gestohlen. Alles fand in dem kleinen Rucksack Platz. Nur das Seil, das er aufgerollt über der Schulter trug, behinderte ihn. Er würde es später gut verstecken müssen, damit es niemand fand.

Mitternacht war vorbei, als er die Reste seines Lagers, so gut es ging, beseitigte und aufbrach.

Mit einem Zweig verwischte er die Fußspuren, die er hinterließ, und arbeitete sich langsam nach rechts vor, bis er oberhalb des Arbeiterdorfs, neben dem Flugplatz, anlangte. Für diese halbe Meile benötigte er eine Stunde. Doch sein Timing war gut. Der Halbmond erschien am Himmel. Wieder waren seine Kleider schweißdurchtränkt.

Langsam und vorsichtig kletterte er den Hang hinab, von

Stumpf zu Stumpf, von Wurzel zu Wurzel, bis er das Seil brauchte. Diesmal musste er es doppelt nehmen und um eine glatte Wurzel schlingen, an der es nicht hängen blieb, wenn er von unten zog.

Beim Abseilen vermied er kräftige Sprünge, bei denen sich Steine lösen konnten, sondern ging einfach nur rückwärts, Schritt für Schritt, bis er in der Felsspalte zwischen den Klippen und der Rückseite der Kirche ankam. Er konnte nur hoffen, dass der Priester einen festen Schlaf hatte, denn er befand sich nur wenige Meter von seinem Haus entfernt.

Er zog vorsichtig an einem Ende des Seils, das andere glitt über den Stumpf weit über ihm und fiel schließlich neben ihm zu Boden. Er wickelte es über der Schulter auf und trat aus dem Schatten der Kirche.

Die Gemeinschaftslatrinen waren nicht nach Geschlechtern getrennt. Im Arbeitslager lebten keine Frauen. Von oben hatte er die Männer beim Verrichten ihrer Notdurft beobachtet. Die Latrinen bestanden aus langen Gräben, die man mit Brettern abgedeckt hatte, um den Gestank zu mindern. In die Bretter waren runde, mit Deckeln verschlossene Löcher gesägt. Auf das Schamgefühl wurde keine Rücksicht genommen. Dexter holte tief Luft, hob einen Deckel und warf das aufgerollte Seil in das schwarze Innere. Mit etwas Glück versank es und wurde nie entdeckt, selbst wenn man nach ihm suchen sollte, was äußerst unwahrscheinlich war.

Die Hütten, in denen die Arbeiter wohnten und schliefen, waren kleine viereckige Kästen, kaum größer als eine Verwahrungszelle, doch dafür besaß jeder eine für sich. Zwei Reihen aus jeweils fünfzig Hütten bildeten eine Gasse. Jede Gasse zweigte von einem Hauptweg ab und stellte eine Wohneinheit dar.

Der Hauptweg führte zu einem Platz, den die Waschräume, die Küchen und die von Palmstrohdächern beschirmten Esstische umgaben. Er mied das Mondlicht auf dem Hauptplatz und kehrte im Schatten der Gebäude zur Kirche zurück. Das Schloss an der Eingangstür hielt ihn nicht länger als ein paar Minuten auf.

Die Kirche unterschied sich in nichts von anderen Gotteshäusern, aber aus Sicht der Lagerleitung war es eine kluge Maßnahme gewesen, den Männern in diesem tiefreligiösen, katholischen Land die Möglichkeit zu geben, im Glauben Trost zu finden.

Was er suchte, fand er hinter dem Altar in der Sakristei. Ohne die Tür wieder abzuschließen, eilte er zu den Hütten zurück, in denen die Arbeiter ihre wenigen freien Stunden verschliefen.

Von oben hatte er sich eingeprägt, wo die von ihm ausgewählte Hütte stand. Er hatte den Mann zum Frühstück gehen sehen. Die fünfte von vorn auf der linken Seite, in der dritten Gasse, die hinter dem Platz vom Hauptweg abzweigte.

Die Tür besaß kein Schloss, nur einen einfachen Holzriegel. Dexter trat ein und verharrte reglos, damit sich seine Augen nach dem fahlen Mondlicht draußen an die Dunkelheit gewöhnen konnten.

Die gekrümmte Gestalt auf der Pritsche schnarchte. Nach drei Minuten konnte Dexter die Wölbung unter der groben Decke erkennen. Er kauerte sich nieder und zog etwas aus seinem Rucksack, dann trat er ans Bett. Der getränkte Wattebausch in seiner Hand verströmte den süßlichen Geruch von Chloroform.

Der Peon grunzte, wälzte sich ein paar Sekunden lang von einer Seite zur anderen und fiel dann in einen noch tieferen Schlaf. Dexter drückte ihm den Wattebausch noch eine Weile aufs Gesicht, damit er erst nach Stunden wieder zu sich kam. Dann schulterte er den Schläfer und huschte auf demselben Weg, den er gekommen war, zur Kirche zurück.

Im Eingang des Gebäudes aus Korallenkalkstein blieb er erneut stehen und lauschte, ob er jemanden geweckt hatte, doch im Dorf blieb es still. In der Sakristei nahm er ein festes Kreppband, fesselte dem Mann damit Hände und Füße und verklebte ihm den Mund, ließ aber die Nase frei, damit er Luft bekam.

Während er wieder absperrte, warf er einen zufriedenen Blick auf die Ankündigung, die am Schwarzen Brett neben der Tür hing. Der Anschlag kam ihm gerade recht.

Wieder in der leeren Hütte, knipste er die Taschenlampe an und untersuchte die Besitztümer des Arbeiters. Viele waren es nicht. An der Wand hing ein Bildnis der Heiligen Jungfrau, und am Rahmen steckte das Foto einer lächelnden jungen Frau. Verlobte, Schwester, Tochter? Beim Blick durchs Fernglas hatte er den Eindruck gehabt, dass der Mann ungefähr in seinem Alter war, aber er konnte auch jünger sein. Wer in Oberst Morenos Fänge geriet und nach El Punto geschickt wurde, alterte schnell. Auf jeden Fall besaß er seine Größe und Statur, weshalb er ihn auch ausgewählt hatte.

Sonst waren die Wände kahl bis auf Holznägel, an denen in doppelter Ausführung die Arbeitskleidung des Mannes hing – zwei grobe Baumwollhosen und zwei Hemden aus dem gleichen Stoff. Auf dem Boden stand ein Paar Espadrilles, schmutzig und abgenutzt, aber robust und verlässlich. Ein Sombrero aus Stroh komplettierte die Arbeitskluft. Und dann gab es da noch den Beutel aus Segeltuch mit Zugband, in dem das Mittagessen zur Feldarbeit mitgenommen wurde. Dexter knipste die Taschenlampe aus und blickte auf seine Uhr. Fünf nach vier.

Er entkleidete sich bis auf die Boxershorts, wickelte die Gegenstände, die er mitzunehmen gedachte, in sein verschwitztes T-Shirt und stopfte das Bündel in den Fressbeutel. Auf alles andere musste er verzichten. Es verschwand im Rucksack und wurde bei einem zweiten Latrinenbesuch entsorgt. Dann wartete er auf die metallischen Schläge gegen das aufgehängte Stück Eisenbahnschiene.

Sie ertönten wie immer um halb sieben, als ein heller Streifen den Nachthimmel im Osten rosa färbte. Um Dexter herum erwachte das Dorf zum Leben.

Er verzichtete auf den Gang zu den Latrinen und Waschtrögen und hoffte, dass es nicht auffiel. Zwanzig Minuten später spähte er durch eine Ritze in der Holztür. Die Gasse hatte sich wieder geleert. Mit gesenktem Kopf, den Sombrero tief in die Stirn gezogen, huschte er zu den Latrinen, eine Gestalt in Hose, Hemd und Sandalen wie alle anderen.

Er hockte über einem offenen Loch, während die anderen frühstückten. Erst als das dritte Anschlagen der Eisanbahn- schiene die Arbeiter zum Tor rief, reihte er sich in die Schlange ein.

Die fünf Kontrolleure saßen an ihren Tischen, prüften die Hundemarken, verglichen sie mit ihren Listen, tippten die Num- mern derer ein, die heute Morgen eingelassen werden durften, und die Arbeitskolonne, der sie zugeteilt waren, und winkten die Männer durch, die daraufhin zu ihren Aufsehern gingen und weggeführt wurden, um sich Werkzeuge zu besorgen und mit der ihnen zugewiesenen Arbeit zu beginnen.

Dexter trat an den Tisch, an dem seine Schlange abgefertigt wurde, nahm wie alle anderen seine Hundemarke zwischen Daumen und Zeigefinger, beugte sich vor und hustete. Der Kon- trolleur drehte schnell den Kopf weg, gab die Nummer ein und scheuchte ihn weiter. Das Letzte, was der Mann jetzt vertragen konnte, war eine Nase voll Chiligeruch. Der Neue schlurfte wei- ter und holte sich eine Hacke. Er erhielt die Aufgabe, in den Avo- cadohainen Unkraut zu jäten.

Um halb acht nahm Kevin McBride auf der Terrasse allein das Frühstück ein. Es bestand aus Grapefruitsaft, Eiern, Toast und Pflaumenmarmelade und hätte jedem Fünf-Sterne-Hotel Ehre gemacht. Um Viertel nach acht stieß der Serbe zu ihm.

»Am besten, Sie packen gleich Ihre Tasche«, sagte er. »Wenn Major Van Rensberg Ihnen alles gezeigt hat, werden Sie hof- fentlich einer Meinung mit mir sein. Die Chancen dieses Söld- ners, hier einzudringen oder gar in meine Nähe zu gelangen, ste- hen eins zu tausend, und die, wieder hinauszukommen, sind gleich null. Sie haben also keinen Grund, noch länger zu bleiben. Sie können Mr. Devereaux ausrichten, dass ich meinen Teil der Abmachung wie abgesprochen am Ende des Monats erfüllen werde.«

Um halb neun warf McBride seine Reisetasche hinten in den offenen Jeep des Südafrikaners und stieg neben ihm ein.

»Und?«, fragte der Sicherheitschef. »Was möchten Sie sehen?«

»Man hat mir gesagt, dass es einem ungebetenen Besucher praktisch unmöglich ist, hier einzudringen. Können Sie mir erklären, warum?«

»Sehen Sie, Mr. McBride, ich habe hier zweierlei geschaffen. Erstens ein Agrarparadies, das nahezu autark ist. Hier gibt es alles. Zweitens, eine Festung, eine Fluchtburg, die vor jeder Invasion oder Bedrohung von außen geschützt ist. Das gilt natürlich nicht für eine richtige militärische Operation. Fallschirmjäger und Panzertruppen könnten sie natürlich einnehmen, keine Frage. Aber ein einzelner Mann, der allein operiert? Nie und nimmer.«

»Was ist mit einem Eindringen vom Meer her?«

»Das will ich Ihnen zeigen.«

Van Rensberg legte einen Gang ein und brauste, eine Staubwolke aufwirbelnd, los. In der Nähe einer Klippe fuhr er an die Seite und hielt an.

»Von hier aus können Sie es sehen«, erklärte er, während sie ausstiegen. »Das ganze Anwesen ist von Wasser umgeben, nirgendwo sind die Klippen niedriger als sieben Meter, an den meisten Stellen ragen sie sogar siebzehn Meter auf. Ein als Fernsehschüssel getarntes Seeradar warnt uns vor allem, was sich von See nähert...«

»Abfangkräfte?«

»Zwei Schnellboote, von denen ständig eins auf See patrouilliert. Die Gewässer um die Halbinsel sind Verbotszone. Kein Schiff darf sich ihr mehr als eine Meile nähern, nur der Frachter, der gelegentlich Waren bringt.«

»Könnte jemand unter Wasser herankommen? Zum Beispiel amphibische Spezialkräfte?«

Van Rensberg schnaubte verächtlich.

»Eine Spezialtruppe aus einem Mann? Ich will Ihnen zeigen, was dann passieren würde.«

Er griff zu seinem Walkie-Talkie, rief den Funkraum im Keller, ließ sich mit dem Schlachthaus verbinden und vereinbarte ein Treffen am anderen Ende der Farm, bei den Hebekränen. Dort angelangt, sah McBride zu, wie ein Eimer voll Fleischabfälle über die Rutsche glitt und zehn Meter tiefer ins Wasser fiel.

Zunächst tat sich nichts. Dann zerschnitt die erste Krummflosse die Wasseroberfläche, und sechzig Sekunden später war eine wilde Fressorgie im Gang. Van Rensberg lachte.

»Wir essen hier gut. Jede Menge Steaks. Mein Arbeitgeber isst keine Steaks, aber die Wachleute. Viele stammen wie ich aus der alten Heimat, und wir lieben unser *braai*.«

»Und?«

»Wenn einmal in der Woche ein Tier geschlachtet wird, egal, ob Lamm, Ziege, Schwein oder Ochse, werden die frischen Schlachtabfälle ins Meer gekippt. Und das Blut. Das Meer wimmelt von Haien. Schwarzspitzenhai, Weißflossen-Hammerhai, Tigerhai, Großer Hammerhai, hier sind alle vertreten. Letzten Monat ist einer meiner Männer über Bord gegangen. Das Boot hat sofort gewendet, um ihn rauszufischen. In dreißig Sekunden war es bei ihm. Zu spät.«

»Kam er nicht mehr aus dem Wasser?«

»Das meiste von ihm schon. Nur die Beine nicht. Er starb zwei Tage später.«

»Wo haben Sie ihn bestattet?«

»Auf See.«

»Dann haben ihn die Haie doch noch bekommen.«

»Hier darf sich niemand einen Fehler erlauben. Nicht solange Adriaan Van Rensberg das Sagen hat.«

»Könnte jemand über die Sierra kommen, so wie ich?«

Als Antwort reichte ihm Van Rensberg einen Feldstecher.

»Sehen Sie selbst. Außen herum kommt niemand vorbei. Die Klippen fallen steil ins Wasser. Und wenn Sie am Tag über den Hang klettern, werden Sie in Sekundenschnelle entdeckt.«

»Und bei Nacht?«

»Wenn Ihr Mann unten ankommt, befindet er sich außerhalb des Stacheldrahtzauns, über zwei Meilen von der Villa und der Mauer entfernt. Er ist kein Arbeiter und kein Wächter. Man wird ihn schnell entdecken… und sich um ihn kümmern.«

»Was ist mit dem Bach, den ich gesehen habe? Könnte jemand auf diesem Weg eindringen?«

»Guter Gedanke, Mr. McBride. Kommen Sie, ich bring Sie zum Bach.«

Van Rensberg fuhr zum Flugplatz, öffnete mit seinem Piepser das Tor im Zaun und hielt an der Stelle, wo der Bach wieder unter der Startbahn hervorkam. Zwischen Startbahn und Zaun floss er ein längeres Stück unter freiem Himmel. Das klare Wasser strömte gemächlich über Gräser und andere Pflanzen am Grund.

»Sehen Sie was?«

»Nein«, antwortete McBride.

»Sie sind im kühlen Schatten unter der Rollbahn.«

Es war offensichtlich der ganze Stolz des Südafrikaners. Er holte einen kleinen Vorrat Dörrfleisch aus dem Jeep. Kaum hatte er ein Stück hineingeworfen, begann das Wasser zu brodeln. McBride sah die Piranhas aus dem Dunkel hervorschnellen, und das Stück Fleisch, groß wie eine Zigarettenschachtel, wurde von unzähligen nadelspitzen Zähnen zerrissen.

»Genug gesehen? Ich werde Ihnen zeigen, wie wir hier mit dem Wasser haushalten, ohne dass die Sicherheit darunter leidet. Kommen Sie.«

Sie fuhren auf die Farm zurück. Van Rensberg folgte den Mäandern des Bachlaufs. An mehreren Dutzend Stellen zweigten Kanäle vom Hauptbett ab. Sie bewässerten Felder, speisten Teiche, endeten jedoch allesamt in Sackgassen.

Der Bach selbst schlängelte sich mal hierhin, mal dorthin und kehrte dann in der Nähe der Rollbahn, aber außerhalb des Zauns, zum Klippenrand zurück. Dort nahm die Strömung zu, und das Wasser stürzte über die Felsen ins Meer.

»Direkt vor der Klippe habe ich eine Platte mit langen Eisendornen versenkt«, sagte Van Rensberg. »Wer hier durchschwimmen will, wird von der Strömung erfasst und in Richtung Meer mitgerissen. An den glatten Betonwänden findet er keinen Halt. Der hilflose Schwimmer verletzt sich an den Dornen und stürzt heftig blutend ins Meer. Und dann? Die Haie natürlich.«

»Und bei Nacht?«

»Ach, Sie haben die Hunde nicht gesehen? Eine Meute von zwölf Dobermännern, alle messerscharf. Sie sind darauf abgerichtet, alles, was Uniform trägt, in Ruhe zu lassen, und dazu ein Dutzend Leute vom leitenden Personal, egal, was sie tragen. Sie erkennen sie am Geruch.

Bei Sonnenuntergang werden sie freigelassen. Danach muss jeder Peon und jeder Fremde außerhalb der Umzäunung bleiben, sonst ist er dem Tod geweiht. Wenn die streunenden Hunde ihn finden, hat er keine Chance mehr. Das gilt auch für Ihren Söldner. Was, glauben Sie, plant er?«

»Ich habe nicht die leiseste Ahnung. Wenn er nur halbwegs bei Verstand ist, hat er wieder kehrtgemacht.«

Van Rensberg lachte abermals.

»Das wäre sehr vernünftig von ihm. Wissen Sie, drüben in der alten Heimat, oben im Caprivi-Streifen, hatten wir ein Lager für *Mundts*, die in den Townships Ärger machten. Ich war für die Leitung verantwortlich. Und wissen Sie was, CIA-Mann? Ich habe keinen einzigen Kaffer verloren. Nicht einen. Durch Flucht, meine ich. Niemals.«

»Bemerkenswert, wirklich.«

»Und wissen Sie, wie mein Erfolgsrezept lautete? Landminen? Nein. Scheinwerfer? Nein. Zwei konzentrische Drahtzäune.

Zwei Meter tief in den Boden eingelassen, oben mit Stacheldraht versehen, und zwischen den Zäunen wilde Tiere. Krokodile in Teichen, Löwen im Grasland. Ein unterirdischer Gang, der raus und rein führte. Ich liebe Mutter Natur.«

Er sah auf seine Uhr.

»Elf. Ich bringe Sie jetzt zu unserem Wachhaus in den Bergen. Die Polizei von San Martin schickt einen Wagen, der Sie dort abholt und ins Hotel zurückfährt.«

Sie fuhren quer über das Anwesen zu dem Tor, das ins Dorf und zu der Bergstraße führte, als es im Funkgerät des Majors knackte. Er lauschte der Meldung des Telefonisten und Funkers im Keller unter der Villa und strahlte. Dann schaltete er ab und deutete zu den Bergen hinauf.

»Oberst Morenos Leute haben heute Morgen den Dschungel durchkämmt, von der Straße bis zum Kamm. Sie haben das Lager des Amerikaners gefunden. Verlassen. Sie könnten Recht haben. Ich schätze, er hat genug gesehen und gekniffen.«

In der Ferne konnte McBride das große Doppeltor erkennen, dahinter die weißen Hütten des Arbeiterdorfs.

»Erzählen Sie mir von den Arbeitern, Major.«

»Was wollen Sie wissen?«

»Wie viele sind es? Warum sind sie hier?«

»Etwa zwölfhundert. Lauter Straffällige nach hiesigem Recht. Jetzt werden Sie bloß nicht selbstgerecht, Mr. McBride. Auch ihr Amerikaner habt Gefängnisfarmen. Und das hier ist eine. Unterm Strich haben sie es hier noch gut.«

»Und wenn sie ihre Strafe abgebüßt haben? Wann dürfen sie nach Hause?«

»Überhaupt nicht«, antwortete Van Rensberg.

Absolut keine Rückfahrkarte, dachte der Amerikaner, dank Oberst Moreno und Major Van Rensberg. Lebenslänglich. Für welches Vergehen? Weil sie bei Rot die Straße überquert oder im Park eine Bananenschale weggeworfen hatten? Wahrscheinlich musste Moreno die Zahl hoch halten. Je nach Bedarf.

»Was ist mit den Wachleuten und dem Hauspersonal?«

»Das ist etwas anderes. Wir sind Angestellte. Jeder, der innerhalb der Mauer gebraucht wird, wohnt auch dort. Keiner darf raus, wenn unser Arbeitgeber hier ist. Nur uniformierte Wächter und ein paar Führungskräfte wie ich können die Mauer passieren. Ein Peon niemals. Poolreiniger, Gärtner, Diener, Hausmädchen – alle leben innerhalb der Mauer. Die Peonen, die auf der Farm arbeiten, wohnen in ihrer Township. Sie sind alle Junggesellen.«

»Keine Frauen, keine Kinder?«

»Nein. Schließlich sind sie nicht hier, um sich fortzupflanzen. Aber wir haben eine Kirche. Der Priester predigt nur eine Botschaft – unbedingten Gehorsam.«

Er unterließ es zu erwähnen, dass er sich in Fällen von Ungehorsam den Gebrauch seiner Sjambok-Peitsche aus Nashornleder vorbehielt, wie in den alten Tagen.

»Könnte ein Fremder ins Anwesen eindringen und sich als Arbeiter ausgeben, Major?«

»Ausgeschlossen. Der Verwalter geht jeden Abend ins Dorf und bestimmt die Arbeitskräfte für den nächsten Tag. Nach dem Frühstück müssen sich die Auserwählten am Haupttor melden. Jeder Einzelne wird kontrolliert. Nur die gewünschte Zahl wird durchgelassen. Und keiner mehr.«

»Und wie viele sind das?«

»Etwa tausend pro Tag. Zweihundert mit gewissen handwerklichen Fähigkeiten arbeiten in den Reparaturwerkstätten, in der Mühle, in der Bäckerei, im Schlachthaus und im Traktorschuppen, achthundert hacken und jäten. Etwa zweihundert bleiben jeden Tag zurück. Die ernstlich Kranken, Müllmänner, Köche.«

»Vermutlich haben Sie Recht«, sagte McBride. »Der Einzelkämpfer hat keine Chance, oder?«

»Wie ich schon sagte, CIA-Mann. Er hat gekniffen.«

Kaum hatte er den Satz zu Ende gesprochen, da knackte es er-

344

neut im Funkgerät. Seine Stirn legte sich in Falten, während er lauschte.

»Was soll die Aufregung? Gut, sagen Sie ihm, er soll sich beruhigen. In fünf Minuten bin ich da.«

Er legte das Gerät zurück.

»Pater Vicente aus der Kirche. Schiebt Panik. Ich muss auf dem Weg in die Berge bei ihm vorbeischaun. Es dauert bestimmt nur ein paar Minuten.«

Sie fuhren an einer Reihe von Arbeitern vorbei, die sich zu ihrer Linken in der brütenden Hitze mit schmerzendem Rücken über Hacken beugten. Ein paar hoben kurz den Kopf und beobachteten den vorbeifahrenden Wagen, in dem der Mann saß, der hier über Leben und Tod bestimmte. Ausgezehrte, unrasierte Gesichter, kaffeebraune Augen unter Strohkrempen. Aber ein Augenpaar war blau.

30

Der Bluff

Er hüpfte auf der obersten Treppenstufe vor der offenen Kirchentür hin und her, ein kleiner, pummeliger Mann mit Schweinsaugen und einer nicht ganz sauberen Soutane. Pater Vicente, der Seelenhirte der unglücklichen Zwangsarbeiter.

Van Rensbergs Spanisch war äußerst bescheiden, denn er beschränkte sich gewöhnlich auf das Bellen knapper Befehle, und das Englisch des Priesters schien nicht viel besser zu sein.

»Kommen schnell, Oberst«, sagte er und stürzte nach drinnen. Die beiden Männer stiegen aus und folgten ihm.

Die schmutzige Soutane fegte den Mittelgang entlang und am Altar vorbei in die Sakristei. Der kleine Raum wurde von einem grob gezimmerten, an die Wand geschraubten Schrank beherrscht, der zur Aufbewahrung der Messgewänder diente. Mit theatralischer Geste riss er die Tür auf und rief: »Mira!«

Sie schauten. Der Peon lag noch genauso da, wie Pater Vicente ihn gefunden hatte. Kein Versuch war unternommen worden, ihn aus seiner misslichen Lage zu befreien. Seine Handgelenke waren fest mit Klebeband umwickelt, ebenso die Fußgelenke, und über seinem Mund klebte ein breiter Streifen, hinter dem ungehaltenes Gemurmel hervordrang. Beim Anblick Van Rensbergs weiteten sich seine Augen vor Entsetzen.

Der Südafrikaner beugte sich vor und riss ohne viel Aufhebens den Knebel weg.

»Wie zum Teufel kommt er hierher?«

Der Mann stammelte erschrocken eine Erklärung, und der Priester zuckte vielsagend mit den Schultern.

»Er sagt, er nicht wissen. Er sagt, er letzte Nacht schlafen gehen und hier aufwachen. Er hat Kopfschmerzen, er sich nicht erinnern an mehr.«

Der Mann war bis auf ein Paar Unterhosen nackt. Er hatte nichts am Leib, woran ihn der Südafrikaner packen konnte, und so fasste er ihn an den Oberarmen und stellte ihn auf die Beine.

»Sagen Sie ihm, dass es besser für ihn wäre, wenn er sich langsam erinnern würde!«, brüllte er, und der Priester übersetzte.

»Major«, beschwichtigte McBride, »eins nach dem anderen. Zuerst brauchen wir mal den Namen.«

Pater Vicente begriff, was er meinte.

»Er heißt Ramón.«

»Und wie weiter?«

Der Priester zuckte mit den Schultern. Er hatte über tausend Schäfchen, wie sollte er sich da an alle erinnern?

»In welcher Hütte wohnt er?«, fragte der Amerikaner.

Wieder wurden im lokalen Spanisch Worte gewechselt. Geschriebenes Spanisch vermochte McBride zu verstehen, aber der in San Martin gesprochene Dialekt hatte wenig mit dem Kastilischen gemein.

»Sie befindet sich dreihundert Meter von hier entfernt«, antwortete der Priester.

»Sollen wir hingehen und nachsehen?« fragte McBride. Er zückte ein Taschenmesser und durchtrennte das Kreppband an Ramóns Handgelenken und Knöcheln. Der eingeschüchterte Arbeiter führte den Major und den Amerikaner über die Plaza, die Hauptstraße hinunter und von dort in seine Gasse. Er deutete auf seine Tür und blieb stehen.

Van Rensberg betrat die Hütte, gefolgt von McBride. Es war nichts zu finden außer einem Gegenstand, den der Amerikaner unter dem Bett entdeckte: ein zusammengedrückter Wattebausch. Er schnupperte daran und reichte ihn dem Major, der dasselbe tat.

»Chloroform«, bemerkte McBride. »Er ist im Schlaf überrumpelt worden. Wahrscheinlich hat er gar nichts mitbekommen. Ist im Schrank wieder aufgewacht, an Händen und Füßen gefesselt. Er lügt nicht, er ist nur verwirrt und verängstigt.«

»Und was zum Henker soll das Ganze?«

»Sagten Sie nicht, dass jeder Mann eine Hundemarke trägt, die kontrolliert wird, wenn er durchs Tor zur Arbeit geht?«

»Ja. Wieso?«

»Ramón hat keine um. Und hier auf dem Boden liegt auch keine. Wie es aussieht, haben Sie irgendwo auf dem Gelände einen Doppelgänger.«

Van Rensberg ging ein Licht auf. Mit großen Schritten eilte er zum Landrover und riss das Walkie-Talkie aus der Halterung am Armaturenbrett.

»Wir haben einen Notfall«, sagte er, als sich der Funker meldete. »Lösen Sie die Sirene für ›Gefangener entflohen‹ aus. Niemand außer mir darf das Tor zur Villa passieren. Dann fordern Sie alle Wachleute auf dem Anwesen über Lautsprecher auf, sich am Haupttor bei mir zu melden, auch die, die dienstfrei haben.«

Sekunden später erfüllte das lang gezogene Heulen der Sirene die Halbinsel. Es war überall zu hören, auf den Feldern und in den Scheunen, in den Schuppen und Obstplantagen, den Gemüsegärten und Schweineställen.

Alle sahen von ihrer Arbeit auf und blickten in Richtung Haupttor. Als ihr ungeteilte Aufmerksamkeit gesichert war, ertönte die Stimme des Funkers aus dem Keller unter der Villa.

»Alle Wachen unverzüglich zum Haupttor. Ich wiederhole, alle Wachen unverzüglich zum Haupttor.«

Über sechzig Mann hatten Tagschicht, der Rest hielt sich in den Unterkünften auf. Dem Befehl Folge leistend, strömten sie aus allen Richtungen herbei. Die einen kamen auf Quadbikes von den entlegensten Feldern, andere legten die Viertelmeile von den Baracken zum Tor im Laufschritt zurück.

Van Rensberg fuhr mit seinem Geländewagen durchs Tor und wartete, auf der Kühlerhaube stehend und ein Megafon in der Hand, dort auf sie.

»Wir haben keinen Ausbruch«, rief er, als sie vor ihm standen. »Das Gegenteil ist der Fall. Wir haben einen Eindringling. Im Moment ist er als Arbeiter verkleidet. Die gleichen Kleider, die gleichen Sandalen, der gleiche Sombrero. Er hat sogar eine Hundemarke gestohlen. Die Tagschicht treibt sofort alle Arbeiter zusammen und bringt sie zurück. Alle, ohne Ausnahme. Die dienstfreie Schicht durchsucht jede Scheune, jeden Stall, jeden Schuppen, jede Werkstatt. Dann riegelt ihr alles ab und postiert die Wachen. Bleibt in ständiger Funkverbindung mit euren Gruppenführern. Und die Unterführer bleiben mit mir in Verbindung. An die Arbeit! Auf jeden Flüchtigen in Häftlingskleidung wird ohne Vorwarnung geschossen. Abmarsch.«

Die hundert Männer schwärmten über das Anwesen aus. Sie hatten den mittleren Teil abzusuchen: vom Zaun, der das Dorf und den Flugplatz von der Farm trennte, bis zur Mauer der Villa. Ein großes Gebiet, zu groß für hundert Mann. Es würde Stunden dauern.

Van Rensberg hatte völlig vergessen, dass McBride eigentlich abreisen wollte. Er war zu beschäftigt, um sich um den Amerikaner zu kümmern. McBride saß da und grübelte.

An der Kirche, rechts neben der Eingangstür, hing ein Zettel. Darauf stand: *Obsequias por nuestro hermano Pedro Hernandez. Once de la mañana.*

Trotz seiner mageren Spanischkenntnisse kam der CIA-Mann dahinter, was gemeint war: »Trauergottesdienst für unseren Bruder Pedro Hernandez. Elf Uhr morgens.«

Hatte der Eindringling den Zettel nicht gesehen? Hatte er ihn nicht verstanden? Normalerweise hätte der Priester seine Sakristei nicht vor Sonntag betreten. Aber heute war kein normaler Tag. Er musste den Gefangenen entdecken, wenn er kurz vor zehn den Schrank öffnete.

Warum hatte er ihn nicht woanders versteckt? Warum hatte er ihn nicht in der Hütte gefesselt, wo man ihn erst am Abend gefunden hätte, wenn überhaupt?

Er trat zu dem Major, der über Funk mit den Mechanikern vom Flugplatz sprach.

»Wo liegt denn der Fehler? Scheiß-Heckrotor. Ich brauche ihn in der Luft. Also los, beeilt euch.«

Er schaltete das Gerät aus, starrte McBride an und schnauzte: »Ihr Landsmann hat schlicht und ergreifend einen Fehler gemacht, das ist alles. Einen schweren Fehler. Er wird ihn das Leben kosten.«

Eine Stunde verging. Auch ohne Feldstecher konnte McBride erkennen, wie die erste Kolonne der weiß gekleideten Arbeiter im Eilmarsch dem Tor zu ihrem Dorf zustrebte. Die uniformierten Wachleute liefen brüllend neben ihnen her. Mittag. Die Hitze war wie ein Hammerschlag auf den Hinterkopf.

Die Menge vor dem Tor wurde immer größer. Aus den Funkgeräten plapperte es unablässig, während man das Anwesen Sektor für Sektor von Arbeitern räumte, die Gebäude durchsuchte, Entwarnung gab, abriegelte und mit Wachen besetzte.

Um halb zwei begann man mit der Überprüfung der Nummern. Van Rensberg bestand darauf, dass die fünf Aufseher ihre Plätze hinter den Tischen wieder einnahmen und jeden Arbeiter genau kontrollierten, zweihundert pro Schlange.

Normalerweise arbeiteten die Männer morgens oder abends, wenn es kühler war. Jetzt wurden sie in der Sonne gebraten. Zwei oder drei kippten ohnmächtig um und mussten von Freunden weggetragen werden. Jede Hundemarke wurde kontrolliert und mit jener verglichen, die am Morgen registriert worden war. Als die letzte Gestalt im weißen Hemd auf das Dorf zu wankte, wo Ruhe, Schatten und Wasser warteten, nickte einer der Kontrolleure.

»Einer fehlt«, rief er. Van Rensberg trat an seinen Tisch und spähte ihm über die Schulter.

»Nummer 53108.«

»Name?«

»Ramón Gutiérrez.«

»Lasst die Hunde los.«

Van Rensberg ging zu McBride.

»Die Techniker müssten inzwischen alle innerhalb der Umzäunung sein, wo ihnen nichts passieren kann. Und meinen Leuten werden die Hunde nichts tun. Sie erkennen sie an der Uniform. Also ist nur noch ein Mann da draußen. Ein Fremder in weißen Baumwollhosen und Schlotterhemd, der falsch riecht. Für die Dobermänner ist es, als riefe sie ein Gong zum Essen. Auf einen Baum flüchten? In einen Teich springen? Sie finden ihn trotzdem. Sie umkreisen ihn und bellen, bis die Abrichter kommen. Ich gebe diesem Söldner eine halbe Stunde. Wenn er dann nicht auf einem Baum sitzt und sich ergibt, ist er tot.«

Der Mann, den er suchte, befand sich inmitten des Anwesens und lief leichtfüßig durch ein Maisfeld mit übermannshohen Stauden. Er orientierte sich an der Sonne und an den Gipfeln der Sierra.

Bereits am frühen Morgen war er zwei Stunden lang ununterbrochen gerannt, um von seiner Arbeitsstelle zur Schutzmauer der Villa zu gelangen. Nicht dass diese Distanz einen Mann, der imstande war, die halbe Marathonstrecke zu bewältigen, vor Probleme gestellt hätte, aber er hatte sich vor den anderen Arbeitskolonnen und den Wächtern verbergen müssen. Er verbarg sich noch immer.

Am Rand des Maisfelds stieß er auf eine Straße, warf sich zu Boden und spähte hinaus. Am Ende des Wegs donnerten zwei Wachleute auf einem Quadbike in Richtung Haupttor vorbei. Er wartete, bis sie um die Kurve waren, dann huschte er über den Weg und verschwand in einem Pfirsichhain. Beim Studium der Hazienda von oben hatte er im Geist eine Route abgesteckt, die von seinem Ausgangspunkt zu seinem Ziel, der Schutzmauer der Villa, führte, ohne dass er ein Feld mit kniehohen Pflanzen überqueren musste.

Die Ausrüstung, die er am Morgen mitgebracht hatte, teils in seinem vermeintlichen Proviantbeutel verborgen, teils in der eng geschnittenen Unterhose, die er unter den Boxershorts trug, war fast aufgebraucht. Die unverwüstliche Taucheruhr trug er wieder am Handgelenk, den Gürtel an der Hüfte und das Messer hinten am Rücken, wo es ihn nicht behinderte, aber leicht zu erreichen war. Die Binde, das Heftpflaster und der Rest steckten in dem flachen Beutel an seinem Gürtel.

Er blickte wieder zu den Bergspitzen, korrigierte seine Richtung um ein paar Grad und blieb stehen, neigte den Kopf und lauschte, bis er das Gurgeln von fließendem Wasser hörte. Er kam an den Bach, ging auf demselben Weg wieder fünfzehn Meter zurück und entkleidete sich bis auf die Unterhose und den Gürtel mit dem Messer.

Hinter den Feldern, in der dumpfen, betäubenden Hitze, hörte er das erste Bellen der Hunde. Es kam näher. In wenigen Minuten würde die schwache auflandige Brise den Hundenasen seinen Geruch zutragen.

Er arbeitete behutsam, aber schnell, bis er zufrieden war. Dann schlich er zum Bach zurück, glitt in das kalte Wasser und ließ sich von der Strömung davontragen, quer über das Anwesen in Richtung Flugplatz und Klippen.

Trotz seiner Behauptung, dass die Killerhunde ihm nichts tun würden, kurbelte Van Rensberg sein Fenster hoch, bevor er vom Tor aus auf einem der Hauptwege langsam ins Kernland der Farm fuhr.

Hinter ihm steuerte der zweite Hundeführer einen Laster, dessen Ladefläche ein geschlossenes Eisengitter überwölbte. Der Chef der Hundeführer saß neben ihm im Landrover und streckte den Kopf aus dem Beifahrerfenster. Er hörte als Erster, dass die Hunde plötzlich einen anderen Ton anschlugen. Aus dem kehligen Bellen wurde ein aufgeregtes Kläffen.

»Sie haben was gefunden!«, rief er.

Van Rensberg grinste.

»Wo, Mensch, wo?«

»Da drüben.«

McBride rutschte noch tiefer in den Rücksitz, froh, dass der Landrover Defender über Türen und Fenster verfügte. Für scharfe Hunde hatte er nichts übrig, und zwölf waren ihm ein Dutzend zu viel.

Die Hunde hatten tatsächlich etwas gefunden, aber sie kläfften mehr vor Schmerz als Erregung. Der Südafrikaner bog um die Ecke eines Pfirsichhains – und da war sie, die komplette Meute. Sie bildeten ein wildes Knäuel mitten auf dem Weg. Das Objekt ihres Interesses war ein Bündel blutiger Kleider.

»Rauf mit ihnen auf den Laster«, brüllte Van Rensberg. Der Hundeführer stieg aus, schloss die Tür und pfiff die Meute zurück. Gehorsam und immer noch kläffend sprangen sie hinten auf den Hundewagen. Der Riegel wurde vorgeschoben, dann erst stiegen Van Rensberg und McBride aus.

»So«, sagte Van Rensberg, »hier haben sie ihn also erwischt.«

Der Hundeführer, immer noch verwirrt über das Verhalten der Hunde, hob das blutige Baumwollhemd auf und hielt es sich an die Nase. Er zuckte zurück.

»Dieses Schwein!«, schrie er. »Chili, fein gemahlenes grünes Chilipulver. Es ist voll damit. Kein Wunder, dass die armen Kerle heulen. Sie sind nicht aufgeregt, sie haben Schmerzen.«

»Und wann funktionieren ihre Riechorgane wieder?«

»Heute nicht mehr, Boss, vielleicht morgen.«

Sie fanden die Hose, die ebenfalls voller Chilipulver war, und den Strohhut sowie selbst die Espadrilles. Aber keine Leiche, keine Knochen, nichts außer den Flecken auf dem Hemd.

»Was hat er gemacht?«, fragte Van Rensberg den Hundeführer.

»Er hat sich eine Schnittwunde beigebracht, das Schwein, und dann das Hemd voll geblutet. Er hat gewusst, dass er die Hunde damit ganz wild macht. So reagieren sie immer auf Menschenblut, wenn sie auf Killerpatrouille sind. Er hat gewusst, dass sie das Blut riechen, den Stoff packen und den Chili einatmen. Bis morgen stehen wir ohne Spürhunde da.«

Van Rensberg sah sich die Kleidungsstücke an.

»Er hat sich ausgezogen«, sagte er. »Wir suchen also einen splitternackten Mann.«

»Nicht unbedingt«, meinte McBride.

Der Südafrikaner hatte seine Truppe militärisch eingekleidet. Alle trugen die gleiche Uniform: khakifarbene Drillichhosen, die in Kampfstiefeln aus Kalbsleder und Segeltuch steckten, einen breiten Ledergürtel mit Schnalle und ein Tarnhemd mit afrikanischem Leopardenmuster, dessen Ärmel auf halber Länge abgeschnitten, hochgekrempelt und glatt gebügelt waren.

Ein oder zwei auf der Spitze stehende Winkel wiesen den Träger als Unteroffizier oder Feldwebel aus, auf den Schulterstücken der vier rangniederen Offiziere prangten Sterne aus Stoff.

An einem Dornengestrüpp neben dem Weg, der offenbar Schauplatz eines Kampfes gewesen war, hatte McBride das abgerissene Schulterstück eines Hemdes entdeckt. Es war ohne Stern.

»Ich glaube nicht, dass unser Mann nackt ist«, erklärte McBride. »Im Gegenteil, ich glaube, er trägt ein Tarnhemd ohne Schulterstück, khakifarbene Drillichhosen und Kampfstiefel. Und einen Buschhut wie Sie, Major.«

Van Rensberg erbleichte. Doch die Fakten sprachen für sich. Zwei Furchen im Kies, die offensichtlich von Stiefelabsätzen herrührten, deuteten darauf hin, dass jemand ins hohe Gras geschleift worden war. Die Spur endete am Bach.

»Wenn er hier eine Leiche reingeworfen hat«, murmelte der Major, »ist sie längst über die Klippe.«

Und wir alle wissen, wie sehr du deine Haie liebst, dachte McBride, schwieg aber.

Van Rensberg wurde allmählich das ganze Ausmaß seiner Lage bewusst. Irgendwo auf dem zweitausendvierhundert Hektar großen Anwesen lauerte, das Gesicht von einem breitkrempigen Buschhut beschattet, ein professioneller Killer, der über Waffen und ein Quadbike verfügte und, wie er vermutete, den

Auftrag hatte, seinem Arbeitgeber den Kopf wegzupusten. Er sagt etwas auf Afrikaans, und es war nichts Nettes. Er stellte einen Funkkontakt her.

»Zwanzig neue Leute sollen die Wachen an der Villa verstärken. Außer ihnen und mir darf niemand hinein. Sie sollen sich vollständig bewaffnen und auf dem Gelände rund um das Haus verteilen. Sofort.«

Sie fuhren querfeldein zurück zu dem umfriedeten Haus auf der Landzunge.

Es war Viertel vor vier.

31

Der Coup

Das Wasser des Bachs fühlte sich wie Balsam auf der nackten Haut an, nachdem sie so lange der sengenden Sonne ausgesetzt gewesen war. Doch die Strömung war tückisch, denn auf dem Weg zum Meer nahm sie zwischen den betonierten Ufern stetig zu.

Dort, wo er ins Wasser getaucht war, hätte er noch ans andere Ufer klettern können, aber da war er noch zu weit von den Baum entfernt gewesen, den er erreichen musste. Und in der Ferne waren schon die Hunde zu hören. Er hatte den Baum von seinem Adlerhorst aus gesehen, und davor schon auf den Luftaufnahmen.

Der letzte Ausrüstungsgegenstand, von dem er noch keinen Gebrauch gemacht hatte, war ein kleiner Klappanker mit sieben Meter Leine. Während er zwischen den Ufern des sich windenden Bachs trieb, klappte er die drei Flunken aus, ließ sie einrasten und legte sich die Schlaufe der Leine ums rechte Handgelenk.

Er kam um eine Biegung und sah vor sich den Baum, der am Ufer auf der Flugplatzseite stand. Zwei dicke Äste neigten sich über den Bach. Als er sich ihm näherte, richtete er sich im Wasser auf, holte aus und schleuderte den Anker hoch in die Luft.

Er hörte das Krachen, als das Metall gegen die Äste schlug, trieb unter dem Baum hindurch und spürte den Schmerz im rechten Schultergelenk, als die Flunken griffen und die Fahrt stromabwärts jäh gestoppt wurde.

Er hangelte sich an der Leine entlang bis ans Ufer und hievte den Oberkörper heraus. Der Druck des Wassers ließ nach, beschränkte sich auf seine Beine. Er krallte die freie Hand in den Grasboden und zog sich vollends ans Ufer.

Der Klappanker hing in unerreichbarer Höhe im Geäst. Er fasste so weit nach oben, wie er konnte, schnitt die Leine ab und ließ den Rest über dem Wasser baumeln. Er war hundert Meter von dem Zaun entfernt, in den er vierzig Stunden zuvor ein Loch geschnitten hatte. Er konnte ihn nur kriechend erreichen. Nach seiner Schätzung waren die Hunde noch eine Meile entfernt, auf der anderen Seite des Bachs. Sie würden die Brücken finden, aber erst später.

Zwei Nächte zuvor hatte er im Dunkeln am Zaun des Flugplatzes gelegen und einen waagrechten und einen senkrechten Schnitt angebracht, und zwar so, dass die Schnitte zwei Seiten eines Dreiecks bildeten, jedoch einen Draht intakt gelassen, damit der Zaun gespannt blieb. Den Bolzenschneider hatte er darunter im hohen Gras versteckt, wo er auch jetzt noch lag.

Die beiden Schnitte hatte er mit kunststoffummanteltem grünem Gärtnerdraht wieder zusammengebunden. Es dauerte eine Minute, um ihn zu lösen. Er vernahm ein dumpfes Sirren, als er den letzten Draht durchkappte. Er schlüpfte durch den Zaun, blieb auf dem Bauch liegen, drehte sich um und flickte das Loch wieder. Aus zehn Metern Entfernung war es schon nicht mehr zu sehen.

Auf den ungenutzten Weideflächen auf der Farmseite machten die Peonen Heu für das Vieh, doch beiderseits der Landebahn wuchs das Gras einen halben Meter hoch.

Dexter robbte zu dem Fahrrad und den anderen Gegenständen, die er gestohlen hatte, zog sich an, um seine Haut vor der Sonne zu schützen, blieb aber reglos liegen und wartete. Er hörte die Hunde. Sie hatten die blutigen Kleider hinter dem Zaun gefunden, eine Meile entfernt.

Als Major Van Rensberg mit seinem Landrover am Tor der Villa vorfuhr, waren die von ihm angeforderten zusätzlichen Wachen bereits eingetroffen. Ein Laster wartete draußen, und die Männer sprangen von der Ladefläche, schwer bewaffnet, M-16-Sturmgewehre in den Händen. Der junge Offizier ließ sie in Reih und Glied Aufstellung nehmen, als das Eichentor aufschwang. Dann eilten die Männer im Laufschritt hinein und verteilten sich im Park. Van Rensberg folgte ihnen, und das Tor fiel wieder zu.

Die Treppe, die McBride bei seiner Ankunft erklommen hatte, lag vor ihnen, doch der Südafrikaner bog nach rechts ab und ging um die Terrasse herum. McBride registrierte Kellertüren und die elektrischen Tore der drei Tiefgaragen.

Der Butler nahm sie in Empfang. Er ging voraus. Sie folgten ihm durch einen Gang, vorbei an Türen, die in die Garagen führten, dann eine Treppe hinauf in den Wohnbereich.

Der Serbe wartete in der Bibliothek. Obwohl es jetzt, am Spätnachmittag, nicht mehr so heiß war, hatte die Vorsicht über den Wagemut gesiegt. Er saß an einem Konferenztisch vor einer Tasse schwarzen Kaffee und bot den beiden Gästen einen Stuhl an. Kulac, sein Leibwächter, lehnte im Hintergrund an einer Wand aus ungelesenen Erstausgaben und passte auf.

»Erstatten Sie Bericht«, befahl Zilić ohne Vorrede. Van Rensberg sah sich zu dem peinlichen Geständnis genötigt, dass ein Mann in seine Festung eingedrungen sei, sich, als Latino-Arbeiter verkleidet, Zugang zur Farm verschafft habe und den Hunden entkommen sei, indem er einen Wachmann ermordet, sich seiner Uniform bemächtigt und die Leiche in den reißenden Bach geworfen habe.

»Und wo ist er jetzt?«

»Irgendwo zwischen der Mauer, die den Park umgibt, und dem Zaun, der das Dorf und den Flugplatz sichert, Sir.«

»Und was gedenken Sie zu unternehmen?«

»Jeder Einzelne meiner Leute, jeder Mann, der diese Uniform

trägt, wird über Funk kontaktiert und aufgefordert, sich auszuweisen.«

»*Quis custodiet ipsos custodes?*«, fragte McBride. Die beiden anderen sahen ihn verständnislos an.

»Verzeihung. Wer bewacht die Wächter? Oder anders ausgedrückt: Wer kontrolliert die Kontrolleure? Woher wollen Sie wissen, dass die Stimme am Funkgerät nicht lügt?«

Stille trat ein.

»Richtig«, sagte Van Rensberg. »Sie müssen in ihre Unterkünfte zurückbeordert und ihren Einheitsführern gegenübergestellt werden. Darf ich den Funkraum benutzen und die entsprechenden Befehle durchgeben?«

Zilić nickte verächtlich.

Es dauerte eine Stunde. Die Sonne ging unter. Die kurze tropische Dämmerung brach an. Van Rensberg kam zurück.

»Alle achtzig haben sich bei den Baracken gemeldet. Jeder Einzelne ist von seinem Offizier identifiziert worden. Also muss er noch irgendwo da draußen sein.«

»Oder innerhalb der Mauer«, gab McBride zu bedenken. »Ihre fünfte Gruppe patrouilliert ums Haus.«

Zilić wandte sich an seinen Sicherheitschef.

»Haben Sie die zwanzig etwa ohne Personenüberprüfung hereingelassen?«, fragte er frostig.

»Selbstverständlich nicht, Sir! Das ist meine Eliteeinheit. Sie wird von Janni Duplessis befehligt. Ein fremdes Gesicht wäre ihm sofort aufgefallen.«

»Er soll zum Rapport kommen«, befahl der Serbe.

Wenige Minuten später erschien der junge Südafrikaner in der Tür zur Bibliothek und nahm zackig Haltung an.

»Leutnant Duplessis, auf meinen Befehl hin haben Sie zwanzig Männer, Sie selbst mitgerechnet, ausgewählt und vor zwei Stunden mit dem Lkw hierhergebracht.«

»Jawohl, Sir.«

»Kennen Sie jeden Einzelnen?«

»Ja, Sir.«

»Verzeihen Sie, aber in welcher Marschordnung haben Sie das Tor passiert?«, fragte McBride.

»Ich lief an der Spitze. Sergeant Gray hinter mir. Dann die Männer, jeweils drei nebeneinander, sechs pro Reihe. Achtzehn Mann.«

»Neunzehn«, sagte McBride. »Sie haben den Nachzügler vergessen.«

In der Stille tickte die Uhr auf dem Kaminsims aufdringlich laut.

»Welchen Nachzügler?«, zischte Van Rensberg.

»Verstehen Sie mich nicht falsch, meine Herren. Ich könnte mich auch geirrt haben. Aber ich dachte, ich hätte einen neunzehnten Mann hinter dem Laster auftauchen und den anderen nachlaufen sehen. In der gleichen Uniform.«

In diesem Augenblick schlug die Uhr sechs, und die erste Bombe ging hoch.

Sie waren nicht größer als Golfbälle und völlig harmlos, eher Knallkörper, mit denen man Vögel erschreckt, als Kriegswaffen. Sie hatten Verzögerungszünder, die erst nach acht Stunden losgingen, und der Avenger hatte alle zehn gegen zehn Uhr morgens über die Mauer geworfen. Von den Luftaufnahmen her wusste er genau, wo im Park rings um das Haus die dichtesten Sträucher standen. Als Teenager war er ein recht guter Baseballwerfer gewesen. Der Knall, mit dem die Kracher explodierten, klang wie der Schuss eines Hochleistungsgewehrs.

Jemand in der Bibliothek brüllte »Deckung!«, und alle fünf Anwesenden warfen sich zu Boden. Kulac wälzte sich herüber und blieb mit gezückter Waffe neben seinem Chef liegen. Dann erwiderte draußen der erste Wächter, der den Schützen ausgemacht zu haben glaubte, das Feuer.

Zwei weitere Bomben explodierten, und mehrere Gewehre knatterten. Eine Fensterscheibe zerbrach. Kulac schoss in die Dunkelheit.

Der Serbe hatte genug. Er rannte in geduckter Haltung zum Hinterausgang der Bibliothek, dann den Korridor entlang und die Treppe hinunter in den Keller. McBride folgte ihm, Kulac bildete die Nachhut und sicherte nach hinten.

Vom Kellerflur führte eine Tür in den Funkraum. Der Funker, das Gesicht weiß im Neonlicht, versuchte gerade, aus dem konfusen Gebrüll im Frequenzbereich der Funkgeräte, welche die Wachleute in den Brusttaschen bei sich trugen, schlau zu werden, als sein Chef hereinplatzte.

»Wer spricht? Wo sind Sie? Was ist los?«, rief er. Keiner hörte ihm zu, als das Feuergefecht im Dunkeln heftiger wurde. Zilić fasste nach vorn an die Konsole und knipste einen Schalter aus. Stille trat ein.

»Rufen Sie den Flugplatz. Alle Piloten und das gesamte Bodenpersonal. Ich möchte meinen Hubschrauber, und zwar sofort.«

»Der ist nicht flugtüchtig, Sir. Wird erst morgen fertig. Sie arbeiten seit zwei Tagen daran.«

»Dann eben die Hawker. Sie soll startklar gemacht werden.«

»Sofort, Sir?«

»Sofort. Nicht morgen, nicht in einer Stunde. Sofort.«

Als der Mann im hohen Gras in der Ferne Schüsse knattern hörte, kniete er sich hin. Es war die Zeit, kurz bevor es ganz dunkel wurde, die Zeit, in der einem die Augen einen Streich spielen und Schatten bedrohlich werden konnten. Er richtete das Fahrrad auf, stellte den Werkzeugkasten in den Frontkorb, trat in die Pedale, überquerte die Rollbahn und hielt dann an der Bergseite entlang auf die anderthalb Meilen entfernt liegenden Hangars am anderen Ende zu. In dem Mechanikeroverall mit dem »Z«, dem Firmenlogo von Zeta Corporation, auf dem Rücken würde ihn im Dämmerlicht niemand erkennen. Und in der allgemeinen Angst vor einem Angriff würde in den nächsten dreißig Minuten auch niemand auf ihn achten.

Der Serbe wandte sich an McBride.

»Hier trennen sich unsere Wege, Mr. McBride. Ich fürchte, Sie werden allein zusehen müssen, wie Sie nach Washington zurückkommen. Das Problem wird gelöst, und ich werde mich nach einem neuen Sicherheitschef umsehen. Sie können Mr. Devereaux ausrichten, dass ich mich an unsere Abmachung halte, aber bis es so weit ist, gedenke ich die Gastfreundschaft von Freunden in den Emiraten in Anspruch zu nehmen.«

Die Garage lag am Ende des Kellerflurs. Der Mercedes war gepanzert. Kulac fuhr, sein Chef saß im Fond. McBride stand hilflos in der Garage, als das Rolltor sich hob, der Wagen darunter hindurchglitt und über den Schotter durch das aufschwingende Tor in der Mauer rollte.

Der Hangar lag in Licht getaucht da, als der Mercedes vorfuhr. Der kleine Flugzeugschlepper war ans Bugrad der Hawker 1000 angekoppelt und bugsierte sie aufs Vorfeld.

Ein Mechaniker schloss die letzte Klappe an den Triebwerken, kletterte von der Arbeitsbühne herunter und rollte sie vom Rumpf weg. Im hell erleuchteten Cockpit überprüften Flugkapitän Stepanović und sein junger französischer Kopilot die Instrumente, Anzeigen und Bordsysteme mit Strom aus dem Hilfsaggregat.

Zilić und Kulac beobachteten vom sicheren Wagen aus die Prozedur. Als die Hawker auf dem Vorfeld stand, öffnete sich die Tür, die Falltreppe schwenkte herunter, und der Kopilot erschien in der Öffnung.

Kulac stieg allein aus, rannte über den Beton und sprang die Treppe hinauf in die luxuriöse Passagierkabine. Er spähte nach links zur geschlossenen Cockpittür. Zwei große Schritte, und er stand vor der Toilette im Heck, riss die Tür auf. Leer. Er eilte zur Treppe zurück und winkte von oben seinem Chef. Der Serbe glitt aus dem Wagen und lief zur Treppe. Als er drin war, schloss sich die Tür, und sie waren in Sicherheit.

Draußen setzten zwei Männer Ohrenschützer auf. Einer

schloss den Batteriewagen an, und Flugkapitän Stepanović startete die Triebwerke. Die Schaufeln der beiden Pratt and Whitney 305 begannen zu rotieren, dann zu wimmern und schließlich zu heulen.

Der zweite Mann stand in großem Abstand vor der Maschine, wo der Pilot ihn sehen konnte, und lotste, in jeder Hand einen Neonleuchtstab, die Hawker von den Hangars zum Rand des Vorfelds.

Die Maschine rollte in Startposition. Kapitän Stepanović testete ein letztes Mal die Radbremsen, löste sie und drückte die beiden Leistungshebel für die Triebwerke nach vorn.

Die Hawker setzte sich in Bewegung, wurde immer schneller. Drüben bei der Villa, meilenweit entfernt, gingen flackernd die Scheinwerfer aus und vergrößerten das Chaos. Das Flugzeug hob die Nase in Richtung Norden und Meer. Zur Linken huschte die Steilwand vorbei. Der zweistrahlige Jet hob von der Startbahn ab. Das leise Rattern verstummte, die Häuser am Klippenrand rasten vorbei, und im nächsten Augenblick schwebte er schon über der mondhellen See.

Kapitän Stepanović fuhr das Fahrgestell ein, übergab an den Franzosen und begann, Betriebsflugplan und Flugroute bis zum ersten Tankstopp auf den Azoren zu berechnen. Er war schon mehrmals in die Vereinigten Arabischen Emirate geflogen, aber noch nie nach nur dreißigminütiger Vorbereitung. Die Hawker legte sich auf die Steuerbordseite, verließ ihre Startrichtung Nordwesten, schwenkte nach Nordosten und stieg auf zehntausend Fuß.

Wie die meisten Firmenjets verfügt auch die Hawker 1000 ganz hinten über einen kleinen, aber luxuriös ausgestatteten Waschraum, der die gesamte Breite des Rumpfs einnimmt. Und wie bei einigen anderen besteht die Rückseite aus einer Schiebewand, hinter der sich ein noch kleineres Kabuff für leichtes Gepäck verbirgt. Kulac hatte den Waschraum kontrolliert, nicht aber das Kabuff.

Fünf Minuten nach dem Start schob der Mann, der dort im Overall eines Mechanikers kauerte, die Trennwand zur Seite und trat in den Waschraum. Er nahm die Sig Sauer, eine Neun-Millimeter-Automatik, aus dem Werkzeugkasten, lud durch, entsicherte und trat in den Salon. Die beiden Männer, die einander in rohlederbezogenen Klubsesseln gegenübersaßen, starrten ihn stumm an.

»Sie werden es nicht wagen, sie zu benutzen«, sagte der Serbe. »Die Kugel wird den Rumpf durchschlagen, dann sind wir alle hinüber.«

»Die Patronen enthalten nur ein Viertel der Treibladung«, erwiderte der Avenger gelassen. »Genug, um ein Loch in Ihren Körper zu bohren, stecken zu bleiben und Sie zu töten, aber nicht genug, um durch den Rumpf zu dringen. Sagen Sie Ihrem Mann, er soll sein Schießeisen auf den Teppich legen, vorsichtig zwischen Zeigefinger und Daumen.«

Auf Serbokroatisch wurden ein paar Worte gewechselt. Hochrot vor Zorn zog der Leibwächter langsam seine Glock aus dem linken Schulterhalfter und ließ sie fallen.

»Schieben Sie sie mit dem Fuß zu mir rüber«, befahl Dexter. Zilić gehorchte.

»Und jetzt die andere.«

Kulac trug unter der Socke eine kleinere Ersatzwaffe. Sie war mit Klebeband am linken Knöchel befestigt. Auch sie wurde mit einem Tritt außer Reichweite befördert. Der Rächer zog ein Paar Handschellen hervor und warf sie auf den Teppich.

»Um den linken Knöchel Ihres Freundes. Sie machen das. Und zwar so, dass ich Sie immer schön sehen kann, sonst haben Sie eine Kniescheibe weniger.«

»Eine Million Dollar«, sagte der Serbe.

»Tempo«, sagte der Amerikaner.

»In bar, bei einer Bank Ihrer Wahl.«

»Ich verliere die Geduld.«

Die Handschelle wurde umgelegt.

»Fester.«

Kulac zuckte zusammen, als das Metall zubiss.

»Um die Sesselstütze herum. Ans rechte Handgelenk.«

»Zehn Millionen. Sie sind ein Narr, wenn Sie ablehnen.«

Die Antwort war ein zweites Paar Handschellen...

»Ans linke Handgelenk, um die Kette Ihres Freundes herum, dann ans rechte Handgelenk. Zurück. Bleiben Sie in meinem Sichtfeld, sonst dürfen *Sie* sich von Ihrer Kniescheibe verabschieden.«

Die beiden Männer kauerten Seite an Seite am Boden, einer an den anderen und beide an den Sockel gefesselt, mit dem der Sessel im Boden verankert war.

Dexter konnte nur hoffen, dass er der Kraft des massigen Leibwächters standhielt.

Er drückte sich an den beiden vorbei, ohne in ihre Reichweite zu gelangen, trat an die Cockpittür und öffnete sie. Der Pilot nahm an, der Besitzer sei nach vorn gekommen, um sich zu erkundigen, wie weit sie schon seien. Der Lauf einer Pistole berührte seine Schläfe.

»Sie sind Kapitän Stepanović, stimmt's?«, fragte eine Stimme.

Den Namen hatte er von Washington Lee, der die E-Mail aus Wichita abgefangen hatte.

»Ich habe nichts gegen Sie persönlich«, sagte der Rächer. »Sie und Ihr Kollege tun nur Ihre Arbeit. Genau wie ich. Belassen wir es dabei. Profis machen keine Dummheiten, wenn es sich vermeiden lässt. Finden Sie nicht auch?«

Der Kapitän nickte. Er versuchte, nach hinten in die Kabine zu spähen.

»Ihr Chef und sein Gorilla sind entwaffnet und an einen Sessel gefesselt. Sie haben keine Hilfe zu erwarten. Tun Sie bitte, was ich Ihnen sage.«

»Was wollen Sie?«

»Ändern Sie den Kurs.« Er blickte auf die Bildschirme des Electronic Flight Instrument System direkt über den Leistungshebeln für die Triebwerke. »Ich denke, drei-eins-fünf Grad Steuerkurs dürfte ungefähr hinkommen. Fliegen Sie dicht an der Ostspitze Kubas vorbei, da wir keinen Flugplan haben.«

»Und wohin fliegen wir?«

»Nach Key West, Florida.«

»In die USA?«

»Ins Land meiner Väter«, sagte der Mann mit der Pistole.

32

Die Auslieferung

Dexter hatte sich die Route von San Martin nach Key West eingeprägt, doch das wäre gar nicht nötig gewesen. Die Bordelektronik der Hawker war so klar, dass selbst ein Laie von den Displays den gewünschten Kurs und den Flugweg ablesen konnte.

Vierzig Minuten vor Erreichen der Küste sah er die verschwommenen Lichter von Grenada unter der Steuerbordtragfläche verschwinden. Dann ging es zwei Stunden nur über Wasser, ehe der Südostzipfel der Dominikanischen Republik auftauchte.

Abermals zwei Stunden später, als die Maschine sich zwischen der kubanischen Küste und Andros, der größten Bahamainsel, befand, lehnte er sich vor und tippte dem Franzosen mit dem Lauf der Pistole ans Ohr.

»Schalten Sie den Transponder ab.«

Der Kopilot warf einen Seitenblick auf den Jugoslawen, doch der zuckte nur mit den Schultern und nickte. Der Kopilot gehorchte. Der Transponder hatte unablässig eine Identifizierungsnummer gesendet, und als er abgeschaltet wurde, war die Hawker nur noch ein Pünktchen auf dem Radarschirm, vorausgesetzt, man sah sehr genau hin. Für jeden, der das nicht tat, hatte sie aufgehört zu existieren. Doch das Abschalten des Transponders machte sie auch zu einem verdächtigen Eindringling.

Die Luftabwehridentifizierungszone, die den Südosten der USA auch vor den ständigen Attacken der Drogenschmuggler schützen soll, reicht von Südflorida weit ins Meer hinaus. Wer ohne Flugplan in diese Zone eindringt, treibt ein Versteckspiel.

»Gehen Sie auf vierhundert Fuß über Meer«, befahl Dexter. »Runter mit der Maschine, und zwar sofort. Schalten Sie alle Navigationslichter und die Kabinenbeleuchtung aus.«

»Das ist sehr tief«, erwiderte der Pilot, während die Nase dreißigtausend Fuß nach unten ging. Die Lichter erloschen.

»Stellen Sie sich einfach vor, das hier wäre die Adria. Sie machen so etwas ja nicht zum ersten Mal.«

Das stimmte. Als Kampfpilot der jugoslawischen Luftwaffe hatte Oberst Stepanović in einer Höhe von weniger als vierhundert Fuß Übungsangriffe gegen die kroatische Küste geflogen, um unter dem Radar hindurchzuschlüpfen. Trotzdem hatte er Recht.

Das mondhelle nächtliche Meer übt eine hypnotische Anziehung aus. Es kann den tief fliegenden Piloten immer näher locken, bis er die Wellenkämme touchiert und ins Wasser stürzt. Bei Flughöhen unter fünfhundert Fuß muss der Höhenmesser hundertprozentig genau sein und ständig im Auge behalten werden. Neunzig Meilen südöstlich von Islamorada erreichte die Hawker vierhundert Fuß und jagte über die Santarenrinne in Richtung Florida Keys. Legte man die letzten neunzig Meilen bis zur Küste auf Meereshöhe zurück, konnte man das Radar vielleicht narren.

»Flughafen Key West, Landebahn zwei-sieben«, sagte Dexter. Er hatte die Lage des Flughafens genau studiert. Er erstreckte sich von Osten nach Westen, und eine Landebahn lag auf dieser Achse. Alle Passagier- und Betriebsgebäude befanden sich am Ostende. Wenn die Hawker in Richtung Westen landete, mussten die Einsatzfahrzeuge daher über die gesamte Rollbahn rasen, um zu ihr zu gelangen. Landebahn zwei-sieben stand für Kompassrichtung zweihundertsiebzig Grad, und das hieß, dass sie genau nach Westen zeigte.

Fünfzig Meilen vor dem Ziel wurden sie entdeckt. Zwanzig Meilen nördlich von Key West liegt Cudjoe Key, die Heimat eines Fesselballons, der, mit einer Trosse am Boden verankert, in zwanzigtausend Fuß Höhe am Himmel schwebt. Während die meisten Küstenradare nach außen und oben schauen, blickt das Himmelsauge von Cudjoe nach unten. Sein Radar kann jedes Flugzeug erfassen, das versucht, unter dem Netz durchzuschlüpfen.

Selbst Ballons brauchen gelegentlich eine Wartung, und der in Cudjoe wird in unregelmäßigen Abständen, die nicht bekannt gegeben werden, auf die Erde zurückgeholt. An diesem Abend war er zufällig am Boden gewesen und stieg nun wieder auf. In zehntausend Fuß Höhe ortete er die Hawker, die mit abgeschaltetem Transponder und unangemeldet über die dunkle See kam. Sekunden später jagten zwei F-16 über die Startbahn des Luftwaffenstützpunkts Pensacola und zündeten, sowie sie abgehoben hatten, die Nachbrenner.

Die Fighting Falcons bildeten, nachdem sie Höhe gewonnen und die Schallmauer durchbrochen hatten, eine Formation und nahmen Kurs auf die letzte Key-Insel. Dreißig Meilen draußen über dem Meer flog Kapitän Stepanović nur noch mit zweihundert Knoten und leitete den Landeanflug ein. Die Lichter von Cudjoe und Sugarloaf Key funkelten an Steuerbord. Das Radar der Abfangjäger ortete den Eindringling, und die Piloten nahmen eine leichte Kurskorrektur vor, um ihn von hinten anzufliegen. Die Falcons waren über achthundert Knoten schneller als die Hawker.

Zufällig hatte in dieser Nacht der Fluglotse George Tanner Dienst in Key West. Er wollte den Flughafen gerade schließen, als Alarm gegeben wurde. Die Position des Eindringlings deutete darauf hin, dass er die Absicht hatte zu landen, und das war auch das Klügste, was er tun konnte. Eindringlinge, die von Kampfflugzeugen abgefangen werden, weil sie unbeleuchtet und mit ausgeschaltetem Transponder fliegen, werden nur einmal aufgefordert, den Anweisungen Folge zu leisten und dort zu landen, wo man es ihnen befiehlt. Eine zweite Warnung gibt es nicht: Der Kampf gegen die Drogenschmuggler ist zu ernst für Spielereien.

Allerdings kann eine Maschine an Bord auch einen Notfall haben und muss die Chance erhalten zu landen. Die Platzbeleuchtung blieb eingeschaltet. Aus zwanzig Meilen Entfernung konnte die Crew der Hawker die Lichter der Landebahn vor sich sehen. Über und hinter ihr gingen die F-16 in den Sinkflug über und fuhren die Bremsklappen aus. Für sie waren zweihundert Knoten beinahe Landegeschwindigkeit.

Zehn Meilen vor dem Flugplatz sichteten die Kampfpiloten die rot glühenden Abgasstrahlen am Heck der verdunkelten Hawker. Jetzt erst bemerkte die Cockpitbesatzung, dass sie von den todbringenden Jägern eskortiert wurde.

»Unidentifizierter Jet, schauen Sie nach vorn und landen Sie,« sagte eine Stimme ins Ohr des Kapitäns. »Ich wiederhole, schauen Sie nach vorn und landen Sie.«

Das Fahrwerk wurde ausgeklappt, die Landeklappen wurden ein Drittel ausgefahren, um die Landeposition einzunehmen. Zur Rechten glitt der Marineflughafen Chica Key vorüber. Das Hauptfahrwerk der Hawker tastete nach dem Aufsetzpunkt, die Räder berührten den Beton, und die Maschine befand sich auf US-amerikanischem Boden.

Seit einer Stunde hatte Dexter Kopfhörer auf und ein Mikrofon vor sich. Kaum berührten die Räder die Piste, drückte er die Sprechtaste.

»Unidentifizierte Hawker an Tower Key West, verstehen Sie mich?«

George Tanners Stimme drang deutlich an sein Ohr.

»Verstehe Sie gut.«

»Tower, an Bord dieses Flugzeugs befindet sich ein Massenmörder, der in Bosnien einen Amerikaner umgebracht hat. Er ist mit Handschellen an seinen Sitz gefesselt. Bitte verständigen Sie den Polizeichef. Er soll ihn in sicheren Gewahrsam nehmen und warten, bis die Bundesmarshals eintreffen.«

Ohne eine Antwort abzuwarten, kappte er die Verbindung und wandte sich an Flugkapitän Stepanović.

»Lassen Sie die Maschine bis zum äußersten Ende rollen, und halten Sie dort an, damit ich aussteigen kann.« Er stand auf und steckte die Pistole weg.

Hinter der Hawker kamen die Rettungsfahrzeuge aus den Flughafengebäuden herangerast.

»Bitte, öffnen Sie die Tür«, sagte Dexter.

Er verließ das Cockpit und durchquerte die Kabine. Die Lampen gingen wieder an, und die beiden Gefangenen blinzelten ins grelle Licht. Durch die offene Tür sah Dexter die Fahrzeuge auf sie zujagen. Auch Polizeiautos waren darunter, wie er an den roten und blauen Blinklichtern erkannte. Das Heulen der Sirenen war noch leise, kam aber näher.

»Wo sind wir?«, brüllte Zoran Zilić.

»In Key West.«

»Wieso?«

»Erinnern Sie sich noch an die Wiese in Bosnien? Im Frühjahr 1995? An den jungen Amerikaner, der um sein Leben flehte? Tja, Freundchen, das alles...« Er machte eine ausholende Bewegung. »...ist ein Geschenk vom Großvater des Jungen.«

Er stieg die Treppe hinunter, ging zum Bugfahrwerk und zerschoss mit zwei Kugeln die Reifen. Bis zum Begrenzungszaun waren es zwanzig Meter. Der dunkle Overall verschwand bald in der Dunkelheit, als er sich über den Maschendraht schwang und durch den Mangrovensumpf stapfte.

Die Lichter des Flughafens verblassten zwischen den Bäumen, doch auf dem Highway hinter dem Sumpf blitzten die Scheinwerfer von Autos auf. Er zog ein Handy aus der Tasche und wählte im Licht des kleinen Displays eine Nummer. Im fernen Windsor, Ontario, meldete sich ein Mann.

»Mr. Edmond?«

»Am Apparat.«

»Das Paket aus Belgrad, das Sie bestellt haben, ist am Flughafen Key West, Florida, eingetroffen.«

Mehr sagte er nicht, und er hörte gerade noch den Schrei seines Gesprächspartners, ehe er die Verbindung unterbrach. Nur der Sicherheit halber flog das Handy ins brackige Sumpfwasser neben dem Pfad und versank auf Nimmerwiedersehen.

Zehn Minuten später wurde ein Senator in Washington beim Abendessen gestört, und knapp eine Stunde später eilten zwei Marshals vom Federal Marshal Service in Miami nach Süden.

Die Marshals hatten Islamorada noch nicht hinter sich gelassen, als ein nach Norden fahrender Trucker gleich hinter Key West auf der US 1 eine einsame Gestalt im Overall am Straßenrand sah. Im Glauben, es handle sich um einen Kollegen, der mit seinem Laster liegen geblieben war, hielt er an.

»Ich fahre rauf bis Marathon!«, rief er der Gestalt im Overall zu. »Willst du mit?«

»Marathon passt mir gut«, antwortete der Mann.

Aus einem Fernfahrerlokal in Marathon rief Dexter nochmals in Ontario an. Daraufhin telefonierte Steve Edmond mit seinem Freund, Senator Lucas, in Washington. Weitere Anrufe wurden getätigt, auch mit dem Polizeichef in Key West, und ein Bundesmarshal machte sich auf den Weg, bewaffnet mit einem Haftbefehl wegen Mordes.

Kevin McBride brauchte den ganzen 9. September, um nach Hause zu kommen. Major Van Rensberg, der immer noch vergeblich nach dem Eindringling suchte, tröstete sich mit dem Gedanken, dass wenigstens sein Chef in Sicherheit sei, und brachte den CIA-Mann in die Hauptstadt. Oberst Moreno buchte für ihn einen Flug am Airport Paramaribo. Die Maschine der KML brachte ihn auf die Insel Curaçao. Dort bekam er Anschluss zum Miami International, und von dort flog er mit dem Shuttle nach Washington. Er landete sehr spät und war erschöpft. Als er sehr früh am Montagmorgen das Büro seines Chefs betrat, saß Paul Devereaux bereits am Schreibtisch.

Er sah aschfahl aus und wirkte gealtert. Er bedeutete

McBride, sich zu setzen, und schob müde ein Blatt Papier über den Tisch.

Alle tüchtigen Reporter bemühen sich um einen guten Draht zur Polizei ihrer Region. Sie wären dumm, wenn sie es nicht täten. Und der Korrespondent des *Miami Herald* in Key West bildete keine Ausnahme. Von den Ereignissen in der Nacht des Samstags erfuhr er am Sonntagmittag über Freunde bei der örtlichen Polizei, und sein Artikel wurde noch rechtzeitig für die Montagausgabe fertig. Was Devereaux am Montagmorgen auf seinem Schreibtisch vorgefunden hatte, war eine Zusammenfassung des Zeitungsberichts.

Der Artikel über einen serbischen Warlord und mutmaßlichen Massenmörder, den man nach einer Notlandung auf dem Key West International in seinem eigenen Jet verhaftet hatte, war der dritte Aufmacher auf der Titelseite.

»Großer Gott«, stieß McBride beim Lesen hervor, »wir dachten, er sei entkommen.«

»Mitnichten«, entgegnete Devereaux. »Wie es aussieht, wurde er entführt. Wissen Sie, was das bedeutet, Kevin? Nein, natürlich nicht. Mein Fehler. Ich hätte Sie einweihen sollen. Das Projekt Peregrine ist gestorben. Die Arbeit von zwei Jahren für die Katz. Ohne ihn kann ich nicht weitermachen.«

Punkt für Punkt schilderte Devereaux das Komplott, das er geschmiedet hatte, um den größten Coup des Jahrhunderts gegen den Terrorismus zu landen.

»Wann sollte er denn nach Karachi fliegen und von dort weiter zu dem Treffen in Peshawar?«

»Am Zwanzigsten. Ganze zehn Tage haben mir gefehlt.«

Er stand auf, trat ans Fenster und blickte, McBride den Rücken zukehrend, über die Bäume.

»Man hat mich in aller Frühe telefonisch geweckt und informiert. Seitdem bin ich hier und frage mich: Wie hat er es nur angestellt, dieser Rächer, dieser verfluchte Mistkerl?«

McBride schwieg und behielt seine Sympathie für sich.

»Der Mann ist nicht auf den Kopf gefallen, Kevin. Ich könnte es nicht ertragen, gegen einen Dummkopf den Kürzeren zu ziehen. Er ist cleverer, als ich ahnen konnte. War mir immer einen Schritt voraus… Er muss gewusst haben, dass er es mit mir zu tun hatte. Und das kann ihm nur ein Mann verraten haben. Und wissen Sie, wer, Kevin?«

»Keine Ahnung, Paul.«

»Ein frömmelnder Bastard vom FBI namens Colin Fleming. Aber selbst wenn er gewarnt war, wie hat er mich ausgetrickst? Er muss erraten haben, dass wir uns an die hiesige surinamesische Botschaft wenden würden. Deshalb hat er Professor Medvers Watson ins Spiel gebracht, den verschrobenen Schmetterlingssammler. Eine Fantasiegestalt. Und ein Lockvogel. Ich hätte den Braten riechen müssen, Kevin. Der Professor war nicht echt und sollte entdeckt werden. Vor zwei Tagen habe ich Nachricht von unseren Leuten in Surinam erhalten. Wissen Sie, was die sagen?«

»Nein, Paul.«

»Dass der Engländer Henry Nash sich sein Visum in Amsterdam besorgt hat. Nash, das war seine eigentliche Tarnung. An Amsterdam haben wir überhaupt nicht gedacht. Ein cleverer Hund. Medvers Watson ist eingereist und im Dschungel umgekommen. Wie geplant. Und wir haben sechs Tage gebraucht, um dahinter zu kommen, dass alles nur ein Schwindel war. Da war unser Mann längst drin und hat vom Berg aus die Hazienda beobachtet. Dann sind Sie hingeflogen.«

»Aber ich habe ihn auch nicht erwischt, Paul.«

»Nur weil dieser Idiot von einem Südafrikaner nicht auf Sie gehört hat. Natürlich sollte der chloroformierte Peon am Morgen entdeckt werden. Natürlich sollte Alarm geschlagen werden. Die Hunde mussten freigelassen werden, damit der dritte Trick funktionieren konnte. Wir sollten glauben, er habe einen Wachmann ermordet und seinen Platz eingenommen.«

»Aber auch ich habe mich getäuscht, Paul. Ich glaubte wirklich, ich hätte am Abend einen Wachmann zu viel auf das Grundstück der Villa laufen sehen. Offensichtlich ein Irrtum. Am Morgen wurden alle überprüft.«

»Da war es bereits zu spät. Er hatte das Flugzeug entführt.«

Devereaux wandte sich vom Fenster ab und trat zu seinem Stellvertreter. Er streckte die Hand aus.

»Kevin, wir alle haben Fehler gemacht. Er hat gewonnen, ich habe verloren. Trotzdem danke ich Ihnen für Ihre Bemühungen und für alles, was Sie getan haben. Aber mit diesem Fleming, diesem Moralprediger, der ihn gewarnt hat, werde ich zu gegebener Zeit noch ein Hühnchen rupfen. Wir müssen jetzt wieder bei null anfangen. UBL läuft da draußen immer noch frei herum. Und plant Anschläge. Ich möchte das gesamte Team morgen um acht hier haben. Bei Kaffee und Gebäck. Wir sehen uns die CNN-Nachrichten an, danach halten wir eine längere Sitzung ab. Kritische Analyse und Zukunftsplanung. Wie machen wir weiter.«

McBride wandte sich zum Gehen.

»Wissen Sie«, sagte Devereaux, als er an der Tür war, »wenn ich in meinen dreißig Jahren bei der Firma eins gelernt habe, dann das: Es gibt gewisse Formen von Loyalität, von denen wir uns noch mehr leiten lassen als von unserem Pflichtgefühl.«

Epilog

Die Loyalität

Kevin McBride ging den Flur hinunter und betrat die Toilette für das Führungspersonal. Er fühlte sich ausgelaugt. Die tagelange Reise, die Anspannung und der Schlafmangel hatten an seinen Kräften gezehrt.

Er blickte in das müde Gesicht im Spiegel über dem Waschbecken und fragte sich, was Devereaux mit seiner letzten rätselhaften Bemerkung wohl gemeint hatte. Hätte das Projekt Peregrine geklappt? Wäre der saudische Terroristenchef darauf hereingefallen? Wären seine Gefolgsleute in zehn Tagen in Peshawar aufgetaucht? Hätten sie das entscheidende Telefonat geführt, das die mithörende NSA abgefangen hätte?

Zu spät. Zilić würde nirgendwo mehr hingehen, außer in einen US-Gerichtssaal und von dort in ein Hochsicherheitsgefängnis. Was geschehen war, war nicht mehr zu ändern.

Ein Dutzend Mal spritzte er sich Wasser ins Gesicht und betrachtete den Mann im Spiegel. Sechsundfünfzig, bald siebenundfünfzig. Ein Mann, der nach dreißig Dienstjahren Ende Dezember in Pension gehen sollte.

Im Frühjahr würden Molly und er das tun, was er ihr schon vor langer Zeit versprochen hatte. Sohn und Tochter hatten das College absolviert und ergriffen nun selbst einen Beruf. Er wünschte sich von seiner Tochter und ihrem Mann ein Enkelkind, das er nach Strich und Faden verwöhnen konnte.

Bis es so weit war, wollte er das große Wohnmobil kaufen, das sich Molly immer schon gewünscht hatte, und mit ihr zusammen in die Rocky Mountains fahren. Er wusste, dass er oben in Montana eine Verabredung mit einem Prachtexemplar von Forelle hatte.

Ein viel jüngerer Agent, der unlängst zur Firma gestoßen war, trat aus einer Kabine und wusch sich zwei Becken weiter die Hände. Einer aus dem Team. Sie nickten sich zu und lächelten. McBride nahm Papiertücher und tupfte sich das Gesicht trocken.

»Kevin«, sagte der Jüngere.

»Ja?«

»Darf ich Ihnen einen Frage stellen?«

»Nur zu.«

»Sie ist etwas persönlich.«

»Dann werde ich sie möglicherweise nicht beantworten.«

»Es geht um die Tätowierung an Ihrem linken Arm. Die grinsende Ratte mit den runtergelassenen Hosen. Was hat das zu bedeuten?«

McBride blickte in den Spiegel, doch er sah zwei GIs, die, bis oben hin voll mit Wein und Bier, in einer lauen Saigoner Nacht lachten. Und er sah eine weiße zischende Petromaxlampe und einen chinesischen Tätowierer bei der Arbeit. Zwei junge Amerikaner, deren Wege sich trennten, die jedoch durch Bande miteinander verbunden waren, die nichts würde zerreißen können. Und er sah eine dünne Akte, die er vor ein paar Wochen gelesen hatte und in der von einer Tätowierung auf dem linken Unterarm die Rede gewesen war, die eine grinsende Ratte darstellte. Und er hörte den Befehl, den Mann aufzuspüren und umbringen zu lassen.

Er streifte wieder die Armbanduhr übers Handgelenk, krempelte den Ärmel hinunter und blickte auf die Datumsanzeige. 10. September 2001.

»Das ist eine lange Geschichte, mein Sohn«, antwortete der Dachs. »Und sie spielt in einer anderen Zeit und in einer anderen Welt.«

Würdest du töten, um Leben zu retten?

Wo der Kampf gegen das Verbrechen selbst dem
Staat zu brenzlig wird, sorgt Geheimagentin Jessie
Archer für Gerechtigkeit. Sie arbeitet für Athena, eine
internationale Organisation, deren oberste Regel
lautet: Rette Leben, ohne zu töten. Als Jessie dagegen
verstößt, ist sie ihren Job los. In dem Wissen, dass ihre
Kolleginnen bei ihrem nächsten Auftrag ohne sie keine
Chance haben, begibt sie sich auf die gefährlichste
Mission ihres Lebens. Ihre Zielperson ist der Anführer
eines Menschenhändlerrings, dessen Vertrauen sie sich
ohne Rückendeckung erschleicht. Doch noch während
sie sich in seinen engsten Kreis einschleust, gerät sie in
das Visier ihrer Kolleginnen, die schon längst Jagd auf
sie machen ...

Exklusives Insiderwissen.
Ein brisantes Stück Zeitgeschichte.
Der große Polit-Thriller!

5. September 1977: Der Terror in Deutschland nimmt immer brutalere Ausmaße an. Auf offener Straße wird der Arbeitgeberpräsident Hanns Martin Schleyer entführt. Roland Manthey, Chef des Verfassungsschutzes und mächtigster Staatsmann im Krisenfall, weiß auch ohne das Bekennerschreiben, wer dafür verantwortlich ist. Die RAF fordert die Freilassung ihrer inhaftierten Mitglieder im Austausch gegen die Geisel. Während das verängstigte Volk den Atem anhält, sucht Manthey fieberhaft nach Schleyer. Doch als die Ereignisse eskalieren, steht er vor der schwersten Entscheidung seines Lebens …